푸른사상 평론선　31

2000년대 시학의 천칭天秤

엄경희 (嚴景熙)

1963년 서울에서 태어났다. 1985년 숭실대학교를 졸업한 뒤 이화여대에서 석사 및 박사 학위를 받았다. 2000년 『조선일보』 신춘문예 평론 부문에서 「매저키스트의 치욕과 환상 — 최승자론」이 당선되어 작품 활동을 시작했다. 현재 숭실대학교 국어국문학과 교수이다.

저서로는 『빙벽의 언어』 『未堂과 木月의 시적 상상력』 『질주와 산책』 『현대시의 발견과 성찰』 『저녁과 아침 사이 詩가 있었다』 『숨은 꿈』 『시 — 대학생들이 던진 33가지 질문에 답하기』 『전통시학의 근대적 변용과 미적 경향』 『해석의 권리』 『현대시와 정념』 『은유』 『현대시와 추(醜)의 미학』 등이 있다. 2014년 제3회 인산시조평론상을 수상하였다.

2000년대 시학의 천칭天秤

초판 1쇄 인쇄 · 2019년 9월 20일
초판 1쇄 발행 · 2019년 9월 30일

지은이 · 엄경희
펴낸이 · 한봉숙
펴낸곳 · 푸른사상사

주간 · 맹문재 | 편집 · 지순이 | 교정 · 김수란
등록 · 1999년 7월 8일 제2 – 2876호
주소 · 경기도 파주시 회동길 337 – 16 푸른사상사
대표전화 · 031) 955 – 9111(2) | 팩시밀리 · 031) 955 – 9114
이메일 · prun21c@hanmail.net
홈페이지 · http://www.prun21c.com

ⓒ 엄경희, 2019

ISBN 979 – 11 – 308 – 1460 – 5   93800
값 32,000원

이 도서의 국립중앙도서관 출판예정도서목록(CIP)은 서지정보유통지원시스템 홈페이지(http://seoji.nl.go.kr)와 국가자료공동목록시스템(http://www.nl.go.kr/kolisnet)에서 이용하실 수 있습니다.(CIP제어번호: CIP2019036485)

이 도서는 한국출판문화산업진흥원의 '2019년 우수출판콘텐츠 제작 지원' 사업 선정작입니다.

푸른사상
평론선

31

The scale of poetics in the Noughties

2000년대
시학의 천칭
天秤

엄경희

푸른사상
PRUNSASANG

…것은 의미적 현실에 대한 지향인가, 지향인가, 물개성을 드러내는 트렌드(trend)인가, 아니면 철학적 고뇌인가, 놀이인가, 희의감인…교황한 판단의 경계가 나의 의식에 술통했으며 그럴 때마다 문학은 무엇을 위해 존재하는가, 혹은 지금 우리의 의식을 지배하고 있는 것이… 과연 진실 여부를 타진하는 게 가능한가 하는 고롭스러움이 밀려오곤 했다. 그런 의미에서 2000년대 시학은 당혹스러운 것이었으며 그 당혹스러…

알브레히트 뒤러, 〈멜랑콜리아 I〉

어떤 방식으로 우리의 시가
'자연선택'의 가치를 발휘할 수 있는가

『2000년대 시학의 천칭(天秤)』은 내가 등단하여 현장비평을 한 지 20년이 되는 시점에 출간하는 여섯 번째 비평집이다. 이 비평집을 묶으며 나는 그간에 내가 읽고 썼던 시집과 글들을 보다 거시적으로 뒤돌아보는 계기를 자연스럽게 경험하는 나 자신을 발견할 수 있었다. 이 회상의 과정은 20년 동안 현장비평을 했다는 물리적 시간의 누적 때문에 이루어진 것이 아니라 그 시간 동안 우리 시의 지평이 급격한 변화의 장에 들어섰다는 인식이 강하게 나를 압도했기 때문에 생겨난 것이다. 순수와 참여, 서정의 깊은 울림, 전통에 대한 도전과 실험, 총체성과 통일성 등과 같은 어휘들이 포괄했던 현대시 100년의 흐름이 매우 이질적인 물살을 타고 그 어느 때보다 가파르게 전개되고 있다는 생각을 하면서 나는 2000년대 시학이 드러낸 현상을 이전과는 완전히 다른 '과도기적'인 시기를 상징하는 것이라 판단하였다. 그것은 서서히 이루어진 변이와는 확연하게 다른 감수성과 언어운용 방식을 통해 우리 시의 판도를 흔들어놓은 일종의 해일처럼 느껴졌다. 거기에는 기존의 시인들이 견인해 왔던 상상의 거점에 대해 강력하게 '이의제기'를 실천하는 이질적이고 생경한 새로운 인류의 모습이 언뜻언뜻 담겨 있는 듯도 했다. 이들은 어디를 향하고 있는 것일까?

신성함의 빛은 몰락한 듯했으며 근원으로서의 코라(chora)와 고향은 철저하게 거부되거나 부정되었다. 나는 모두가 '홀로'인 자들만이 각자의 삶 속에 표류한 채 어디론가 흘러가며 추문과 악몽과 우울증과 신경증을 토로하며 열정적으로 반(反)미학의 성곽을 축조하는 데 몰입하는, 그리고 그것을 즐기는 낯선 광경을 되도록 객관적으로 바라보기 위해 애쓰며 이 글들을 썼다. 이들이 드러내는 것은 악마적 현실에 대한 저항인가, 지향인가, 몰개성을 드러내는 트렌드(trend)인가, 아니면 철학적 고뇌인가, 놀이인가, 회의감인가. 이처럼 불분명하고 모호한 판단의 경계가 나의 의식에 출몰했으며 그럴 때마다 문학은 무엇을 위해 존재하는가, 혹은 지금 우리의 의식을 지배하는 것의 정체는 무엇인가, 과연 진실 여부를 타진하는 게 가능한가 하는 곤혹스러움이 밀려오곤 했다. 그런 의미에서 2000년대 시학은 당혹스러운 것이었으며 그 당혹스러움이 날 고통스럽게 했다. 성찰로서의 되돌아봄이 가능했던 것은 이 때문이다. 이 비평집의 표제를 '2000년대 시학의 천칭'이라고 붙인 까닭도 이와 무관하지 않다.

이 비평서의 1부 '1980년대산(産) 시인들의 상상 좌표'는 1980년에 태어난 시인들 즉 2010년대 전후에 등단하여 창작 활동을 시작한 시인과 그들의 첫 시집을 중심으로 이들이 관심을 쏟는 시적 대상은 무엇인가? 시편들에 보이는 '맥락화'는 어떻게 이루어졌는가? 어떤 정념 혹은 감정에 몰입하는가? 균형감을 유지하는가? 등과 같은 물음을 염두에 두며 쓴 글이다. 1980년대 태어난 시인들에 주목한 까닭은 2000년대 시학의 전개를 전망할 수 있으리라는 기대 때문이었다. 2부 "추(醜)의 미학"은 골칫거리인가 흥미로운 진실인가?'는 1부로부터 도출되었던 결론과 연동되는 내용을 보다 포괄적 시각에서 조망한 글이다. 나는 2부의 글을 쓰기 전에 학술

서 『현대시와 추의 미학』(보고사, 2018)을 출간한 바 있는데, 2부는 학술서
의 체계를 벗어나 보다 자유롭게 '추의 미학'을 성찰한 글로서 추의 미학
이 지닌 본질과 우리 문화와 감수성의 변화를 타진한 글이라 할 수 있다.
3부 '시의 다양한 여정들'은 2000년대라는 동시대를 조감하면서, 그 소용
돌이 속에 여전히 다채로운 상상력이 굳건하게 공존하고 있음을 드러내
기 위해 구성된 장이다. 4부 "자연선택'을 위한 성찰적 시학'은 이 비평서
전체를 꾸리는 가운데 가졌던 소회를 밝힌 글이라는 점에서 결론에 해당
한다고 보아도 무방할 것이다. '소회'라는 표현이 환기하는 것처럼 여기에
는 2000년대 시를 체험한 나의 주관적 지향과 판단, 우리 시에 대한 애착
과 욕망이 담겨 있다.

　미국의 소설가이며 예술비평가인 수전 손택(Susan Sontag, 1933~2004)은 『문
학은 자유다』에 "문학, 세계문학을 접할 수 있다는 것은, 국가적 허영, 속
물주의, 강압적 지역주의, 알맹이 없는 교육, 결함 있는 운명과 불운의 감
옥에서 탈출하는 길이었습니다. 문학은 더 큰 삶, 다시 말해 자유의 영역
에 들어가게 해 주는 여권이었습니다."라고 고백한다. 나는 이 말을 되새
길 때마다 이렇게 말할 수 없는 나에 대해 생각하곤 한다. 이 비평서를 묶
으며 나에게도 '자유'로 들어서는 여권이 쥐어졌으면 하는 간절한 바람이
다.

2019년 초가을
엄경희

차례

제2부
'추(醜)의 미학'은 골칫거리인가 흥미로운 진실인가?

제3부
시의 다양한 여정들

제4부
'자연선택'을 위한 성찰적 시학

제1부

1980년대산(産) 시인들의 상상 좌표

2010년대를 전후로 시 창작 활동을 시작한 시인들은 2000년대를 전후로 창작 활동을 시작한 시인
화적·현실적 토대가 닮아 있지만 동일하다고 말하기 어렵다. 이들은 이미 희미해진 아날로그적 세계의 전
로 의식하지 않는 '웹 세대'라 할 수 있다. 웹 세대는 1980년대 이전에 출생한 이른바 'X세대'보다 웹 공간에서 생활

어떻게 읽을 것인가

       이 글은 1980년대에 태어난 시인들의 시적 상상의 좌표를 세밀하고도 진지하게 읽어보려는 목적을 가지고 전개될 것이다. 보다 구체적으로 말해, 이 글의 대상은 주로 2010년대 전후에 등단하여 창작 활동을 시작한 시인과 그들의 첫 시집이라 할 수 있다. 대상이 될 시인들은 1980년대에 태어나 컴퓨터 보급에 따른 문화적 격변이 시작된 90년대에 소년·소녀기를 보내고 2000년대에 문청 시절에 접어들었을 것으로 예상된다. 이들의 나이는 30대 중반 이상이 될 것이다. 이 같은 기초적 한정을 세대론에 입각한 시각으로 보아도 무방하다. 1963년에 출생한 나는 이들과는 20년에 가까운 시간의 격차를 지닌 세대라는 점에서 전혀 다른 역사·문화적 배경 속에서 성장했다고 할 수 있다. 그러면서 나는 이들과 동시대인이기도 하다. 이러한 설정은 누가 무엇을 어떻게 읽는가를 보다 뚜렷하게 함으로써 시적 상상 좌표의 이동과 변화 그리고 이들 세대 이전의 시편들과의 차이와 공분모를 되도록 명료하게 사유하고자 하는 의도를 지닌다. 따라서 대상 시에 대한 분석 과정에는 종종 앞선 세대와의 비교가 동반될 것이다.

2010년대를 전후로 시 창작 활동을 시작한 시인들은 2000년대를 전후로 창작 활동을 시작한 시인들과 그 문화적·현실적 토대가 닮아 있지만 동일하다고 말하기 어렵다. 이들은 이미 희미해진 아날로그적 세계의 끈을 별로 의식하지 않는 '웹 세대'라 할 수 있다. 웹 세대는 1980년대 이전에 출생한 이른바 'X세대'보다 웹 공간에서 생활화하는 데 훨씬 익숙하다. 이들에게 웹 공간은 없어서는 안 되는 세계이며 그것은 삶과 현실을 이해할 수 있는 최상의 통로로서 기능한다. 웹 공간에서 사람을 만나고 쇼핑을 하고, 소문과 가십으로 가득한 세상 이야기를 듣고 때로 자기 이야기를 털어놓는다. 이것이 이들의 일상이다. 이들은 1인 가구로 살아가는 젊은 층이 얼마 전까지 즐겼던 일명 '나홀로족'을 벗어나 함께 모여 밥을 먹고 잡담을 나누는 소셜다이닝(Social Dining)족과 킨포크(Kinfolk)족에 합류하고 있다. 이들은 또한 셰어하우스(Share house)에 거주하며 밤이면 커피와 자신의 일을 즐기기 위해 홍대 카페로 가는 호모나이트쿠스(homo-nightcus)이기도 하다. 이와 같은 생활 방식이 멀티(multi)적인 만큼 이들의 생각과 시선은 자유롭고 산만하다. 자유로움과 산만성이 이들 세대가 지닌 가장 큰 특징이라 할 수 있다. 이 같은 문화 변동은 이들을 낳았던 부모 세대가 예상 못 했던 것들이라 할 수 있다.

이야기의 범주를 시 영역으로 좁혀보자면, 1990년대 중·후반부터 2000년대 초반에 문학 활동을 시작한 X세대 시인들은 웹 세대 시인들에게 가장 직접적인 영향을 끼쳤을 가능성을 갖는다. X세대 시인들이 그 이전 세대 시인들과 변별되는 가장 큰 특징은 그들이 추(醜)의 미학을 전폭적으로 수용하고 그로테스크한 환상 이미지에 애착하는 경향을 보였다는 점이다. 기괴하고 병적이며 혐오스러운 이미지의 구축이 유행처럼 번졌으며 이러한 스펙터클한 이미지의 범람은 차츰 참신함을 잃고 획일성과 진부함을 동어 반복함으로써 새로운 시의 문법을 요청하게 되는 계기로 작용한 것으로 판단된다. 모두가 그런 것은 아니지만, 이런 과정에서 현실을 있는 그대로 반영하는 재현성과 서정은 축소되었으며 시의 전통적 흐름 속에서 가장 오랫동안 시의 제재로 등장했던 자연물 또한 자극적이고 충격적인 인공 이미지로 대체되었다. '웹 세대' 시인들은 이와 같은 시단의 흐름을 공기처럼 호흡하며 이에 편승하거나 이로부터 의식적으로 벗어나 자신의 문법을 만들려 했던 것으로 보인다. 이 글은 바로 이러한 웹 세대 시인들의 상상 좌표에 집중하고자 한다. 이를 위해 나는 몇 가지 물음을 통해 이들의 상상 좌표를 가늠하고자 한다.

첫째, 이들이 관심을 쏟는 시적 대상은 무엇인가? 이 물음은 결국 이들이 무엇에 대해 고뇌하는가 하는 문제와 연관된다. 이는 또한 이들이 부딪히고 있는 현실의 실체는 무엇인가 하는 문제와 연동된다. 시인의 내적 지향은 대상을 통해 드러난다. 시적 대상은 시인이 지닌 생각의 운동태를 초점화하는 반영체이다. 분명한 대상이 있다는 것은 분명한 주제의식이 있음을 뜻한다. 이는 무엇에 대해, 그리고 왜 써야 하는가 하는 시쓰기의 필연성을 내포한다. 웹 세대 이전 세대들은 추의 대량 방출을 통해 기성 세대를 공격·해체했으며 그보다 더 이전 세대들은 거대 담론의 패러다임 안에서 시대와 역사를 그리고 개인의 서정을 드러냈다. 이 같은 과정에서 두드러졌던 특징이 '부정의 정신'이었다. 부정의 정신은 자신이 싸워야 하는 대상에 대한 명료한 인식과 자신이 이루어야 하는 꿈에 대한 자각이 서로 맞물리면서 생성된다. 대부분의 인간적 고뇌는 이로부터 시작된다. 그런데 이 시대의 특징은 부정의 대상이 그 어느 때보다도 교묘하게 은폐되었거나 파편화되었다는 데 있다. 기만적 위장술은 더없이 현란해졌으며 물신(物神)은 우리 모두의 정신을 압도하는 지경에 이르렀다. 삶은 여전히 고통스러운데 주체가 무엇을 고민하고 괴로워하는지 그 초점이 때로 모호할 때가 많아지기 시작한 것이다. 그렇다면 웹 세대 시인들이 애착하고 고민했던 대상은 무엇인가?

둘째, 이들의 시편들이 '맥락화'에 성공했는가 아니면 실패했는가? 이 물음은 아주 평이하고 시시한 물음처럼 보이지만 매우 중요한 의미를 지닌다. 1980년대 중반부터 가장 오랫동안 시의 멋 혹은 미감으로 이야기되어왔던 절제미가 해체되기 시작하였다. 즉 요설과 수다의 미학이 전통문법이 지닌 엄숙주의를 해체하는 전위적 방법으로 등장하면서 시는 점차 산문화되어 갔으며 2000년대에 이르면 상당수의 시인들이 산문시 형태를 즐기게 되었다. 그리고 부질없이 길어져 오히려 맥락을 어지럽히는 장황한 시편들이 시대의 감수성을 반영한 새롭고도 난해한 트렌드인 것처럼 유행하기도 했다. 이런 과정에서 난해성과 애매성과 불확실성이 범벅이 되는 이상한 예술이 판을 치게 된 것도 사실이다. 파올로 소렌티노(Paolo Sorrentino, 1970~) 감독의 이탈리아 영화 〈그레이트 뷰티(La grande bellezza)〉에 나오는 매우 인상적인 장면 하나를 소개하자면, 주인공 젭이 어느 행위예술가에게 당신의 예술을 가능하게 하는 것이 무엇인가를 묻자 그녀는 '진동과 영혼'이라 대답한다. 이 대답을 듣고 젭은 당신이 말하는 진동이 무엇인지 말해달라고 집요하게 묻는다. 그녀는 결국 대답하지 못한다. 예술적 애매성은, 특히 언어예술의 애매성은 설명 가능한 다의성을 의미한다는 점에서 불확실성과는 다르다. 그런 의미에서 불확실한 맥락을 마치 예술적 애매성으로 가장하며 그것에 의존하는 것은 시인 스스로에게만이 아니라 그것을 향유하는 독자에게도 무책임한 일이다. 엄밀히 말하면 속임수다. 나는 앞서 웹 세대의 특징으로 자유로움과 산만성을 이야기한 바 있다. 나에게 산만성을 체화해온 세대가 자신의 이야기를 어떤 방식으로 맥락화하는가 하는 문제는 매우 흥미로운 관전 포인트 가운데 하나라 할 수 있다. 이것이 시의 미감을 결정하는 가장 기초적 형식이기 때문이다.

셋째, 이들은 어떤 정념 혹은 감정에 몰입하는가? 한동안 서정성이 축소되는 현상을 보이기도 했지만 시가 근본적으로 정감의 언어로 이루어진 장르라는 사실에는 변함이 없다. 서정의 호소력은 여전히 시의 매력이며 시의 존재 근거라고 나는 믿는다. 시가 다른 예술 장르에 비해 고백적 성격이 강하기 때문이다. 단적으로 말해 정념과 감정은 관계의 문제이다. 사물과 사람 사이의 관계망 속에서 개인의 특수한 정념과 감정이 생겨난다. 이들이 지각하고 감각하는 세계, 그로부터 얽혀지는 다양한 관계와 사건은 분명 이들의 기분과 정서와 느낌을 움직여 쾌락과 고통의 감정을 빚어낼 것이다. 문제는 이러한 정념의 여건이 이전 세대와 다르게 변동되었다는 점이다. 그 근원에는 가족 개념의 해체가 놓여 있다. 이제 핵가족으로 이루어진 가족 단위는 보다 작은 단위로 나누어지는 현상을 빈번하게 볼 수 있다. 맞벌이 부부에게서 태어난 대부분의 아이들은 조부나 조모, 혹은 '어린이집'과 같은 위탁시설에 맡겨지는 추세이다. 이와 더불어 이혼율의 급증은 계모와 계부의 시대를 열었다고 해도 과언이 아닐 것이다. 앞서 이야기했던 킨포크족이나 셰어하우스와 같은 생활 방식이 이와 무관하지 않다. 그런 점에서 이들은 '관계'에 대해 어떻게 생각하는가? 관계를 열망하는가? 시의 전통 속에서 관계의 핵을 차지했던 '님'은 여전히 존재하는가? 더 극단적으로 말하면 관계의 필요성을 느끼는가? 등을 생각해보게 된다.

넷째, 균형감을 유지하고 있는가? 이 물음은 과잉과 결핍의 문제로 설명할 수 있다. 시인은 근본적으로 자기의 주관성에 편향되어 있는 존재이다. 아울러 시인의 주관성은 개성미와 깊은 연결고리를 갖는 사안이다. 내가 말하는 균형감은 주관적 편향성의 완화에 의한 온건주의적 평형감각을 뜻하지 않는다. 이는 자신이 표상하고자 하는 주관성의 세계가 그 내용에 합당한 언어 형식으로 이루어졌는가 하는 문제이다. 감정과 표현의 과잉은 역으로 의미의 공소함 즉 결핍을 초래한다. 이 글에서 균형감에 관한 물음을 전제하는 이유는 X세대 시인들이 언어의 양을 지나치게 증폭시킴으로써 감정과 표현의 과잉을 일으켰다는 생각에서이다. 이 같은 현상은 웹 세대 시인들에게도 일정 부분 해당하는 것으로 파악된다.

  나는 이와 같은 물음들을 스스로에게 산발적으로 상기시키면서 이들 세대의 시집 가운데 10여 권을 선별하여 읽고자 한다. 이 글은 선별한 시집 각각의 내용 해설에 초점을 맞추기보다 앞선 세대와의 차이성과 공분모 등에 그 초점이 맞추어질 것이다. 아울러 여러 시집을 하나의 지형도 속에 욱여넣는 연역적 종합이 아니라 각각의 시집을 독립적으로 검토하고 그것을 바탕으로 종합을 꾀하는 귀납적 방식으로 이 글을 이끌고자 한다. 그것이 각각의 시인들의 독자성을 덜 손상시킬 수 있는 방법이라 여겨지며 나의 성실성을 스스로에게 요구하는 것이라 생각하기 때문이다.

상속자의 고민 속에서 태어난 상황시

— 황인찬의 『구관조 씻기기』

황인찬의 첫 시집 『구관조 씻기기』(민음사, 2012)는 웹 세대 시인들이 출간한 시집 가운데 언어를 가장 긴축적으로 사용한 몇 안 되는 경우로 판단된다. 그의 언어는 상대적으로 절제되어 있으며 문맥에 동반된 이미지나 시적 상황이 매우 선명한 편이다. 이 같은 특성을 2000년대 초반으로 거슬러 올라가 당시 활동을 시작한 시인들의 성향에 비추어 보면 매우 희귀한 경우에 해당한다. 2000년대 초반에 활동하기 시작한 X세대 시인들, 특히 '미래파'로 지칭되곤 했던 시인들의 시적 성향은 크게 두 가지로 요약해볼 수 있다. 하나는 언어의 대량 방출이며 다른 하나는 추에 대한 강한 충동성이라 할 수 있다. 황인찬 시의 미학은 바로 이 같은 앞 세대의 시적 성향과 견줄 때 그 특성이 보다 분명해질 수 있다.

『구관조 씻기기』를 자세히 읽어보면 두 가지 특징을 발견할 수 있다. 첫째 그의 시는 기괴함과 역겨움, 충격적 이미지 등을 포함하는 추에 대한 충동성이나 호기심을 거의 드러내지 않는다는 점. 둘째 그의 시에는 전통적 보편미학이라 할 수 있는 은유적 수사가 제어되어 있다는 점이 그것이다. 이 같은 창작 방식에는 과거 유산의 상속자로서의 고민이 담겨 있는 것으로 판단된다. 대부분의 창작자는 직전 세대의 기법이나 태도에 가장 민감하게 영향을 받는 것이 일반적이다. 전폭적이 아닐지라도 그 영향의 흔적이 발견되는 것은 자연스런 현상이다. 황인찬의 경우는 그 반대라 할 수 있다. 그의 시는 X세대 시인들의 성향으로부터 스스로를 단절시키는 듯 보인다. 아울러 현대시의 가장 중요한 표현방식 가운데 하나라 할 수 있는 은유적 표현을 제어함으로써 전통적으로 고수되었던 미문(美文)의 형식을 바꿔보려 했던 것으로 보인다. 그는 경쟁하듯 만들어진 추의 세계에 대해, 그리고 말로 한몫 챙기려 하는 수사의 공소함에 대해 염증을 느꼈을지도 모른다.

여기서 한 가지 강조하고 싶은 것은, 황인찬이 과거 시적 유산에 대해 취한 태도가 매우 중요한 의의와 시사점을 갖는다는 것이다. 전통은 새로움에 대한 고민의 출발점이라 할 수 있다. 전통에 대한 깊은 고뇌 없이 진정한 새로움은 만들어지지 않는다. 새로움이란 절대성의 세계가 아니라 언제나 무엇에 대한 새로움이라 할 수 있다. 과거 유산 가운데 무엇을 취하고 무엇을 버릴 것인가 하는 상속자의 고민이 깊을수록 그의 독자성의 기반은 탄탄해질 수 있다. 취하는 것만이 능사가 아닌 것처럼 버리는 것도 능사는 아니다. X세대 시인들은 너무 많은 것을 버림으로써 오히려 상상력의 기근 현상에 빠진 것이 아닐까? 그렇다면 황인찬은 무엇을 버리고 무엇을 취한 것일까?

누군가 문을 두드렸기에 나는 문을 열었다
문밖에는 아무도 없었다
문의 안쪽에는 나와 기원이 있었다
나는 기원을 바라보며 혹시 무언가 잘못된 것이 있는지 물었다

기원은 내게 잘못된 일은 없다고 말해 주었다
그렇다면 다행이다
나는 그렇게 생각하며 올여름의 아름다운 일들을 생각했다
아무런 일도 생각나지 않았다
뜨거운 빛이 열린 문을 통해 들어오고 있었다
무더운 여름이었다

—「개종」 전문

    이 시는 서정의 달콤함을 원하는 일반 독자에게는 그리 매력적인 시가 아닐 수 있다. 그러나 문화사적으로 볼 때 매우 중요한 의미를 내포한 작품이라 할 수 있다. 이 시의 공간은 문 안과 문 밖으로 나누어져 있다. 문 밖에서는 두드리는 소리가 나지만 거기에는 아무 것도 없다. 문 안에는 '나'와 '기원'이 있다. 이는 무엇을 뜻하는가? 황인찬의 앞 세대를 휩쓸어 갔던 시적 주제가 바로 기원의 상실, 기원의 부정에서 연원된 고아의식이었음을 상기할 필요가 있다. X세대 시인들은 기원의 상실을 통해 자신들을 구별 짓고자 하였다. 이는 시인들만이 아니라 젊은 층이 주도하는 대중문화 일반에도 나타나는 현상이었다. 아비는 부정되었으며 뿌리 없음의 자유와 해방, 그로부터 생겨나는 병적 우울과 외로움, 국적불명의 뒤섞임 속에서 얻어진 쾌락을 우리 모두는 즐기며 떠내려가고 있는 것이다. 이 같은 상황에서 "나는 기원을 바라보며 혹시 무언가 잘못된 것이 있는지 물었다/기원은 내게 잘못된 일은 없다고 말해 주었다"라는 말은 일종의 선언이라 할 수 있다. 그는 기원의 상실이라는 엄청난 사건이 무반성적으로 인식의 한 틀을 점령하는 현재의 사태에 대해 이렇게 대항하는지도 모른다. 기원은 함부로 부정될 성질의 것이 아니다. 그것을 송두리째 부정할 만한 정신의 내공을 가진 시인이 있었던가? 우리 시단에는 임화

상속자의 고민 속에서 태어난 상황시

정도가 적격일지도 모른다. 견고한 철학적 기반 없이 섣불리 기원을 부정하거나 폐기처분하는 일은 빈곤을 자초하는 부박한 근성이라 할 수 있다. 시인은 "문밖에는 아무도 없었다"고 말함으로써 문밖의 소란을 무시한다. 기원이 없는 문밖의 소란은 결국 아무 것도 아니기 때문이다. 이때 「개종」이라는 제목의 의미심장함을 생각해볼 필요가 있을 듯하다. 그는 한때 기원을 버려둔 채 문밖에 있었던 것은 아닐까?

그렇다면 그의 기원에는 어떤 것이 스며 있는가? 추를 버리고 은유를 버리고 그가 취한 것은 무엇일까? 황인찬의 시에는 언제나 그가 연출해내는 독특한 상황이 놓여 있다. 독특한 시적 상황을 만들기 위해 그는 언어를 뒤틀거나 충격적인 이미지를 애써 끌어오지 않는다. 그의 발화는 비교적 담담하며 담박하다. 그리고 그 뜻은 명료하며 맥락의 유기성도 까다롭지 않게 포착된다. 그럼에도 그의 시적 상황은 깊은 울림과 품격을 만들어내는 데 대부분 성공적이다. 예를 들면 "혼자 집에 앉아 있으면 나는 자꾸 물이 마시고 싶다 자꾸 물을 마신 걸 까먹게 된다/계속 물을 마셔야지 언제까지 마셔야 할까"(「물의 에튜드」)와 같은 자연스런 문장의 이어짐이 그러하다. 이 문장은 화자의 지속적인 목마름을 의미화함으로써 혼자 집에 있는 자의 조용한 외로움을 유감없이 전달한다. 황인찬의 시풍은 대략 이와 같다. 이러한 시풍을 나는, 용어가 적절한지 모르겠으나, 편의상 상황시라 명명하고자 한다.

그의 상황시가 갖는 가장 큰 특징은 바로 재현성의 복원이라 할 수 있다. 이는 그로테스크한, 경험 불가능한 환상풍에 몰두했던 직전 세대와의 변별을 만들어주는 중요 지점으로 여겨진다. 황인찬의 시적 맥락은 재현성을 바탕으로 재현성을 넘어서는 특징을 지닌다. 과거 이와 같은 특징을 가장 잘 보여준 시인으로 김종삼을 꼽을 수 있다. 우리 시사에서 김종삼

만큼 유미주의의 소중한 가치를 실현했던 시인도 드물 것이다. 황인찬은 독자적 문법을 만들기 위해 자신과 가장 가까운 앞 세대의 영향을 과감하게 물리치고 그보다 훨씬 먼 시간을 거슬러 올라가 대가들의 전통을 탐색했던 것으로 감지된다. 그 가운데 가장 깊은 영향을 준 시인이 김종삼으로 보인다. 예를 들어 『구관조 씻기기』의 마지막을 장식한 「무화과 숲」의 "저녁에는 저녁을 먹어야지//아침에는/아침을 먹고//밤에는 눈을 감았다/사랑해도 혼나지 않는 꿈이었다"가 환기하는 담박한 전개 방식이나 시를 마무리하는 어조 등에는 김종삼의 흔적이 묻어 있다. 그러나 이러한 영향 관계는 황인찬의 시적 묘미를 결코 손상시키지 않는다. 훌륭한 전통의 자기화는 새로움을 만들어낼 수 있는 중요한 태도이다. 나는 이러한 태도에서 황인찬의 신중함을 본다. 아래의 시는 그가 어떻게 김종삼을 성공적으로 수용하였는지를 잘 드러내주는 작품이라 할 수 있다. 황인찬의 「목조건물」과 김종삼의 「몇 해 전에」를 나란히 읽어보는 것이 좋을 듯하다.

사람이 살지 않는 곳이다
이곳은 따뜻한 성질을 지니고 있다
여기서 나는 밥을 먹고, 불을 피우고, 눈을 뜨게 된다

먼 곳에서 들려오는 북소리, 거기에 끌려 여기에 온 것 같다

죽은 사람이 나를 보고 수인사하지만 나는 그를 모르고
그도 나를 모르겠지 이곳의 상냥함이
계속 나를 편안하게 만든다

너는 내 몸이 아니구나, 아니구나 내 몸이구나

상속자의 고민 속에서 태어난 상황시

나는 오늘도 밥상머리에서 떠올린다
이듬해 구름이 미리 흐른다

밥을 먹으면 그것을 치우고, 잠에서 깨어나면 자리를 치운다
이곳에서는 나도 살아 있는 것 같다
살아서, 무엇이라도 먹어 치울 수 있을 것 같다

먹으면 몸이 따뜻해지니까, 나는 밥을 먹게 되고, 불을 피우게 되고,
눈을 감게 된다

죽은 사람과 밥 한 그릇도 나눠 먹어야지

이곳은 빛이 꺾여 들어오는 방이다
비가연성의 캄캄함이 겨울에도 내려온다
　　　　　　　　　　　　　　　　　　　— 「목조건물」 전문

자전거포가 있는 길가에서
자전거를 멈추었다.
바람나간 튜브를 봐 달라고 일렀다.
등성이 낡은 木造建物들의
골목을 따라 올라 간다.
새벽 같은 초저녁이다.
아무도 없다.
맨위 한 집은 조금만 다쳐도
무너지게 생겼다.
빗방울이 번지어졌다.
가져 갔던 角木과 나무조각들 속에 연장을 찾다가
잠을 깨었다.
　　　　　　　　　　　　　　　　　　　— 「몇 해 전에」 전문

제1부　1980년대산(産) 시인들의 상상 좌표

두 편의 시가 지닌 의미나 공통적 특징에 대해 낱낱이 설명하는 것을 나는 굳이 피하고자 한다. 두 편의 시를 아주 천천히 음미하는 것이 더 낫다는 생각에서이다. 나는 이 두 편의 시에서 시간의 아름다운 유대를 느낀다. 그것은 소중한 것이며 또한 매우 중요한 것이다.

오크와 엘프의 속성을 패러디한 판타지적 상상력

— 송승언의 『철과 오크』

송승언의 시집 『철과 오크』(문학과지성사, 2015)의 가장 큰 특성은 시집에 실린 작품 대부분이 빛, 그늘, 살해자, 유령, 천사, 죽은 새, 목 매단 자, 조난자, 사체들, 해골 등 다양한 상징들을 내포한다는 점과 그 상징이 파생시키는 비현실적 의미망을 정교하게 해석하는 일이 불가능하다는 점이다. 각 편에 대한 해석을 다른 시편들과의 상호연관성을 통해서 실행해도 그 결과는 비슷하다. 이는 그의 상상력의 토대가 기존의 시 일반에서 볼 수 있는 토대와 다르기 때문이라 여겨진다. 시집 제목으로 내세운 '철'과 '오크'를 단순히 금속의 세계와 나무의 세계 좀더 부연하자면, 철의 시대로 대변되는 근대와 근대인에게 착취당한 자연 정도로 이해하면 그의 시에 대한 해석은 난항을 겪을 수밖에 없다. 시인이 제시한 '오크'는 우리가 알고 있는 갈참나무나 떡갈나무가 아니라 북유럽신화에 기원을 둔 '오크'를 뜻한다. 라틴어 오크(orc)는 지하 세계의 생물(햇빛을 싫어함), 악마를 뜻한다. 이는 신화만이 아니라 현대의 판타지 소설, 게임 등에 바다의 괴물, 죽음의 신, 악의 세력, 살육과 파괴를 일삼는 종족

등으로 재탄생된다. 게임 시나리오의 원조라 할 수 있는 톨킨(J.R.R. Tolkien, 1892~1973)의 소설 『반지의 제왕』, 블리자드사의 게임 '워크래프트' 시리즈, 이영도의 판타지 소설 『드래곤 라자』 등이 그 예이다. 송승언이 제시한 '오크'의 의미를 이와 같이 신화와 게임 시나리오에 나오는 판타지적 인물(종족)의 속성에 대한 패러디로 보면 이와 연동되어 파생한 다양한 상징이나 이미지가 지닌 난해함으로부터 어느 정도 벗어날 수 있다. 이는 일찍이 유하가 무협지를 패러디한 시집 『무림일기』(세계사, 1995)를 통해 현실의 부조리함을 알레고리적으로 드러낸 것과 흡사한 발상이라 할 수 있다. 『무림일기』에 무협지의 다양한 용어와 요소들이 차용된 것과 마찬가지로 송승언의 시에는 오크만이 아니라 그 외의 판타지적 모티브와 요소들이 다채롭게 포진된 것으로 판단된다. 우선 그가 시집 제목으로 내세운 작품 「철과 오크」 전문을 살펴보는 것이 좋을 듯하다.

> 숲의 나무보다 많은 새들이 있고 부리에 침묵을 물고 있고
> 그보다 많은 잎들이 새를 가리고 있고
>
> 수십 명의 아이들이 지거나 이기지 않고 같은 색의 옷을 입고 숲을 통과하고 있고
> 끝도 모른 채 발자국을 남기고 있다
>
> 수십 명의 나무꾼들은 수백 번의 도끼질을 할 수 있고 수천 그루 나무를 수만 더미 장작으로 만들 수 있고
> 빛은 영원하다는 듯이 장작을 태울 수 있고
> 장작은 열 개비가 적당하고 그 불이면 영원도 밝힐 수 있고
>
> 아이들이 영원을 지나가고 있고 별들이 치찰음을 내고 있고

밤과 낮은 서로에게 이기지도 지지도 못하고 있고
불 앞에서 나무꾼들은 수십 개의 그림자를 벗으며 농담을 하고 있고
인간의 맛에 대해 이야기하고 있다

불그림자가 불의 주변을 배회하며 불그림자를 만들고 있고
새들은 여전히 침묵을 부리에 물고 있고

나무 위에서 열쇠들이 쏟아지고 있다
나부라진 옷가지들이 발자국을 가리고 있고
나무꾼들은 횃불을 나눠 들고 더 어두운 곳으로 움직이고 있고
잎이 풍경을 가리며 무성해지고 있고

　이 시에 등장하는 '나무꾼들'은 단순히 벌목을 하는 사람들이 아니라
살해자와 다를 바 없는 폭력성을 지닌 인물로 암시되어 있다. 그들은 '그
림자'(어둠)로 된 옷을 입고 있으며 "더 어두운 곳"을 찾아다니며 무언가
를 찾고 있다. 그리고 불 앞에 둘러앉아 '인간의 맛'에 대해 농담을 주고
받는다. 문맥을 따라가보면 나무꾼이 즐기는 인간의 맛이 곧 '아이들'이
라는 유추가 가능해진다. 이때 중요한 것은 나무꾼만이 아니라 숲의 나무
와 침묵하는 새, 아이들이 의미하는 바이다. 이 상징물들을 해석하기 위
해서는 신화적 판타지의 밑그림이 필요하다. 판타지적 상상력을 접목시
켜본다면, 송승언의 시에 자주 등장하는 살해자는 오크라 할 수 있다. 다
른 시에 발견되는 "낫을 멘 사자가/걸어오고 있다/목을 달라고,/목이 필
요하다고"(「수확하는 사람」), "한 그림자가 드러누운 사람을 씹어 삼키고 한
그림자가 사람의 가죽을 벗겨낸다/불 주위를 돌며 그림자들이 들썩이고
있다"(「야영지」)와 같은 구절 또한 비슷한 상상력을 대변해준다. '빛'과 대
비되면서 송승언의 시에 매우 빈번하게 등장하는 '그늘', '그림자', '어둠',

제1부　1980년대산(産) 시인들의 상상 좌표

어둠을 번식하는 '검은 물' 등의 이미지와 더불어 '굴', '지하실', '복도', '장롱'과 같은 폐쇄적 공간들은 햇빛을 싫어하는 오크의 속성으로부터 파생된 의미체라 할 수 있다. 그리고 또 다른 시 「밝은 성」에 보이는 "친구들, 안개 속에서 크고 환하며/안개 걷히면 보이지 않는//친구가 없는 내 친구들/…(중략)…/흑암 속을 걷는 친구들" 또한 안개 속에서 더욱 강인한 힘을 발휘하는 J.R.R. 톨킨의 오크를 연상시킨다는 점에서 판타지적 상상력의 산물로 읽을 수 있다.

오크와 더불어 판타지물에 자주 등장하는 존재가 엘프(elf)다. 엘프는 숲의 요정으로 선하고 아름답게 묘사되곤 한다. 시 「철과 오크」에 등장하는 숲의 나무들은 잎으로 새를 가리고 영원으로 가는 아이들의 발자국을 가린다. 나무꾼들로부터 새와 아이들을 보호하는 것이다. 이와 같은 엘프의 이미지는 송승언의 시에 '엘프댄스' 즉 선명한 '둥근 원'의 형태를 지닌 '빛'의 이미지로 나타나기도 한다. 예를 들어 시 「드론」의 "자매들은 공중에 둘러앉아 있다.//둥근 빛 아래 둥근 테이블이 있었다"에 보이는 원의 이미지, 「죽은 시들의 성찬」의 "접시들이 반사시키는 빛으로 접시들이 떠오르고"에 보이는 공중부양한 접시의 둥근 이미지가 그러하다. 이러한 '둥근 빛'의 이미지는 "둥근 어둠"(「변검술사」)과 대비되기도 한다. 아울러 '엘프의 꿈' 즉 엘프가 잠자는 사람의 머리 위에 앉으면 악몽을 꾸게 된다는 모티브가 비몽사몽의 사건을 전개시키는 「녹음된 천사」 「취재원」과 같은 작품에 변형되어 나타난 것으로 이해해볼 수 있다.

한편 시 「철과 오크」에 등장하는 엘프(쇠에 약함), 즉 숲의 나무들은 철을 상징하는 "수백 번의 도끼질"에 의해 장작으로 쪼개져 불태워지는데 이 '불'의 이미지는 송승언의 시에 가장 많이 나타나는 '빛'의 변형으로 볼 수 있을 듯하다. "빛의 문제가 나를 옭아매고 있었다"(「담장을 넘지 못하고」)는 고백에서도 알 수 있듯이 그의 시의 도처에 '빛'의 이미지가 산재해 있다. 그리고 이 "하해와 같은 빛"(「녹음된 천사」)의 이미지는 대부분 '그늘' 혹은 '어둠'과 겹쳐지곤 한다. 중요한 것은 송승언의 화자가 '빛'이 아니라 '어둠'의 생리를 가진다는 점이다. "블라인드 틈으로 드는 빛이 어둠을 망친다"(「녹음된 천사」), "내 방은 빛에 갇혀 깜깜하다"(「담장을 넘지 못하고」), "이곳에는 빛이 가득하다/몸을 잃을 만큼"(「지엽적인 삶」), "당신들은 너무 늦게 랜턴을 비춥니다 빛이 뭔지 모르게 될 때까지/의아한 표정으로 나는 끌려 나옵니다"(「나타샤」)와 같은 구절을 보면 '빛'은 어둠과 화자를 동시에 망치는 상징물로 의미화된다. 그렇다면 송승언의 화자는 어둠 속에서 자생하는 '오크' 종족 가운데 하나라는 논리가 성립된다.

이 부분이 그의 시를 해석하는 데 가장 중요한 요인이라 판단된다. 그의 화자는 오크이면서 동시에 오크의 비극적 존재성을 들여다보는 자라 할 수 있다. 화자와 더불어 그의 동료인 오크들은 "우리, 네가 나를 이르던 차가운 말"(「론도」)로 묶여 있는, 친구가 없는 외톨이이며 어둠 속에서 살해와 파괴를 자행하도록 만들어진 운명의 소유자들이다. 이것이 그들의 비극적 운명이다. 이 비극적 악의 세력을 구원할 수 있는 선의 세계는 존재하는가?

한편 '빛'은 구체적으로 어떤 상징물인가? 송승언의 시에 보이는 빛의 이미지는 천사, 백조, 새, 신기루 등과 함께 등장하곤 한다. 그런 의미에서 천사, 백조, 새, 신기루 등은 엘프의 계열축으로 해석 가능하다. 이들은 어둠이나 그늘과 대립적인 의미를 형성하는 이미지로 볼 수 있다. 이들의 원형성은 천상의 아름다움, 신비함, 비현실적 신성함 등을 내포한다. 그런데 어둠과 맞서는 엘프의 계열축은 '실패한 구원'이라는 의미망을 형성한다. 예를 들어 "백조는 목을 내밀고/울었지, 빛은/솟아올랐고"(「백조공원」), "죽은 새로 저글링을 하는 일"(「새와 드릴과 마리사」), "익사체로 남은 천사들"(「망원」), "곰팡이 핀 천사가/눈물을 흘린다. 제 몸을 녹여가면서"(「축성된 삶의 또 다른 형태」), "새들은 여전히 침묵을 부리에 물고 있고"(「철과 오크」) 등과 같은 구절들이 이를 말해준다. 이들은 울거나 병들거나 죽거나 오염된 형상으로 나타난다. 즉 시인의 엘프들은 이 세계에서 사라지지 않았지만 그 세력이 매우 약한 상태라 할 수 있다. 송승언의 시에 자주 등장하는 조난자의 이미지 혹은 파멸의 이미지는 엘프의 계열축이 암시하는 실패한 구원과 연관한다. 선을 상징하는 엘프의 힘이 약할 때 오크들의 비극적 운명은 영원히 구원받을 수 없게 된다. 엘프는 오크의 적이 아니라 오크의 운명을 쇄신할 수 있는 유일한 비책으로 여겨진다. '빛'의 힘이 약할 때 오크들은 영원히 어둠의 굴속에 유폐된 채 지독한 외로움을 무릅써야만 하는 것이다.

해변에 버려졌다
알 수 없는 해변이었다

알 수 없는 해변을 걸었다

알 수 없는 바다 생물의 사체와
파도에 깎여나가는 돌의 먼지들이
빛나고 있었다
먼 곳에서는 하나의 빛살로 보일 것만 같은

알 수 없는 해변을 걸었다
눈이 내리고 배가 고프고
밤이 오고 잠도 오는데 인가는 보이지 않고

오크와 엘프의 속성을 패러디한 판타지적 상상력

알 수 없이 해변만 밤을 밝혔다

할 수 없이 바다 생물의 사체도 주워 먹고
모래 굴속에서 잠도 잤는데
파도 소리가 먼 땅까지 나를 데려다주었고
알 수 없는 해변으로 다시 데려다 놓았다

살았다가
죽는 것처럼
죽게 되고
살게 되듯이

깨지 않고 싶었지만 나는 깨었고
알 수 없을 해변이 빛나고 있었다

알 수 없는 해변을 걸었다

눈이 날리고 눈이 쌓이고
날리는 눈 사이에 흰 새가 뒤섞여 날고
회전하는 겨울 속에서 머리카락은 점점 검어지고 있다고 느꼈다
모든 게 흰빛으로 망각되는 해변에서
미처 찍지 못한 흑점처럼
얼어붙고, 녹아내리는 먼 바다
파도에 밀려오는 뿌연 빛 사이로
내가 삼켰던 생물이 헤엄쳐 오고 있었다
없는 다리와
없는 입으로
도무지 알 수 없는 형상으로 울면서

피는 파도와 섞인다
살은 먼지에 덮인다

이곳에 나를 버린 게 누구인지
생각하지 않았다 탈출을
꿈꾸지 않았다 알 수 없는

해변을 걸었다

멈추면
완성되지 못하는 침묵이 굴속에서 울었다

— 「유형지에서」 전문

시집 『철과 오크』의 마지막 페이지를 장식한 이 시는 비극적 운명을 지닌 자의 슬픔과 외로움을 유감없이 보여주는 작품이라 할 수 있다. 이 시의 화자는 바다 생물의 사체(死體)와 먼지들이 가득한 알 수 없는 해변에 버려진 존재이다. 그는 삶과 죽음의 경계를 오가며 "회전하는 겨울"을 견딘다. 그리고 그는 "이곳에 나를 버린 게 누구인지/생각하지 않았다 탈출을/꿈꾸지 않았다"라고 고백한다. 망각과 포기로 이루어진 유형(流刑)의 해변에는 가끔 먼 바다의 "뿌연 빛"이 밀려오기도 하고 죽은 생물이 귀신의 형상으로 울기도 한다. 이 끔찍한 곳이 환기하는 정념은 지독한 외로움이다. 혼자 버려진 오크는 멈춰서는 안 되는 울음을 '침묵'으로 울고 있는 것이다.

송승언의 시는 폭력과 악의 세계, 그로부터 발생하는 존재의 비극성을 판타지적 상상력을 통해 보여준다. 그의 시편에 나오는 비현실적 공간의 배치와 불가해한 인물들, 그로테스크한 이미지들은 우리가 고전적 의미

오크와 엘프의 속성을 패러디한 판타지적 상상력

로 말해왔던 초현실주의에 가깝기보다 현대의 판타지물과 더 밀착되어 있다고 여겨진다. 물론 그의 시 세계를 오크와 엘프의 대립성이라는 이분법적 도식에만 대입하는 일은 무리라 생각한다. 그럼에도 그가 시집 제목으로 내세운 상징성에 주목할 필요가 있을 듯하다. 송승언은 1980년대 이전에 출생한 이른바 'X세대'가 선호했던 비현실적이고 그로테스크한 이미지 구축 방식을 현대의 판타지물로부터 파생된 상상력과 결합시킴으로써 독특한 시의 문법을 창안한 것으로 보인다.

그러나 이 글의 서두에서 말했듯이, 그의 시 가운데 몇 편을 제외한 대부분의 시편들은 각 편의 독립성 혹은 완결성을 확보하지 못할 뿐 아니라 각 편들 간의 상호작용에 의해 발생하는 의미 또한 그 모호성이 지나치게 크다는 점을 얘기할 수밖에 없다. 그의 시에 대한 의미 소통이 원활하게 진행되지 않는 까닭이 이와 무관하지 않게 여겨진다. 이는 시의 난해성이 아니라 산만성과 연관된 문제로 파악된다. 한 편의 시가 지닌 가치(존엄성)와 의미의 비중이 와해되고 있다는 생각을 하게 된다. 이러한 현상은 송승언만이 아니라 그와 동시대 시인들에게서 종종 발견되는 특징이기도 하다. 시인의 작품이 당대를 넘어 그 가치를 유지하기 위해서는, 다시 말해 독자의 기억을 확보하기 위해서는 각 편이 지닌 의미와 미감을 독자에게 인식시키는 일이 매우 중요한 사안이라 할 수 있다. 한 작품의 의미가 그 자체의 내재적 의미 구조 속에 정초되지 못한 작품을 독자가 오랫동안 기억하기란 어려운 일이다. 그것은 시간이 지나면 흐릿해질 가능성이 크다.

위태로운 '무대'

— 김승일의 『에듀케이션』

어린 시절에 대한 기억은 시인의 상상력에 강력한 영향을 끼치는 시적 질료이며 그것은 때로 한 시인의 시의식과 지향을 결정짓는 요인으로 작용하기도 한다. 한국 현대시사에서 유년 시절에 대한 가장 풍요로운 기억의 복원을 보여준 시인으로는 백석을 꼽을 수 있을 것이다. 잘 알려진 바, 백석의 많은 시편에는 아이들과 집안 내 어르신들, 이웃들, 그리고 자연과 토속음식, 당시 풍속이 한 덩어리로 어우러져 있다. 이러한 백석의 유년기 기억에는 북방 산골의 넉넉지 않은 생활 습속이 밑그림으로 깔려 있지만 그 생활이 결핍과 빈곤으로 이루어졌다는 인상을 벗어나게 한다. 거기에는 '혈연적 유대감'이라는 연결 끈과 그 끈이 만들어내는 푸근한 정서가 깊숙이 포진되어 있기 때문이다. 우리가 수없이 언급해왔던 근대의 '고향 상실'의 문제는 다름 아닌 이와 같은 유대의 끈과 그것에서 비롯되는 정념의 상실을 의미한다. 큰 틀에서 보면 근대 내내 진행되었던 가족(혈연), 자연, 고향의 해체는 유대감의 해체와 상실을 뜻하는 동류항들이다.

이제 우리는 백석의 저 따듯한 '고향'으로부터 너무 멀리 왔다 할 수 있다. 자신들의 기원은 희미해졌으며 온통 '고아들'만이 즐비한 세계에서 살고 있다는 인식이 팽배해지고 있는 것이다. 말하자면 자기소외의 경험이 점차 증폭되었다고 할 수 있다. 2000년대 이후 활동을 시작한 시인들의 의식에 이 같은 존재 인식이 보편적으로 자리 잡고 있음을 쉽게 발견하게 된다. 그들에게 유년은 더 이상 아름다운 기억의 유산이 아니다. 김승일의 시집 『에듀케이션』(문학과지성사, 2012)의 가장 두드러지는 내용적 특성도 이와 무관하지 않다. 소박하게 말해 『에듀케이션』은 유년기부터 청년기에 이르는 동안 경험했던 성장통(成長痛)에 해당하는 사건을 상징적으로 그려낸 시집이다. 이 시집에 수록된 다양한 사건 가운데 가장 눈길을 끄는 것은 부모의 죽음과 고아가 된 형제들의 이야기를 담은 시편들이다. 시집에 수록된 순서에 따라 나열해보면 「방관」 「부담」 「화장실이 붙인 별명」 「가명」 「홀에 모인 여러분」 등이 그것이다.

부모가 죽고 세 달이 흐르자 형제는 화장실 청소를 할 사람이 없다는 것을 깨달았다. …(중략)…

강해지고 싶어서, 나는 오늘도 학교에 가지 않았다. 성모상에 걸린 형의 묵주를 팔목에 치렁치렁 감고 방 안에 드러누우면. 어쩐지 생각이 많아지는 것 같아. 몸속 어딘가에서 힘이 솟는 것 같아.

— 「방관」 부분

동생의 마음이 이해 가지 않는 것은 아니다. 나도 양아치였으니까. 그렇지만 나는 깨달아버린 것이다. 학교에 가지 않는 양아치보다는 학교에 가는 양아치가 더 멋있다는 사실을.

부모가 죽고 세 달이 흐르자, 숙제가 밀리면 그 숙제는 하지 않는다. 그것이 형의 방식. 형이라서 라면을 먹어, 역기도 들고, 찬송하고, 낮잠을 때리지. 형이라서, 형이라서 배탈이 났어요. 나는 학교에 늦게 간다. 하고 싶다면 너도 형을 해. 그러나 네가 형을 해도. 네가 죽으면 내 책임이지.

학교에서, 나는 농구하는 애. 담배 피우는 애. 의자로 후배를 때린 선배. 아버지가 엄마보다 늦게 죽을 줄 알았어. 자주 앓는 사람이 오래 사는 법이니까. 부모가 동시에 죽고, 이제 누가 화장실 청소를 하나? 형이라서 배탈이 났어요. 이십 분 간격으로 물똥을 눈다. 창피하게. 동생이 옆에서 샤워를 한다. 구석구석.

친구들이 모두 집에 돌아간 뒤에도 나는 학교에 남아 침을 뱉는다. 구령대에서, 나는 침을 멀리 뱉는 애. 부모가 죽고 세 달이 흐르자. 부모가 죽고 네 달이 흐른다. 그리고

운동장을 가로지르며 동생이 뛰어온다. 변기에서 쥐가 튀어나왔어. 괜찮아. 내일부터 학교에 오자. 똥은 학교에서 누면 되지. 그래 그러면 된다.

— 「부담」 전문

엄마가 거실에 있었어. 아빠가 오지 않았어.
아빠를 데리러 갔어.

우리가 죽고 세 달이 흐르자. 우리가 죽고 네 달이 흘렀어. 변기에서 쥐가 튀어나오고.

우리는 누구일까?
작은애가 우는 것을 지켜보았어.

큰애는 학교에 있어.

「방관」을 비롯한 「부담」 「화장실이 붙인 별명」 「가명」 「홀에 모인 여러
분」 등의 시편이 공통적으로 드러내는 주요 내용을 하나하나 예시하는 것
을 생략한 채 정리해보자면, 어느 날 부모가 동시에 죽었다는 것, 부모가
죽고 세 달이 흐르자 화장실이 문제가 되었다는 것, 화장실을 청소할 사
람이 없다는 것과 변기에서 쥐가 튀어나왔다는 것, 동생은 학교에 가지
않고 아빠가 늘 좋아했던 거실에서 뒹군다는 것, 형은 학교에 가지만 자
주 지각을 하며 담배를 피우거나 싸움질을 한다는 것, 이런 동생과 형이
피 흘려가며 화장실에서 싸운다는 것, 죽은 부모는 귀신이 되어서도 형제
들을 걱정한다는 것, 부모를 잃은 아이들은 죽어서도 죽은 부모를 여전히
죽은 부모로 취급하며 외면한다는 것 등이다. 시인은 이와 같은 내용을
반복적으로 그리고 분산적으로 이들 시편에 담아낸다. 이는 부모를 상실
한 결손 가정의 상황과 그 상황 속에 놓여 있는 아이들의 예상 가능한 행
동 양태를 그대로 보여준다.

다만 이 같은 내용 가운데 반복적으로 등장하는 '화장실'과 '쥐'는 시인
이 특별히 상징적 의미를 부여한 것으로 보인다. 그렇다면 왜 '화장실'과
'쥐'인가? '화장실'과 '쥐'는 부모가 죽었다는 사건 이후에 발생하는 형제
의 수많은 고난을 상징하는 것으로 볼 수 있다. 형은 부모가 죽자 자주 물
똥을 싸고 이 때문에 학교에 늦게 간다. 그는 물똥을 싸는 자신이 창피하
다고 말한다. 따라서 화장실은 수치심과 동일한 의미를 내포한다. 동생
은 학교에 가지 않는데 변기에서 쥐가 튀어나왔기 때문에 그것을 피해 학
교 화장실에서 똥을 눌 수밖에 없게 된다. 배변 행위에 위협을 가하는 갑

작스런 쥐의 출현은 형제들의 놀람과 공포, 불안 등을 함의한다. 그런 의미에서 위에 인용한 시에 등장하는 '묵주'나 '찬송'은 이러한 공포로부터 벗어나고자 하는 심리적 방어기제로 해석된다. 요약하자면 이들 고아에게 부모의 죽음 이후의 시간은 수치심과 공포의 세월인 것이다. 시 「화장실이 붙인 별명」을 보면 '화장실'은 무엇이든 만들 수 있는 '시멘트'로 이루어진 '가능성'의 공간으로 의미화되어 있다. 그러나 부모가 죽자 그곳은 '캄캄한 창고'처럼 변해간다. 청소도 하지 않고 사용도 하지 않는 배설의 공간이 캄캄한 창고처럼 빈 채로 실내 한구석을 차지하고 있는 것이다. 캄캄하게 비어 있는 이 공간은 부모의 죽음 혹은 부모의 '비어 있음'을 기억하게 하는 무덤의 상징이라 할 수 있다. 이 빈 공간은 형제의 생활 속에 죽음의 입김을 불어넣곤 하는 어둠의 세계다.

그렇다면 이와 같은 시적 의미망을 시인은 어떤 방식으로 형상화하고 있는가? 앞서 나열한 시 가운데 「부담」을 읽어보면 알 수 있듯이 『에듀케이션』에 실린 대부분의 시편은 그간 시적 묘미의 일조건으로 기능해왔던 '미문주의(美文主義)'를 의도적으로 제어하는 인상을 남긴다. "부모가 죽고 세 달이 흐르자, 숙제가 밀리면 그 숙제는 하지 않는다.", "형이라서 라면을 먹어, 역기도 들고, 찬송하고, 낮잠을 때리지."에 보이는 것처럼 일상을 자연스럽게 나열하는 듯한 평이하고도 무덤덤한 어조 즉 애써 멋을 부리지 않은 말투나 태도를 부각시키는 것이다. 구체적으로 말해, 부모의 죽음을 매우 담담한 어조로 서술한 것처럼 김승일의 언어는 되도록 '무미건조함'을 전략적으로 강화하는 듯하다. 그의 다른 시 「사마귀 박스」의 구절 "잊어버린 것들이 실험받았다 미아, 고아, 사마귀들아 우리가 너희를 마흔 마리나 잡았지 가을에 채집해서 박스에 넣고 키우려고 했다"나, 또 다른 시 「만나요」의 구절 "재작년엔 애인을 차고/작년에도 누굴 찼다/나랑 가장 친한 친구가/가슴이 터져라고 안아주었지"를 보면, 이들 문장은 별다른 수사 없이 특정 사건을 서술하는 것으로 이루어져 있다. 이 같은 문체 취향은 감정의 노출을 극도로 제한하기 때문에 미문주의로부터 파생하는 '감정의 절제'가 갖는 효과와 달리 감정의 울림을 막아버린다. 즉 독자는 김승일의 시를 읽으며 어떤 감정에 빠져들기 매우 어렵다는 얘기다. 김승일의 시에 눈물, 피, 땀 등의 체액이 거의 동원되지 않는 것도 이와 무관하지 않다. 그는 왜 정념의 촉발을 용인하지 않는 것일까? 이러한 전략에는 분명 비극적 사건에 대한 감상주의적 태도를 최소화하려 하는 냉정함이 깃들여 있다.

한편 김승일의 시편들은 그보다 직전 세대의 시에 비추어본다면 덜 키치적이고 덜 그로테스크하며, 덜 감각적이라는 특징을 지닌다. X세대 시인들이 즐겨 드러냈던 만화적 상상력이나 해부학적 상상력, 엽기적이고 기괴한 과다출혈로 이루어진 이미지 사용이 그에게는 대폭 축소되어 나타난다. 그는 물이끼, 쥐, 사마귀, 똥 정도로 이를 대체한다. 그런 면에서 그의 시는 자극의 과잉이나 스펙터클한 면모 또한 제어하고 있는 것으로 보인다. 아울러 이 모두를 그는 극적 서술이나 독백과 대화, 혹은 몽타주로 대체한다. 이는 X세대 시인들과의 차이를 만들어내는 독자적 문법으로 판단된다. 예를 들어 이 같은 그의 시적 전략은 이 시집의 마지막 페이지에 수록된 시 「홀에 모인 여러분」을 보면 보다 명확해진다. 「홀에 모인 여러분」을 단독으로 읽었을 때 그 내용을 하나로 아우르기가 매우 어렵다는 인상을 받게 된다. 여러 개의 상이한 사건의 토막이 몽타주되어 있기 때문이다. 일부를 보면 다음과 같다.

꽃을 파는 인도 소녀와 소싯적에 시를 썼던 수학선생과 맹인과 맹인

의 가정교사와 친구하자 친구해요 청하고 있는
　소녀들아, 고추들아 환상적이니

　이렇게 모닥불에 둘러앉아서 여기가 어딘지는 도통 모르고 넓고, 옷
장 같고, 옥상 같아서,
　쓸쓸히 혼자 먹는 급식이 없는, 올라오는
　내려가는 층계가 없는,

　…(중략)…

　오리하고 소꿉놀이 하고 싶어서 오리 밥을 줬구나 오리 배에서 불륜
을 저질렀다 친해지려고 병원에서 왜 웃었니 이를 뺐는데 참을 만했거
든요 치과 아저씨
　칭찬을 해주세요 치과 선생님

　이 시 전체를 보면 죽은 고조할머니, 죽은 사마귀, 군대 동기, 한 무리
도롱농 같았던 어린 시절 친구들, 죽은 부모, 가정교사였던 수학 선생, 이
를 뽑은 아이를 보며 웃는 의사 등등에 관한 이야기들이 무차별적으로 몽
타주되어 있다. 시집에 배열된 순서에 따라 각각 시를 읽은 독자만이 이
들 이야기가 이미 앞서 소개된 시편들, 즉 부모의 죽음을 모티브로 한 시
편을 포함하여 「조합원」 「대명사 캠프」 「사마귀 박스」 「죽은 자를 위한 기
도」 「펜은 심장의 지진계」 「오리들이 사는 밤섬」 「옥상」 「옷장」 「병원」 「같
은 부대 동기들」 「2011년 6월 23일」 등의 산만한 종합적 변주임을 깨닫게
된다. 시인은 이들 이야기를 하나의 홀(무대)에 모아놓고 "단어를 만들어
서" 죽은 '나'의 목소리를 통해 전달한다. 그런 의미에서 시집 『에듀케이
션』을 이끄는 중심 화자는 이미 죽은 자, 즉 '귀신'이라 할 수 있다. 죽은
자가 자신의 어린 시절과 젊은 날을 회상하는 무대가 바로 시집 『에듀케

이션」의 시편들이며 이들 시편은 하나의 장(Scene)으로 몽타주되어 기능하다가 마지막 시 「홀에 모인 여러분」으로 수렴되는 것이다. 여기서 한 가지 짚고 넘어갈 것은, 어느 때부턴가 X세대와 웹 세대 사이에서 '귀신 이야기'가 유행처럼 번지고 있다는 사실이다. 시단에 자주 출몰하곤 하는 이 '귀신 현상'은 우리의 현대시사에서 볼 수 없었던 징후 가운데 하나이다. 이것은 엽기 신드롬처럼 또 하나의 획일적 유행인가? 아니면 시대가 만들어낸 보편 상징인가? 젊은 시인들 사이에서 '귀신론'이 유행한다는 사실에 대해서는 심도 깊은 논의의 장이 필요할 듯하다.

다시 김승일의 시로 돌아와 이야기를 진행하자면, 문제는 그의 극적 형상화 방식이 극적 효과를 창출하는 데 성공했는가 하는 것이다. 극적 구성과 그로부터 도출되는 극적 효과는 다른 문제라 할 수 있다. 극적 효과, 엄밀히 말해 극적 구성을 전략화한 시적 효과를 염두에 둔다면, 그의 시편들이 이 시집의 마지막에 수록된 「홀에 모인 여러분」까지 독자를 이끌고 갈 동력을 지니고 있는가에 대해 묻게 된다. 이는 달리 말해 그의 시를 통해 독자가 어떻게 미적 경험을 구성하는가 하는 문제와 연관된다. 존 듀이(John Dewey, 1859~1952)는 "어떤 경험을 미적인 것으로 구별 짓게 하는 것은 저항, 긴장, 그리고 이탈에 대한 유혹인 흥분을 포괄적이고 충만한 종결로 향한 운동으로 전환시키는 것"이라고 말한다. 이 말은 미적 경험은 대상에 대한 '흥분'의 과정과 정신적 '충만'의 결과를 낳아야 함을 의미한다. 김승일의 무미건조한 문장과 이것의 누적으로 이루어진 극적 구성, 예를 들어 앞서 소개한 부모가 죽고 화장실 변기에서 쥐가 튀어나오고 형제들이 불화를 겪게 되는 등등의 이야기는 어떤 흥분과 충만을 되돌려주는가? 그의 상징물인 '화장실'과 '쥐'가 과연 독자를 집중하게 만드는가? 아울러 별다른 자극이나 반전이 없는 몽타주적 구성은 어떠한가? 감정과 정념의 체험을 소거시킨 전략은 또한 어떠한가? 이러한 물음은 그가 독자적인 자신의 문법을 만들어내기 위해 시적 흥미를 유발시킬 수 있는 미문, 정념, 반전효과, 감각적 요소 등 기존의 요소들을 너무 많이 덜어내고 있는 것은 아닌가 하는 우려와 관계된다. 테리 이글턴(Terry Eagleton, 1943~)의 생각대로 이제 비극의 숭고함이 아니라 비극의 범속성과 일상성을 말해야 하는 시대일지라도 비극에 관한 예술은 관객과 독자를 자신의 울타리 안으로 끌어들이는 강력한 긴장감을 유지해야만 한다. 독자의 정념을 쥐어짜서 슬픔을 구걸하는 작품도 문제이고 뜻이 없는 미문으로 과잉된 수사를 남발하는 것도 문제다. 하지만 인간의 슬픔과 고통을 평이한 그 무엇으로 만들어버림으로써 비극적 애틋함을 지워버리는 것도 문제다. 또한 미문이 지닌 미덕을 배제해버리는 것도 문제일 수 있다. 미문은 시의 멋만이 아니라 뜻의 깊이일 수도 있다. 아울러 인간의 정념은 인간의 내면을 섬세하게 만들어주는 타고난 자산이기도 하다. 이 같은 정념을 포함한 미적 경험의 문제는 '감동'의 문제와 연결된다. 나는 여전히 예술은 어떤 형태이든 감동을 주어야 한다는 신념을 버리지 않는다. 특히 우리 시대에 감동은 지극히 희소하고도 소중한 체험이라 할 수 있다. 마르셀 뒤샹(Marcel Duchamp, 1887~1968)의 〈샘(Fountain)〉이나 앤디 워홀(Andy Warhol, 1928~1987)의 〈브릴로 상자(Brillo Box)〉가 아무리 현대미학의 중요한 메시지를 담고 있다 하더라도 그것을 감동적이라 말할 수는 없을 것이다.

위태로운 '무대'

과잉된 자기규정성의 언어들

― 이이체의 『죽은 눈을 위한 송가』

      자기를 규정한다는 것은 이 세계에서 자신을 특수화하는 행위이다. 특수화란 무차별적이고 무규정적인 존재 상태를 벗어나 자아의 의미와 가치를 재정립하는 것을 의미한다. 그것을 통해 '구별'로서의 자기규정에 이르게 된다. 이와 같은 자기규정을 실천하는 정신의 활동은 왜 촉발되는가? 그것은 자신을 둘러싼 외부(현실)와 분리되고 싶은 충동이나 욕구에서 비롯된다. 이는 '나'와 외부가 조화롭지 못한 불화의 상태, 혹은 외부를 부정적 대상으로 인식한 경우에 생성된다. 그런 의미에서 자신을 거듭 새롭게 규정하고자 하는 자는 외부세계와 마찰하며 끊임없이 '다름'의 징표를 자신에게 부여하게 된다. 즉 자기규정성은 절대적 자아에 의해 부여되는 것이 아니라 세계와의 관계에 의해 만들어지는 것이다. 이러한 자기규정성을 만들어가는 행위는 어떤 가치를 갖는가? 무규정성이란 다름 아닌 결정론적 울타리 안에 자아가 포함되어 있음을 뜻한다. 헤겔(Georg Wilhelm Friedrich Hegel, 1770~1831)에 따르면 그것은 '노예'의 상태를 의미한다. 결정론적 울타리는 결코 한 개인의 고유한 가치와 자유를 위해 마련된 것이 아니다. 그것은 개인에게 막강한 영향력을 행사하지만 결코 개인이 소유할 수 있는 것이 아니다. 그 거대한 틀로부터 자신을 구원하고자 하는 첫 번째 정신의 활동이 바로 '자기규정성'에 대한 자의식을 갖는 일이다. 따라서 자기규정적 행위는 노예로부터 벗어나는 일, 망각했던 자유의 가치를 일깨우는 일, 존엄성을 회복하는 일과 상통한다.

이이체의 시집 『죽은 눈을 위한 송가』(문학과지성사, 2011)는 이와 같은 자기규정성을 의미하는 수많은 문장을 내포하고 있다. 아울러 이들 문장은 대체로 상호연관성을 갖는 다음 세 가지 내용으로 나누어 집약된다.

(가)

백지는 성공적으로 깨끗한데 나는 왜 이리도 더러운가.(「취한 말들을 위한 여름」)

나는 총에 맞아 죽을 것이다./미치기 좋은 운명이다.(「취한 말들을 위한 여름」)

보이는 것만을 믿어온 세월이 죄악이었고/나는 조조할인만큼도 용서받지 못했다(「자각몽(自覺夢)」)

나는 상처받은 역할에 충실했으므로 책들을 옷 삼아 은닉되었다.(「골방 연극」)

나는 늘 떠나거나 숨었다(「인간의 신화」)

나는 풍선/터지지 못해서 불안하지(「단어」)

나는 유일하지만 고유하지 않은 이름, 불행한 동명이인들을 가지고 있다. (「연혁」)

나는 누군가의 간절한 거짓이었다.(「거짓말의 목소리」)

나는 나에게 설명되어야 한다(「수면제」)

나는 육체의 혼돈을 희망했다(「미물」)

(나)

나는 빨갛고 노란 점들도 있었는데/왜 파란 몽고반점만 남았지/그마저도 잃었지(「가족의 탄생」)

약속대로 잊어버린, 우리가 잊어버린/우리의 이름이여(「낯선 애무」)

당신이 나를 부르는데 왜 내 이름이 아닌지 궁금해졌다.(「고아(孤兒)」)

아무도 나를 찾지 않는 것이 행복하다고 중얼거렸다.(「Alacrima」)

세상이 날 갖지 않겠다고 결심한다(「나쁜 피」)

아무한테도 기대지 않을 거야./내 침만 시음(試飮)하면서 살 거야./혼자 살 거야(「시에스타」)

진흙탕 속 엉망진창의 엉터리 기억들. 세상 모든 파편들을 풍경으로 얻어가도 배부를 수 없었다.(「한량들−우리들에게」)

나는 혼자 말해야 해. 기필코 외톨이가 된 느낌.(「Beastie boy」)

(다−1)

오로지 나만,/나만 멀리 떠나지 않았다는 사실을 기억해냈다(「실외투증후군(失外套症候群)」)

인간은 원래 모두 가볍다./무거운 인간은 나뿐이다.(「환생여행」)

멀어지는 나의 빈 몸,/외투가 벗어둔 여생/너는 나를 벗고 간 거였구나/드디어 홑몸으로도 단위가 될 수 있는 건가(「실외투증후군(失外套症候群)」)

나는 세계를 지우는 일을 했고/너는 세계를 구성하는 구멍에 빠졌던 가난(「연인」)

나는 나의 삶보다 오래된 내가 밉다.(「날짜변경선」)

시대에 일치하는 불안이 없어서/피난길도 오락이었다(「반목」)

나는 말하지 못하는 것을 말했다.(「거짓말의 목소리」)

나는 어린아이이고 싶지만 눈은 이미 모든 걸 보고. 감당한다는 것이 무겁고 무섭다.(「친절한 세상」)

창문 허리에 턱을 괴고 앉은 채 나는/단조롭지 않기 위해 나를 봉인하고 싶었다(「이름이 생긴 이별」)

　　나는 버려지는 방법을 잘 알고 있다.(「Beastie boy」)

　　이제 삶의 형식에서 점점 외로워질 무렵이다.(「금서들」)

(다-2)

　　고인(故人)들의/얇은 베일 쓴 묵언(黙言)/말로는 사랑도 할 수 있지
(「무간(無間)」)

　　짐짝 같은 부모와 쓸모없어 보이는 형제들로부터, 나는 악취미들을
반추했다.(「빙하기」)

　　너희 묘사는 케케묵고 한심하다.(「Eclipse」)

　　가성으로 불리는 개인들의 경구에/의혹을(「사어(死語)」)

　위에 인용한 문장들의 의미를 살펴보면 (가)는 자신의 비천함, 저주받
은 운명, 죄악과 상처, 은둔과 떠돌이 생활, 불안, 거짓으로 붙여진 이름
(존재성), 희망사항 등을 내용으로 한다. 이를 요약하면 자신의 비극적 현
존에 대한 자각을 드러낸 것으로 읽을 수 있다. (나)는 자기 기원과 이름
의 상실, 세상으로부터의 버림받음, 채워지지 않는 결핍감 등을 통해 자
신을 외톨이 혹은 고아로서 규정하는 내용을 담고 있다. 이때 이이체의
'고아의식'을 세상으로부터 버려진 자의 비극으로 의미화하는 것을 유보
할 필요가 있다. 시 「날짜변경선」의 "애착하는 일기를 쓴다./나는 수취인
불명의 표류기에 집착하고,"와 같은 구절에 암시되어 있듯이 그의 고아의
식에는 외부로부터 자신을 차단시키고자 하는 욕망이 숨어 있다. 그런 의
미에서 이이체의 시에 집요하게 반복되는 '고아의식'은 '고아 충동'이라
말하는 것이 타당할 것이다. 자신이 고아라고 선언하고자 하는 그의 충동
에는 "만신창이가 된 몸이야말로 울지 않는 내 목소리와 어울렸다"(「골방
연극」)와 같은 구절이 암시하는 비극적 존재성과의 싸움보다는 세계와 자

신을 구별짓고자 하는 욕망이 강하게 내포되어 있다. (다-1)의 내용이 그것을 입증한다. (다-1)은 '오로지 나만이'라는 독보적 존재성을 강조하는 문장들로 이루어져 있다. 이 문장들을 통해 시인은 개체로서 하나의 '단위'를 이루고자 하는 욕망을 드러내고, 자신은 시대와 불일치한 자이며, 말하지 못하는 것을 발설하는 자이며, 모든 것을 본 자, 나이에 비해 오래된 자라는 사실을 밝힌다. 아울러 자신을 봉인(은둔)하는 것은 세상의 단조로움에서 벗어나는 행위이며, 이런 자신이 세계를 지우고 있다고 말한다. 이와 같은 구별짓기는 (다-2)에 더욱 분명하게 나타난다. 시인은 (다-2)에 고인(故人)들을 비롯한 외부세계에 대한 경멸을 드러낸다. (다-2)가 환기하는 세계는 한심하거나 쓸모없거나 의심스러울 뿐이다. 시인은 이러한 세계를 지우거나, 반대로 누설한다. 혹은 세계로부터 스스로를 봉인함으로써 외부와 자신을 구별짓는다. 이와 같은 구별짓기의 이면에는 "그대 인간이라는 껍데기 안에서/새우잠 자는 원죄(原罪)여,/끊어지지 않는 탯줄처럼 이어질 테지//입을 벌린 채 내장을 흘리고 누운 통조림들"(「인간론」)과 같은 구절에서 감각되는 인간일반에 대한 혐오의 감정이 놓여 있다. 이것이 이이체의 자기규정성의 핵심이라 할 수 있다.

이이체의 시에는 자기규정적 언어 외에 선언적 형태의 발언이나 세계를 규정짓는 단정적 문장들이 자주 발견된다. 예를 들면 "피는 발굴하는 것이다"(「가족의 탄생」), "우리는 유기되었다"(「연인」), "화염의 번식은 사물의 몫이다"(「태엽」), "빌미는 볼모에 다름 아니다"(「날짜변경선」), "나의 종류를 착오하게끔 인간은 설계되어 있다"(「신생(新生)」), "어차피 늙어간다는 것은 아물어가는 일이다."(「인간론」), "실수는 언제나 실패로 끝나지."(「명랑 ─M에게」) 등등. 규정적 형태의 문장이나 선언적 문장 일반은 유혹적이고 매력적이다. 규정적 문장과 선언적 문장의 강점은 발화자가 자신의 새로운 인식에 대한 확고한 태도나 신념을 드러낸다는 데 있다. 때문에 이 같은 문장의 장력(張力)이 독자를 압도할 가능성을 갖는 것이다. 규정적 발언이나 선언적 발언이 선동성으로 이어질 수 있는 것도 이 때문이다. 이 이체가 독자를 견인해가는 가장 큰 힘 또한 그의 시에 산포(散布)되어 있는 이 같은 문장 때문이라 여겨진다.

한편 어떤 규정적 문장이나 선언적 언표가 진실로 상대(독자나 청중)를 사로잡는 데 성공하였는가의 여부는 그 문장이 어떤 기저에서 생성되었는가에 달려 있다. 우리는 이를 간과해서는 안 된다. 문장의 기저가 뜻의 깊이와 그것을 말한 자에 대한 신뢰, 나아가서는 감흥의 도를 결정짓는 요인이 되기 때문이다. 이 모든 것을 충족시키기 위해서는 자기규정적 문장에 철학적 숙고와 삶에 대한 신념 그리고 풍부한 경험의 질이 응집되어야 한다. 이이체의 자기규정적 언어들은 어떠한가? 수많은 자기규정적 언어에도 불구하고 이이체의 자기규정성의 언어들이 오히려 과잉으로 느껴지는 것은 그것을 발화가능하게 하는 기저의 허약함이 느껴지기 때문이다. 그는 '불행한 혹은 저주받은 운명 → 고아에 대한 충동의식 → 구별짓기'라는 도식을 순환적으로 반복한다. 이와 같은 시적 내용의 반복은 상상력의 도식을 낳고 그 도식은 세계 속에 '감금된 자'의 욕망 표출 이상의 의미를 생성시키지 못한다. 그의 화자는 자신의 불행을 토로하거나, 숨거나, 떠나거나, 세계를 경멸할 뿐 그 이상은 아니다. 이 같은 한계는 그가 자기규정성에 대한 책임보다는 '구별짓기'에 경도되어 있기 때문일지도 모른다. 이는 자신이 이 세계에서 고아로 존립해 있다는 인식을 넘어서 부조리한 세계에 불편함을 줄 수 있는 전복적 사고나 비판적 사고의 결여와도 연관된다. 세계가 '나'를 불편해한다는 인식이 부당한 세계를 불편하게 만드는 공격적 에너지로 전환되지 못할 때 자기규정성의 문장들은 공허한 것이 될 가능성을 지닌다. 그런 의미에서, 『죽은 눈을 위한 송가』가 첫 시집임을 감안한다 하더라도, 그의 자기규정성의 언어들은 아직은 결핍된 과잉으로 읽혀진다.

여기서 한 가지 더 짚고 넘어갈 것은, 이이체의 시집에 무수히 산포되어 있는 자기규정성의 언어들을 제대로 조력해줄 수 있는 시편들이 그리 많지 않다는 점이다. 이 시집에 실린 많은 시편들이 맥락화에 실패한 것으로 판단되기 때문이다. 예를 들면 「신」「금서들」「유희」「앙팡 테리블」「태엽」「연혁」「채식주의자들」「혐오」「낭만주의」「반목」「후유증들」「Eclipse」「밀회」「사어(死語)」「콤플렉스와 징크스」「신생(新生)」「파종」 등 상당량의 시편이 그러하다. 그 중 한 예를 보면 다음과 같다.

> 토하고 받은 사랑 고백 같이 읊조린다. 생물은 생물을 먹고 조금은 배불러서 기뻤다. 온건한 기후가 도시 외곽으로 스며들면 빛은 서식지를 잃어 천천히 검소해진다. 빈민굴에서는 비극을 우화로 전했다. 싸구려 양탄자들을 알록달록 걸쳐놓은 어두운 지붕들. 붉은 입맞춤을 소유하려고 사람들은 말에도 명암을 넣었다. 명절마다 난쟁이들이 짜임새 있는 향기를 팔고자 시가지를 돌아다녔다. 날개 잃은 나방은 정교하게 허공을 음송했으나, 천한 사람들은 밤이면 해의 뜨거운 머리털을 섬겼다. 이제 삶의 형식에서 점점 외로워질 무렵이다. 맨발의 회전목마들과 슬픈 생식기 사이. 감옥을 개조한 빌라에서는 매미들이 말라죽어 우수수 떨어지곤 했다. 간혹 우물에 고이는 미꾸라지들이 자연스러워서 누구도 재채기를 하지 않았다. 이 삶은 번외(番外)이므로, 유골에 남은 눈동자의 이물감을 보듬어준다. 잊기에는 너무 긴 머리카락을 기억한다.
>
> ─「금서들」 전문

우선 이 시의 문장 하나하나를 보면 그 각각의 의미가 애매함을 넘어

제1부 1980년대산(産) 시인들의 상상 좌표

불투명하게 느껴진다. 토하고 받은 사랑 고백은 도대체 어떤 상황 혹은 어떤 상태를 지시하는가? 난쟁이는 무엇이며 짜임새 있는 향기는 무엇인가? 해의 뜨거운 머리털은 무엇인가? "맨발의 회전목마들과 슬픈 생식기 사이"에서 맨발과 생식기는 대립쌍인가? "이 삶은 번외(番外)이므로, 유골에 남은 눈동자의 이물감을 보듬어준다."는 문장을 뒷받침할 문맥은 어디서 찾을 수 있는가? "간혹 우물에 고이는 미꾸라지들이 자연스러워서 누구도 재채기를 하지 않았다."의 인과성은 설득력이 있는가? 그의 또 다른 시에 나오는 "호박만 먹는 머저리는 어떤 방언도 외울 수 있었다."(「Eclipse」), "뒤꽁무니가 창피해서/무당은 손가락에서 반지를 빼내어/쇠사슬에 건다"(「밀회」), "모든 시인들은 표절당한 요절 때문에 격앙되어 울화병으로 곪고 썩는 것이다"(「인간론」), "딸꾹질이 멈추지 않아서 노예들은 각자 다른 나무 뒤에 숨었다."(「유언연습」), "난청을 잃어 귀를 암기하는 삶이 존재한다"(「무간(無間)」) 등 또한 설득력을 얻어내는 데 무리가 따르는 인과적 문장들이라 할 수 있다. 이 많은 물음들을 해결해줄 수 있는 빌미는 시의 제목과 문맥에서 찾아야 하지만, 그것은 거의 불가능한 것으로 판단된다. 예를 들어 앞서 인용한 「금서들」이라는 제목과 시의 내용을 아무리 맞추어보려 해도, 각각의 불연속적 문장들이 통일된 맥락을 끝끝내 이루지 못하기 때문에 제목과의 결합 또한 실패하게 된다.

  해석 불가능한 것은 난해함과 다른 것이다. 그것은 또한 시의 미학에서 말하는 애매함이나 다의성과도 다른 것이다. 시는 맥락의 순차성을 벗어남으로써 문장을 보다 입체적으로 구축해갈 수 있다. 아울러 깊이를 만들기 위해 때로 불일치의 행간을 충돌·결합시킬 수도 있다. 「금서들」은 이러한 경우와 달리 해석 불가능한 경우라 할 수 있다. 문제는 「금서들」과 같은 시편이 적지 않다는 점이다. 이들 시편들은 주로 서술의 병치, 간혹은 이미지의 병치로 이루어졌다는 특징을 지닌다. 그러나 이이체의 병치들은 「금서들」과 마찬가지로 모래알처럼 뭉쳐지지 않는다. 그것이 가독성을 떨어뜨릴 뿐만 아니라 의미의 핵심과 창작 의도를 되묻게 만들곤 한다. 언어예술은 시각예술과 달리 숙명적으로, 그것이 비선형적 구조로 이루어진 경우조차 그리고 여러 개의 몽타주로 이루어진 경우조차 의미의 중층성을 통해 주제에 도달할 수밖에 없다. 의미의 중층성이란 다름 아닌 맥락화이다. 맥락화는 내면으로부터 사유의 지층을 끌어올리는 행위이며 형식의 진실을 담보해주는 중요한 요건이라 할 수 있다. 이때 동원되는 수사(修辭)는 새로움만이 아니라 자연스러움 또한 갖추어야 한다. 어색하고 부자연스러운 억지 수사 또한 부질없이 맥락화를 방해할 가능성이 크다.

1990년대 중반부터 우리의 사유 방식을 뒤흔들어놓은 의미의 '불확실성', '비선형성', '미결정성', '불연속성', '불일치와 의미의 미끄러짐' 등이 현대예술의 형식을 창출해내는 주요 사안인 것만은 틀림없다. 그러나 이로부터 생겨난 예술 형식은 수사적 차원이 아니라 세계에 대한 인식과 그 세계에 관계하고 관여하는 자기 자신에 대한 철저한 이해, 그리고 그로부터 필연적으로 거머쥐게 되는 삶의 방향성을 바탕으로 만들어질 필요가 있다. 새로운 형식은 새로운 인식의 지평을 열어줄 가능성이 크지만 모든 새로운 형식이 인식의 깊이를 얻어내는 데 성공하는 것은 아니다. 형식의 과잉과 내용의 과잉 둘 다는 어느 한쪽을 충족시키지 못했다는 점에서 결핍이다. 문제는 균형인 것이다.

헌 방의 냉기를 데우는 인간적 정념
— 박준의 『당신의 이름을 지어다가 며칠은 먹었다』

       박준의 시집 『당신의 이름을 지어다가 며칠은 먹었다』
(문학동네, 2012)는 그와 동시대 시인들의 시편과 달리 '직접 경험'이 내재
된 특이성을 지닌다. 1990년대부터 시의 영역에서 재현성은 점차 축소되
었으며 이와 연동해서 직접 경험의 국면 또한 시의 중심 제재로부터 밀려
나기 시작했다고 판단된다. 이와 같은 현상 이면에는 여러 가지 원인이
있을 수 있겠지만 가장 지배적인 원인으로는 아마도 인터넷과 스마트폰
의 보급을 꼽을 수 있을 것이다. 무한대로 펼쳐진 시각 영상은 일상을 빨
아들여 우리를 그 안에서 숨 쉬고 그 안에서 상상하도록 매혹하고 길들인
다. 우리는 매일매일 '영상문화탐험대'의 일원이 되어 생활한다. 그것은
이미 뿌리 깊은 보편적 '습관'이 되었다. 정보와 가상세계의 범람이 우리
가 소위 '경험'이라고 말해왔던 삶의 생생한 국면을 대체·증발시켰다고
할 수 있다. 이와 더불어 도시의 메커니즘에 의해 만들어진 일상적 시간
의 지독한 동어반복이 '경험 없는 세대'의 출산을 지속하는 것이다. 일상
은 한없이 권태로워졌으며, 역으로 가상의 세계는 무궁무진한 신세계를

열어 권태로운 일상에 재미와 환상의 쾌락을 불어넣고 있는 것이다. 시의 문법에 환상성의 비중이 커지는 이유가 이와 무관하지 않은 것으로 여겨진다. 아울러 부자연스러운 이미지의 범람이나 억지스러운 상황과 맥락의 설정이 빈번하게 발견되는 것 또한 경험 없음을 메우기 위한 몸부림의 일종으로 생각되기도 한다. 이제 가상의 세계가 시적 상상력에 미치는 영향을 진지하게 생각하지 않을 수 없는 시대가 된 것이다. 시인들은 가상의 세계를 탐색하고 이로부터 창작의 빌미를 찾기도 한다. 때로 안타깝게도 자신의 상상력을 압도하는 가상의 세계를 교묘하게 베끼기도 한다.

그렇다면 시에 내재된 경험의 직접성은 무엇인가? 그것은 생활의 다양한 사건 속에서 감각하고 부대끼며 꿈꾸는 역동적인 몸과 정신에서 확인되는 것이다. 그는 시적 이미지와 상징을 만들기 이전에 혈육을 비롯한 수많은 '너'와 관계 맺고 고민하고 생각하며 그들과의 사건을 섬세하게 기억하는 자이다. 아울러 그로부터 파생되는 자신의 정념에 충실하면서 동시에 그 기억들을 꿈의 세계로 밀어 올리는 자이다. 이 같은 설명을 지금의 현상에 비추어 다시 거칠게 말해본다면, 그것은 우선 화려한 영상매체로부터 습득된 이미지들과 거리를 유지하고, 혹은 그것을 거부하고 자신이 직접 감각하고 사유했던 삶의 내용물에 시적 언어의 힘을 불어넣고자 하는 태도를 바탕으로 한다. 시인의 상상력이 본 것을 조합하고 베끼는 데서 벗어나 실제 사건과 기억에 직접적으로 접합되어 있는 것이다. 박준의 시적 상상력이 지닌 특이성은 이 같은 경험적 세계에 뿌리를 둔다는 데 있다. 그런 점에서 그의 시의 문법은 기술복제 시대의 영향권에서 벗어나 그야말로 오랜만에 인간적인 친근함과 따뜻함을 회복시키는 느낌을 불러일으킨다.

골방은 배가 부르다

숙박계를 적듯
벽에 상형을 그려두고
비구름은 떠났지만

간혹 바람은
환구를 활짝 열어도
쉽게 따듯해지지 않는 이 방

보일러 관 같은 곳이나
회반죽 벽면에 들어가
살고 있는 것이다

벽면 가장자리마다
헤져 들뜨가는
오래된 신문지들

활자들은
눈이 가장 먼저 붓는다

바람이 터져나오기 전에
헌 방을 덮어야 한다

어렵게 찾은 지물포에서 나는 자투리 벽지를 찾는 일로 미안했고 주인은 돈을 받는 일로 미안해했습니다 집으로 돌아와 물을 끓입니다 얕은 불 위에서 밀가루 풀을 천천히 끓여야 하는 것은 사실 방의 바람을 데우기 위한 일이라는 생각을 하면서 나는 배가 고파집니다 찢어진 안장과 새로 붙일 겉장 사이에 풀을 먹이고 새 바람을 끼워넣습니다 부풀어오른 사연들은 마른 수건으로 잘 문질러줍니다 도배 냄새를 덮고 돌아눕습니다, 벽이 마릅니다, 점점 달아오릅니다, 새벽쯤에야 절절 끓기 시작하는 방 헐벗은 바람의 각질 같은 것이 흘러내려 손으로 바닥을 쓸면 한데 모여 술렁였습니다 그것들이 환하게 터뜨린 울음이 새 아침의 낯빛입니다 방은 다시 공복입니다

— 「누비 골방」 전문*

이 시는 박준의 시적 지향을 가장 잘 드러내주는 시편 가운데 하나이다. 이 시의 화자는 누추한 골방으로 새로 이사를 온 사람처럼 보인다. 벽면이 얼룩지고 오래된 신문지들이 들떠 있는 헐어빠진 방으로 찾아든 것으로 보아 그의 살림이 넉넉지 않음을 짐작해볼 수 있다. 그는 헌 방 곳곳에 스며 있는 바람의 '냉기'를 훈훈한 열기로 바꾸고 비구름이 남긴 얼룩들을 말끔하게 씻어내려고 열심히 몸을 움직인다. 이 과정에서 화자는 "어렵게 찾은 지물포에서 나는 자투리 벽지를 찾는 일로 미안했고 주인은

---

* 시집에 실린 이 시의 편집 상태를 보면 시의 전반부와 산문시 형태로 쓴 후반부 사이에 11행 정도의 흰 여백이 놓여 있다. 아마도 골방의 벽면과 냉기와 공복감을 연상하도록 안배한 것이 아닌가 하는 생각이 든다.

　　　　　　　　　　　제1부　1980년대산(産) 시인들의 상상 좌표

돈을 받는 일로 미안해했습니다"라고 말한다. 이때 화자와 지물포 주인 사이에 오가는 '미안함'은 박준이 세상과 접촉하는 서정적 매개이다. 그는 이악스러움으로 가득한 세상에서, 그래도 아직 남아 있는 이 같은 온기의 감정을 섬세하게 집어낸다. 주고받은 미안함으로 인해 가난한 화자의 삶이 살만한 것으로 바뀌는 것이다. 이제 화자는 그 힘으로 자신의 내부를 데우고 냉골의 방에서 천천히 '끓이기'에 돌입한다. "쉽게 따듯해지지 않는 이 방"이 급기야 "절절 끓기 시작하는 방"으로 바뀐다. 방은 맑아졌으며 부풀어 오른 사연들도 조용히 안착하게 된다. 이와 같은 과정에는 생활의 결핍을 여과해내는 시인의 상상력이 내재한다. 누추함과 냉기로 가득한 방에 온기를 불어넣고 그것에 새로운 낯빛을 되찾아주는 상상 과정은 신산스러운 삶에서 빚어질 수 있는 궁상과 신파적 감정의 누수를 절제하는 것과 다르지 않다. 박준의 시에 반복적으로 드러나는 '가난'이라는 시적 상황이 누추하게 느껴지지 않는 이유는 이러한 여과작용 때문이라 생각한다.

이와 같은 시의 내용을 접할 때 박준의 시에서 가장 소중하게 다가오는 것은 인간적이고도 자연스러운 정념의 유출이라 할 수 있다. 이 글의 자료로 삼은 박준의 시집은 2013년도 9월에 출판된 것인데, 2012년 12월 초판이 출판된 지 1년도 채 지나지 않아 1판 6쇄를 찍은 것으로 기록되어 있다. 예나 지금이나 변함없이 시집이 잘 팔리지 않는 상황에서 이러한 박준 시의 인기(?)는 그의 시가 발현하는 지극히 인간적인 정념 때문이 아닌가 하는 생각을 하게 된다. 이 대목에서 1990년대 후반부터 소위 '미래파'라고 지칭되었던 일군의 시들이 쏟아져 나오면서 차분하게 내면화된 시인의 정념과 마주치는 일이 지극히 드문 사건이 되었다는 점을 상기할 필요가 있을 듯하다. 자극적이고도 불길한 이미지의 빈번한 촉발이 시적 정념이 지닌 호소력을 무력화했던 것이다. 이러한 시의 세태가 지속되면서 인간적 정념을 발견하고 싶어 하는 독자의 욕구가 증폭되었을지도 모른다. 즉 하드코어(hardcore) 시에 권태를 느낀 독자의 감성에 신선함을 불어넣어줄 수 있는 시가 요청되었다고 할 수 있다. 박준의 시편에 대한 독자의 관심은 아직도 여전히 인간적 정념으로 매개된 예술적 감동이 유효하다는 사실을 입증한다.

> 중국 서점이 있던 붉은 벽돌집에는 벽마다 죽죽 그어진 세로균열도 오래되었다 그 집 옥탑에서 내가 살았다 3층에서는 필리핀 사람들이 주말마다 모여 밥을 해먹었다 건물 2층에는 학교를 그만둔 아이들이 모이는 당구장이 있었고 더 오래전에는 중절수술을 값싸게 한다는 산부인과가 있었다 동짓달이 가까워지면 동네 고양이들이 반지하 보일러실에서 몸을 풀었다 먹다 남은 생선전 같은 것을 들고 지하로 내려가면 어미들은 그새 창밖으로 튀어나가고 아비도 없이 자란 울음들이 눈을 막 떠서는 내 발목을 하얗게 할퀴어왔다
>
> — 「발톱」 전문

박준의 시에 퍼져 있는 '온기'에 매료되는 이유는 그 온기 이면에 타자를 향한 한없이 부드러운 연민의 감정이 녹아 있기 때문이다. 앞서 살펴본 시 「누비 골방」과 마찬가지로 「발톱」 또한 가난한 삶의 풍경을 담고 있다는 점에서 공통적이다. 옥탑에 사는 '나'와 이주 노동자로 보이는 필리핀 사람들, 학교를 그만두고 당구장에서 시간을 때우는 아이들, 오래전 값싼 중절수술에 몸을 맡겼던 여인들은 모두 변두리 인생의 불우함을 암시한다. 이들의 삶의 풍경에는 화려한 도시의 광휘가 소거되어 있다. 그렇다고 그것이 참담함으로 얼룩진 것도 아니다. 다소 어둑한 삶의 표정 안에 박준의 시적 화자는 따뜻한 손을 뻗어 넣는다. 이는 길고양이의 새

끼들을 향한 행동을 통해 드러난다. 시인은 어린 새끼들을 '아비도 없이 자란 울음'이라고 표현한다. 그리고 그 울음이 "내 발목을 하얗게 할퀴어 왔다"고 말한다. 여린 새끼들의 울음이 화자의 마음을 안쓰럽게 할퀴는 연민으로 자리잡은 것이다. 이로부터 번져오는 따듯한 슬픔이 담담한 감동으로 이어지게 된다.

박준은 "여전히 연하고 무른 것들"(「당신의 연음(延音)」)과 "작은 눈에서/ 그 많은 눈물을 흘렸던/당신의 슬픔"(「슬픔은 자랑이 될 수 있다」)과 "풀 죽은 슬픔이/여는 길"(「저녁─금강」)을 애처롭게 사랑하는 자이다. 그리고 들깨씨 같고(「별들의 이주(移住)─화포천」), 어머니가 잘하는 짠지 무 같은(「별의 평야」) '별'로 자신의 슬픔을 투명하게 걸러내는 자이다. 그는 "나는 걸어가기엔 멀고/무얼 타기엔 애매한 길을/누구보다 많이 갖고 있다"(「관음(觀音) ─청파동 3」)고 고백한다. 이 어중간한 거리에 그의 가족과 이웃과 잊지 못할 당신이 있다. 시인은 그것들을 "여리고 무른" 심정으로 싸안는다. 이 애매하고 어중간한 삶의 풍경은 과도하지도 그렇다고 밋밋하지도 않은 느낌으로 독자에게 전달된다. 가난, 그리움, 별 등과 같이 다소 복고적 소재를 아우르면서도 그의 시가 진부함을 넘어서는 이유는 이 애매하고 어중간한 삶의 풍경을 정념의 깊이로 매개하기 때문이라 여겨진다. 직접 경험에 의해에 빚어진 그의 시적 정념은 인공적으로 만들어진 억지 감정과는 다른 자연스러움을 지닌다. 이는 박준 세대의 문학 풍토에 비추어본다면 매우 희귀한 경우라 할 수 있다. 사실 이러한 서정성은 1990년대 중반 이전에는 별로 희귀한 것이 아니었다. 박준 시에 대한 독자의 애착은 이런 희소성과도 연관된다. 마무리하며 한 가지 아쉬움을 말해보자면, 박준의 부드러운 내성을 끝끝내 지켜갈 수 있는 강인한 정신의 근골이 그의 상상력을 뒷받침했으면 한다.

헌 방의 냉기를 데우는 인간적 정념

사담(私談)에 스며 있는 '내부 폭력', 그리고 운명과의 싸움

— 박성준의 『몰아 쓴 일기』

박성준의 『몰아 쓴 일기』(문학과지성사, 2012)는 그 제목에 맞게 지극히 사적인 기억을 시로 형상화한 시집이다. 이 시집에는 가족과 애인을 비롯한 타자들 그리고 그들과의 관계 속에서 의미화된 시인 자신에 대한 생각이 주요 내용을 이룬다. 시는 본질적으로 사적 경험과 상상을 바탕으로 창작된다. 그럼에도 그것은 사적 경험의 영역을 벗어나 보편의 장을 가로지르지 않으면 안 된다. 즉 일기와는 다른 차원이 요구되는 것이다. 따라서 박성준의 『몰아 쓴 일기』가 갖는 의의나 가치 여부는 이와 관련하여 결정될 수 있다.

『몰아 쓴 일기』의 상당 부분은 가족에 대한 이야기라 할 수 있다. 가족에 관한 이야기는 사실 오래된 시적 제재 가운데 하나이다. 그간 가족이 문제적인 것으로 그려질 때 그 중심에는 언제나 '가난'이라는 현실 상황이 개입되어 있음을 어렵지 않게 발견할 수 있다. 멀리로는 이상과 이용악, 서정주, 박목월, 박용래의 가족담이 그러하며, 이보다 가까이에는 서정춘, 이성복, 기형도, 김중식, 함민복이 그러하다. 이들의 시에서 간혹 발견되기도 하는 아버지의 무능과 무책임 그리고 이로부터 빚어지는 가족의 불화와 불안 등은 가난으로부터 파생된 것들이라 할 수 있다. 이러한 가족담론의 방향성을 가난이라는 문제에서 다른 곳으로 몰고 간 것은 유종인이라 할 수 있다. 유종인에게 가족은 슬픔과 사랑, 증오의 근원으로 그려진다. 이 시기로부터 '가난'은 더 이상 새로울 것이 없는 낡은 제재로 여겨지기 시작했으며, 최근 젊은 시인들에게 그것은 퇴출 직전에 놓인 한물간 테마가 되었다고 할 수 있다.

유종인의 시집 『아껴 먹는 슬픔』(문학과지성사, 2001)에는 아버지의 사진을 가위로 열심히 오려내는 어머니(「그 여름의 삽화—마리아와 여인숙」)와 쓸쓸하게 정신병원에 갇혀 있는 누이(「정신 병원으로부터 온 편지」)가 등장한다. 이것이 함축하는 유종인의 비극적 가족담과 박성준의 가족담은 10여 년의 간극을 두고 있지만 차이점만이 아니라 공통점도 있는 것으로 보인다. 유종인의 누이가 정신병을 앓는 사람으로 등장한다면 박성준의 누이는 신병을 앓는 무녀로 등장한다. 두 시인 모두에게 누이는 비극과 고통의 근원이라는 점에서 공통적이며, 이들 누이가 매우 특수하고도 개별적인 사례에 해당한다는 점에서도 공통적이다.

차이점이 있다면 2000년대 초반과 비교해볼 때 특수하고 사적인 것에 대한 사람들의 관심이 훨씬 증대하였다는 점이다. 이제 사람들이 가장 흥미로워하는 것은 '광장'이 아니라 '밀실'의 사담(私談)이라 할 수 있다. 예능 프로그램에 나오는 TV 스타들은 자신과 타인의 밀실을 공개하는 데 주력한다. 우리는 프랑스 대통령 올랑드의 국가정책보다 그가 가예트를 만나기 위해 밤에 몰고 갔던 오토바이에 대해 더 궁금해한다. 특수와 보편의 자리바꿈은 옳고 그름을 떠나 '권태'가 낳은 이 시대의 대표적 문화 현상이라 할 수 있다. 박성준의 가족담이 그 자신에게는 소중한 기억의 서사이지만 한편으로는 이와 같은 문화 현상의 기반에 위치할 수밖에 없는 것 또한 사실이다.

그렇다면 박성준이 드러내는 가족 이야기의 특수성은 어떤 방식에 의해 한 개인의 일기 차원을 벗어나는가? 박성준의 가족담은 크게 두 가지 내용으로 나누어 생각해볼 수 있다. 하나는 아버지가 중심이 되는 가족 구성원들의 이야기이며 다른 하나는 누이에 대한 이야기다. 이 두 가지 내용은 서로 다른 의미망을 구축한다. 첫 번째의 경우는 '나'라는 화자의 가족 이야기만이 아니라 익명의 가족 이야기 또한 포함된다. 그 대표적 예로 1946년 어느 산모의 이야기를 다룬 「변사의 혀」 「비굴과 굴비」 「(어머니는 컴배트를 사 오셨다)」 「아비 디스크 조각모음記」 「俳優 5 ; Montage」 「담배를 피우는 코미디언」 등을 들 수 있다. 이들 예 가운데 내가 주목했던 것은 시인이 가족 내부에서 일어나는 폭력에 대해 매우 예민한 통찰을 보인다는 점이다.

> 이복형은 나를 인마라 불렀다. 어디서든 이름 대신 인마가 찾아오면 나는 형이 있는 쪽으로 달려가 무릎을 꿇었다.
> 그때마다 꿇었던 무릎, 그 무릎을 나는 약속이라 부른다.
> 바닥에 불도 들지 않아 시리도록 딱딱한 약속, 아니야 다시는 안 그럴 테니 용서해달라고
> 모르는 죄를 고하는 약속, 새끼손가락을 거는 대신 무릎을 걸겠다고 약속하고
> 이복형은 인마에게 벌을 내린다.
>
> ― 「비굴과 굴비」 부분

왜 우리는 벌칙을 감사하게 받아야 하는지, 퇴근한 코미디언들은 아내에게 똑같은 벌칙을 내리지요 라이터를 쥔 주먹이 아내의 쇄골을 찌

룹니다 킬킬킬 웃음이 나도 박수를 치면 나빠요

   멍든 허벅지 속으로 지퍼 내린 고통이 돌진합니다 검붉은 아내는 늙은 코미디언을 위해 쓰러집니다 웃음에 오르가슴을 느끼고, 늙은이의 엉덩이를 짝짝 쳐대고 있지요

   벌칙 뒤에는 늘 박수가 따라옵니다 더 큰 벌칙을 준다면 더 큰 박수가 따라오지요 코미디언의 아들은 태어난 것이 가장 큰 벌칙, 어디서 웃어야 할지 모르는 관객, 임신한 아내가 달수를 훨씬 지나 아들을 쥐고 쓰러졌는데 저 늙은이는 박수를 치지요

—「담배를 피우는 코미디언」 부분

박성준의 시 가운데 이 두 편의 시는 매우 사실적인 묘사로 이루어진 이례적인 작품이다. 이들 시편은 가족 내부에서 일어나는 폭력적 상황을 실감나게 보여준다는 점에서 공통적이다. 「비굴과 굴비」는 이복형에게 "모르는 죄를 고하는 약속"을 하며 벌을 받는 화자의 강요받은 비굴을 드러낸다. 「담배를 피우는 코미디언」은 늘 벌칙을 받으며 관객을 웃기곤 하는 늙은 코미디언의 가족 이야기를 다룬 시편이다. 이 시의 늙은 코미디언은 자신이 받았던 무대 위에서의 벌칙을 그대로 가족들에게도 내린다. 그는 라이터를 쥔 주먹으로 아내의 쇄골을 찌르고 검붉게 멍든 아내와 성교를 한다. 이때 아내는 폭력에 길들여진 모습으로 그려진다. 이러한 광경은 관객이 된 그들의 아들에게 그대로 전달된다. 이 비극적 가족 풍경은 이전 세대의 시에서 발견하기 어려웠던 사실성을 갖는다. 이전 세대의 시에 보이는 가족 구성원들 간에 벌어지는 폭력성은 대부분 상징적 이미지로 처리됨으로써 의미의 직접성을 우회하거나 암시하는 방식을 택하는 것이 일반적이었으며 때로 그것은 사회적 폭력의 알레고리로 읽혀도 무방한 맥락으로 구성되곤 하였다. 박성준의 경우는 이와 다르다. 그는 폭력

의 추상성을 벗겨내고 그것을 일상 속에서 벌어지는 인접적인 사건으로 의미화한다. 예를 들어 "(집 속의 집이란 늘 그렇듯 빈집의 개념이다 집 속의 뿌리란 늘 그렇듯 헛뿌리의 개념이다 집 속의 문이란 늘 그렇듯 바람의 개념이다 집 속의 집이란 간혹 그렇기도 했을 이해의 개념이다 ~~어떤 개념들~~)"(「(어머니는 컴배트를 사 오셨다)」)과 같은 구절에 보이는 증오로 가득한 목소리는 가족의 붕괴와 '내부 폭력'이라는 문제의 차원에서 이해될 필요가 있다. 아울러 그의 시에 드러난 폭력의 일상성은 가족만이 아니라 선배나 선생과 같은 존재에 의해 자행되기도 하는 것으로 나타나기도 한다. 그의 다른 시 「구멍들」의 화자는 코뼈가 주저앉을 정도로 구타당한 후 "맞고서도 사과하러 가야했던 길"의 치욕과 고통을 되새기며 그 기억을 지우기 위해 러시안 룰렛을 떠올린다. 그러나 그는 죽지 못한다. 이 시에는 굴욕감을 씻지 못한 자의 내적 고통과 분노가 서려 있다. "모르는 죄를 고하는 약속", "맞고서도 사과하러 가야했던 길"과 같은 구절은 폭력을 당한 자 자신이 왜 벌을 받아야 하는지 모른다는 사실, 가해자가 오히려 당당한 위치에 서게 되는 억울하고도 부조리한 현실 등을 나타낸다. 박성준의 가족담의 의의는 시인의 가계(家系)에 대한 사적 정보에 있다기보다 이 같은 내부 폭력의 문제를 그야말로 문제적인 것으로 보여주었다는 데 있다. 폭력은 먼 곳에서 일어나는 문제가 아니라 가족과 친구들과 이웃의 일상 속에 편재해 있음을 그는 말하는 것이다.

한편 박성준의 가족담론 가운데 가장 비중 있게 다루어진 인물은 누이라 할 수 있다. 많은 시편에 등장하는 누이는 앞서 이야기했듯이 신병을 앓는, '귀신 든' 특수한 운명의 소유자다. 시인은 이러한 누이의 운명에 대해 슬픔과 증오와 고통을 끊임없이 토로한다. "아이고—아이고—오, 아이고—오—오. 미친년. 귀신든 년."(「어떤 싸움의 기록」), "곧 입을 벌려/누나는 입속에 가위를 넣고 볼을 잘랐어"(「俳優 1; 너그러운 귀신」), "꼭두각시 목소리로 새벽을 외치거나/얼굴에서 얼굴을 뺀 얼굴로 누이는 누워 있었지"(「혀의 묘사」), "오래전에 죽은 사람처럼 고통이 없다. 누이가 차마 나를 보지 못하고/나, 귀신처럼 외로워져서."(「고통의 축제」) 등의 구절에는 자신의 말과 얼굴을 귀신에게 넘겨준 채 고유의 존재성을 잃어버린 누이의 고통과 그것에 대한 '나'의 외로움이 함의되어 있다.

그런데 이 같은 시편에 나오는 누이 이야기는 다만 누이에 대한 사랑과 그녀의 운명에 대한 증오 이상의 의미를 내포한다. 누이의 운명과 '나'의 운명이 별개의 것이 아니기 때문이다. "침대에 사는 할아버지 이야기를 했다가 나는 치료를 받았다/침대에 사는 할아버지 이야기를 했다가 누나는 신을 받았다"(「俳優 2; 의미론」), "귀신의 고통을 내가 앓습니다./누이가 나 대신 귀신을 앓습니다./누이 그림자 옆에 내가 포개져 봅니다."(「담」)와 같은 구절은 '나'와 누이의 운명이 동일하다는 사실을 알려준다. 박성준의 누이에 관한 시편들에 관심을 쏟게 되는 이유는 귀신 든 누이라는 특수한 대상의 등장 때문이 아니라 이들 시편이 누이라는 대상을 통해 외롭게 자신의 운명과 싸워가는 한 존재의 초상을 보여주기 때문이다. 그런 의미에서 누이 시편은 누이에 관한 이야기라기보다 자신의 운명과 처절하게 투쟁할 수밖에 없는 화자의 이야기라 할 수 있다.

박성준의 화자는 그와 동일한 운명의 소유자가 자신의 말과 얼굴을 잃어버렸다는 사실에 대해 연민과 증오만이 아니라 공포의 정념도 함께 드러낸다. 자신과 흡사한 육친이 다른 존재로 대체되었다는 경험적 인식은 그에게 근원적 상실감과 존재 무화(無化)에 대한 불안감을 동시에 불러일으킨 것으로 보인다. 박성준의 외로움과 공포의 정념은 이로부터 촉발된다. 「어떤 싸움의 기록」에 보이는 "난해함과 난감함 사이에서 귀신이 걸어온다. 나는 없는 것 같은 내 살을 미친 듯이 핥는다."와 같은 구절에는 귀신 든 운명을 물리치려는 자의 공포와 자기 연민이 스며 있다. 그리고 "나는 혀의 뿌리를 찾으러 왔습니다. 사무친 창살을 찾으러 왔습니다."(「무슨 낯으로」)와 같은 구절 또한 이러한 운명의 창살을 확인하고 그것을 벗어나려 하는 대항적 자세를 보여준다. 박성준의 시에 자주 발견되는 '그늘'이라는 상징어는 이 같은 운명적 존재성을 함의한다. 박성준이 운명과의 싸움을 통해 드러낸 존재의 고통은 그보다 앞선 'X세대'가 '아버지 죽이기'라는 상징을 통해 고아의식이나 기원의 상실을 추상적으로 의미화했던 것보다 훨씬 경험적이고 구체적이라는 점에서 그 울림의 진폭이 크다. 그의 운명 대결은 관념적 포즈가 아닌 것이다. 여기서 시집『돌아쓴 일기』에 실린 작품 가운데 가장 밀도 있는 비극미를 드러낸 「시커먼 공중아, 눈가를 지나치는 혼돈 같은 교감아」의 한 대목을 살펴볼 필요가 있을 듯하다.

> 내 혀는 말을 배우는 아픔으로 다시 돌아가
>
> 무엇 때문에
> 휘파람을 돕는가
>
> 바람이 분다, 거역할 수 없다, 일생이여
> 음악의 처음은 울음이었고
> 울음의 처음은 짐승이었으니
> 말을 지배하기 위해
> 내 혀는 음악이 되기 전, 짐승일 필요가 있었다
>
> …(중략)…

나는 말을 배우기 싫은, 모르는 혀로 돌아가서
노래를 모르는 검은 새처럼 운다

　박성준의 운명과의 싸움을 보면 그 핵심에는 언제나 말(言)의 상실과 존재의 상실이 등가로 놓여 있음을 발견하게 된다. 말을 잃어버린 누이처럼 되지 않는 것 즉 자신의 혀의 의미를 되찾는 것이 곧 창살 같은 운명을 이기는 것이라 생각한 것일까? 그런데 "말을 배우는 아픔"이라고 쓰고 있지 않은가? 박성준에게 "말을 지배"한다는 것은 누이와 운명으로부터 이화(異化)됨을 뜻한다. 그의 말은 운명(뿌리)에 저항하는 언어이며 누이를 저버리는 언어인 것이다. 박성준이 갖는 외로움과 슬픔의 깊이는 이로부터 연원한다. 거역할 수 없는 운명과의 대결을 위해 그는 자신의 일부를 잘라내야 하는 것이다. 그리고 음악과 말의 시초인 울음으로 되돌아가야 하는 것이다.
　마무리하며 한 가지 아쉬움을 말해보자면, 박성준의 『몰아 쓴 일기』 전체를 정독하는 일이 쉽지만은 않다는 것을 느낄 수 있다. 이는 내면의 복잡성이 난해한 구성을 통해 전개되기 때문이기도 하지만 한편으로는 시적 상징을 장악하지 못한 채, 그것의 의미를 전개하는 힘이 산만하고 약하기 때문에 발생하는 문제이기도 하다. 아울러 부정합적인 조사(助詞)의 운용이나 펀(pun)의 잦은 구사 등도 맥락화와 관련해서 고려해볼 필요가 있는 것으로 보인다. 이와 같은 문제 때문에 가독성이 떨어지고 작품 간의 수준 편차도 크게 벌어지는 것이 아닌가 하는 생각이 든다. 예를 들어 「데몬에게 말을 빼앗긴 취객들이 맹신하는 기이한 사랑의 하염없음」 「소름」 「한배에서 나온 개새끼들」 「루돌프의 牛」 「익명의 구애」 「발효된 젖」 「떠내려온 얼굴」 「寄港第」 「나침반의 기후」 등 다수의 시편이 그러하다.

독자적인 자기 문법을 만들고자 하는 노력은 모든 시 창작자의 의무이기도 하다. 이전에 체험하지 못했던 독자적 문법은 그 자체로 낯선 것이기 때문에 독법의 어려움을 동반한다. 따라서 정교한 맥락 구성에 대한 세심한 노력을 기울이지 않으면 독자적 문법을 시도한 시인의 언어는 자칫 독백으로 남겨질 위험을 갖게 된다.

다섯 번 태어난 아이

— 성동혁의 『6』

성동혁의 『6』(민음사, 2014)은 지극히 개인적인 존재의 사태를 시적 대상으로 삼은 시집이라 할 수 있다. 그는 시 「수선화」에 "나는 나를 다섯 번 허물었다"고 고백한다. 이 다섯 번의 허물어짐을 생각하지 않고서는 그의 시집이 지닌 절박함에 도달하기 어렵다. 이 글을 쓰는 나는 그의 전기에 대해 직접적으로 들은 바가 없다. 시집에 실린 시편을 단서로 시인의 존재 사태를 감지할 뿐이다. 성동혁의 시를 보면 페르산친(persantin), 디곡신(digoxin)과 같은 혈관과 심장 치료약명과 평형감각을 잃는 '메니에르'와 같은 병명이 등장한다. 내게는 다 낯선 단어들이다. 이러한 단어들과 더불어 "가슴이 열린 채로 묶여 있었다/유약이 쏟아졌다"(「측백나무」)와 같은 구절을 통해 유추해보면 그는 다섯 번의 심장 수술을 받은 듯하다. 예를 들어 "나는 그런 친구가 많다/던진 칼을 온몸으로 받는"(「서커스」), '마스크를 오래 보고 있으면 마스크 뒤의 얼굴 그 얼굴 안의 얼굴/보인다"(「6」), "수많은 솜들로 피를 건져 냈지만/강은 푸른 피부를 잃었다"(「6」)(참고로 이 시집에는 각기 다른 두 편의 「6」과 각기 다른 두 편의 「쌍둥이」가

실려 있다.)와 같은 구절이 병원 수술실에서 일어났던 일들을 암시하는 것으로 보인다. 그런 의미에서 이 시집의 제목 '6'은 다섯 번의 죽음과 다섯 번의 재생, 그리고 여섯 번째 삶으로 향해 있는 시간의 위치를 상징한다. 그는 "여섯 번째 일들이 오고 있다"(「6」)라고 말한다. 이 말의 음영은 짙고 어둡다. 그에게 '6'은 새로운 생을 의미하는 것일까 아니면 또 다른 공포와 고통의 예고일까. 아무도 장담할 수 없는 죽음과 삶의 갈마듦을 이 시집은 기록하고 있는 것이다.

당신이 날 재앙으로 인정한 날부터 언덕마다 달이 자라났네

슬리퍼는 낙엽을 모방하며 흩어지고 모이고 계절은 용서까지 치달았다

창세기를 여러 번 읽어도 나는 가위에 눌렸다
난간에 심은 바람에 대해 변명하지 못했다
신앙과 종말을 함께 배워 불안하진 않았다

페달을 밟을 때마다 나오는 허밍은 나의 궤도이다 입을 닫아야 들리는 곡선
죄가 유연하고 둥그렇다
달이 찰 때마다 미안한 것들이 생긴다

죄를 앓고 난 뒤 쿨럭쿨럭 보라색으로 자란 바람이
살 나간 우산 안의 그림자를 밀쳐 내고
몸을 디밀며 안녕?

당신이 옆집에 살았으면 좋겠다
종량제 봉투 안에 가득 찬 악몽을 들고 엘리베이터 안에서 눈인사를

할 수 있도록
　새벽 기도를 나가지 않고도 자라난 달을 버릴 수 있도록
　동글네모스름한 초인종을 달고

—「口」 전문

　이 시의 화자는 여러 번의 죽음과 삶을 몸으로 받아내야 하는 존재의 사태를 '재앙'이라 말하며 이를 차오르고 기우는 '달'의 주기로 치환한다. 그에게 달의 차오름은 숨이 걷잡을 수 없이 차오르는 상태와 관련하며 달의 기욺은 숨이 가라앉음과 관련한다. 따라서 달의 차오름은 숨을 쉴 수 없는 재앙의 순간을 뜻하며 이때 심장은 "페달을 밟을 때마다 나오는 허밍"의 숨소리를 낸다. 또 다른 시에 그것은 어지러움의 상태로 드러나기도 한다. 시 「수선화」의 "지옥은 내릴 수 없는 회전목마였다", 「메니에르」의 "자고 일어나니 누군가 나를 미러볼 안에 넣어 두었다"와 같은 표현이 그것이다. 목숨이 절박해지는 바로 이 긴박한 순간, "신이 나를 잠시 잊었던 순간"(「6」)을 시인은 "죄가 유연하고 둥그렇다/달이 찰 때마다 미안한 것들이 생긴다"라고 고백한다. 여기에는 '재앙–죄의식–미안함'이 한 덩어리로 뭉쳐 있다. 이것이 성동혁이 내면화한 자신에 대한 의식이며 세계와의 관계방식일 것이다. 그는 다른 시 「백야」를 통해 "야위어 가는 건 나로 인한 어머니였으므로 악/소리는 나의 것이지만 그 뒤의 것은 방 밖 가족들의 것이었으므로"라고 말한다. 필사적으로 자신을 지켜주려 하는 가족들에 대해 단순히 미안한 감정만이 아니라 죄의식 또한 겹쳐 있는 것이다. 이와 같은 의식에는 '나' 자신의 고통과 '나'의 고통으로 인해 고통 받는 사람들에 대한 괴로움이라는 이중의 무거움이 내포되어 있다. 그 무거움이 "창세기를 여러 번 읽어도 나는 가위에 눌렸다"로 표현되는 것이다. 시 「거인의 잔디밭」의 마지막 연 "지혜로운 이슬과/트램펄린 위에서 튀어

오를 때/기도는 그대로 있었네/눈을 감고 죄를 뛰어넘을 때마다/예배당
이 자랐네"도 같은 자의식을 내포한다. 이와 같은 존재의 재앙을 그는 '물
의 침실'로 드러내곤 한다.

> 침대 밑에 강이 흐른다 더 무거워지면 익사할 수도 있겠다
>
> —「6」 부분

> 언덕 위엔 죽은 달들이 누워 있었네
> 검은 강이 우르르르르
>
> —「6」 부분

> 잠시 엄마와 월요일이 사라진 것을 메모했다
> 그때는 아가미가 생겼다
>
> 침대에 누우면. 눈썹들이 쏟아지고
> 돌고래의 문장을 배워 본다
> 지느러미가 생기면
> 파도의 단추를 모두 채워 주고 싶다
>
> —「그 방에선 물이 자란다」 부분

> 세면대가 넘친다 바지가 젖지만 우린 물을 끌 수 없다 손이 없다
>
> —「노를 젓자」 부분

물로 범람하는 공간은 두 개의 의미를 내포하는 것으로 읽힌다. 첫째,
물의 공간은 숨 쉬기의 어려움을 겪는 시적 자아의 존재론적 상황을 적절
하게 대변해주는 설정으로 볼 수 있다. 둘째, 성동혁의 시에 간혹 기독교
적 모티브가 등장하는 것을 고려한다면, 물의 공간은 창세기에 등장하는

노아의 홍수를 연상시키는 재앙과 심판의 공간이라 할 수 있다. 이때 노아의 홍수는 노아의 방주라는 구원의 상징을 떠올리게 한다. 시인은 다른 시에 "사십 주야 동안 비가 반대편 지구에 내린다/방주 위에 올라 소녀들의 정수리를 본다"(「동물원」), "침몰한 배 안에서 마지막 점심을 먹는다"(「어항」)라고 쓰고 있다. 그에게 재앙의 고통과 구원의 절박함은 하나의 의미체로 맞물려 있는 것이다. 재앙으로부터 벗어나는 일, 그것은 쉽게 이루어질 수 없는 그러나 포기할 수 없는 존재의 고통을 내포한다.

한편 성동혁은 자신의 위태로운 상태를 간혹 '유리' 이미지를 통해 드러낸다. "우린 깨진 컵으로 만들어진 구름"(「퇴원」), "쳐다보지 마/유리가 될 것 같아"(「페르산친」)라고 그는 말한다. 차고 견고성이 없는 유리는 그의 깨질 것 같은 심장을 비유하는 상징물일지도 모른다. 시 「횡단」의 "화병이 깨지면/화병이 깨지면/거즈에 묻은 붉은 새/날아오르는 몸"에 등장하는 붉은 꽃을 담은 '화병'은 붉은 피를 담고 있는 심장과 동질적이다. 붉고 아름다운 꽃을 품은 화병처럼 붉은 피를 담고 있는 심장은 아름다운 생명을 증거한다. 이러한 심장의 생명성을 시인은 화병이나 화분에 담긴 꽃으로 치환한다. 그의 시에 보이는 "화분을 비워내면서 먼저 늙는 아들"(「백야」)이나 "세이지를 태운 후 재로 방바닥에 크로키를 그렸다 그녀"(「6」)는 모두 생명의 소진과, 역으로 생명의 '소생'에 대한 염원을 함의한다. 그러한 염원을 시인은 이렇게 쓰고 있다.

> 나는 이 꽃을 선물하기 위해 살고 있다
> 내가 나중에 아주 희박해진다면
> 내가 나중에 아주 희미해진다면
> 화병에 단 한 번 꽃을 꽂아 둘 수 있다면
>
> —「리시안셔스」 부분

성동혁의 시는 자신이 처한 존재론적 사태를 수많은 비유의 얼개를 통해 드러낸다. 그의 몸과 의식은 다섯 번의 죽음과 다섯 번의 삶을 누적적으로 경험함으로써 시의 언어로 재현된 것이다. 그의 시에 보이는 '쌍둥이' 즉 중환자실에 누워 있는 형(「쌍둥이」)과 다시 태어나려 하는 동생(「라일락」)은 다섯 번의 재생으로 이루어졌던 과거의 '나'와 현재의 '나'를 함의하는 것으로 판단된다. 이 둘은 서로 같으면서도 서로 다르다. 어제의 '형'과 지금의 '나' 사이에는 죽음의 홍수와 삶의 방주가 놓여 있기 때문이다. 죽음으로부터 삶 쪽으로 숨차게 건너뛰어 넘은 자는 분명 그 이전의 '나'와 다른 경험을 갖게 된다. 죽음 가까이 갔던 '나'를 기억하며 되살아난 '나'의 의식은 과거의 '나'와 다르면서 같을 수밖에 없는 것이다. 여기에는 죽음과 삶의 무시무시한 누적적 시간이 내재되어 있다. 이러한 누적적 경험에는 절실한 기도와 슬픔과 공포와 절망이 결집되어 있다. 그런 의미에서 그의 시의 언어는 관념도 허구도 아닌 그 자체 '존재'라 할 수 있다. 간혹 각 편의 행간이 드러내는 의미가 미궁으로 빠지거나 자폐적 심연 속으로 함몰되는 것 또한 사실이지만, 성동혁의 상상력은 통일성과 일관성을 잃지 않으려 하는 힘을 지니는 것으로 여겨진다. 시가 자기 자신의 내면에 헌신하는 장르라면 성동혁의 시는 그러한 헌신을 충실히 보여준다. 절박한 것을 표현한 언어들은 진실을 담보할 가능성이 크다. 그의 시가 그러하다. 다만 그의 특수한 경험과 상황이 그 특수성을 가로질러 인간 보편의 존재론으로 심화될 수 있는지에 대해서는 앞으로 시간이 필요할 듯하다.

구도(求道) 관념의 틀

— 유병록의 『목숨이 두근거릴 때마다』

유병록의 시집 『목숨이 두근거릴 때마다』(창비, 2014)에는 일상성이 바탕이 되었을 때 드러나는 사람들과의 관계성이나 사건, 정감적 울림이 거의 발견되지 않는다. 아울러 경험 불가능한 이미지를 통해 불가해한 감각을 불러일으키는 환상풍의 시편도 발견되지 않는다. 몽타주나 패러디 기법, 키치적 감각 등 소위 말해 포스트모던한 문화주의의 세례로부터도 벗어나 있다. 그런 의미에서 유병록의 시편은 한때 유행했던 혹은 유행하고 있는 여타의 시풍과 거리가 있는 것으로 보인다. 『목숨이 두근거릴 때마다』는 특이하게도 같은 세대의 시인들에게서 발견하기 어려운 관념성이 두드러진 시집이라 할 수 있다. 그는 하나의 사물이나 사건을 중심화하고 거기에 자신의 관념적 지향을 투사시키는 방식으로 시의 유기적 맥락을 구축한다. 이는 산만성(散漫性)과 비통일성을 추구하는 동일 세대의 문법적 경향과는 변별되는 요인이라 할 수 있다.

예를 들면 달, 두부, 구겨진 종이, 염소, 침대와 화분, 오리와 같은 사물과 이러한 사물들이 처한 상황이나 생명이 몰수되는 현장을 집요하게 초점화한다. 특히 도살되었거나 죽어가는 사물에 의미를 부여함으로써 그는 '죽음'의 사태를 거듭 제시한다. "두부는 식어간다/이미 여러번 죽음을 경험한 것처럼 차분하게//…(중략)…//두부를 만진다/지금은 없는 시간의 마지막을, 전해지지 않는 온기를 만져보는 것이다"(『두부』), "죽은 자의 폐에서 발견되는 다량의 흙은/산 채로 매장된 흔적"(『검은 꽃』), "목숨이 두근거릴 때마다/흰 토끼가 숨통을 물어 벽에 던진다/천둥의 밤이 고요해질 때까지/털 속의 불안이 다 지나갈 때까지"(『흰 이야기』), "누가 내다 버렸을까/우그러지고 칠 벗겨진 달이 비를 맞는다"(『주전자』)와 같은 구절이 그것이다. 그렇다면 그의 시에 반복적으로 의도된 죽음의 재현은 궁극적으로 무엇을 의미하는 것일까? 그는 왜 '죽음'에 집착하는가?

　　여기 망치가 있다
　　쇠를 두드려 장미꽃을, 얼음을 두들겨 태양을, 무덤을 내리쳐 도시
　를 만든

　　망치는 무엇이든 만들어내지만

　　함부로 뭉개진 얼굴
　　눈이 감기고 귀가 잘리고 입이 틀어막힌
　　둔기의 윤리

　　괜찮소 누구나 귀머거리가 되니까 누구든 벙어리가 되니까 언젠가
　숨 쉬지 않는 자가 될 테니

　　없는 눈을 감은 채
　　망치는 자신이 만든 세계를 힘껏 내리친다

그의 사랑은 어차피 한가지 방식뿐이니까

장미꽃을 두드려 겨울을, 태양을 두들겨 밤을, 도시를 내리쳐 무덤
을 만드는
둔기의 본분
— 「망치」 전문

사실 유병록의 시 가운데 위에 인용한 「망치」처럼 알레고리적 명료성이
선명하게 부각된 작품은 그리 많지 않다. 그는 죽음의 원인을 서술하기보
다 '죽음'의 과정을 묘사하고 상징화하는 작업에 골몰한다. 그럼에도 이
시를 인용한 이유는 '망치'가 함의하는 '세계상'과 '죽음'의 반복성이 인
과적이라는 판단에서이다. '망치'는 건설과 파괴라는 모순적 가치를 함께
내포한 근대의 도구로 의미화된다. 그것은 장미꽃과 태양과 도시를 만드
는 힘을 지님과 동시에 모든 것을 함부로 뭉개버리는 둔기의 파괴적 윤리
를 지닌 도구이다. "어차피 한 가지 방식"만을 고수하는 이 둔기는 엄숙하
고 고집스러우며 무반성적이라 할 수 있다. 그렇기 때문에 '망치'는 자기
가 세운 것을 자기가 무너뜨리는 모순으로 폐허를 건설한다. 이것이 유병
록이 인식한 세계상이라 할 수 있다. 폐허로 변해가는 세계 속에서 모든
생명은 피 흘리며 죽어간다. 한편 시인은 '죽음'으로 황폐해진 현재성 이
면에 엷게나마 과거에 대한 긍정적 관념을 배치해놓는다. 예를 들어 수천
개의 심장을 가진 토마토밭의 전설(「붉은 달」), 진화의 과정에서 잃어버린
크고 멋진 뿔(「뿔」), 낭만과 숭배의 상징이었던 달(「주전자」)과 같은 것이 그
러하다. 이러한 과거에 대한 관념 혹은 기억과 현재에 대한 관념이 서로
어긋날 때 시인의 의식지향은 더욱 입체화되기도 한다. 그렇다면 "시간을
일으켜 세울 수 없는 침대의 완력과 살아서는 여기서 한 발짝도 걸어 나

갈 수 없는 화분의 직립"(「침대와 화분」)과도 같은 불가항력적 존재 상황을
지닌 채 우리는 무엇을 해야 하는가? 아니 무엇을 할 수 있을까?

칼날이 지나간 저 흉터는
닫힌 문
안으로 들어가서 밖으로 나오지 않는 자가 있다

도망다니는 그가 찾아왔을 때
은신처 하나 없어서
내가 유일한 건축이어서

다급하게 만든 문
아무도 찾을 수 없도록 못질한 벽

더이상 아무도 그를 쫓지 않는데

문은 안으로 잠겨 있다
벽을 두드려도 대답이 없다

귀를 기울이면
그는 어떤 기록을 남기는 중인 것 같다 밤의 낮에 대해, 안의 밖에
대해
그리고 너의 나에 대해

무덤처럼
작은 창 하나 없는 어둡고 비좁은 방에서
　　　　　　　　　　　　　　　　　　　—「문 너머에」 전문

이 시를 가볍게 일독하면, 상처받은 자가 완강하게 외부와의 접촉을 끊고 은둔해 있다는 정도로 요약될 수 있다. 그러나 보다 세심하게 읽어보면, 이 시에 등장하는 '그'는 뭔가에 쫓겨 도망 다니다가 '나'의 내부 깊숙이 숨어든 자이다. 이때 '문'은 안에서 못질한 '벽'으로 치환됨으로써 '차단'의 기표로 기능하게 된다. '무덤'과 같이 차단된 이러한 공간은 유병록의 시에 가끔 등장하는 '구덩이'의 상징과 연결되는 것이기도 하다. 중요한 것은 '그'가 폐쇄된 공간에서 "어떤 기록을 남기는 중"이라는 점이다. 시인은 이 부분을 "밤의 낮에 대해, 안의 밖에 대해/그리고 너의 나에 대해"라고 함축한다. 이러한 설정은 '그'가 세상의 비의(秘義)를 알고 있는 자이며 그것이 그를 도망 다니게 한 원인일 것이라는 추측을 만들도록 이끈다. '그'는 누설할 수 없는 비밀(진실)을 차단한 공간에서 기록하는 중일 것이다. 아직 세상 밖으로 누설해서는 안 되는 진실의 기록물은 시 「사자(死者)의 서(書)」에 나오는 '지혜의 책'이거나 '혁명의 책', 또는 '예언서'쯤으로 해석 가능하다.

그렇다면 무문(無門)의 방 안에 스스로를 가둔 '그'는 누구인가? 다른 시 「지붕 위의 구두」 「중력의 세계」 「흑경(黑鏡)」 등 또한 '그'와 비슷한 존재와 사물이 중심을 이룬 작품이라 할 수 있다. 시 「지붕 위의 구두」에는 벼랑 끝에 서 있는 '망가진 뿔'을 가진 염소 한 마리가 묘사되어 있다. 이 시에 보이는 "그러니까 어떤 힘이 염소를 끌고 저 높은 곳으로 올라간 것이다 난간에 묶어두고 사다리를 치운 것이다"라는 구절은 곧 바로 조정권의 시 「獨樂堂」의 구절들, 즉 "獨樂堂 對月樓는/벼랑꼭대기에 있지만/옛부터 그리로 오르는 길이 없다./누굴까, 저 까마득한 벼랑 끝에 은거하며/내려오는 길을 부셔버린 이."를 떠올리게 하기도 하는데, 이러한 공간성은 극단의 절망적 상황 속에서의 고립과 차단을 의미화한다는 점에서 시

「문 너머에」와 상동적이라 할 수 있다. '망가진 뿔'을 가진 염소는 강제된 '어떤 힘'에 의해 이 고원의 공간이 지닌 고통과 고독을 감내하는 상징물로 그려진다. 한편 시 「중력의 세계」에는 '구름의 시절'로 돌아가지 못하는 '물방울'의 오체투지(五體投地)가 묘사되어 있다. '물방울'은 희망 없는 세계에서 자신의 뼈와 살점을 부수면서도 흘러가기를 중단하지 않는다. 시인은 이를 "누더기를 걸친 성자"로 비유한다. 시 「흑경(黑鏡)」에는 지붕 아래의 안락한 삶을 버린 자들이 등장한다. '그들'은 "지붕을 만나 지붕을 부수고 높이를 만나 높이를 부수던 자들"이며 "숨을 수도 피할 수도 없는 땅에서/하늘마저 부수던 자들"이다. 이 시 구절은 사물에 미혹됨이 없어야 자유자재한 해탈의 경지에 이를 수 있다는 불교의 가르침을 패러디한 것이다. 살펴본 「지붕 위의 구두」「중력의 세계」「흑경(黑鏡)」은 세계를 일말의 희망도 없는 상태로 의미화한다는 점에서 공통적이며 그러한 세계 인식을 지닌 자의 구도적 행위를 상징화한다는 점에서 공통적이다. 그런 의미에서 시 「문 너머에」의 '그'나 다른 시편에 등장하는 '염소', '물방울', '그들'은 모두 은둔자 혹은 순례자이며 세상 끝에서 깨달음을 얻고자 하는 구도자라 할 수 있다.

유병록은 도살되거나 죽어가는 사물을 통해 폐허의 세계를 거듭 강조한다. 그의 시에 등장하는 생명이 몰수된 사물들의 몸이 이 세계가 가해한 상처와 흉터를 현시하는 것이다. 이들은 피 흘리고 부서지고 구겨져 있다. 이것이 유병록의 내면에 자리 잡은 세계상이며 이 같은 세계 인식이 은둔자와 순례자에 대한 지향을 생성시킨 것으로 읽는다. 그들은 구원 없는 세계에서 구도적 자세를 버리지 않는 역설적 존재라 할 수 있다. 여기에는 시인이 내면화한 절망과 그 절망이 안겨다준 '망가진 뿔'로, 다시 그 절망을 들이받으려 하는 내적 파동이 잠복되어 있다. 시인은 "나는 보았다/검은 코끼리 떼가 나타나/대지에 놓인 짐짝들을 흔적 없이 부수며/ 수평선을 향해 달려가는 모습을"(「짐짝들」)이라고 단호하게 말한다. 수백 근의 짐짝을 가차 없이 내던지는 호연지기의 경지가 바로 시인이 도달하 고자 하는 지점일 것이다.

　이와 같은 유병록의 관념성과 그것을 뒷받침하는 상징들은 시의 품격 과 무게감, 고뇌의 깊이를 동시에 생성시키는 토대라 할 수 있다. 그러나 관념은 하나의 '틀'이기도 하다. 모든 관념의 틀은 논리를 동반한다는 사 실을 염두에 둘 때 그것은 자칫 폐쇄적 도식으로 작용할 가능성 또한 지 닌다. "지붕을 만나 지붕을 부수고 높이를 만나 높이를 부수던 자들"처 럼 시인 또한 이 틀을 부수어야 할지도 모른다. 유병록이 관념의 형상화 를 위해 상징으로 우회할 때 현실의 리얼리티와의 거리 또한 벌어질 수밖 에 없다. 때로 그의 시가 막연하거나 피상적인 느낌을 촉발하는 것은 이 때문이다. 아울러 그가 지향하는 은둔자와 순례자가 과연 '죽음'의 현실에 대응하는 최선의 존재인가 물어야 할 것이다. 은둔자와 순례자의 상징은 고뇌의 끝 지점을 점유하는 속성을 지니기 때문에 해법의 다양한 과정과 가능성을, 그와 연동된 자유로운 상상력을 가로막을 수 있음 또한 생각해 볼 필요가 있을 듯하다. 시인은 너무 빨리 결론에 이르러서도, 해탈해서 도 안 되는 존재가 아니던가!

구도(求道) 관념의 틀

다시, 시란 무엇인가?

— 김현의 『글로리홀』

        김현의 『글로리홀』(문학과지성사, 2014)은 황병승의 『여장
남자 시코쿠』(랜덤하우스중앙, 2005) 이후 가장 도발적이고 뛰어난 감각과 시
대적 감성을 촉발시키는 문제적 시집으로 보인다. 그의 시집이 문제적인
까닭은 '시란 무엇인가?'라는 물음을 또다시 묻게 하기 때문이다. 1980년
대 중반 이후 '해체시'의 탄생과 더불어 유행했던 '전통의 해체', '반미학',
'주변의 복귀'와 같이 시학적 층위에서 호명되었던 어휘 또한 '시란 무엇
인가?'라는 물음을 내포한 것이었다고 할 수 있다. 사실 우리는 해체시 이
후 끊임없이 '시란 무엇인가?'라는 질문을 거의 30여 년 동안이나 해왔던
셈이다. 근대문학 100년의 역사를 돌아볼 때, 이 같이 시의 근간이 흔들리
는 진통을 지속적으로 경험했던 때는 없었던 것으로 파악된다. 그 진통은
압축적이었으며, 가속적이었으며, 지속적이었다고 할 수 있다. 이는 1980
년대 이후의 급변했던 문화 풍토의 변화와 맞물리는 사태이다. 해체시 이
후 시학적 전통을 동요시키거나 파괴하는 도전적 실험이 계속되었으며
이에 따라 아도르노(T.W. Adorno, 1903~1969)의 "예술에 관한 한 이제는 아
무것도 자명한 것이 없다는 사실이 자명해졌다."라는 선언이 우리 시에도

통용되는 시대를 맞이하게 된 것이다.

　김현의『글로리홀』은 마치 기성 시학이 보여준 일체의 자명성을 벗어나 전혀 이질적이고도 자율적인 세계를 구축한 시집이라 할 수 있다. 그것은 우리 시의 세계에서 확실한 변종에 해당한다. 이 시집을 해설한 박상수는 해설 제목을「본격 퀴어 SF－메타픽션 극장－『글로리홀』에 붙이는 핸드가이드북」이라 붙이고 있다. 여기서 눈여겨볼 것은 '핸드가이드북'이라는 표현이다. 이 시집의 경우 분명 가이드북이 필요하다는 데 동감한다. 예술철학자 조지 디키(George Dickie, 1926~)가 말한 예술제도론을 등에 업지 않으면 우리는 이 시집을 시집으로 읽기를 거부할지도 모른다. 그런 면에서 박상수의 해설만큼 끈기 있고도 성실하게 김현의 시 세계를 안내한 글도 드물 것이라 여겨진다. 그의 해설 첫 부분을 인용해보면 다음과 같다.

> 　이 책은 시집일까, 소설집일까? SF일까, 포르노그래피일까, 남자들 간의 사랑을 다루는 하드코어 야오이물, 혹은 팬픽일까? 그것도 아니라면 1950~60년대 영미권 대중문화와 하위문화에 대한 애정 어린 문화사적 보고서일까, 혹은 특별히 이 시기 미국의 비트와 히피 세대 작가들에게 바치는 오마주일까? 어쩌면 부패한 이 세상과 정치권력에 대한 풍자적 알레고리이거나 진정한 자아를 찾아 떠나는 로드무비 형식의 청춘 성장 드라마는 아닐까? 번역 시집 같은 문체와 감수성, 그리고 페이지를 넘길 때마다 등장하는 새로운 인물 설정들, 묵시록적이고 디스토피아적인 분위기까지 고려한다면?
> 　질문 형식을 빌려보았지만 앞서 말한 모든 것이 바로 이 시집의 생생한 육체를 구성한다.

　박상수의 해설에서 알 수 있듯이『글로리홀』은 SF적 내용, 게이들의 사랑, 포르노그래피, 1950~60년대 미국판 하위문화와 인물들, 디스토피아적 분위기가 "이 시집의 생생한 육체"를 구성한다. 그리고 거의 모든 작품에 근거를 따지기 어려운 다양한 각주들이 달려 있다. 박상수는 이들 각주가 사실과 가짜가 뒤섞인 픽션이라는 사실을 밝히고 있다. 아울러 그는 "그러니까 이번 시집은 시집이지만 소설집에 가까워질 수밖에 없다. 픽션의 발명이 목적이기 때문이다."라고 말한다. 이와 같은 내용과 형식이 김현의 시를 쉽게 읽을 수 없게 만드는 주된 요인이다. 구체성을 감지하기 위해 표제 '글로리홀'이 시어로 등장하는 시 「늙은 베이비 호모」와 그에 딸린 각주를 함께 읽어보자.

늙은 베이비 호모[1]

자줏빛 비가 내리는 여름의 텅 빈 교실에서 처음으로 감정을 빨았네. 어금니를 깨물고 축구화를 구겨 신은 거무튀튀한 감정이었지. 무릎을 꿇은 창밖으로 시간의 좀들은 하얗게 피어오르고.

일렬횡대로 젖은 운동장을 행군해 오는 두꺼비 떼의 구령에 맞춰, 녀석은 힘껏 달렸네. 나는 녀석의 반짝이는 드리블을 떠올렸네. 골을 넣을 때마다 퍽을 내뱉던 녀석의 입술은 퍽 신비로웠어. 침으로 범벅이 된 감정은 부드럽고 미끄덩하고.

곧 줄줄 흘러내렸네. 감정의 불알을 감추고, 녀석은 황량하고 사랑스러운 발길질로 나를 걷어찼지. 유리창 안에서 시간에 좀먹은 내가 늙은 신부처럼 나를 나처럼 바라볼 때. 녀석은 똥 묻은 팬티를 끌어올리고 사라지고 아름답고. 나는 면사포처럼 속삭였어. 안녕.

그리고 녀석들을 본 사람은 없네. 아무도. 그래, 아무도.

엉클스버거 냅킨으로 홈타운의 케첩을 닦아내던 우리는 왜 서둘러 늙었을까. 소시지 컬 가발을 쓰고 썩은 맥주를 마시는 오래된 밤. 나는 알 수 없이 노래하네. 카운트다운이 끝나기도 전에 소년의 궤도 밖으로 로켓을 쏘아 올린 녀석들을 위하여. 안녕, 지금도 축구화를 구겨 신

고 자줏빛 여름에게서 도망치고 있을 글로리홀²⁾의 누런 뻐드렁니 호
모³⁾들의 감정을 위하여. 그리고 건배.

---

1) 이 노래에 도움을 준 계절들을 밝혀 적는다. 봄의 각성, 자줏빛 여름의 노래, h
   의 가을과 가을의 h 그리고 이 세상에 없는 계절이었던 민₁₋₁₎
   1-1) 이 주석에 도움을 준 노래들을 밝혀 적을까 하다 어둠 속에 두기로 한다.
   다만, 사랑의 기원, 거지 같은 환등이, 코치는 나를 범하고, 네가 소년이었을 때,
   라는 존과 찰스와 그렉과 민의 노래를 언젠가 들은 적이 있다고만⋯⋯
2) 이 구멍에 도움을 준 공중화장실을 대신하여, 팝아티스트 키스 헤링Keith Haring
   의 1980년 작 「Glory Hole」을 어두침침하게 그려 넣는다.
3) 그리스어에서 사용되던 접두어로서 '닮았다'라는 뜻이 있다. 그 때문에 현재까
   지도 유럽 계열의 언어군에서 homo로 시작되는 단어는 '같은'이라는 뜻을 포함
   하는 경우가 많다. 동성애를 뜻하는 homosexuality의 줄임말로 사용되기도 하지
   만 동성애자 인권운동 이후 남성 동성애자는 게이, 여성 동성애자는 레즈비언
   이라는 단어로 대체되었다. ─옮긴이 주.

이 시의 내용이 퀴어(queer)적 세계의 한 사건을 초점화하고 있다는 것은
누구나 쉽게 간파할 수 있을 것이다. 화자인 '나'는 "감정을 빨았네", "거
무튀튀한 감정", "침으로 범벅이 된 감정은 부드럽고 미끄덩하고"와 같은
표현을 통해 구강성교의 감각을 적나라하게 전달한다. 이때 '나'는 "호모
들의 감정"을 가진 게이 소년으로 판단된다. '나'와 '녀석'은 여름의 텅 빈
교실에서 성기를 빨고 사정을 한다. '교실'은 이러한 위반 혹은 이반(異般)
의 의미를 강화해주는 공간성이라 할 수 있다. '교실'이 성교의 공간으로
는 합당하지 않기 때문이다. 한편 '녀석'은 사정의 쾌락을 맛본 이후 '나'
를 경멸하듯 걷어찬다. '나'는 '녀석'의 경멸을 늙은 신부처럼, 면사포처럼
사랑으로 받아들인다. 이것은 '자줏빛 비'가 내리던 어느 여름날의 추억이
다. 화자는 그것을 회상하며 "글로리홀의 누런 뻐드렁니 호모들의 감정"
을 위하여 건배한다. '글로리홀'은 공중화장실 칸막이 사이에 뚫어놓은 구

멍을 지칭하는 은어이다. 게이들은 이 은밀한 구멍을 통해 몸을 교환한다. 이 같은 글로리홀의 추억담을 화자는 '안녕'이라는 말의 울림과 "우리는 왜 서둘러 늙었을까"와 같은 자문을 통해 쓸쓸함으로 물들인다.

성적 담론이 공론화되기 시작한 1990년대 이후 성을 묘사하거나 서술하는 시인들의 태도가 점차 과격해지고 대담해졌다는 사실을 경험한 독자라면 위의 시에 보이는 장면을 더 이상 충격적으로 받아들이지 않을 것이다. 더욱이 이 시와 함께 서술된 각주가 미국적 색채를 덧입히는 역할을 하고 있기 때문에 시와 독자 사이에는 이질화(異質化)에 의한 거리가 조성된다. 이 이질화가 충격을 완화시키는 장치로 기능하는 것이다. 김현의 시에 대해 물어야 할 것은 바로 이 대목이라 할 수 있다. 김현은 한국적 친밀감을 제거하고 그 자리에 미국적 세계를 놓음으로써 독자와의 이질화를 의도하는 것처럼 보인다. 론 우드, 샘 빌, 리, 스미스, 앤디, 몽고메리 클리프트 등의 고유명사를 비롯하여 수많은 영어 어휘들이 그의 시에 동원된다. 아울러 그의 시(각주를 포함해서)를 제대로 읽기 위해서는 우리가 미처 탐구하지 못한 영역들, 사진·음악·퀴어 세계의 은어 등에 대한 잡다한 지식·정보들이 동원되어야 한다. 이러한 그의 시를 읽다보면 이는 우리의 이야기가 아닌 것처럼 느껴진다. 시인은 미국판 밑그림을 놓고 게이를 비롯한 이반의 정체성과 소외, SF적 세계와 사이보그적 몸이 드러내는 침울하고도 어두운 존재론 혹은 현실론 등을 토로한다. 김현의 시를 읽는 내내 겪게 되는 근본적인 어려움은 문맥성이나 함축성 때문이 아니라 이 같은 내용이 주는 이질감 때문이라 할 수 있다. 일반적으로는 우리가 주로 미국판 영화를 통해 경험했던 내용을 시인은 한국어로, 수많은 각주와 더불어 허구화하고 있는 것이다.

이제 본론을 들어가, 이와 같은 김현의 시 세계가 지닌 가치와 미학을 되묻을 차례인 듯하다. 우선 몇 가지 물음부터 던져볼 필요가 있을 듯하다. 시인은 왜 '미국판'으로 시의 내용을 구성하고 있는가? 이는 시인의 개인적 취향의 문제인가 아니면 시적 전략의 문제인가? 대부분의 작품이 '누구의 이야기'에 관한 것이라는 점에서 그의 시는 서사지향적 특성을 강하게 노출하고 있다. 이러한 지향을 시학적 관점에서 볼 때 어떻게 평가할 것인가? 이와 연관해 해설을 쓴 박상수는 다음과 같은 해답을 내리고 있다.

> 2000년대의 시가 시인에서 시적 화자로, 시적 화자에서 다시 일종의 캐릭터 놀이로 초점을 변화시켜간 것은 시의 내재적 한계를 극복할 수 있는 중요한 흐름 중 하나였다고 나는 생각하는 편이다. …(중략)… 윤리적 책임감을 조금 내려놓고, 일종의 캐릭터를 동원한 타락이 가능해진 것이다. 시 안에서 퇴폐를 표현할 자유는 여전히 한국적 현실에서는 받아들여지기 힘든 감이 있다. 따라서 이 계열의 시인들은 아무래도 무대를 외국으로 돌릴 수밖에 없다. 타락의 정도가 크면 클수록 이국적 배경은 더욱 전면화하게 된다.

2000년대 시의 변화를 탁월하게 지적한 견해라 할 수 있다. 우리 시에 시인이 만들어낸 화자(persona)가 중요하게 여겨진 것은 최근의 일이 아니다. 아울러 이야기를 바탕으로 한 시는 아주 오래전 고대가요나 향가에서부터 그 모습을 볼 수 있다. 이들은 모두 시인의 내적 진실이나 이야기의 사실성을 드러내기 위한 시적 장치로 기능한다. 즉 시의 화자와 이야기 요소는 대부분 시인의 내면으로 수렴되는 구심적 운동성을 지향해왔다고 할 수 있다. 반면 완전히 허구로 이루어진 '캐릭터 놀이'는 시가 아니라 소설의 특징과 관련한 요소이다. 그것은 세계와 자아의 갈등을 사건화하기 위한 소설미학의 기초라 할 수 있다. 허구성을 증폭시키는 김현의 시편은 이러한 장르적 경계를 무너뜨린 대표적 사례로 판단된다. 박상수의 해설처럼 김현은 미국적 캐릭터를 통해 '윤리적 책임감'을 완화하고 표현의 자유를 증폭시키고 있는지도 모른다. 그렇다면 이로부터 우리는 얼마만큼의 리얼리티(진정성)를 체감할 수 있는가? 잘 따져보면 김현의 시 세계가 우리의 현실에서도 개연성을 갖는 것이 분명하다. 그러나 그것은 여전히 론 우드나 스미스나, 몽고메리 클리프트의 이야기이지 우리의 이야기는 아닌 것으로 체감된다. 그렇기 때문에 그의 이야기시는 '나'와는 무관한 불편한 진실처럼 여겨질 가능성이 크다. 시공간의 개념을 비롯하여 모든 문화적 취향이 급속도로 유연화되는 현시점에서 그의 시를 조망할 때『글로리홀』은 우리의 보편적 감성을 앞지른 선취적 성과인가?

  이 모두를 '시란 무엇인가?'라는 문제로 수렴시켜 다시 생각해본다면, 김현의 시에 대한 장르 인식은 매우 도전적인 만큼 위태롭기도 하다. 나는 변종의 예술을 '예술정의불가론'을 통해 혹은 '예술의 개방성'을 통해 적당히 옹호하는 민주적 태도를 견지하고 싶은 생각이 별로 없다. 왜냐하면 그러한 태도는 결국 예술의 개방성을 지나치게 강조한 나머지 예술의 존립 여부 자체를 부정하는 꼴이 될 가능성이 있기 때문이다. 시를 시답게 하는 요건을 정의내리는 일은 예술정의불가론을 주장하는 일보다 훨씬 고달픈 일이며 값진 일이다. 나는 나에게 묻는다. 김현의『글로리홀』은 시 장르의 쇠퇴를 말해주는 징후인가, 아니면 시 장르의 확장인가? 그것은 장르의 오염인가 아니면 장르의 갱신인가? 진정한 시의 미덕은 무엇인가? '나'를 말하던 주체는 다 어디로 사라졌는가? 분명한 것은 더 이상 의지하고 기댈 이념이 없을 때, 권태로움이 팽배할 때 김현의 경우처럼 주변성에 대한 탐닉이 극에 달하게 된다. 그것은 황폐한 중심부와 연쇄된 현상이라 할 수 있다. 김현의 주변성에 대한 탐닉은 역으로 더 이상 온전한 중심이 없다는 사실을 강력하게 시사하는 것이기도 하다.

활공하려는 서정의 시원함

― 황유원의 『세상의 모든 최대화』

"생각건대 우리의 고통은 오직 우리만의 것이니 우리보다 작을 것이 분명해서/산꼭대기에서는 보이지도 않는 그것을/우리는 끄집어내/후두둑 떨어져 잠 깨는 적설(積雪)처럼/목에다가/훌훌/털어버렸다". 황유원의 시집 『세상의 모든 최대화』(민음사, 2015)에 실린 시 「바톤 터치」의 마지막 부분이다. 우리의 고통이 우리만의 것이니 우리보다 작다는 저 믿음은 황유원 시가 지닌 미덕을 압축적 드러내는 것이라 할 수 있다. 그의 시에는 청승도 궁상도 비좁음도 없다. 고통과 절망에 대한 호소도, 감정의 짓눌림이나 강요도 없다. "후두둑 떨어져 잠 깨는 적설(積雪)처럼" 무게를 털어낼 수 있는 '움직임' 자체가 그의 상상력의 실체라 할 수 있다. 그는 풀어놓고 돌리고 펼치고 뻗는다. 펼친 것을 묶고 쌓던 것을 발로 찬다. 이 움직임을 최대화하기 위해 비와 바람과 폭설을 불러들이고 새를 날리고 종소리를 울려 퍼지게 한다. 그리고 번개와 천둥을 몰아오고 풍차를 돌리고 시베리아 벌판으로 열차를 달리게 한다. 그것들은 "흔적도 남지 않는 삶이 아니라/다 살아 낸 삶이 남아 있는 흔적"(「새들의 선회 연구―

한 장의 사진)을 새기는 중이다. '다 살아 내기' 위해 황유원의 상상력은 삶의 비애와 고통 속으로 맑고 시원한 물방울을 기꺼이 퍼져나가게 한다.

　이 같은 그의 활기는 우리 시사(詩史)를 통해 보기 드문 경우라 할 수 있다. 거칠게 말해, 우리 현대시의 역사는 '눈물'에서 시작하여 1990년대 이후 그 '눈물'의 오랜 역사를 내쳐버리고 '기괴함'에 대한 광적인 탐닉에 빠져들었다고 할 수 있다. 여기에는 간단하게 말할 수 없는 정치적·경제적·문화적 층위가 한꺼번에 요동하는 시대와 감수성의 변화가 개입되어 있다. 이러한 영향에 의해 새로움으로서 시 창작의 요구는 더욱 강화되었으며 2000년대에 이르러 그것은 대부분 그로테스크한 '추의 미학'으로 거듭 증명되곤 하였다. 황유원의 상상력은 '눈물'의 역사와 '추의 미학'을 모두 넘어선다는 점에서 새로움의 진정한 가치를 확보한 것으로 보인다. 좀 더 구체적으로 만나보자.

> 비 맞는 운동장을 본 적이 있는가
> 단 한 방울의 비도 피할 수 없이
> 그 넓은 운동장에서 빗줄기 하나 피할 데 없이
> 누구도 달리지 않아 혼자 비 맞는 운동장
> 어쩌면 운동장은 자발적으로 비 맞고 있다
> 아주 비에 환장을 한 것처럼
> 혼자서만 비를 다 맞으려는 저 사지(四肢)의 펼쳐짐
> 머리끝까지 난 화를 식히기 위해서라면
> 운동장 전체에 내리는 비로도 부족하다는 듯이
> 벌서는 사람이 되어 비를 맞고
> 벤치에 앉은 사람이 되어 비를 맞고
> 아예 하늘 보고 드러누운 사람이 되어 비를 맞다가
> 바닥을 향해 엎드려뻗쳐 한 사람이 되어 비를 맞아 버린다

혼자 비 맞고 있는 운동장, 누가 그쪽으로
우산을 든 채 걸어 들어가는 걸 본 적이 있다
검은 우산을 들고 있어서 멀리서 보면 무슨 작은
구멍 같아 보이는 사람이 벌써 몇 바퀴째
혼자서 운동장을 돌고 있는 것이었다
아무도 비 맞으며 뛰놀진 않는 운동장
웅덩이 위로 빗방울만 뛰노는 운동장에서
어쩌면 운동장 구석구석에 우산을 씌워 주기 위해
어쩌면 그건 그냥 운동장의 가슴에 난 구멍이
빗물에 이리저리 떠다니고 있는 건지도 몰랐지만
공중을 달려온 비들이
골인 지점을 통과한 주자들처럼 모두
함께 운동장 위로 엎질러지는 동안
고여서 잠시, 한 뭉테기로 휴식하는 동안
우산은 분명
운동하고 있었다
혼자서 공 차고 노는 사람이
혼자서 차고
혼자서 받으러 가듯
비바람에 고개 숙이며 간신히 거꾸로
뒤집어지지 않는 운동이었다
상하 전후 좌우로 쏟아지는 여름의 십자포화(十字砲火)를 견디며
마치 자기가 배수구라도 되겠다는 양
그 구멍 속으로 이 시의 제목까지 다 빨려 들어가 버려
종이 위엔 작은 구멍 하나만이 남아 있을 때까지
이번에야말로 기필코 자신을 소멸시키겠다는 듯이
가까스로 만들어낸 비좁은 내부 속으로
하염없이 쏟아지는 빗소릴

집중시키고 있었다

— 「비 맞는 운동장」 전문

시인은 시원하게 비 맞는 텅 빈 운동장을 먼저 보여준다. 이때 텅 빈 운동장을 어떻게 묘사하는가에 주목할 필요가 있다. 비를 맞는 텅 빈 운동장은 비어 있기 때문에 그 비어 있음이 더 이상의 묘사를 허용하지 않는 것처럼 느껴질 수 있다. 그러나 황유원의 상상력은 여기서 멈추지 않는다. "누구도 달리지 않아 혼자 비 맞는 운동장"이라는 표현을 통해 움직임과 정적(靜寂)을 충돌시킨다. 이어지는 "혼자서만 비를 다 맞으려는 저 사지(四肢)의 펼쳐짐"이라는 표현을 통해 운동장의 크기를 극대화한다. 그리고 '혼자서 비 맞고 있는 운동장'을 '비를 맞고', '비를 맞다가', '비를 맞아버린다'와 같은 서술어를 통해 리드미컬하게 역동화한다. 이 같은 리듬은 운동장이 아니라 비의 양을 최대로 증폭시키는 효과를 가져온다. 운동장의 사지를 넓히고 비의 양을 늘려놓은 후 시인은 텅 빈 운동장에 검은 우산을 든 한 사람을 등장시킨다. 그리고 검은 우산을 원경(遠景)으로 바라보도록 유도한다. 검은 우산은 비 오는 운동장에서 '구멍'처럼 인지된다. 그것은 마치 운동장에 난 '가슴의 구멍'처럼 보이기도 한다. 비들은 '십자포화'로 달려오고 엎질러진다. 그 사이 검은 우산은 '혼자서' 공 차고 노는 사람처럼 움직임을 멈추지 않는다. 이러한 움직임을 바라보던 화자는 그 검은 구멍이 '배수구'인 양 빗소릴 빨아들이는 '집중'된 순간을 경험한다. "시의 제목까지 다 빨려 들어가" 하얀 종이와 검은 점 하나만 남는 기이한 이 합일의 순간은 빗소리의 정적감이 최대화되는 순간이라 할 수 있다. 이러한 순간을 이처럼 유연하게 재현해낸다는 것은 놀라운 일이다.

이쯤 되면 황유원의 상상력이 지닌 '활기(活氣)'를 짐작해볼 수 있으리라 생각한다. 시인은 수많은 움직임으로 텅 빈 공간을 채워 넣는다. 펼치고, 돌고, 떠다니고, 차고, 빨려 들고와 같은 어휘들이 요란하다. 그런데 특이하게도 비 맞는 운동장과 비 오는데 검은 우산을 쓰고 운동장을 돌고 있는 사람 모두의 정적과 고독감이 하나도 손상되지 않는다. 소란할수록 오히려 빗소리의 정적과 검은 우산에 점점 더 집중하게 되는 것이다. 정념의 깊은 곳에 도달하도록 이끌면서도 그 정념의 무게에 짓눌리지 않게 하는 이러한 상상력의 펼침이 황유원 시의 매력이라 할 수 있다. 그는 검은 우산을 '구멍'으로 바꿔놓듯이 하나의 사물을 다른 사물로 바꿔놓음으로써 시의 맥락을 확산시킨다. 예를 들어 지네를 열차로 바꿔놓거나(「지네의 밤−Massive Attack」), 레코드에서 흘러나오는 음악을 찢어지거나 불타오르는 호랑이로 바꿔놓거나(「레코드 속 밀림」), 갈가리 찢긴 편지를 폭설로 바꾸어 놓는다(「시베리아 주제에 의한 다섯 개의 사운드트랙」). 하나의 대상을 다른 대상에 자연스럽게 잇대어 놓는 이 같은 방법에 의해 그의 시 세계는 춤추듯 유연하게 확장되고 펼쳐진다. 즉 고이거나 주저앉거나 갇히거나 억눌리거나 하는 일체의 것들을 벗어나는 황유원 특유의 상상적 활동력이라 할 수 있다. 이는 낯선 것들의 당혹스러운 병치나 불연속적 맥락에 의한 무질서화 등을 선호하는 저간의 시적 경향과는 전혀 다른 맥락화의 방식이라 할 수 있다.

황유원은 이와 같은 상상 놀이를 통해 "마침표같이 눌러놨던 돌멩이를 죄다 굴려"(「바람 부는 날」) 버린다. 그리고 가끔 이렇게 말한다. "그래도 괜찮다/안 괜찮을 건 또 뭐야"(「쌓아 올려 본 여름」), "이제 제발 작작 좀 해라/세상의 장단에 좀 놀아나면 어때"(「총칭하는 종소리」), "아무렇게나 한번 흘러가 본다"(「구경거리」), "이봐, 그릇이 작으니까 자꾸 물이 넘치는 거잖아?"(「극치의 수피즘」). 우리를 비좁게 하는 것들을 내쳐버리는 이러한 발언이 청량감을 주기도 하는 것이다. 그렇기 때문에 그의 화자가 빈 방에 들어가거나 닻을 내리고 쉴 때 그의 외로움과 휴식은 모두 최대화된다. 글을 마무리하며 왜소함을 밀쳐낸 상상력의 '최대화', 사유의 '최대화'가 가져다주는 넉넉함을 여기 적는다.

> 우리는 서로 각자의 위치에서 빗소리가 열어 놓는 세상을 듣고 있고
> 그 사이엔 무엇이든 들어올 수 있고
> 그건 모두 우리의 것이다
> 이 비는 소리를 잘못 낼까 두려워하지 않고 내리고
>   —「1시 11시」 부분

1980년대산(産) 시인들의 상상 좌표에 대한 종합

1. 패러다임의 차이

이 글은 2010년대 전후에 등단한 시인들의 첫 시집을 대상으로 그들의 개별적 성향과 특성을 분석하는 과정으로 진행되었다. 황인찬의 『구관조 씻기기』, 송승언의 『철과 오크』, 김승일의 『에듀케이션』, 이이체의 『죽은 눈을 위한 송가』, 박준의 『당신의 이름을 지어다가 며칠은 먹었다』, 박성준의 『몰아 쓴 일기』, 성동혁의 『6』, 유병록의 『목숨이 두근거릴 때마다』, 김현의 『글로리홀』, 황유원의 『세상의 모든 최대화』 등이 그 분석의 구체적 대상이라 할 수 있다. 여기서 밝힐 것은, 이들 시집을 선택하는 과정에서 나는 이들 시인과 동세대라 할 수 있는 30대 초중반의 시 연구자들(주로 현대시를 전공하는 박사과정생들)에게 여러 번 자신들의 관심 대상을 탐문한 바 있다. 내가 알고 싶었던 것은 동일 세대의 작품에 대해 갖는 그들의 지향성이었으며, 이를 통해 나 자신의 주관적 취향을 다소 완화하고 객관성을 확보하고자 의도했던 것이다. 그럼에도 여기에 언급된 시집들이 2010

년대의 전체성을 대표한다고 단언하기는 어려울 것이다. 결락(缺落)된 수 많은 시집이 존재한다는 사실을 인정한다면 이 글의 제목에 사용한 '종합' 이라는 표현은 부적절한 것임에 틀림없다. 정확히 말하면 맺음말에 해당하는 이 글은 종합이라기보다 1980년대 태어난 몇몇 시인들의 시집의 추세 혹은 성향 정도가 맞을 것이다. 이러한 추세나 성향을 추적하기 위해 나는 다음과 같은 네 가지 물음을 전제한 바 있다.

첫째, 이들이 관심을 쏟는 시적 대상은 무엇인가?
둘째, 이들의 시편이 '맥락화'에 성공했는가 아니면 실패했는가?
셋째, 이들은 어떤 정념 혹은 감정에 몰입하는가?
넷째, 균형감을 유지하고 있는가? 즉 자신이 표상하고자 하는 주관성의 세계가 그 내용물에 합당한 언어형식으로 이루어졌는가?

분석의 과정에서 이러한 물음은 시에 따라 산발적으로 호출되곤 했는데 이는 위에 제시한 대강의 물음을 도식적으로 적용하는 것을 제어하기 위함이었다. 작품에 따라 이들 물음과는 다른 방향의 특성이 크게 부각되는 경우 그것이 더 문제적일 수 있기 때문이다. 따라서 전체적으로 일관된 잣대에 의한 일관된 논의의 흐름을 만드는 것을 욕망함과 동시에 그것을 용인할 수 없다는 이율배반적 심리가 내포된 글이라 할 수 있다. 모든 판단의 잣대를 설정하는 일은 사실 연역적이라기보다 귀납적이라는 점, 보다 보편적인 잣대의 설정을 위해서는 더 많은 작품에 대한 탐구가 귀납적으로 정리되어야 한다는 점 등이 이 글의 한계로 작용했음을 밝힌다.

그렇다면 2010년대 전후에 등단한 시인들의 작품에 관심을 모았던 이유가 무엇인가를 밝힐 필요가 있을 듯하다. 고백하자면, 1980년대에 태어난 시인들과 1970년대 태어난 시인들의 역사·문화적 토대가 분명 다르다는 인식이 관심의 출발이었다고 할 수 있다. 1970년대에 태어난 시인들은 1990년대에 진행되었던 '문화과도기적 현상'을 자신의 토대로 인식하면서 청년기를 보냈던 세대이다. 말하자면 그들의 시는 1980년대의 엄숙주의의 무게가 1990년대의 탈이데올로기적 풍토 속에서 해체되는 와중에, 즉 정치주의에서 문화주의로 방향이 바뀌는 가운데 벌어졌던 의식의 충돌과 갈등, 새로움에 대한 강박적 추종, 가상세계의 유혹 등을 내면화하는 가운데 생성된다. 따라서 1970년대에 태어난 시인들은 역사나 현실 정치와 거리를 두고자 했음에도 불구하고 그들을 지배했던 새로운 문화주의는 언제나, 오히려, 자신들의 앞 세대가 노정했던 정치 이데올로기적 성향에 대한 대타성을 강하게 의식할 수밖에 없었던 것으로 판단된다. 아울러 이들 세대는 아날로그적 삶으로부터 속출되는 관계 방식이나 그로부터 생성되는 정서와 정념을 지닌 채 가상세계에 진입했던 세대라 할 수 있다. 이는 '유혹'과 '반발'의 갈등이 강하게 예각화되는 과도기적 특수성이 그들의 내면에 틈입했을 가능성을 시사한다. 모던과 포스트모던의 혼류가 빚어내는 충동과 혼란, 유혹과 거부의 의식 상태를 겪으면서 이들은 기원에 대한 불안과 초조를 과잉 노출함과 동시에 그로테스크한 이미지에 대한 추종과 애착을 드러내곤 했다.

1980년대 태어난 시인들의 상상력은 이와 같은 과도기적 메커니즘이 드러내는 '불안증'으로부터 다소 벗어난 듯한 인상을 보인다. 이들은 역사나 정치 이데올로기의 부채감으로부터 완전히 벗어난 듯 보이며 생활 전면에 펼쳐진 디지털 세계를 자신의 문화적 토대로 익숙하게, 전폭적으로 흡수함으로써 가상성을 드러내는 경우라도 그 세계에서의 주체의 분열을 별반 드러내지 않는다. 정확히 말하면 분열 현상이 없는 것이 아니라 분열 자체를 실존의 한 축으로 내면화한 것으로 판단된다. 따라서 앞 세대가 드러냈던 '유혹'과 '반발'의 메커니즘이 뚜렷한 이원적 형태로부터 또 다른 형태로 변화되고 있다는 생각을 하게 된다. 현시점에서 이 문제에 대해 결론을 내기에는 아직 이른 것으로 생각된다. 이런 가운데 1980년대 태어난 시인들의 시에 보이는 가장 두드러진 현상은, 직전 세대가 극단으로 강화하고 그 강화의 절정에서 재생산의 획일화를 피할 수 없었던 그로테스크한 이미지의 현시를 반성적으로 수용하고 있다는 점이다. 역겨움과 혐오감, 기괴함으로 이루어진 환상적 공간과 사물, 분해된 혹은 해체된 육체의 전시 등을 전경화(foregrounding)하는 방식이 표면적으로 잦아들고 있는 것이다. 이는 직전 세대의 이미지 구축 방식이 이미 낡고 진부한 형상화 작업이라는 인식을 토대로 자신들의 시의 문법을 모색하고 있음을 말해준다. 이 글에서는 그 가운데 고민을 촉발시키는 두 가지 현상만을 말하고자 한다. 하나는 이들이 드러낸 '추(醜)와 산만(散漫)의 미학'이며 다른 하나는 '공포와 불안으로 축소된 정념'이 그것이라 할 수 있다.

2. 추(醜)와 산만(散漫)의 미학

1980년대 중반 해체시의 기류가 점차 거세지는 시점부터 '추의 미학'은 시적 충동을 만들어낸 중요한 동력이었다 할 수 있다. 우리가 오랫동안 선망하고 추구했던 미(美)의 세계가 그 진정성과 참신성을 상실해간 이유를 몇몇 문장으로 요약하기란 매우 곤란한 일이기는 하나 그 근본 원인은 추가 은폐되거나 화려하게 포장된 상품으로 가공되곤 하는 현대적 삶의 속성과 깊이 연관된 것으로 보인다. 거칠게 말하면 대중들에게 아름다움을 판매하는 시대는 지나간 것이다. 추로써 흥미를 자극하고 '위장된' 추로써 아름다움을 대체함으로써 자본은 그 자생력을 재구축한다. 이러한 현실 상황에서 진정한 미의 세계는 문화상품의 뒷전으로 밀려나게 된다. 한병철은 이에 대해 "오늘날에는 오락산업이 추를, 역겨움을 착취한다. 그것들을 소비 가능한 것으로 만든다. 역겨움은 원래 '비상상태, 동화시킬 수 없는 타자성에 직면하여 자기주장이 맞게 되는 긴급한 위기, 말 그대로 존재와 절멸이 걸려 있는 경련이자 투쟁'이다. 이런 역겨움은 전혀 소비할 수 없는 것이다."(『아름다움의 구원』, 문학과지성사, 2016, 20쪽)라고 말한다. 다시 한병철의 말을 빌자면 오락산업은 이러한 역겨움을 '매끄러움'으로 세공한다. 매끄러움은 "부정성이 없는, 최적화된 표면"(31쪽)이다. 울퉁불퉁한 인간적 고뇌와 음영의 깊이를 드리운 통증을 제거한 '매끄러움'은 사람들을 만족시키고 편안하게 만든다. 흠과 티도, 땀과 피도 없는 매끄러움의 품속에 사람들은 안기고 싶어 한다. "거칠고 모난 사물들이 감각기관을 자극하고 방해한다는 데에는 의심의 여지가 없다. 그런 사물들은 힘줄들을 급격하게 긴장시키거나 수축시켜 고통의 감정을 초래하기 때문"(31쪽)에 사람들은 되도록 고통을 매끄럽고 달콤한 것으로 대체하려 한다. 이 같은 상황 앞에서 고뇌를 촉발시키는 진정한 미의 세계, 진실의 세계, 선의 세계는 일견 무력한 것처럼 느껴진다. 현대예술이 추를 적극적으로 수용할 수밖에 없는 이유가 여기에 있다. 미로 가장한 추의 현실을 진실한 추로 들추어내는 방법, 그것이 바로 '추의 미학'이라 할 수 있다.

1980년대 태어난 시인들의 지향도 상당 부분 추의 미학 쪽으로 쏠려 있는 것으로 드러난다. 이들에게 추의 미학은 거부할 수 없는 유산이며 다시 가공해야 할 과제이다. 특히 그들과 가장 근접해 있는 선배들 즉 1970

년대 태어난 시인들의 상상세계가 추에 대한 편향성을 강력하게 드러내기 때문에 더욱 그러하다. 1980년대산(産) 시인들은 선배들의 추의 미학으로부터 영향을 받음과 동시에 그것으로부터 자신의 상상력을 어떻게 구별 지을 것인가 의식하지 않을 수 없을 것이다. 황인찬과 황유원이 보여준 미의 회복 욕구나 박준의 인간적 서정의 재생 욕구, 유병록의 관념성 등은 이러한 추의 미학과 거리두기를 간접적으로 시사한다. 한편 추의 미학 쪽으로 상상력을 전개한 경우 가장 두드러지는 특징은, 선배들이 주로 해왔던 그로테스크한 시각적 이미지의 누적 방식을 일정 부분 수용·지양하면서 맥락의 비통일성, 혹은 단절성을 강화하는 형태로 앞선 세대의 방식을 대체한다는 데 있다. 한마디로 말해 '산만성(散漫性)'으로 그들의 의식 세계를 대변하는 것이다. 이러한 산만의 미학은 맥락화를 방해하는 상상력의 장애를 형태화한다.

산만의 문법은 비통일적 문장을 확산시킴으로써 유기적 맥락 구성을 해체한다. 파편화된 단편의 연쇄는 통일성을 구축하려는 의식 작용과 충돌하면서 무한히 진행되는 느낌을 갖게 한다. 이런 과정에서 독자는 무엇이 본질이며 무엇이 비본질인지를 간파하고자 하는 헛된 노력을 할 수밖에 없다. 연관성을 상실한 비통일적 문장의 확산은 일종의 추라 할 수 있다. 카를 로젠크란츠(Johann Karl Friedrich Rosenkranz, 1805~1879)는 "서로 극단적으로 상이한 존재들이 삭막하게 혼란스러워질 경우에 추로 전환된다. 그런 것들의 덩어리에서 다시금 어떤 특정한 부류가 형성되어 나타나지 않으면 그 다양성은 곧 부담스러워진다. 그렇기 때문에 예술은 예전부터 동일한 관계라는 보편성을 통해 상이성이 너무 쉽게 빠지곤 하는 혼란을 통제하고자 노력했다."(『추의 미학』, 나남, 2008, 98쪽)라고 말한다. 여기서 주목할 것은 각각의 단편이 지닌 이질성이 어떤 특정한 의미로 응결되지 않으면 그 다양성이 부담스러운 것이 된다는 점이다. 이 글의 분석 대상이 되었던 작품의 상당 부분이 이러한 현상을 드러내고 있음을 부정하기 어렵다.

맥락화(통일화)를 거부하는 산만의 미학이 생성되는 원인은 무엇이며 우리는 이러한 현상을 어떻게 받아들여야 할까? 여기에는 즉각성과 순간성, 단절성으로 구축된 시지각의 신속한 출몰현상의 압도가 가로놓여 있는 것으로 판단된다. 무한대로 펼쳐진 이질적 이미지와 정보의 경험은 우리의 의식을 단속적인 것으로 신속하게 분할하고 그 데이터를 통일성의 망으로 여과할 시간을 제어한다. 따라서 상당량의 데이터들은 잉여로 떠돈다. 이러한 경험을 누적적으로 소비하는 것이 현대인의 생활 실상이다. 이와 같은 문화현상과 산만의 미학은 닮아 있다. 말하자면 비통일적인 산만성으로의 문장 구축과 더불어 이와 비례해서 발생하는 말의 양적 증가는 유기체적 문맥의 구조를 벗어난 잉여로서 말의 존재 양태를 가능케 한다. 인터넷을 떠도는 시편의 소개가 점차 온전한 한 편의 시에서 전체로부터 분리된 시구절로 옮겨가는 것도 이와 무관하지 않다. 아울러 한 편의 시가 지닌 완결성이나 독자성이 와해되는 이유도 이와 무관하지 않은 것으로 판단된다. 독자는 한 편의 시 전체를 파악하지 못한 채 부분으로 떨어져 나온 몇몇 구절에 더욱 흥미를 갖는다. 전체를 파악하지 못해도 그만인 것이다. 때로 어떤 시는 전체성이 주어진다 해도 산만성 때문에, 아울러 지나치게 많아진 말의 양 때문에 그것은 불가해한 것으로 남을 것이다. 시를 향유하는 방식이 정보를 습득 혹은 소비하는 방식과 같아진다는 생각을 하지 않을 수 없다. 결론적으로 말해 시 창작자와 독자 모두 이와 같은 문화의 소비 메커니즘에 영향을 받는 것으로 판단된다.

산만의 미학이 의도된 것이었든 아니면 파편화된 문화로부터 유출된 자연스러운 현상이든, 혹은 불가피한 징후이든 그것은 분명 지양되어야 할 하나의 과제라 할 수 있다. 의미를 알 수 없는 문장들의 산적을 누가 읽어낼 것인가? 비평가 김현은 「문학이란 무엇인가?」라는 명문을 통해 좋은 작품이 보여주는 '좋은 형태'를 다음과 같이 설명한다.

> 좋은 형태란, 그러므로, 장르의 법칙이나 세련된 문장 때문에 얻어지는 것이 아니다. 그것은 무질서하고 정리되지 아니한 세계에 통일성을 부여하려는 정신의 작업을 오히려 지칭한다. 형태란 질서 개념이다. 혼란되어 있고 질서를 얻지 못한 것에 질서를 부여하려는 노력처럼 힘든 것은 없으며, 좋은 형태는 그러한 질서화의 작업의 결과이다. …(중략)…
> 완성되어 있는 형태를 미리 설정하지 아니하고 혼돈의 와중에 많은 것들을 형태 속에 끌어들이려 한다는 점에서 그것은 진실한 삶을 찾으려는 노력에 대응한다. 삶을 쉽게 살게 만드는 모든 허위와 가식을 벗어나서 자기가 새롭게 본 세계와 그것의 의미를 전하려고 한다는 것은 진실한 삶의 어려움을 확인시키는 행동 이외에 다른 아무것도 아니다. 일상적인 삶 뒤에 감추어져 있는 진실은 그것을 질서화하고 거기에 형태를 부여하려는 노력이 없다면 끝내 드러나지 않는다. 질서로서의 형태에 대한 집착이 없는 한, 문학은 상투형에 지나지 않게 된다. 상투적인 발상이나 상투적인 형식에의 집착은 작가들의 사고를 지나치게 단순화시키며 지나치게 획일화시킨다. 문학이 자유를 요구하는 것은 그것 때문이다.

김현은 '좋은 형태'를 창조하기 위해서는 혼란에 통일성과 질서를 부여하는 힘겨운 작업이 요구된다고 말한다. 혼돈을 더 과장적인 혼돈으로 거칠게 무질서화하는 것이 현대미학이라고 여기는 것은 오히려 질서와 형태를 부여하는 노력을 회피한 채 시류에 편승하는 '상투형'일 수 있다. 산만성의 문장 구축은 예전부터 반복적으로 제기되곤 했던 시의 난해성 문제와는 다른 것이다. 난해함은 해석 불가능을 뜻하지 않는다. 끝끝내 해석 불가능한 문장들이 그것으로써 '소통 불가능' 자체를 주제화하기 위한 전략이 아니라면 그것은 말의 기능을 상실한 것이다. 시는 비약과 생략과 함축을 지향할지라도 끝끝내 의미지향이라는 끈을 놓을 수 없는 질료(언어)를 바탕으로 한다. 이는 시 장르의 본질이며 숙명이다. 이 같은 시의 숙명을 간과할 때 산만의 구조물은 그 전체성으로부터 자신의 일부를 떨어져 나가게 하는 운명을 스스로 안게 되는 것이다. 인터넷에 떠도는 시구절은 그것의 모체와 상관없는 의미로 자생한다. 시는 단편적 이미지도 정보도 아니다. 시인의 상상력이 이러한 메커니즘에 흡수된다면 그것은 T. W. 아도르노(Theodor Wiesengrund Adorno, 1903~1969)의 표현대로 기만적 추를 추로 탄핵하는 것이 아니라 거대한 추의 물결에 합류하는 것을 뜻한다. 현실에 작동되는 추의 메커니즘을 냉정하게 걸러낸 추가 아니라면 그 '추의 미학'은 미학으로서의 자격을 상실할 가능성이 있는 것이다. 움베르토 에코(Umberto Eco, 1932~2016)는 그의 저서 『추의 역사』(열린책들, 2008)에 추의 미학이 지속되는 이유를 추의 목적을 통해 다음과 같이 토로한다.

> 우리 모두는 그런 것들이 도덕적으로뿐 아니라 물리적 감각으로도 〈추하다〉는 것을 너무도 잘 알고 있으며, 그 이유가 그런 것들이 우리에게 불쾌감, 두려움, 혐오감을 일으키기 때문이라는 것도 알고 있다. 이는 그런 것들이 한편으로 우리의 연민, 분노, 저항과 연대의 본능을 일으킬 수도 있다는 사실과는 별개이다. 설사 삶이란 어느 얼간이가 떠벌이는 것처럼, 소음과 광포함으로 가득한 이야기와 다를 바 없다고 믿는 자들의 숙명론적 태도로 현실을 받아들인다고 해도 말이다. 미적 가치의 상대성에 대한 어떤 지식도, 그런 경우에는 우리가 주저 없이

추를 인정한다는 사실, 그리고 그것을 쾌락의 대상으로 전환시킬 수 없다는 사실을 무시하지 못한다. 따라서 우리는 다양한 세기의 예술들이 왜 집요하게 추를 묘사했는지 그 이유를 이해할 수 있다. 예술의 목소리는 주변적일지 몰라도, 일부 형이상학자들의 낙관주의에도 불구하고 이 세계에는 냉엄하고 슬프게도 악한 어떤 것이 있음을, 그 목소리는 우리에게 상기시키려고 했던 것이다.(436쪽)

움베르토 에코가 보여준 추에 대한 성찰은 추를 인정하고 추구할 수밖에 없는 이유를 날카롭게 드러낸다. 추한 대상이 불쾌를 낳는다는 점에서 그것은 벗어나거나 제거해야 할 것으로 치부되는 것이 마땅하다. 그럼에도 예술 세계에서 집요하게 추를 추구해왔던 것은 "이 세계에는 냉엄하고 슬프게도 악한 어떤 것이 있"기 때문이다. 그 '악'은 인간의 내부와 외부 모두에 편재해 있다. '악'을 미로써 드러내는 것이 불가능할 때 추는 예술 세계로 호출된다. 예술적 추가 불쾌감과 혐오감을 넘어서 새로운 가치를 지니게 되는 것은 이 때문이다. 따라서 추의 미학은 그 대상 즉 '악'의 실체를 분명하게 인식하는 데서 출발할 필요가 있다. 추의 지시 대상이 불분명할 때 표면적으로 묘사되거나 서술된 추는 그 자체로 의미의 불명료함을 벗어나기 어려울 것이다.

3. 공포와 불안으로 축소된 정념

시는 다른 예술 장르에 비해 정념의 문제를 가장 예각화했던 장르라 할 수 있다. 정념은 인간 본성이 지닌 독특한 자질 가운데 하나이다. 시는 이러한 인간적 자질의 고유성을 깊고 내밀한 언어로 드러내는 데 주력함으로써 존재의 내적 진실에 도달하고자 한다. 너무나 인간적인 이 자질은 인간과 인간, 인간과 사물 혹은 자연을 매개하는 비물질적 능력이라는 점에서 '관계됨'의 가능성을 뜻한다. 따라서 정념의 증폭과 축소는 '관계됨'과 비례하는 것이다. 시의 주축을 이루었던 서정성이 양적인 면에서 줄어들기 시작한 것은 1990년 중반 이후부터라 할 수 있다. 따라서 정념의 축소를 현재 나타난 갑작스러운 현상이라 말하긴 어렵다. 그럼에도 이 문제는 여전히 인간과 시 모두에 걸쳐있는 중요한 사안이라 할 수 있다. 나는 여기서 정념의 증폭이 필요하다고 얘기하고자 하는 것이 아니다. 그것은 억지로 조절할 수 있는 것이 아니다. 다만 정념의 축소 현상을 보다 세심하고 진지하게 생각해볼 필요가 있음을 말하고자 함이다.

1980년대산(産) 시인들에게서 발견되는 특징들, 예를 들어 고아의식, 귀신의 빈번한 출현, 현실을 대체하는 환상성, 앞의 사항들과 연동된 생활 경험의 결핍, 서사적 측면의 강화에 따른 시 길이의 연장 등이 모두 정념의 축소와 무관하지 않은 것으로 판단된다. 슬픔과 기쁨 · 연민 · 사랑 · 분노 · 우울 · 공포 · 연민 · 외로움 · 질투감 · 시기심 · 존경심 · 긍지 · 소심은 모두 '관계됨'으로부터 비롯된다. 정념은 구체적인 대상과 상황, 조건으로부터 촉발된다는 점에서 '무엇'과의 상호작용을 필수로 한다. 정념의 축소는 그러한 정념의 기반이 점차 희박해졌음을 의미하는 것이다. 1990년대 중반 이전 시인들이 슬픔 · 연민 · 사랑 · 그리움 · 고독감 그리고 억압적 현실에 대한 분노감 등 다양한 종류의 정념을 풍요롭게 드러냈다면 이후 이러한 정념들 가운데 상당 부분이 감소하고 대신 공포와 불안의 정념이 부각되기 시작한 것으로 보인다. 이것은 비단 시의 문제만은 아니다. 이제 사람들의 내면을 지배하는 것은 풍요로운 정념이 아니라 신경증적 불안과 강박, 우울, 세계에 대한 공포심이라 할 수 있다.

이러한 현상은 인간과 인간 사이의 관계 구조가 변화되고 있음을 의미한다. 그 근본적 원인은 무엇인가? 사적인 경험을 말하자면, 지난 여름 (2016) 나는 태국 치앙마이 공항에서 한국으로 돌아오는 비행기를 기다리며 공항 내에 있는 커피숍에서 차를 마신 적이 있었다. 그때 나와 가까운 옆 테이블엔 분명 일가족으로 보이는 한국인 여행객들이 모여 음료를 마시고 있었는데 그들은 아무런 대화 없이 각자의 스마트폰을 한 시간이 넘도록 들여다보고 있었다. 놀라울 것이 없는 너무나 익숙한 풍경이 아닌가! 대한민국의 모든 공간에서 마주치게 되는 이러한 세태는 익숙한 것이지만 분명 기이한 것이기도 하다. 2000년에 스마트폰이 출시된 이후 우리들의 관계 구조는 급격하게, 불가항력적으로 재조정되었다. 디지털 매체의 진화가 완전히 다른 형태의 생활상을, 그것도 매우 빠른 속도로 주도하고 있는 것이다. 정념의 축소는 이 같은 매체의 영향력 때문만은 아닐 것이다. 가족구조를 비롯한 모든 관계에 대한 가치관의 변화, 시간과 공간에 대한 인식 변화 또한 중요한 원인이라 할 수 있다.

이 같은 상황에서 관계를 기반으로 하는 정념의 가치가 축소되는 것은 당연한 결과일지도 모른다. '관계됨'이 단속적일 때 깊은 정념이 고일 가능성 또한 희박해진다. 깊은 슬픔과 사랑과 고독감을 지니기도 전에 '대상'의 교체작업이 신속하게 이루어지는 현실 속에서 특정 정념에 몰입한다는 것 자체가 불가능할지도 모른다. 그렇다면 '정념'의 자리에 대신 들어선 것은 무엇인가? 그것은 단속적으로 일어나는 '사건' 혹은 '이미지'라 할 수 있다. 시는 이제 관계에 의해 빚어지는 정념이 아니라 사건과 이미지에 몰두하게 된 것이다. 서사성의 강화와 이로부터 비롯되는 작품 길이의 연장 현상은 이러한 변화와 맞물린 것이다. 이때 사건(서사성)을 기반으로 하는 시편으로부터 유출되는 정념은 주로 공포와 불안으로 요약된다.

제1부 1980년대산(産) 시인들의 상상 좌표

물론 거기에 존재의 외로움이나 고독감이 없는 것은 아니나 그 밀도는 공포와 불안에 비해 엷다할 수 있다. 생활적 경험의 결여 현상이나 그 결여를 환상성으로 대체하는 것 또한 '관계됨'보다는 '사건화'에 익숙해진 감성의 결과물로 볼 수 있다.

여기서 한 가지 부연하자면, 풍요로운 서정의 세계가 축소될 때 시의 길이는 자연스럽게 길어지게 된다. 황병승이나 황유원처럼 비교적 많은 분량의 행간에 서정성을 살려낸 예외적 경우가 없는 것은 아니나 서정은 근본적으로 길게 연장하기 어려운 속성을 지닌다. 우리 시가 과도하게 길어지는 현상은 바로 서정의 축소와 이를 대체한 '사건화'와 관련한다. 한편 '사건화'는 생명을 다한 시적 소재로부터 벗어나고자 하는 의도와 맞물린 것이기도 하다. '사건화'와 관련하여 또 하나의 독특한 현상을 발견할 수 있는데 그것은 정념의 축소만큼이나 '은유'가 축소되고 있다는 사실이다. 이는 일종의 풍선효과라 할 수 있는데, 사건 속에 수용된 그로테스크한 이미지가 증폭되자 은유적 표현 혹은 사고가 상대적으로 축소되고 있는 것이다. 이는 정념의 축소 현상만큼이나 매우 중요한 변화라 할 수 있으며 이에 대해서는 보다 정교하고 심층적인 접근이 필요할 듯하다.

1980년대산(産) 시인들의 시를 읽으며 우리가 지탱해왔던 시학(詩學)의 지평에 뚜렷한 변화가 생겨나고 있다는 사실을 절감하게 된다. 종합하면 미(美)적 통일성, 생활의 실상으로부터 겪게 되는 경험, 다양하고도 풍요로운 정념, 은유적 표현 등의 전반적 축소 현상과 이를 대체하는 추와 산만의 미학, 공포와 불안의 정념, 사건화와 그로테스크한 이미지의 증폭 등의 비례 관계가 그 변화의 특징이라 할 수 있다. 이러한 추이가 당연한 것일지라도 나는 다시 "시란 무엇인가?"를 묻게 된다. 적어도 나에게 시의 매력은 언어의 경제학 즉 짧고, 깊고, 강력한 언어미에 있기 때문이다.

이와 같은 나의 선호도는 반드시 주관적인 것만은 아니다. 그것이 산문이 줄 수 없는 시의 근본적 미덕이기 때문이다. 그 미덕들이 장황한 사건 더미 속에서 무산된다는 생각은 시대착오적인 것인가? 정념의 축소가 씁쓸한 일로 여겨지는 것은 낡은 태도인가? 은유의 축소가 사고의 단편화를 반증한다는 판단은 지나친 것인가? 모든 추가 예술이 아니라면 우리 시에 수용된 추는 다 예술적 가치를 갖는가? 등을 나 스스로에게 거듭 묻게 된다.

제2부

'추(醜)의 미학'은 골칫거리인가
흥미로운 진실인가?

추의 미학은 일그러지고 끔찍한 것을 통해, 때로 희극적일 때조차 우리의 둔감함을 공격한다. 그러나 두 우리에게 언제나 가치 있는 것만은 아니며 언제나 진실한 것만도 아니다. 추의 미학을 대하는 데 신중함이 필요은 이 때문이다. 의미 있는 추와 무의미한 추, 무의미한 추가 그 자체로 악행에 해당한다는 것을 나는 얼마나 잘 구분할

나는 왜 '추'와 '추의 미학'을 고민하는가?

18세기 프랑스 철학자 샤를 드 빌리에(Charles de Villers, 1765~1815)는 "통사론에는 심해에 사는 것보다 다양하고 희귀한 동물들이 존재한다."고 말한다. 저 어둡고 깊은 물속에 생존하는 다양하고 희귀한 동물은 인간 내면의 복잡성을 지시한다. '심해'가 암시하는 것처럼 우리가 사용하는 언어의 이면에 은폐되어 노출을 꺼리는 그 무언가가 있다는 것이다. 그것을 원초적 동물성 혹은 추라고 해도 무방할 듯하다. 원초적 동물성이 추와 등가를 이루는 것은 아니지만 서구적 사유 기반에는 인간의 동물적 요소 혹은 추의 요소를 제어하고자 하는 이성주의와 미의 미학이 중심을 이루었기 때문이다. 따라서 천박함, 역겨움, 음탕함, 부패한 것, 배설물, 질병들, 시체, 괴물, 악마, 나아가서는 절제되지 않은 과잉된 정념의 노출에 이르기까지, 이것들은 모두 미의 미학의 중심에서 추방된 것들이라 할 수 있다. 그럼에도 이러한 것들이 고대부터 현재에 이르기까지 끊임없이 예술의 한 지류로 인정되었다는 사실을 말소시키는 일은 불가능할 것이다. 즉 막을 수 없었던 것이다. 미국의 신다원주의 미학자 엘렌 디사나야케(Ellen Dissanayake)에 의하면, 미의 미학이 본격적으로 분석의 대상이 된 것은 18세기 영국에서부터이다. 즉 서구 근대에 이르러 비로소 미의 미학이 학문의 영역에 들어선 것이다. 인간 삶에서 추에 대한 관심이 18세기 근대 이전부터 즉 고대부터 지속되어왔던 현상이라면 이는 매우 자연스러운 인간 본성과 연결될 수 있는 요인 가운데 하나라 할 수 있다. 그럼에도 나는 왜 '추'와 '추의 미학'을 고민하는가?

일차적으로 '예술은 아름다운 것'이라는 당위가 동요할 때마다, 저 심해에 있던 것들이 등장할 때마다 나는 "왜 아름다움에 매달리는가"라고 물어왔다. 그것은 아마도 경험적 '추' 때문일 것이다. 직접적으로 경험되는 추와 예술에 수용된 추의 미학은 다르다. 직접적으로 경험되는 추는 한 존재에게 상처이며 고통이며 나아가서는 극복할 수 없는 공포이기도 하다. 그것은 혐오감을 넘어서서 존재 자체를 무너뜨리는 불가항력적 폭력이며 악(惡)일 수도 있다. 이와 같은 직접 경험으로서 추는 미보다 그 편재성의 범주가 넓다. 우리는 추에 익숙해지고 때로 길들여지기도 한다. 그럼에도 직접 경험으로서 일상에 주어진 추를 피할 수 있는 방법 또한 그리 많아 보이지 않는다. 한편 예술에 수용된 추의 미학은 우연적 현상이 아니라 예술가에 의해 의도적으로 창출된 것이며 우리는 그것을 의식적으로 감상하고 소비한다. 여기서 '왜'라는 질문을 다시 하지 않을 수 없다. 직접 경험으로서 추를 되도록이면 피하고자 하는 것이 인간 보편의 심리라 할 수 있다. 그러나 추가 '나'와의 인접적 거리가 멀어지면, 그것이 비록 예술작품이 아닐지라도, 그 태도와 반응은 달라진다. 추는 호기심을 발동시키고 흥미로운 볼거리가 될 수 있으며 때로 웃음을 유발시키는 기묘한 기능을 포함하기 때문이다. 예술은 이러한 '미적 거리'를 심리적으로 만들어줌으로써 직접 경험으로서 추가 지닌 강렬한 혐오감과 위기감을 누그러뜨린다. 그렇다 해도 예술에 수용된 추가 늘 흥미로운 것만은 아니다. 때로 미적 거리를 비집고 들어와 그 자체로 혐오감을 일으킬 때도 있으며, 그냥 그 자체로 추에 불과한 것도 있다. 물론 여기에는 작품의 수준 탓도 있으며 그것을 수용한 사람의 취향 탓도 있을 것이다. 나아가서 어떤 작품은 우리의 사유와 정서에 좋지 않은 영향을 끼치기도 한다.

일종의 '나쁜 취향'처럼 여겨질 수도 있는 추의 미학이 나에게 문제적인 것으로 인식되기 시작한 것은 1980년대 중반 이후 '해체시'라 명명되었던 일군의 시편들 때문이기도 하지만, 그보다는 1980년대 시로부터 파생된 하나의 문학적 풍토로서 추의 미학이 2000년대에 이르면 미의 미학을 압도하는 현상으로 치닫게 되었기 때문이다. 그 원인을 찾자면 매체의 변화와 포스트모더니즘의 영향, 소비심리를 부추기는 문화중심주의적 패러다임, 가속과 변화가 만들어낸 부적응증과 부작용들, 걷잡을 수 없는 무한 경쟁의 회전축들, 물질로만 채울 수 없는 불안 심리의 극대화, 가족의 해체 현상, 외로움의 증폭과 고립감, 불가능성에 대한 확신, 그리고 이 모든 것으로부터 야기된 '감수성'과 '취향'의 변화 등 수많은 사회적·심리적 메커니즘의 역학적 얼개가 뒤엉켜 있는 것으로 판단된다. 그럼에도 나에게 추에 대한 무차별적 시적 편향성은 당연한 것으로 받아들이기 어려운 문제로 경험되곤 했다는 사실을 고백하지 않을 수 없다. 기괴하고 역겹고 혐오스러운 이미지와 사건, 비맥락적이고 무미건조한 말들의 범람, 그것들이 반복되면서 드러나는 획일적 상상력은 나의 정서와 충돌을 일으키며 피로감에 물들게 했다. 이러한 경험적 과정을 체험하면서 엘렌 디사나야케가 그의 저서 『미학적 인간─호모 에스테티쿠스』에 포스트모더니즘을 옹호하는 예술은 "맛이 고약하고 영양분도 없는 싸구려 음식을 내놓는다"(19쪽)*라고 했던 말에 동의하기를 주저하지 않았다. 그렇기 때문에 우리에게 『예술의 종말 이후』로 잘 알려진 미국의 미술비평가이자 철학자인 아서 단토(Arthur. C. Danto, 1924~2013)가 1986년에 발표한 저서 『예술의 철학적 특권 박탈(The Philosophical Disenfranchisement of Art)』에 쓴 "예술에 너무 절대적인 자유가 부여되어 예술이 무한한 유희의 개념을 가리키는 이름처럼 여겨지는 시대에 들어섰다."(209쪽)는 문장을 나는 매우 착잡한 심정으로 받아들이기도 했다. 이러한 부대낌의 과정에는 끈질기게 미를 추구하고자 하는 지향과 인간의 진실 가운데 하나인 추를 외면할 수 없다는 인식론적 투쟁이 자리해 있다. 왜냐하면 예술로 '승화'된 추일지라도 경험적 추와 마찬가지로 일차적으로는 우리의 감성에 불쾌감과 혐오감을 일으킴에도 불구하고 그것이 외면할 수 없는, 완전히 은폐할 수 없는 진실을 내포할 수 있다는 가능성을 인정할 수밖에 없기 때문이다. 따라서 나에게는 미와 추가 여전히 분리될 수 없는 한 묶음의 문제라 할 수 있다. 미의 진실과 추의 진실 또한 이와 마찬가지이다. 이 글은 이러한 사유의 투쟁을 배면에 깔고 수행된 것이다. 추의 미학에 전폭적인 동의를 주저하는 태도가 추가 난무하는 이 시대에 고루하고 보수적인 것으로 오인될지라도 나는 추의 문제와 더불어 미의 실종을 부추기거나 미의 가치를 폄하할 생각이 조금도 없다. 미와 추는 대립관계가 아니라 하나의 입방체를 이루는 분기의 지점들이며 영원한 진자운동 속에 놓여 있는 인간 삶의 총체적 국면이기 때문이다. 다만 이러한 사유의 향방을 보다 명확히 하기 위해 '추의 미학'을 이제는 제대로 인식할 필요가 있음을 강조하고 싶을 뿐이다. 움베르토 에코(Umberto Eco, 1932~2016)는 미학으로서 추의 형상화가 지속되

---

* 구체적인 서지 사항은 글의 말미에 첨부한 참고문헌으로 대신함.

는 까닭을 그의 저서 『추의 역사』 말미에 다음과 같이 말하고 있다.

> 일상 속의 우리는 소름 끼치는 광경들로 둘러싸여 있다. …(중략)…
> 우리 모두는 그런 것들이 도덕적으로뿐 아니라 물리적 감각으로도
> 〈추하다〉는 것을 너무도 잘 알고 있으며, 그 이유가 그런 것들이 우리
> 에게 불쾌감, 두려움, 혐오감을 일으키기 때문이라는 것도 알고 있다.
> 이는 그런 것들이 한편으로 우리의 연민, 분노, 저항과 연대의 본능을
> 일으킬 수도 있다는 사실과는 별개이다. 설사 삶이란 어느 얼간이가
> 떠벌이는 것처럼, 소음과 광포함으로 가득한 이야기와 다를 바 없다고
> 믿는 자들의 숙명론적 태도로 현실을 받아들인다고 해도 말이다. 미적
> 가치의 상대성에 대한 어떤 지식도, 그런 경우에는 우리가 주저 없이
> 추를 인정한다는 사실, 그리고 그것을 쾌락의 대상으로 전환시킬 수
> 없다는 사실을 무시하지 못한다. 따라서 우리는 다양한 세기의 예술들
> 이 왜 집요하게 추를 묘사했는지 그 이유를 이해할 수 있다. 예술의 목
> 소리는 주변적일지 몰라도, 일부 형이상학자들의 낙관주의에도 불구
> 하고 이 세계에는 냉엄하고 슬프게도 악한 어떤 것이 있음을, 그 목소
> 리는 우리에게 상기시키려고 했던 것이다.(436쪽)

도덕적으로 물리적으로 '추하다'는 느낌을 버릴 수 없는 것들을 쾌락의
대상으로 전환시킬 수 없다는 사실을 무시하지 못함에도 불구하고 예술
가들이 왜 집요하게 추를 추구했는지 그 이유를 "이 세계에는 냉엄하고
슬프게도 악한 어떤 것이 있음을, 그 목소리는 우리에게 상기시키려고 했
던 것이다."라고 움베르토 에코는 결론화한다. 이 결론에는 일상에서 벌
어진 추의 사태에 대해 우리가 둔감해졌음을 우회적으로 드러낸다. 예술
가들은 집요하게 그것을 우리에게 일깨워주려 했다는 것이다. 이것이 진
지한 의미로서 추의 미학의 가장 중요한 기능일지도 모른다. 우리 시의
경우 최승자의 「未忘 혹은 備忘 1」과 같은 작품이 성공적 사례 가운데 하

나라 생각한다.

> 아무도 모르리라.
> 그 세월이 어떻게 흘러갔는지.
> 아무도 말하지 않으리라.
> 그 세월의 내막을.
>
> 세월은 내게 뭉텅뭉텅
> 똥덩이나 던져주면서
> 똥이나 먹고 살라면서
> 세월은 마구잡이로 그냥,
> 내 앞에서 내 뒤에서
> 내 정신과 육체의 한가운데서,
> 저 불변의 세월은
> 흘러가지도 못하는 저 세월은
> 내게 똥이나 먹이면서
> 나를 무자비하게 그냥 살려두면서.

'비극'에 대한 이론적 정설을 살펴보면 비극은 고귀한 존재의 영웅적 서사를 장엄하게 펼쳐놓는 고상한 양식 가운데 하나이다. 비극적 영웅은 성스러운 아우라 속에서 인간의 위대함을 증명한다. 그렇기 때문에 비극은 추의 미학과 어울리지 않는 것처럼 인식되곤 한다. 추의 미학이 빈번하게 '희극'과 연결되는 것은 희극이 결여나 과장을 통해 우스꽝스러운 인간상을 제시하기 때문이다. 비극은 이와 반대편에 놓여 있는 것으로 여겨진다. 이러한 비극에 대한 전통적 관점을 영국의 문화이론가 테리 이글턴(Terry Eagleton, 1943~)은 『우리 시대의 비극론』을 통해 재정립한다. 그는 근대적 삶이 "개인의 보편적 평등과 독특한 가치를 전제하므로 이제 어떤 사람도 비극적 인물이 될 수 있게 해준다."(183쪽)고 말하면서 동시에 "민주주의의 시대가 의식(ritual), 신비, 영웅주의, 숙명론, 절대적 진실 등으로서의 비극에 경계심을 품기 시작하는 순간, 비극은 일상적 경험으로 우리에게 복귀한다."(186쪽)고 설명한다. 그는 비극을 숭고함과 결부시키곤 했던 기존의 개념을 뒤집어 비극과 일상성이 하나임을 강조하는 것이다.

최승자의 시가 드러내는 비극성은 숭고함을 해체하는 데서 극대화된다. 그녀의 시는 자학에 가까운 자기비하를 통해 이 세계의 고통을 드러내곤 한다. 「未忘 혹은 備忘 1」도 그러한 예 가운데 하나이다. 똥이나 먹이며 무자비하게 자신을 살려둔 "저 불변의 세월" 속에 갇힌 '나'는 한없이 '격하'된 존재의 비극성을 드러낸다. 세월의 불가항력적 고문을 피하지 못하는 노예화된 인간의 초상은 움베르토 에코가 말한 "냉엄하고 슬프게도 악한 어떤 것"을 상기시킨다. 이 시가 환기하는 추의 진실은 단순히 '똥'이라는 불결한 사물성 때문이 아니라 무자비하게 자유를 완전히 박탈당한 추한 존재의 상태 때문에 호소력을 갖는 것이다. "마구잡이로 그냥.", "무자비하게 그냥"이라는 구절에는 이유 없는 무제한의 폭력성 즉 사디즘적 가학이 암시되어 있다. 이런 종류의 폭력은 '학습된 무기력'의 증세로 존재를 몰고 갈 위험을 갖는다. 더 중요한 것은 그러한 가학이 '나'를 죽음으로 내몬 것이 아니라 살려두기를 반복했다는 점이다. 우리는 일반적으로 비극의 끝이 죽음이라고 생각한다. 그러나 이 시는 죽음의 끊임없는 지연을 통해, 즉 비극의 숭고미를 해체함으로써 노예화된 몸과 정신에 가해지는 지옥의 세계를 고발한다.

한편 추의 미학은 이와 같은 삶의 진지한 진실과 무관할 때도 종종 있다. 그것은 때로 클레멘트 그린버그(Clement Greenberg, 1909~1994)가 우려했

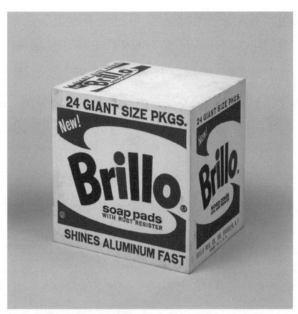

앤디 워홀, 〈브릴로 박스〉(1964)

던 '대량생산된 저질 오브제'를 이용해 실현되기도 한다. 예를 들어 미국의 팝아트(pop art)계를 대표하기도 하며 사업가이기도 한 앤디 워홀(Andy Warhol, 1928~1987)의 많은 작품들이 그러하다. 그의 실크스크린 기법에 의해 예술화된 캠벨 수프캔이나 코카콜라병 그리고 시중에서 판매하는 비누를 담은 브릴로 박스가 바로 저질 오브제에 해당한다.

앤디 워홀이 수백 개의 목공예로 제작한 〈브릴로 박스(Brillo Box)〉는 마이크 비들로(Mike Bidlo, 1953~)의 1991년 작 〈워홀이 아니다(브릴로 박스, 1964)(Not Warhol(Brillo Boxes, 1964))〉로 복제된다. 이는 르네 마그리트(Rene Magritte, 1898~1967)의 1929년 작 〈이미지의 배반(La trahison des images)〉, 즉 '이것은 파이프가 아니다'를 연상시키는 제목을 차용하는 재치(?)를 보이기도 하는데 그럼에도 이것이 나에게는 대략 난감한 사건으로 여겨진다. 예술은 그것이 추이든 미이든 적어도 일상과 달리 특별한 경험을 제공할 수 있어야 한다. 그 특별한 경험이 사물을 다르게 바라보도록 이끈다. 열정적으로 감각과 감정에 호소하고 그에 대한 어떠한 반응이라도 이끌어낼 수 없다면 그것은 예술이 아니다. '감동'이라는 것이 주관적인 것일지라도 하나의 작품이 단 한 사람에게라도 강렬한 감동을 준다면 그것은 그 자체로 의미 있는 것이다. 앤디 워홀의 〈브릴로 박스〉는 어떠한가? 이러한 예술 작업이 복제된 상품을 끊임없이 생산하고 소비하는 현대사회를 지목한다 해도 그것은 '예술적 사건'일 수는 있어도 무미건조함을 벗어나진 못한다. 앤디 워홀의 〈브릴로 박스〉가 자본주의의 대량생산을 상징적으로 지목하든 그렇지 않든, 순수예술과 상업예술의 경계를 허물었든 그렇지 않든, 그것에 대한 세간의 떠들썩한 평가를 접어둔다면 이 작품은 예술로서는 분명 '추'에 해당한다. 이유는 '대량생산된 저질 오브제'를 이용해서가 아니라 한마디로 '무미건조'하기 때문이다.

수전 손택(Susan Sontag)은 「캠프'에 관한 단상」에서 캠프(Camp)와 팝 아트를 비교하면서 "팝아트는 좀더 밋밋하거나 건조하며, 좀더 진지하거나 좀더 초연하다. 궁극적으로, 팝아트는 허무주의적이다."(437쪽)라고 말한다. 일상에서 마주치는 무미건조한 사물을 앤디 워홀은 목공으로 제작했을 뿐 실제와 구분이 안 되도록 복제한다. 그렇다 해도 이 작품은 일상의 사물과 마찬가지로 무미건조하다. 우리는 그의 명성 때문에 〈브릴로 박스〉를 보러 전시관을 찾는다. 어떤 느낌이었을까? 예술 세계에서 무미건조함은 어떠한 느낌이나 정서도 불러일으키지 않는다는 점에서 클리셰(diche)에 해당한다. 진부하고 상투적인 사물은 일상에서 가치중립적일지 몰라도 예술 세계에서는 추이다. 나는 적어도 해당 작품이 '추의 미학'을 견인할지라도 이와 같이 '무미건조함'을 드러낸 작품에 대해서는 지금도 여전히 흥미가 일어나지 않는다. 니체(Friedrich Nietzsche, 1844~1900)가 『우상의 황혼』에서 예술이 존재하기 위해서는 '도취'라는 고양감(高揚感)이 필요하다고 했던 말이나 엘렌 디사나야케가 마르가리타 래스키의 말을 빌려 '황홀의 방아쇠'라고 지칭했던 흥분된 몰입, 수전 손택이 "예술은 유혹이지 강간이 아니다."라고 못 박았던 것, 즉 감동의 문제는 매우 중요한 예술과의 관계 맺기 방식이다. 권태롭고 지루한 일상을 굳이 전시실에서 경험한다고 해서 달라질 게 뭐가 있겠는가. 아니 그것을 전시실까지 가서 관람해야 하는가. 앤디 워홀의 〈브릴로 박스〉가 바로 엘렌 디사나야케가 말한 "맛이 고약하고 영양분도 없는 싸구려 음식"이라고 나는 생각한다. 그것이 팝아트의 거장 앤디 워홀의 작품일지라도 마찬가지다. 그럼에도 앤디 워홀의 〈브릴로 박스〉를 관람한 이후 진지하게 예술의 문제를 철학적 사유의 대상으로 전환시킨 아서 단토의 『예술의 종말 이후』 서문에 실린 설명은 생각해볼 여지를 준다.

리얼리티의 정확한 모방이 아니더라도 어떤 것이 예술이 될 수 있다는 점이 인정되게 되자, 어떤 것을 예술이 되게 만드는 어떤 구속─그것 없이는 어떤 것이 더 이상 예술이 될 수 없는 어떤 것─이 존재하느냐 하는 것이 이제 문제로 부상하게 되었다. 모더니즘의 역사는 빼기의 역사였다. 예컨대, 예술가들이 미를 예술의 개념에서 뺄 수 있다는 사실을 깨닫는 데는 그리 오랜 시간이 걸리지 않았다. 미술이 시각적으로 식별가능한 일체의 내용을 담지 않고 그냥 완전히 추상적일 수 있다는 것을 깨닫는 데에도 오랜 시간이 걸리지 않았다. 예술가에 의해 만들어지지 않은 어떤 것도 예술작품이 될 수 있다는 것을 깨달은 것은 바로 마르셀 뒤샹이었다. 뺄 수 없는 어떤 것이 남아 있는가? 모든 예술작품이, 그리고 예술작품만이 소유하는 속성들이라는 게 있는가? 일체의 것이 예술작품이 될 수 있는가? 이런 방식으로 물음들을 제기한다는 것은 예술의 철학적 개념사의 이전 시기들에서는 접근할 수 없었던 반성적 의식의 층위로 예술 개념을 가져간다는 것을 의미한다.(12~13쪽)

아서 단토가 강조한 '어떤 구속'을 풀어 말하면 예술 작품을 성립시키는 어떤 조건을 뜻한다. 여기에는 '예술다움'이라는 문제 즉 미의 조건이라는 문제가 개입되어 있다. 18세기 이후 예술을 본격적인 분석의 대상으로 삼았던 서구의 근대 미학사는 바로 '어떤 구속'에 관한 담론이라 할 수 있다. 이 '어떤 구속'에 제기되었던 문제를 아주 단순하게 압축적으로 말한다면 그것은 미와 추에 대한 논쟁이었다고 할 수 있다. 그런 가운데 마르셀 뒤샹(Marcel Duchamp, 1887~1968)의 〈샘(fountain)〉이 전시됨으로써 예술계를 뒤흔들어놓았다는 것은 익히 알려진 일이다. 그는 1917년 남성용 소변기에 'R. 머트(R. mutt)'라는 서명을 하고 그 제목을 〈샘(fountain)〉이라 붙였다. 이것이 예술로서 레디 메이드(ready-made)의 시작이다. 앤디 워홀은 이러한 마르셀 뒤샹의 발상을 차용하여 대대적으로 확산시킨 인물이다. 그런 의미에서 앤디 워홀의 〈브릴로 박스〉가 마르셀 뒤샹을 제치고 아서 단토를 만난 것은 행운이 아닐 수 없다.

최승자의 「未忘 혹은 備忘 1」과 앤디 워홀의 〈브릴로 박스〉는 전혀 다른 역사적 · 사회적 배경하에서 만들어졌다는 점에서, 아울러 서로 전혀 다른 장르의 예술이라는 점에서 이 둘을 동일 선상에서 비교하는 것은 무리일 것이다. 내가 말하고 싶은 것은 최승자의 시는 진정성이 있고 앤디 워홀은 그렇지 않다는 데 있지 않다. 중요한 것은 추의 미학이라는 지평이 갖는 의의를 무엇을 기준으로 판단할 수 있는가 하는 고민에 있다. 소박한 것이든 우아한 것이든 아름다움을 체험한다는 것은 그것이 가짜가 아니라면 '좋음'에 해당한다. 기왕이면 추보다는 미가 우리의 정서와 인식에 즐거움을 줄 가능성이 크다. 임마누엘 칸트(Immanuel Kant, 1724~1804)가 『판단력비판』을 통해 강조했던 것도 '좋음', 즉 아름다움이 지닌 쾌(快)가 아니었던가. 험악한 삶 속에서 잘 가꾸어진 예술을 만나는 것은 '좋음'을 증폭시키는 일이며 '좋음'의 증폭은 '나쁨'을 상대적으로 줄이는 일이기도 하다. 아름다움의 체험으로부터 부양된 에너지는 삶의 어둠과 고통을 정화하는 힘으로 전환되기도 하기 때문이다.

그런데 왜 우리는 '추'라는 문제를 버릴 수 없는가? 그것은 인생이 대체로 아름답지 않기 때문이기도 하다. 우리가 추구하는 것과 우리의 현실은 빈번하게 어긋난다. 이 어긋나는 울퉁불퉁한 틈새에서 '진실'은 고개를 내민다. 사람들은 진실을 알고 싶어 하면서 동시에 그것을 두려워한다. 어떤 진실은 불편하고 때로 치명적인 손실을 초래한다. 덮어두는 것이 상책일 때도 있다. 다소 도덕성에 흠집이 생기더라도 치명적 손실을 막을 수만 있다면 진실을 외면하는 일은 그리 어렵지 않은 것이 되었다. 이것이야말로 우리가 일상에서 둔감하게 처리해버리곤 하는 가장 문제적인 추일지도 모른다. 편안하고 별탈이 없는 것을 굳이 헤집어서 피곤한 삶을 더 피곤하게 만드는 일, 그것을 의도적으로 저지르는 일 가운데 하나가 진지한 의미에서의 '추의 미학'일지도 모른다. 그런 의미에서 추의 미학은 일그러지고 끔찍한 것을 통해, 때로 희극적일 때조차 우리의 둔감함을 공격한다. 그러나 그 공격이 모두 우리에게 언제나 가치 있는 것만은 아니며 언제나 진실한 것만도 아니다. 추의 미학을 대하는 데 신중함이 필요한 것은 이 때문이다. 의미 있는 추와 무의미한 추, 무의미한 추가 그 자체로 악행에 해당한다는 것을 나는 얼마나 잘 구분할 수 있을까? 미의 미학에서 추방할 것과 추의 미학에서 추방할 것들, 가짜를 가려내는 일이 과연 가능할까? 이 글은 이런 고민 또한 포함한다.

참고문헌

수전 손택, 「'캠프'에 관한 단상」, 『해석에 반대한다』, 이민아 역, 이후, 2013.

아서 단토, 『예술의 종말 이후』, 이성훈 · 김광우 역, 미술문화, 2004.

엘렌 디사나야케, 『예술은 무엇을 위해 존재하는가』, 김성동 역, 연암서가, 2016.

엘렌 디사나야케, 『미학적 인간－호모 에스테티쿠스』, 김한영 역, 연암서가, 2016.

움베르토 에코, 『추의 역사』, 오숙은 역, 열린책들, 2015.

테리 이글턴, 『우리 시대의 비극론』, 이현석 역, 경성대학교출판부, 2006.

무엇이 '추의 미학'인가?

> "지옥은 종교적 · 윤리적인 것일 뿐만
> 아니라 미적인 것이기도 하다."
> ── 카를 로젠크란츠의 『추의 미학』 중에서

'추의 미학을 받아들일 수 있는 정도는 어디까지일까?' 라는 문제는 창작자와 수용자의 반응 모두에게 해당되는 사안이며 이는 또한 '추란 무엇인가?'라는 정의로 귀결되는 것이기도 하다. 따라서 일단 어떤 것이 추함인가부터 말할 필요가 있을 듯하다.

헤겔의 제자 카를 로젠크란츠는 『추의 미학』에서 "추의 미학은 미의 개념에 대한 기억에서 시작해야 한다."(26쪽)는 입장을 강력하게 고수하면서 추에 대한 기존의 추상적 담론을 벗어나 그것의 다양성과 구체성을 최초로 제시한 철학자라 할 수 있다. 추의 척도가 미에 있다는 그의 입장은 추의 미학이 지닌 자율성을 인정하지 않았다는 점에서 한계로 지적되기도 하지만 그것이 한계일까 하는 의문을 갖게 된다. 물론 그가 미를 우위에 두고 추를 부차적인 것으로 위계화한 것이 사실이지만 '미'라는 거울이 없다면 '추'에 대한 인식이 가능할까 하는 생각을 하지 않을 수 없다.

카를 로젠크란츠와 달리 프랑스의 문호 빅토르 위고(Victor-Marie Hugo, 1802~1885)는 희곡 「크롬웰」 서문에서 '그로테스크(grotesque)'를 현대예술의

제2부 '추(醜)의 미학'은 골칫거리인가 흥미로운 진실인가?

가장 중요한 요소로 선언하고 있지만 그 또한 추의 단일성 혹은 독립성을 강조하고 미를 부정하기보다는 미와 추의 복합적 혼합 즉 총체성을 강조한다. "아름다운 것 옆에는 추한 것이, 우아한 것에 대해서는 기형적인 것이, 숭고한 것의 이면에는 기괴한 것이, 선에는 악이, 빛에는 그림자가 따르고 있다."(114쪽)는 빅토르 위고의 설명은 인간의 진실이란 미와 추 어느 한쪽에 있는 것이 아니라 그 둘의 모순이 엮이는 총체성에 있음을 시사한다.

이러한 입장에 동의하면서 카를 로젠크란츠가 추를 유형화하여 제시한 항목들을 염두에 두고 그것을 나누어 보면 크게는 형상적인 것과 비형상적인 것으로 유형화할 수 있다. 형상적인 것은 비대칭, 부조화, 기형성, 기괴함, 경직된 것, 하찮음(왜소함), 캐리커처, 부패한 것(배설물), 외설스러운 형태, 질병에 시달린 쇠약함, 살해된 것 등이며, 비현실적이지만 망령과 유령, 뱀파이어, 요괴, 자동인형, 악마도 추의 이미지로 인식한다는 점에서 추의 형상적 유형으로 분류할 수 있을 것이다. 비형상적인 것으로는 수치감을 불러일으키는 도덕적 추와 언어적 추, 천박함, 연약함, 비천함, 역겨움, 질이 나쁨, 음탕함, 저열한 것, 지루함, 무미건조함, 감정적으로는 공포와 불안 등을 들 수 있다. 사실 이러한 항목들은 상호적이기 때문에 그 경계가 명확한 것은 아니다. 어떤 부조화의 형태는 천박한 느낌을 촉발할 수 있으며 모종의 폭력적 상황은 도덕적 감정을 건드릴 수 있다. 따라서 이러한 유형화의 작업은 추를 좀더 섬세하게 보고자 하는 노력이라 할 수 있다.

굳이 이와 같은 추의 항목을 염두에 두지 않더라도 우리는 이미 경험으로 추함에 대해 잘 알고 있는 듯하다. 그러나 추의 실상에 대해 즉각적으로 쉽게 결정할 수 있을 듯하지만 실제 그것은 매우 까다로운 판단을 요구한다. 비정상적이고 기형적인 것과 마주치면 누구나 추의 느낌을 받을 것이라고 인식한다. 예를 들어 원통형의 몸에 비늘을 덮고 있으며 혀가 둘로 갈라져 있는 '뱀'에 대해서는 누구나 징그러워 접촉을 꺼리고 두려워할 것이라고 생각할 수 있지만 이와 달리 뱀을 유별나게 애호하는 사람도 있다. '똥' 또한 불결하고 불쾌한 냄새로 후각을 자극하기 때문에 대부분의 사람은 이 배설물을 기피한다. 신체를 빠져나온 온갖 종류의 체액에 대해서도 마찬가로 그러하다. 그러나 미하일 바흐친(Mikhil Bakhtin, 1895~1975)은 『프랑수아 라블레의 작품과 중세 및 르네상스의 민중문화』에서 "똥은 유쾌한 물질"(274쪽)이라고 말한다. 똥은 사람들의 농담을 통해서, 희극을 통해서, 아이들의 동화를 통해서 '웃음'과 연결되기 일쑤다. 그러나 어둠의 바닥에 점액질로 이루어진 불확실한 물질은 공포가 되기도 한다. 그것이 크게 해를 끼치지 않는 똥일지라도 그러하다. 이 모두가 추와 관련되지만 그 쓰임과 반응은 다를 수 있다. 임마누엘 칸트는 『판단력비판』에 다음과 같이 쓰고 있다.

> 예술은 자연에서 추하거나 적의(適意)하지 않은 사물들을 아름답게 묘사한다는 데에 바로 그 특징이 있다. 광포함들, 질병들, 전쟁의 폐허들, 그리고 그와 같은 것들은 재화(災禍)이지만, 매우 아름답게 묘사될 수 있고, 회화(繪畫)로도 표상될 수 있다. 오로지 한 종류의 추함만은 자연대로 표상되어서는 일체의 미감적 흡족이, 그러니까 예술미가 파괴될 수밖에 없으니, 그것은 곧 구토를 일으키는 추함이다. 왜냐하면, 이 기묘한, 순전히 상상에 의거하는 감각에서 대상은, 이를테면 우리가 그 대상의 향수를 강력하게 거부함에도 불구하고 마치 그 대상의 향수를 강요하는 것처럼 표상되기 때문에, 우리의 감각에서 그 대상의 기교적인 표상과 이 대상 자신의 자연본성은 더 이상 구별되지 않으며, 그때 저 기교적인 표상이 아름답게 여겨질 수 없기 때문이다.(345~346쪽)

임마누엘 칸트가 『판단력비판』에 '추함'을 언급한 것은 이 대목이 전부다. 그의 '취미판단'이라는 말로 상징되는 예술관은 사실 미의 미학에 대한 것이다. 그럼에도 위의 인용문은 광포함들, 질병들, 전쟁의 폐허들도 예술의 미감적 흡족을 줄 수 있다고 말한다. 이는 추함도 매우 '아름답게' 표상될 수 있음을 시사한다. 이때 임마누엘 칸트는 단 한 가지 '구토'를 일으키는 추함은 용인할 수 없다고 말한다. 그에 따르면 '구토'를 일으키는 것을 용인할 수 없는 이유는 "그 대상의 향수를 강력하게 거부함에도 불구하고 마치 그 대상의 향수를 강요하는 것처럼 표상되기 때문"이며 그 대상이 "자신의 자연본성"과 구별되기 어렵기 때문이다.

여기서 우리는 한 가지 물음을 갖게 된다. 구토를 일으키는 것이란 무엇을 지시하는가? 이에 대한 보충 설명은 그 대상이 향수를 '강요'한다는 것과 '자연적 본성'을 그대로 노출한 것으로 요약할 수 있다. 말하자면 우리의 자유로움을 결박할 정도의 대상 그리고 다듬어지지 않은 채 자연적 본성을 날것으로 노출한 대상은 예술미로 허용할 수 없다는 것이다. 이러한 한정지음은 예술미학으로서 추를 용인하는 데는 한계가 있음을 뜻한다. 아울러 예술은 가공을 거쳐야 함을 의미한다. 그런데 이런 개념적 서술 즉 '향수를 강요하는 것', '자연본성을 그대로 드러내는 것' 등을 절대적 척도로 받아들이기에는 추상적이라 할 수 있으며 반론의 여지 또한 지닌다. 이러한 임마누엘 칸트의 '자연본성'에 대한 입장은 마르키 드 사드, 레오폴드 폰 자허-마조흐, 에밀 졸라, 조르주 바타유 등의 작품과 철학을 살펴보면 동요하게 된다.

이제 구체적인 예를 들어보자. 프랑스 하면 제일 먼저 떠오르는 게 아마도 에펠탑일 것이다. 그것은 귀스타브 에펠(Gustave Eiffel, 1832~1923)이 1889년 파리 만국박람회를 위해 준비한 거대한 철탑구조물이다. 이 철탑이 세워지기까지 수많은 예술가와 지식인들이 반대 서명을 했으며 대중들 또한 이에 대해 심한 반감을 드러냈다. 에펠탑은 "나사못으로 죈 혐오스러운 주석 깡통"으로 비난받았다. 그럼에도 귀스타브 에펠은 이를 "인간이 세운 사상 최고의 구조물이 될 것이다."라는 단호한 입장을 취했으며 이후 그것은 귀스타브 에펠의 예견대로 전 세계인에게 프랑스를 대표하는 상징물로 인식되었다. 파리의 심장부에 세워진 에펠탑은 여행자들에게 세련미와 예술, 자유, 카페들, 샹송, 와인 등 프랑스적인 모든 것을 포괄하는 낭만적 동경의 상징이 된 것이다. 프랑스를 아직 여행한 바 없는 나에게도 이 철탑은 나도 모르는 사이에 아름다운 동경의 이미지로 내면에 고착되었다. 그런데 에펠탑의 형상을 우리는 왜 아름답다고 생각하는 것일까? 철로 된 에펠탑이 우리나라 전국에 세워진 흉물스러운 '송전탑'보다 훨씬 정교한 것이 사실이지만 철로 된 사각뿔이라는 기본 형상은 비슷하지 않나? 하는 물음을 갖게 된다. 아울러 에펠탑이라는 조형물이 정말 '절대적' 아름다운 형상인가, 그것에 대한 사람들의 애착은 무엇 때문인가, 또한 그 애착은 상징의 아우라가 지닌 힘 때문인가, 되묻게 된다. 프랑스에 대한 환상을 접어놓고, 생각을 거듭하면 할수록 에펠탑 자체에 대한 미·추의 문제는 미궁으로 빠져든다.

에펠탑의 주요 재료였던 철과 더불어 시멘트, 유리 또한 20세기를 대표하는 건축 재료이다. 이것들은 대도시 전체를 뒤덮은 물질이라는 점에서 때로는 거부감으로, 때로는 친숙함으로 받아들여지며 우리는 그 속에서 둔감하게 살아간다. 이 재료들의 원천은 자연으로부터 얻어진 것이지만 우리는 그것에 대해 이제 자연성을 전혀 느끼지 못한다. 말하자면 이 재료들은 도시의 황량함과 화려함이라는 양가적 정서를 불러오는 인공적 산물이 되었다. 역으로 도시의 한복판 사거리에 꾸며진 초가집 모형과 누런 황소의 모형은 촌스럽기 짝이 없는 조형물로 인식될 것이다. 실제 내

제2부 '추(醜)의 미학'은 골칫거리인가 흥미로운 진실인가?

가 사는 동네의 큰 사거리 중앙 공간에 이런 조형물이 항아리 몇 개와 함께 놓여 있었던 적이 있었는데 그것을 처음 목격했을 때의 느낌은 '생경함'과 '우스꽝스러움'이었다. 그 이유는 다른 것들과의 '부조화' 때문이다. 햇빛을 반사하는 유리의 매끄러움이나 직사각형의 반듯한 건축물과 어우러지지 못한 이 재래적 형상의 조형물은 농촌의 향수를 불러오는 데 실패한 것으로 보인다. 우습게도 광우병 파동이 일어나자 이 조형물들은 사라졌다. 이처럼 미와 추에 대한 판정은 시대와 공간의 배치, 개인의 취향에 따라 흔들리는 매우 까다로운 문제라 할 수 있다.

이러한 이야기를 한 단계 심화시켜 보면, 예를 들어 우리는 일반적으로 질병에 걸렸거나 피부질환으로 심하게 손상된 몸, 또는 피 흘린 채 찢긴 육체의 형상을 아름다움으로 지각하지 않는다. 훼손된 육체는 시각적으로만이 아니라 부패와 죽음의 잔영을 무의식적으로 환기하기 때문에 감각적으로나 정서적으로나 추에 해당한다. 그것은 온전한 유기체의 형상이 해체된 위기 상황과 맞물리기 때문에 종종 공포 영화의 주요한 오브제로 기능한다. 공포 영화를 좋아하는 관객은 이러한 해체된 몸과 위기감, 그로부터 촉발되는 긴장감을 소비는 하는 것이라 할 수 있다. 이 흥미로운 사실은 인간이면 누구나 추를 기피한다는 생각을 뒤바꾸어놓는다. 즉 추는 미보다 훨씬 더 인간의 호기심을 자극하는 힘을 지닐 가능성이 있는 것이다.

그런데 피 흘리며 찢긴 몸이 곧바로 추의 감각을 불러일으키지 않는 예외적 경우가 있다. '순교자'의 몸이 그러하다. 고문당하는 순교자의 몸의 형상은 추하지만 그것은 형상적 추를 넘어서는 신성함을 지닌다. 다시 말해 기의가 기표를 압도해버리는 것이다. 예를 들어 멜 깁슨(Mel Gibson, 1956~)이 감독한 영화 〈패션 오브 크라이스트(*The Passion of the Christ*)〉는 예수가 유다의 밀고로 붙잡혀 십자가에 처형당하기까지 12시간 동안 벌어

멜 깁슨 감독의 〈패션 오브 크라이스트〉(2004)

지는 사건에 초점을 맞추어 제작된 작품이다.

이 작품은 예수가 고문당하는 장면을 지나치게 부각시켰다는 비난을 받기도 했는데 실제 영화의 장면을 보면 피가 튀고 살점이 떨어져 나가고 피부가 벌어지고 눈이 뭉개지는 등 잔혹함의 디테일을 최대한 살리고자 한 흔적이 역력하다. 으스러진 예수의 몸과 그 몸으로는 도저히 골고다 언덕으로 끌고 갈 수 없는 형틀의 무거움. 이때 이 훼손된 몸의 형상은 그것이 추하면 추할수록 성스러운 아우라를 강화시키는 역할을 한다. 고난의 정도가 끔찍할수록 순교자의 정신은 숭고함으로 전환된다. 이것이 마조히즘의 근본 미학이다. 여기에는 추가 미를 초월하여 신성함으로 관객을 이끌어가는 역설적 기능이 담겨 있다. 이런 경우 어느 누구도 그 형상을 추하다고 말하지 않을 것이다. 왜냐하면 순교자의 훼손된 몸은 인간의 어리석음이나 악을 증명하는 도덕적 가치의 승리를 드러내기 때문이다. 미셸 푸코(Michel Foucault, 1926~1984)가 『헤테로토피아』에서 몸의 '장소성'을 설명하는 가운데 "낙인찍힌 사람의 몸은 고통이자 속죄이며 구원이자 피로 물든 천국이 된다."(36쪽)고 했던 것도 바로 이와 같은 몸을 뜻한다. 추와 미가 전도되는 순교자의 이율배반적 몸은 우리가 추상적으로 생각하는 미와 추에 대한 도식적 통념을 유보하게 만드는 대표적 사례라 할 수 있다. 따라서 어디까지 추를 허용할 수 있는가 하는 문제는 여전히 남게 된다. 다시 말해 추의 허용 여부는 일단 '상대적'일 수밖에 없다는 생각을 하지 않을 수 없다. 이러한 난관 때문에 추의 미학에 대한 판정이 어려워지는 것이다. 시에 드러난 추의 미학에 대한 판정 또한 마찬가지이다.

> 월급 만 삼천 원을 받으면서 우리들은
> 선생이 되어 있었고
> 스물 세 살 나는 늘
> 마차산 골짜기의 허둥대는 바람 소리와
> 쏘리 쏘리 그렇게 미안하다며 흘러가던 물소리와
> 하숙집 깊은 밤중만 위독해지던 시간들을
> 만났다 끝끝내 가르치지 못한 남학생들과
> 아무것도 더 가르칠 것 없던 여학생들을
>
> 막막함은 더 깊은 곳에도 있었다 매일처럼
> 교무실로 전갈이 오고
> 담임인 내가 뛰어가면
> 교실은 어느 새 난장판이 되어 있었다.
> 태어나서 죄가 된 고아들과
> 우리들이 악쓰며 매질했던 보산리 포주집 아들들이
> 의자를 던지며 패싸움을 벌이고
> 화가 나 나는 반장의 면상을 주먹으로 치니

이빨이 부러졌고

함께 울음이 되어 넘기던 책장이여 꿈꾸던
아메리카여

— 김명인, 「東豆川 Ⅱ」 부분

동두천은 임야지대로 둘러싸인 곳이며 한국전쟁 이후 미군이 주둔했던 기지촌이었다. 지금은 미군이 철수되었지만 미군 주둔과 더불어 인구가 증가하고 새로운 물품이 유입되면서 상업과 유흥업이 성행하여 소비적 근대 도시의 면모를 갖추게 된 곳이기도 하다. 이러한 도시 성장(?)의 이면에는 우리의 아픈 역사가 숨겨져 있다. 동두천만이 아니라 대부분의 기지촌이 그렇듯이 이곳은 미군을 상대로 생계를 유지하는 주민들, 말하자면 양공주로 지칭했던 창녀와 포주, 혼혈아들이 뒤섞여 생존하는 특수한 공간이라 할 수 있다. 특히 양공주와 미군 사이에서 태어난 혼혈아는 본국으로 돌아간 아버지와 분리된 삶을 살 수밖에 없는 결손을 받아들이며 그의 어머니와 함께 '아메리카'를 꿈꾸는 천출(賤出)로서 낙인찍힌 채 성장하게 된다. 그들은 성장해서 다시 양공주가 되거나 호객꾼, 즉 삐끼가 되는 악순환을 거듭하게 된다.

시집 『東豆川』(문학과지성사, 1979)에 실린 이 시는 이러한 기지촌의 어두운 이면을 리얼하게 드러낸 작품이다. 선생인 화자는 "끝끝내 가르치지 못한 남학생들과/아무것도 더 가르칠 것 없던 여학생들"로 이 지역의 아이들을 인식한다. 끝끝내 가르치지 못했거나 더 이상 가르칠 것이 없는 아이들은 제도교육이 무색해졌음을 나타낸다. 그들은 알지 말아야 할 세상사를 어린 나이에 이미 다 체험해버린, 이미 아이가 아닌 늙은 아이들이다. 패싸움으로 난장판이 된 교실과 그것을 제압할 수 없어 아이들에게

제2부 '추(醜)의 미학'은 골칫거리인가 흥미로운 진실인가?

매질을 하는 선생은 경험적 현실의 추를 그대로 드러낸다. 그럼에도 이 시를 읽는 독자는 어느 누구도 추함을 느끼지 않을 것이다. 왜냐하면 이 시는 한국전쟁이 남긴 부작용의 여파 속에서 '그렇게 될 수밖에 없는' 당위론적 결과를 아이들과 선생 모두가 드러내기 때문이다. 아무런 역할을 할 수 없는 선생으로서의 무기력함과 그에 대한 부끄러운 자의식이 희망 없는 아이들과 동일화되어 "함께 울음이 되어 넘기던 책장이여 꿈꾸던/아메리카여"라고 실토할 때 이 시를 읽는 독자는 그것에 수긍하며 동참하게 된다. 경험적 현실의 추를 재현한 참여시나 민중시, 노동자시 가운데 상당 부분이 현실에서 체험했던 추악함을 주요 제재로 삼고 있음에도 불구하고 이처럼 추의 미학과 무관하게 느껴지는 것은 시의 맥락을 이끌어가는 화자의 태도가 크게는 휴머니즘과 연관되기 때문이다. 현실의 경험적 추를 시인이 어떻게 다루느냐에 따라 그 추함은 완화될 수 있는 것이다. 시인이 부조리한 사회구조를 비판하고 그곳에서 부당한 삶을 살아가는 사람과 동일화된 연민의 서정을 드러낼 때 혹은 부당함에 대한 분노를 드러낼 때 독자는 화자가 발현하는 태도 즉 정신의 지향을 따라가게 됨으로써 추를 감각하기보다 시인의 정신적 고뇌를 읽게 된다. 이렇게 '동일화'를 유도하는 시편들은 독자의 비판의식을 고무시키지만 그들에게 추의 미학 특유의 '역겨움'을 선사하진 않는다. 속악한 현실을 재현한 리얼리즘 계열의 시가 경험적 추를 대상으로 하고 있음에도 추의 미학으로 느껴지지 않는 것은 화자의 준열하고도 비장한 비판적 목소리가 추한 대상을 포위하기 때문이다. 그렇다면 다음 시는 어떠한가?

> 창녀의 보람을 아느냐, 고,
> 어느 건축가가 나에게 물었다

나는 모른다고 했다

그는 눈 내린 포도밭을 가리키며 웃었다

나도 웃었다 새벽, 여관비가 없는 나와 영숙이는

벽치기를 했다 영숙이의 빤스로 정액을 닦고

두 손 꼭 잡고 먹던 자비의 새벽 짜장면

유년의 폭설이 가제리 산 70번지로 영숙이 검은 머리 위로 쌓이고

숙아 숙아, 너 꼭 망부석 같으다 신월동 새벽 짜장면집을 나오며

영숙이와 나는 성당에 가서 무릎 꿇고 빌었다

마리아님, 임신 안 되게 도와주소서 수도원엔 나무 한 그루 서 있었다

하얀 석회 가루로 세례를 받은 떳떳한 모형 나무가

영숙이 알치마처럼 휘날리던 가제리

검은 추억의 면발에 붉은 고춧가루 듬뿍 뿌린

짜장면뿐만 아니라 우동과 짜장밥까지 있던 신월동 근처

영숙이의 입술에서도 맛볼 수 있던 매운 양파 냄새

빛과 어둠이 개벽하던 모형의 세계에서

다시 나는 새로운 우주를 건축중이다

여관비 없어 어두운 골목 조립식 담 밑에서 영숙이와

짜장면 먹고 한 탕 더 뛰던

눈 덮인 裸木, 자비의 새벽 짜장면집

　　　— 함성호, 「새벽 짜장면집 — 가제리 자비의 침묵 수도원 계획안,

　　　　　　　　　　　　　　　　　　　　이일훈, 1991년作」 전문

『56억 7천만 년의 고독』(문학과지성사, 1992)에 실린 이 시는 건축가 이일훈이 세운 천주교 건축물 〈자비의 침묵 수도원〉과 건축 산문집 『모형 속을 걷다』(솔, 2005)가 완성되기 이전에 그것들을 제목과 '모형 나무'라는 상징물로 패러디한 작품으로 보인다. 이일훈의 건축 철학은 접어놓고, 이 시에 등장하는 '나'와 '영숙'의 상황과 행위를 자세히 읽다 보면 그에 대한 독자의 반응은 단일하지 않을 것으로 예상된다. 일단 "여관비가 없는", "두

손 꼭 잡고 먹던 자비의 새벽 짜장면"이라는 구절이 드러내는 '가난한 연인'의 초상, 거기에 폭설과 수도원과 나목(裸木)이 있는 밤의 풍경은 그럴 듯한 사랑의 환상을 자아낸다. 그러나 행간 사이를 점령한 "벽치기를 했다 영숙이의 빤스로 정액을 닦고", "영숙이와 나는 성당에 가서 무릎 꿇고 빌었다/마리아님, 임신 안 되게 도와주소서", "영숙이의 입술에서도 맛볼 수 있던 매운 양파 냄새", "여관비 없어 어두운 골목 조립식 담 밑에서 영숙이와/짜장면 먹고 한 탕 더 뛰던" 등은 이러한 환상을 깨면서 이 연인의 연애 행각을 욕정으로 이루어진 '추'와 접목시킨다. 문제는 영숙이의 빤스로 정액을 닦는 화자의 행위, 영숙이와의 성행위를 '빤스', '벽치기', '한 탕 더'와 같은 거칠고 저속한 말로 처리하는 화자의 어법, 나아가서 수도원에서 임신 안 되게 도와달라는 추잡한 기도 행각은 그들을 단순히 삭막한 '모형의 세계'에서 만난 가난한 연인으로만 받아들일 수 없게 한다.

함성호의 많은 시편들은 세태에 대한 비판과 풍자성을 특징으로 한다. 그럼에도 이 시가 의도하는 바를 묻지 않을 수 없다. 시인의 경험담인가? 가난한 연인의 사실적인 연애 풍경인가? 삭막한 세계에 대한 세태 풍자인가? 사랑이라는 관념에 덧입혀진 거짓 이미지를 지우기 위한 것인가? 고착된 도덕 감정을 흔들어놓기 위함인가? 등. '추의 미학'은 분명 무언가를 의도한다. 그것은 불편함과 불쾌함을, 아니면 우스꽝스러운 것을 기꺼이 담아내면서 무언가 미의 미학과는 다른 차원의 전복을 꿈꾼다. 말하자면 고정된 인식을 동요시키고 갱신에 이르게 하는 게 추의 미학의 중요한 기능 가운데 하나라 할 수 있다. 영숙이의 빤스로 정액을 닦는 수치스러운 장면과 영숙과의 성행위를 표현하는 경박하고도 저속한 어투, 더욱이 임신이 두려워서 하는 기도 등은 분명 '추함'을 불식시키기 어렵다. 그런데 이 추함의 의도는 무엇인가? 의도의 불분명함이 이 시의 핵심을 가난도 외설도 아닌 것으로 만든다. 즉 이 시는 자칫하면 '추의 미학'이 아니라 그냥 '추'에 불과한 시편으로 읽힐 위험이 있다. 그렇기 때문에 시의 서두에 놓인 "창녀의 보람을 아느냐, 고,/어느 건축가가 나에게 물었다"라는 제법 근엄한 폼이 느껴지는 '화두'까지도 "창녀의 보람? 웃기고 있네"라는 조롱 섞인 반응을 낳을 수 있다. 만약 시인이 삭막한 세상에서 '가난한 연인의 사랑법'은 이러한 것이라고, 이게 리얼이라고 말하고자 했다면 이것이야말로 엘리트주의적 편견이다.

예를 들어, 이런 종류의 추함은 '가난한' 연인이 아니라 홍상수 감독의 영화에 빈번히 등장하는 지식인 '나부랭이들'이나 예술가 '나부랭이들'에 의해 훨씬 리얼하게 노출된다. 〈오, 수정〉을 비롯하여 〈여자는 남자의 미래다〉〈북촌방향〉〈옥희의 영화〉〈첩첩산중〉〈지금은 맞고 그때는 틀리다〉 등에 즐비하게 등장하는 지식인이나 예술가들은 그들의 졸렬함과 역겨움, 위선적 품격, 교활하게 위장된 성적 욕망, 비도덕성 등을 풍부하게 드러낸다. 나는 이들 등장인물이 허구가 아니라고 생각하며 불편한 심경으로, 그러나 흥미롭게 홍상수의 영화를 보곤 했다. 이것이 추의 미학이라 할 수 있다.

참고문헌

미셸 푸코, 『헤테로토피아』, 이상길 역, 문학과지성사, 2015.
빅토르 위고, 「크롬웰」 서문, 『文藝思潮』, 이진성 역, 김용직 · 김치수 · 김종철 편, 문학과지성사, 1991.
임마누엘 칸트, 『판단력비판』, 백종현 역, 아카넷, 2009.
카를 로젠크란츠, 『추의 미학』, 조경식 역, 나남, 2010.

감수성과 취향의 변화

> "어떤 감수성에 이름을 붙여 그 윤곽을 그려내고
> 그 역사를 서술하려면, 그 감수성에 반감을 느낌으로써
> 더욱 깊어진 공감이 필요하다."
> — 수전 손택의 「'캠프'에 관한 단상」 중에서

'추의 미학'의 향유와 더불어 우선적으로 생각해볼 문제는 감수성과 취향의 변화라 할 수 있다. 어떤 대상이 사람들에게 흥미를 유발하거나 애호되기 위해서는 무언가 깊은 인상을 남겨야 한다. 그 대상(작품)이 뜨거운 감동을 일으키든 반대로 혐오감을 불러일으키든, 그것은 무미건조함을 넘어서는 무언가가 있어야 우리의 감각과 인지 활동을 자극하고 감수성의 변화를 가져올 수 있는 것이다. 역으로 새로운 감수성이 낯선 작품을 낳을 수 있다. 이 둘은 순환한다. 우리 사회에서 대중들의 감수성과 취향이 '추'를 향유하면서 서서히 변하기 시작한 것은 아마도 1980년대 중반 이후부터로 여겨진다. 엄숙하고 무거웠던 1980년대적 분위기가 문화중심주의로 이동하면서 제일 먼저 사람들의 감수성을 자극했던 것은 이전에 볼 수 없었던 시각적 영상들이라 할 수 있다. 예를 들면 컬트무비(cult movie)가 그 한 예이다. 1990년대 비디오의 보급과 더불어 영화의 소비가 급격히 늘어났으며 이때 유행했던 컬트무비는 소위 제도권에서 만들어진 영화와는 다른 '이교도적 영화'로서 기존의 영

화에 대한 보편적 취향을 동요시켰다. 나 또한 짐 샤먼 감독의 〈록키 호러 픽처 쇼(*The Rocky Horror Picture Show*)〉(1975)나 데이비드 린치 감독의 〈이레이저헤드(*Eraserhead*)〉(1977), 그리고 컬트무비는 아니지만 장 피에르 주네와 마르크 카로가 감독한 프랑스 초현실주의 영화 〈델리카트슨 사람들(*Delicatessen*)〉(1991)을 당시 비디오로 경험했던 기억이 있다. 이러한 경험들은 일상의 틈을 비집고 우리들의 감수성과 마찰하면서 혹은 호응하면서 무의식적으로 새로운 감수성을 덧입히기 시작했다. 1990년 중반 이후부터 등장하기 시작한 '환상시' 즉 악몽의 서사로 도배된 시편들에 보이는 어둡고 섬뜩한 이미지는 이러한 시각적 영상의 진입과 무관하지 않은 것으로 여겨진다.

한편 2000년대 초반에 이르면 '엽기(獵奇)' 신드롬이 돌풍처럼 젊은이들의 감성을 자극하는 현상과 만나게 되는데 일명 엽기 토끼라 불렸던 마시마로(Mashimaro)가 인터넷을 통해 폭발적 인기를 얻었던 것이 바로 이때이다. 그러나 당시 엽기 신드롬은 마시마로처럼 심술궂고 귀여움이 어우러진 캐릭터가 주는 즐거움만으로 이루어진 것은 아니었다. 끔찍하고 소름 끼치는 영상의 범람이 어른들의 근심과 우려를 낳을 만큼 번져나갔으며 급기야는 실제 강간으로 이루어진 섹스 장면을 그대로 촬영하고 마지막에는 상대방을 죽이는 과정까지 보여주는 스너프 필름(Snuff Film)이 소위 말하는 '어둠의 통로'를 통해 유통되기도 했다. 더 섬뜩한 것은 그것을 어둠 속에서 몰래 지켜보며 즐기는 사람이 스너프 필름에 등장하는 경우도 있다는 것. 이 관음증의 조용한 광란이 엽기 신드롬의 절정이었다고 할수 있다. 웃음을 자아내곤 했던 '몰래카메라'의 등장은 이러한 관음증의 '희극화'라 할 수 있다.

이것 외에 지극히 평범하고 사소한 일상 가운데 나를 당혹스럽게 했던 몇몇 문화적 · 사회적 현상에 대한 기억을 산발적으로 적어보면 다음과 같다. 논점을 지나치게 복잡하게 가져가지 않기 위해 이 사례들에서 정치적 · 경제적 상황과 관련된 것은 의도적으로 제외하였다.

- 2001년 트랜스젠더(transgender) 하리수의 등장.
- 배우 장서희가 주인공 구은재 역을 맡았던 막장 드라마 〈아내의 유혹〉(2008)에 변신의 상징으로 사용된 단 한 개의 점.
- 정체불명의 혼합 음식들, 예를 들어 뜨거운 김이 오르는 거대한 문어의 머릿속에서 조개, 새우, 달걀, 오징어 등이 쏟아지는 것을 보며 환호성과 박수를 치는 사람들.
- 밤무대의 스트립쇼(strip show)에서나 볼 수 있었던 '봉춤'의 대중화.
- 칸막이로 분할되어 있는 도서관 책상과 비슷한 구조의 식탁(?)에서 조용히 혼자 일본식 라면을 먹는 사람들.
- 지역상업주의와 교육현장(?)이 교묘하게 결합된 전국의 '체험학습장들'. 거기서 몽둥이로 송어를 즐겁게 때려잡는 어린 아이들을 TV에서 보았을 때. 〈조정래아리랑문학관〉에서 여성 독립운동가가 입었음직한 검은 깡통 치마를 빌려 입고 '독립만세'를 외치며 즐겁게 모형 인력거를 타보는 대학생들을 보았을 때.
- 한복을 빌려 입고 경복궁에서 맵시 있게 사진 촬영을 즐기고 삼청동과 인사동을 배회하는 청소년 커플들. 간혹 여성 한복을 입은 젊은 청년들.
- 푸드 포르노(Food Porno) 열풍과 그에 대한 몰입.
- 아이돌 그룹, 즉 소녀들과 소년들의 과장된 성적 몸짓으로 이루어진 춤과 동작들.
- 시도 때도 없이 카메라 앞에서 웃통을 벗기 시작한 남자 연예인들.
- 스마트폰의 광활한 심해를 탐험하는 사람들.
- 우울증과 공황장애 등 신경증의 만연 현상.
- 2018년 7월 28일 연합뉴스에 의하면 청소년들의 SNS를 통한 자해 인증샷 2만 건수.

- 2018년 록 밴드 퀸의 싱어 프레디 머큐리에 대한 열광과 한국판 헐크 마동석 현상.
- 2019년 가수 승리 게이트

나의 기억을 스쳐간 이러한 문화현상의 조각들은 이미 아무렇지 않게 받아들여지는 일상적 풍경에 불과한 것이 되었다. 그러나 이런 일상의 풍경과 조금이라도 거리가 생기면 '생경함'이 되살아나기도 한다. 봉춤은 여전히 외설스럽지만 오히려 진부해졌으며, 특히 걸 그룹 소녀들이 봉춤을 출 때는 아이들에게 못할 짓을 시키고 있다는 '꼰대' 정신이 일어나기도 한다. 연예인들이 섹스어필하는 몸짓을 보일 때마다 관객들은 환성을 지르곤 하는데 현실적으로 남녀의 관계는 예전보다 훨씬 경직되었다는 생각을 지울 수 없다. 이런 경직을 다양한 시각 매체를 관음(觀淫)하는 것으로 대체하는 것은 아닐까? 칸막이로 분할된 식탁은 아직 받아들이기 어려운 외롭고 쓸쓸하고 기이한 감정을 일으키기도 하지만 차라리 편안한 '밥 먹기'의 풍경으로 보이기도 한다. 그것은 이미 혼술, 혼밥 '즐기기'로 자리 잡고 있다. 모든 체험학습장이 미심쩍게 생각되며 한복을 입고 고궁을 배회하는 청소년들의 모습은 '스타일 만들기'의 재미인가 묻게 된다. 그러면서 푸드 포르노에 몰입하는 나를 문득 보게 된다. 우울증과 공황장애를 공개하는 연애인들과 생각했던 것보다 훨씬 많은 지인들이 겪고 있는 신경증의 고통들! 프레디 머큐리와 함께 떼창을 하기 위해 싱어롱 상영관을 일곱 번, 여덟 번 반복해서 찾아가는 사람들의 프레디 머큐리로의 변장과 열광을 목도하며 나는 역설적으로 오히려 갇혀 있는 에너지의 위태로움을 감지한다. 배트맨이나 스파이더맨처럼 비현실적인 존재가 아니라 강인하고 힘센 육체로 악을 물리치는 배우 마동석 캐릭터의 인기는 '현실적' 구원에 대한 갈구를 반영하는 것으로 보인다. 병약해진 신경과 떼창으로

제2부 '추(醜)의 미학'은 골칫거리인가 흥미로운 진실인가?

하나 되기, 그리고 현실적 구원의 갈구는 한 묶음의 지류라 할 수 있다. 거기에는 왜소함과 짓눌림과 외로움과 불가능이라는 심리적 문제가 범벅이 되어 있는 것이다.

이 모두가 익숙하고도 낯설다. 그 속에서 나는 분열을 느끼며 길들여지고 있는 것이기도 하다. 우리 모두는 여전히 이와 비슷한 것들에 뒤덮인 도시에서 어찌 보면 무엇이 아름다움이며 무엇이 추함인지 분별하기 어려운 블랙홀 속으로 빨려들고 있는 것은 아닐까? 아름다운 것과 흥미로운 것의 경계는 희석되기 시작했으며 엄숙함과 경건함과 거룩함은 '스펙터클' 속으로 함몰되어 봉인된 것처럼 보인다. 이런 상황에서 고대 로마 공화정 말기의 시인 호라티우스(Quintus Horatius Flaccus, 기원전 65~8)가 그의 『시학(詩學)』에 쓴 다음과 같은 미의식을 되돌아보면 마치 예언서처럼 읽히기도 한다.

가령 어떤 화가가 사람의 머리에다 말의 목을 이어 붙이고 몸통은 다채로운 깃털로 장식하는 등 온갖 동물에서 그 지체(肢體)를 빌려온 결과 위쪽은 아름다운 여인이지만 맨 아래쪽은 보기 흉한 잿빛 물고기가 되어버린 괴상한 그림을 그려놓고 그대들을 자신의 화실로 불렀다고 한다면, 친구들이여, 그대들은 과연 이런 그림을 보고도 폭소를 금할 수 있을까요?

피소 3부자(三父子)여, 내 그대들에게 진심으로 이르노니, 열병 환자의 환상처럼 현실성이 없는 공허한 표상들만 조작해냄으로써 머리와 발이 하나의 통일된 형상을 이루지 못하는 시작(詩作)이야말로 그러한 그림과 전혀 다를 것이 없습니다. '예로부터 화가들과 시인에겐 무엇이든 시도할 수 있는 권한이 주어져 있습니다'라고 말할 수 있겠지요. 알고 있습니다. 우리 작가들은 그러한 자유를 우리 자신을 위해서도 요구하고 다른 작가들에게도 허용합니다. 그러나 유순한 것을 난폭한 것과 결합시키는 자유, 이를테면 뱀을 새와 짝짓는다든가 호랑이를 새

끼 양과 짝짓는 자유는 허용할 수 없습니다.(171~172쪽)

호라티우스가 난폭한 이종교배(異種交配)적 미의 창출을 허용할 수 없다고 했던 것을 우리는 이미 오래전부터 즐겨 실천하고 체험하는 세상에 살고 있다. 이러한 세태 풍속은 니체가 『우상의 황혼』에서 추함을 두고 말한 퇴화와 위험, 무력, 탈진, 피로, 약화라 했던 바로 그것인가, 아니면 새로운 감수성의 발현이며 자유의 확장인가? 이 대목에서 20세기 가장 외설스러운 키치(Kitsch) 예술의 성공작 가운데 하나를 떠올리게 된다.

우리에게 스테인리스 스틸로 매끈하게 만들어진 〈풍선 강아지(*Balloon Dog*)〉나 〈매달린 하트(*Hanging Heart*)〉로 익숙하게 기억되는 제프 쿤스(Jeff Koons, 1955~)는 이탈리아 포르노 배우 치치올리나(Ilona Staller aka Cicciolina)와

1990년 베네치아 비엔날레에 전시된 제프 쿤스의 〈made in heaven〉 시리즈 가운데 하나

제2부 '추(醜)의 미학'은 골칫거리인가 흥미로운 진실인가?

의 결혼을 기념하면서 그녀와의 성애 장면을 사진 촬영한 후 이를 석판화, 잉크 실크스크린, 도자기, 나무 등 다양한 오브제와 기법으로 과감하게 노출한 작품을 선보였는데 그것이 바로 〈made in heaven〉 시리즈다. 여기 제시한 작품은 시리즈 가운데 비교적 얌전한(?) 작품에 속한다. 〈made in heaven〉 시리즈는 '부부의 침실'을 적나라하게 공개했다는 점에서 금기를 위반한 작품이라 할 수 있다. 제프 쿤스 자신과 치치올리나의 실물을 그대로 연출했기 때문에 더더욱 그러하다. 그런 의미에서 이 작품은 세간의 풍속을 헤치는 도덕적 추를 의도화, 상업화한 경우라 할 수 있다. 〈made in heaven〉이 외설 시비에 휩싸이면서 상당한 비난을 받게 된 것은 당연할지도 모른다.

한병철은 『아름다움의 구원』에서 제프 쿤스의 작품들에 대해 "그것은 좋아요(Like)를 추구한다. 매끄러운 대상은 자신의 반대자를 제거한다. 모든 부정성이 제거된다."(10쪽)며 맹렬히 비난한다. 아울러 "오늘날에는 아름다움으로부터 일체의 부정성이, 전율과 상해의 모든 형태들이 제거됨으로써 아름다움 자체가 매끄럽게 다듬어진다. 아름다움은 만족을 주는 것으로 제한된다."(18쪽)고 말한다. 이 대목에서 비평가 김현 선생이 문학은 정신을 '고문'할 수 있어야 한다고 했던 말이 문득 떠오른다. 문제는 "아름다움은 만족을 주는 것으로 제한"되었다는 그 말의 밑바닥에는 분명 어떤 감수성이 작동한다는 점이다. 예술은 언제나 창작과 반응을 묶어주는 공모적(共謀的) 감수성의 교환을 필요로 한다.

여기서 우리는 '스타일의 승리'로서 '캠프(Camp)'라는 감수성과 취향을 말한 미국의 예술비평가이며 소설가인 수전 손택의 예술철학론을 생각해 볼 필요가 있을 듯하다. 「캠프」에 관한 단상(Notes on Camp)」(1964)은 추의 미학과 관련한 현대인의 감수성과 취향에 대해 심도 있게 설명한 글이다.

이 글은 짧지만 세상에 "이름이 붙여지지 않는 것"(408쪽) 즉 특정 '감수성'을 규정하는 일이 얼마나 어려운가를 그대로 드러낸다. 즉 이 글의 대상이 그렇듯이 그것을 설명하는 방식도 매우 난해하다. 일단 그녀는 캠프를 '탐미적 감수성'으로 규정하며 그 본질을 "부자연스러운 것, 인위적이고 과장된 것을 애호하는 데에 있다."(408쪽)고 말한다. 그러면서 "나는 캠프에 강하게 끌리며, 또 그만큼 강한 거부감을 느낀다. 이것이 내가 캠프를 논해보고 싶어 하는 이유이며, 논할 수 있는 이유다."(409쪽)라고 설명한다. 그녀에 따르면 캠프의 핵심은 진지한 것을 경박한 것으로 바꿔버리는 것에 있다.

수전 손택은 이를 58개의 단상 형식을 통해 설명한다. 그 요지를 간추려보면, 캠프는 지적 교양의 한 변종으로서 19세기의 댄디(dandy)를 대체한 '현대의 멋쟁이'로부터 파생된 감수성이다. 그것은 스타일의 승리이며 세계를 보는 태도이다. 양성적이며 자연을 철저히 부정하며 대상의 이중적 의미를 재빨리 알아차리는 감수성이다. 또한 연극적이며 장식적이며 비정치적이며 과장적이다. 실패한 엄숙함이며 열정적이며 천박함을 높이 사는 것이며 무책임한 환상이다. 발전하지 않는 일관된 인물의 성격이며 예술을 판단하는 것이 아니라 뭔가를 추가하는 것이다. 비극적 요소가 절대 없는 것이며 희극적이며 장난스러우며 무모한 쾌락주의며 끔찍하기 때문에 좋은 것이다. 그것은 판단 방식이 아니라 일종의 즐기기, 느끼기, 놀이의 방식이다. 수전 손택이 스페인의 위대한 천재 건축가 가우디의 지나치게 화려한 사그라다 파밀리아 성당부터 '무능한 연기력' 때문에 오히려 더욱 아름다운 느낌을 일으키는 미녀 배우 그레타 가르보에 이르기까지 매우 광범위한 예를 캠프적 감수성으로 묶고 있기 때문에 그녀의 글을 읽는 독자가 캠프에 대해 명확한 감을 잡기가 어려운 것이 사실이다. 따라서 수전 손택은 "캠프 취향은 본질적으로 풍요로운 사회, 풍요로움이라는 정신병리를 견뎌낼 역량이 되는 사회나 모임에서야 비로소 존재할 수 있다."(433쪽)고 말한다. 그녀가 지시하는 '풍요로움'과 '정신병리'는 무엇을 뜻하는 것일까? 이는 현대인의 감수성으로서 캠프가 물질의 풍요로움이 양산해내는 권태와 그 권태에 의해 만들어진 기이한 탐미주의 혹은 쾌락주의라는 뜻이 아닐까? 그럼에도 수전 손택은 "캠프를 향유하려면 고급 문화의 감수성이 고상함을 독점한 것은 아니라는 위대한 발견에서 출발해야 한다."(435쪽)고 말한다.

여기서 다시 수전 손택이 『해석에 반대한다』에 실은 에세이 「스타일에 대해」를 생각해보고자 한다. 왜냐하면 그녀가 캠프를 '스타일의 승리'라고 말했으니까. 그녀는 이 글에서 '형식'이라는 용어보다 '스타일'이라는 용어를 내세우며 그것을 "작품의 골상학(骨相學)"(56쪽)이라 지칭한다. 그러면서 "우리의 겉모양새가 사실상 우리의 존재 방식이다. 가면이 곧 얼굴인 것이다."(40쪽)라고 말한다. 이는 겉모습이 존재 방식과 분리되지 않음을 의미한다. 내용과 형식의 혼연일체! 그녀에 따르면, 스타일은 특정한 역사의 산물이며 전통적 가치를 방어하고 옹호하며 도전하는 태도에서 비롯된 것이다. 이때 수전 손택이 강조한 것은 '의지' 즉 "세계에 대한 태도, 세계를 대하는 주체의 태도"(58쪽)인데 '스타일'은 바로 그 의지가 놀이(예술)를 운영하는 규칙에 해당한다. 스타일은 필연적인 것이며 그것의 가치 여부는 "우리에게 강렬함과 권위, 지혜를 전해줄 수 있느냐"(67쪽)에 달려 있다고 그녀는 설명한다. 캠프라는 감수성이 '스타일의 승리'라면, 이 감수성은 '스타일'을 만들고 그것을 즐기는 감수성이라 할 수 있다. 아울러 움베르토 에코는 캠프에 대해 '주변성'과 더불어 "그것이 세련됨을 주장할 때조차도 일정 정도의 천박함을 지니고 있어야 한다."(408쪽)고 강조한다.

다시 제프 쿤스의 작품으로 돌아가면, 수전 손택의 글은 제프 쿤스의 〈made in heaven〉 시리즈가 발표되기 훨씬 이전에 쓴 글이다. 따라서 수전 손택이 제프 쿤스를 언급할 수 없었던 것은 당연하다. 내가 '감수성과 취향의 변화'라는 문제를 놓고 제프 쿤스의 작품을 제시한 것은 그의 〈made in heaven〉이 캠프를 쉽게 이해할 수 있게 해주는 사례라 판단되었기 때문이다. 앞서 제시한 제프 쿤스의 작품은 수전 손택이 말한 캠프의 다양한 요건을 잘 갖춘 듯하다. 일단 치치올리나와 제프 쿤스의 자세는 매우 관능적이고 매혹적임에도 무언가 천박한 인상을 남긴다. 이는 그들의 성애의 포즈 때문보다 포르노그라피를 연상시키는 붉은 배경과 치치올리나를 늘 상징하는 화려한 화환, 환상적 나비들의 인위적이고 장식적이며 과장적인 분위기 때문에 그러하다. 아울러 관객을 뚫어지게 바라보는 제프 쿤스의 연극적 표정. 저런 자세로 관객의 관음증을 여유롭게 바라보고 있다니! 그것이 환기하는 엄숙함의 거부와 능청스러운 장난기. 과히 20세기 말 '스타일의 승리'라 말할 만하지 않은가. 다만 이 작품이 수전 손택의 요청대로 "우리에게 강렬함과 권위, 지혜를 전해줄 수 있느냐"(67쪽) 하는 문제는 각자의 판단에 맡기기로 한다.

수전 손택의 글은 1960년대 미국 사회에서 번지기 시작한 감수성과 밀접한 관련이 있다는 점에서 그 내용이 지금의 한국의 현실과는 일치할 수 없는 것일지도 모른다. 그럼에도 여기에 나열한 많은 것들이 1990년대 이후 우리의 경향성과 겹친다는 사실을 부정하기 어렵다. 스타일(멋내기, 장식하기)의 추종, 실패한 엄숙함, 천박함의 용인, 경박함, 엽기 신드롬, 시각과 미각으로 편향된 감각들, 막장 드라마적 장난기, 희극적 놀이 등. 대중예술을 벗어나 캠프적 감수성과 취향, 태도를 우리 시에 즉각적으로 대

제2부 '추(醜)의 미학'은 골칫거리인가 흥미로운 진실인가?

입하는 것은 아직 조심스러운 일이다. 우리 시는 전반적으로 좋은 의미에서든 나쁜 의미에서든 아직은 이보다 상대적으로 진지해보이기 때문이다. 그럼에도 유하의 시편 가운데 슬쩍 이런 감수성이 선구적으로 보이기도 한다. 오해를 소지를 줄이기 위해 한 가지 부연하자면, 유하의 시편이 모두 캠프적이라고 말하긴 어렵다.『바람부는 날이면 압구정동에 가야 한다』(문학과지성사, 1991)에 실린 시인의 고향 '하나대'와 관련한 시편이나 그의 세 번째 시집『세상의 모든 저녁』(민음사, 1993) 등은 키치나 캠프적 성향과는 거리가 먼 작품들이다. 이들 시편들은 추의 미학과는 성격이 다른 아련한 서정을 드러낸다. 그의 시편들은 그런 의미에서 의도적으로 '진지함'과 '경박함'을 오가면서 구성된 것이라 할 수 있다.

유하의 시집『바람부는 날이면 압구정동에 가야 한다』가 출간되었을 때 나는 무심코 이 시집을 표제 때문에 구입하였다. 시집 2부에 배치된 '압구정동' 시편들을 버스 안에서 킬킬 웃어가며 읽었던 기억이 난다. 그의 첫 시집『무림일기』(중앙일보사, 1989)는 이후에 읽었다. 이 사적인 경험은 내게 매우 중요한 사건이었다. 왜냐하면 시집을 읽으면서 난생 처음으로 웃었기 때문이다. 내가 읽었던 많은 시집들에도 희극적 요소가 없었던 것은 아니지만 그 희극적 요소마저 진지하게 만드는 무언가가 담겨 있었던 같다. 더 솔직히 말하면 진지한 의미 부여를 요구하는 듯했다. 매우 유머러스한 장경린의 첫 시집『누가 두꺼비집을 내려놨나』(민음사, 1989)마저 그러하다. 그런데 유하의 시집은 내가 고수해왔던 시읽기의 방식을 동요시키기에 충분했다. 그리고 이러한 경험은 "시가 이렇게 마구 지껄이며 웃겨도 되나?"라는 가벼운 흥미를 촉발시켰다. 이후 무협지를 섭렵한 남학생을 앞혀놓고『무림일기』에 나오는 다양한 무협 용어를 물어가며 그의 첫 시집을 읽었던 것이 유하 시에 대한 나의 체험담이다. 지금 유하의 시집

을 처음 대하는 젊은 독자들은 아마 나처럼 웃지 않으리라 생각한다. 그
들은 1970~80년대의 엄중하게 경직된 분위기를 체험하지 않았기 때문이
다. 그리고 유하의 '스타일'이 이미 낡은 것으로 느껴질 수 있기 때문이기
도 하다. 유하의 네 번째 시집『세운상가 키드의 사랑』(문학과지성사, 1995)
에 실린 시 한 편을 다시 읽어보자.

> 나는 미국판 마분지 소설
> 휴먼 다이제스트로 영어를 공부했고
> 해적판 레코드에서조차 지워진 금지곡만을 애창했다
> 나의 영토였던 동시 상영관의 찌린내와, 부루라이또 요코하마
> 양아치, 학교의 개구멍과 세운상가의 하꼬방,
> 난 모든 종류의 위반을 사랑했고
> 버려진 욕설과 은어만을 사랑했다
>
> 나는 세운상가 키드, 종로3가와 청계천의
> 아황산 가스가 팔 할의 나를 키웠다
> 청계천 구루마의 거리, 마도의 향불 아래
> 마성기와 견질녀, 꿀단지, 여신봉, 면도사 미스 리
> 아메리칸 타부, 애니멀, 뱀장어쑈, 포주, 레지, 차력사……
> 고담市의 뒷골목에 뒹구는 쓰레기들의 환희, 유혹
> 나의 뇌수는 온통 세상이 버린 쓰레기의 즙,
> 몽상의 청계천으로 출렁대고
> 쓸모 없는 영혼이여, 썩은 저수지의 입술로
> 너에게 무지개의 사랑을 들려주리
> 난 구정물의 수력 발전소,
> 난지도를 몽땅 불사른 후의 에너지
>
> 세상이 나를 원하지 않을 것이기에, 태양의 언어 밖에서

제2부 '추(醜)의 미학'은 골칫거리인가 흥미로운 진실인가?

난 노래한다, 박쥐의 눈으로 어둠의 광휘를
난 무능력한 자이므로, 풍자한다
호화 양장본 세상의 기막힌 마분지성에 대하여

나는 부유하는 육체의 세운상가
곰팡이를 반성하지 않는 곰팡이,
그리하여 곰팡이꽃의 극치를 향해가는 영혼
—「세운상가 키드의 사랑 3」 전문

　이 시에 등장하는 화자는 유하의 '압구정' 시편의 화자와 비슷하지만 상대적으로 자못 진지하고 엄숙한 어조를 드러낸 경우라 할 수 있다. 그렇기 때문에 유하 풍의 희극성이 직접적으로 돌출된 시편보다 더 흥미를 끈다. 화자는 자신을 세상의 모든 해적판 문화가 몰려드는 '세운상가 키드'로서 규정한다. 그의 정신적 태반이 이러할진대 한편으로는 서정주의 「自畵像」의 유명한 시구 "스물세햇동안 나를 키운건 八割이 바람이다.", 1930년대 초반 방인근이 『동아일보』에 연재한 전형적인 통속소설 「마도의 향불」, 김수영의 시 「絕望」의 한 구절 "곰팡이 곰팡을 반성하지 않는 것처럼"을 태연히 패러디하면서 한껏 폼을 과시한다. 수전 손택이 캠프를 "현대적 지적 교양의 한 변종"(408쪽)이라 했던 이유가 이런 것일까? 이 지적이고도 진지함의 과잉은 의도된 스타일 그 자체이다. 삼류 화자가 '엄숙성의 실패'를 선언하고 있는 것이다. 그는 연극적 어조로 '쾌락주의'를 옹호하며 "그리하여 곰팡이꽃의 극치를 향해가는 영혼"이라고 '비장하게' 이 시를 마무리한다. 이런 종류의 '비장함'은 유하 풍의 유머로 볼 수 있다. 수전 손택은 "캠프는 본래 자신을 진지하게 제시하는 예술이지만, '너무 지나치기' 때문에 전혀 진지하게 받아들일 수 없는 예술이다."(423쪽)라고 말한다. 유하는 이러한 캠프적 속성을 의식했거나 아니면 이미 그런 감수성을 지닌 채 그것을 자신의 작품으로 실천한 것이 아닐까? 잘 알려진 바, 우리는 유하가 1990년에 영화감독으로 데뷔했다는 사실을 염두에 둘 필요가 있을 듯하다.

참고문헌

니체, 『우상의 황혼/반 그리스도』, 송무 역, 청하, 1993.

수전 손택, 「스타일에 대해」과 「'캠프'에 관한 단상」, 『해석에 반대한다』, 이민아 역, 이후, 2013.

아리스토텔레스 외, 『詩學』, 천병희 역, 문예출판사, 2010.

움베르토 에코, 『추의 역사』, 오숙은 역, 열린책들, 2015.

한병철, 『아름다움의 구원』, 이재영 역, 문학과지성사, 2016.

추의 미학의 양극

― 우스꽝스러운 것과 악마적인 것

> "아주 보기 흉한 동물이나 시신의 모습처럼 실물을 볼 때면
> 불쾌감만 주는 대상이라도 매우 정확하게 그려놓았을 때에는
> 우리는 그것을 보고 쾌감을 느낀다."
> ― 아리스토텔레스의 『시학』 중에서

어떤 것이 추함으로 인식되기 위해서는 일단 평범하다는 인상을 벗어나야 한다. 평범함으로는 별스러운 느낌이나 감각을 불러일으키기 어렵기 때문이다. 움베르토 에코는 『추의 역사』 서문에 "〈추한〉과 비슷한 느낌의 말은 불쾌한, 끔찍한, 소름 끼치는, 역겨운, 비위에 거슬리는, 그로테스크한, 혐오스러운, 징그러운, 밉살스러운, 꼴불견의, 추잡한, 더러운, 음란한, 거부감 드는, 무서운, 비열한, 괴물 같은, 오싹한, 기분 나쁜, 무시무시한, 겁나는, 으스스한, 악몽 같은, 지긋지긋한, 욕지기나는, 악취 나는, 가공할, 야비한, 볼품없는, 싫은, 피곤한, 화나는, 일그러진, 기형의 등이다."(16쪽)라고 제시한다. 이 단어 하나하나를 유심히 따져보면 추한 대상과 그에 대한 반응을 계열화할 수 있는 것처럼 보인다. 예를 들어 꼴불견의, 볼품없는, 기형의 등은 우스꽝스러운 대상과 관련될 가능성이 있으며 끔찍한, 으스스한, 무시무시한 등은 악마적인 것과 관련될 가능성이 있다. 그러나 이러한 계열화는 그렇게 쉽고 단순하게 처리될 문제가 아니다. 추함에 대한 인지는 고정된 것이 아니라 대상과 대

帝江

제강(帝江)은 중국의 지리서이며 신화집이라 할 수 있는 『산해경(山海經)』에 등장하는 기이한 형상의 신이다. 이는 가무(歌舞)를 이해할 줄 아는 신으로 기록되어 있다. 『산해경』 이후 제강은 얼굴 없음이 암시하는 것처럼 혼돈의 신으로서 창조의 근원을 상징하는 것으로 그 의미가 더해진다.

상에 대한 반응 사이에서 확정된다.

예를 들어 자루처럼 생긴 제강(帝江)의 형상은 누군가에게는 낯설지만 귀엽고 코믹할 수 있으며 동시에 또 다른 누군가에게는 기괴한 것일 수 있다. 또 예를 들어 움베르토 에코가 나열한 '비열한', '야비한' 등의 어휘는 코믹이나 공포와는 다른 추함 즉 도덕적 추와 결부된다는 점에서 분노의 감정을 유발할 수 있으나 이 또한 잔인하고 극악무도한 것으로 심화되면 그 대상은 분노가 아니라 두려움의 감정을 촉발할 수 있다. 한편 '피곤한'이라는 단어는 추와 직결되지 않는 듯 여겨질 수 있으나 '피곤한'이라는 단어를 보다 깊게 생각해보면 추에 노출된 존재론적 상황과 상태가 드러나게 된다. 다시 니체의 『우상의 황혼』의 일부를 인용하면, "어떤 식으로든 우울한 기분이 들 때마다 인간은 무언가 〈추한〉 것이 가까이 있다는 사실을 감지하게 된다. …(중략)… 탈진, 묵지근한, 연로, 피로의 모든 징표, 경련이든 마비든 모든 종류의 부자유 그리고 무엇보다도 해체의, 와해의 냄새·빛깔·모양은 비록 단순한 상징 정도로만 약화된 것이라 할지라도─이 모든 것은 한결같은 반응, 즉, 〈추하다는〉 가치 판단을 불러일으킨다."(83쪽)

제2부 '추(醜)의 미학'은 골칫거리인가 흥미로운 진실인가?

고 그는 말한다. 즉 '피로한'은 우울, 탈진, 부자유, 와해 등과 관련된 존재의 상태를 드러낸다. 이처럼 추한 대상과 그 대상에 대한 반응은 '정도'의 차이에 따라 둘 다 다른 의미가 부여될 수 있다. 정리하자면 추의 대상과 그에 대한 반응을 도식적으로 고정해서는 안 된다는 의미이다. 중요한 것은 이러한 추의 대상이 그저 역겹거나 혐오스러운 느낌만 주는 것이 아니라 그 대상을 다루는 예술가의 방식에 따라 양극단의 효과를 가져 올 수 있다는 점이다. 즉 추는 '유쾌함'과 '두려움'이라는 상반된 느낌과 감정을 야기할 수 있다. 이 양극은 추의 미학이 지닌 이완효과와 긴장효과를 지시한다. 유쾌함과 두려움이라는 양방향성은 추의 미학이 지닌 입체성이기도 하다.

모든 우스꽝스러운 대상은 추와 무관할 수 없다. 코믹한 인물과 상황이 창조되기 위해서는 결함을 지닌 요소들이 부각되어야 가능해진다. 잘 알려진 대로 이러한 원리는 일찍이 아리스토텔레스(Aristoteles)가 『시학(詩學)』에 명확히 밝힌 바 있다. 그에 의하면 코믹은 "보통 이하의 악인의 모방이다. 이때 보통 이하의 악인이라 함은 모든 종류의 악(惡)과 관련해서 그런 것이 아니라 어떤 특정한 종류, 즉 우스꽝스러운 것과 관련해서 그런 것인데 우스꽝스런 것은 추악의 일종이다. 우스꽝스런 것은 남에게 고통이나 해를 끼치지 않는 일종의 실수 또는 기형이다."(45쪽) 아리스토텔레스가 강조한 우스꽝스러운 것은 ① '보통 이하'여야 하며 ② 남에게 고통이나 해를 끼치지 않아야 하며 ③ 행위로서는 실수에 해당되는 것이며 ④ 형태로는 기형이어야 한다. ①은 보통보다 모자람을 뜻한다. ②는 대단히 중요한 사실이라 할 수 있는데, 예를 들어 보기에는 우스꽝스러운 것이 큰 고통이나 해를 끼치는 존재로 인지되면 그 우스꽝스러움은 공포의 감정을 유발할 것이다. 코믹의 유쾌함은 이완과 관련한다. 웃음은 휘발성이

강한 감정표현 가운데 하나이다. 따라서 고통과 해로움이 느껴지는 우스
꽝스러움은 코믹이 될 수 없다. 괴물 형상을 하고 있어도 무해하다고 느
껴지면 코믹한 대상이 될 가능성이 있다. ③은 '보통 이하'와 연관된 것이
다. '실수'를 연발하는 인물은 '완전함'과 거리가 멀며 위대한 영웅의 반대
편에 있는 자이다. ④에 제시된 기형성은 온전하지 않은 형상을 뜻한다는
점에서 반드시 코믹에만 해당하는 것은 아니다. 지옥도(地獄圖)를 들여다
보면 온전한 신체나 형상을 발견하기가 쉽지 않다. 따라서 형상적 추로서
기형은 우스꽝스러움과 악마적인 것 모두에 해당할 수 있다.

> 브라질 리오데자네이로의 밤뒷골목의 쌈바춤은
> 사람들이 그렇게 추는 게 아니라,
> 하눌이 어찌다간 한번씩
> 驚風난 쏘내기 마음이 되어
> 사람들 속에 숨어들어서
> 지랄 야단법석을 부리시는 거라.
> 더구나 그게 젊은 예편네 속에나 들어갈량이면
> 陰七月에 암내낸 소보다도 더 미치는 거라.
> 무지개를 뛰어 넘어다니는
> 소보다도 훨씬 더 미치는 거라.
>
> 余도 지난 戊午年 늦여름밤의 리오데자네이로에서
> 난생 처음으로 이 쌈바춤에 말려들어 봤는데,
> 나의 짝 − 黑人예편네가 하자는대로
> 한참을 껑충거리다보니 두 다리에 쥐가 나버려서
> 퍽지건히 바닥에 주저앉았드러니,
> 「애개개 요새끼! 머이 이따웃게 있어?」
> 하며, 내게 등을 두르고 돌아서서는

그녀 볼기짝 밑의 사타구니를
저의 할아버지뻘은 되는 내 코에
몽땅 바짝 들이대는데
야! 찐하기도 찐하기도 한 그 냄새의 罰이라니!

하눌도
이런 南美 리오데자네이로의 밤뒷골목 같은데 와선
이런 찐한 짓거리도 가끔은 시키며 노시는 거라.
— 서정주, 「쌈바춤에 말려서」 전문

우리 현대시사의 흐름 가운데 미의 미학과 추의 미학 모두를 가장 능숙하게 구현해낸 시인을 꼽자면 아마도 서정주일 것이다. 그의 상상력을 관통하는 '영생주의(永生主義)'적 골상(骨相)에는 무수한 '잡종성'이 차등 없이 수용된다. 추의 미학이 서정주 시의 한 부분을 차지할 수 있는 까닭이 여기에 있다. 위에 인용한 「쌈바춤에 말려서」는 서정주의 추의 미학이 지닌 특징을 매우 잘 드러낸 예 가운데 하나이다. 그의 추의 미학이 지닌 가장 두드러지는 특징을 한마디로 말한다면 '희극성'이라 할 수 있다. 그런 의미에서 서정주 시에 등장하는 추함은 끔찍함이나 공포감을 촉발하는 것과 거의 무관하다. 1980년에 출간된 여행 시집 『西으로 가는 달처럼』에 실린 이 시는 브라질 여행 중에 경험했던 해프닝을 제재로 삼은 것이다. 시인은 시의 곳곳에 '지랄', '예편네', '요새끼', '볼기짝', '사타구니', '짓거리' 등 언어적 추에 해당하는 시어들을 깔아 놓고 '밤뒷골목 쌈바춤집'에 걸맞은 분위기를 창출해낸다. 이 싸구려 춤집의 열기를 시인은 세 가지 대상의 격하(格下)를 통해 드러내는데, '하눌', '黑人 예편네' 그리고 화자인 '나'가 그것이다.

'하눌'은 경풍(驚風)난 상태의 지랄 야단법석으로 처리됨으로써 그 신성함이 격하되어버린다. 신성함이 격하된 '하눌'의 광적 에너지는 "陰七月에 암내낸 소"로 다시 전이됨으로써 구체성을 얻게 되는데 이때 '하눌'은 한 번 더 격하된다. '하눌'이 미친 암소가 된 격이다. 맥락을 보면 그 암소가 바로 '黑人 예편네'다. 이런 광기의 힘을 가진 이국의 여인과 쌈바춤을 추던 화자는 "한참을 껑충거리다보니 두 다리에 쥐가 나버려서/퍽 지건히 바닥에 주저앉"는 꼴이 되고 만다. 이 우스꽝스러운 모습에는 화자 자신을 격하시키는 시인의 과감성이 숨어 있다. 프로이트(Sigmund Freud, 1856~1939)가 『농담과 무의식의 관계』에 자기 자신을 농담거리로 우습게 만드는 일은 위태로운 짓이라고 말한 것처럼 그것은 자신을 공격하는 일이 될 수도 있다. 하지만 웃음의 극치는 스스로가 우스꽝스러운 것이 될 때 더 증폭되기도 한다. 서정주의 화자는 "「애개개 요새끼! 머이 이따웃게 있어?」"라는 입말로 요약 정리되면서 모든 위신이 땅에 떨어지는 지경에 이르게 된다. 이때 '黑人 예편네'가 쓰러진 '나'의 코에 바짝 "볼기짝 밑의 사타구니를" 들이대는 광경은 외설스럽지만 그 추함은 웃음을 낳는 동력이 된다. 시인은 이때 느꼈던 기분을 "야! 찐하기도 찐하기도 한 그 냄새의 罪이라니!"라며 누구도 흉내 낼 수 없는 절묘한 경지의 표현으로 드러낸다.

여기서 주목할 것은 앞에서 "웃음은 휘발성이 강한 감정표현 가운데 하나이다."라고 했던 말이다. 코믹의 추함은 웃음효과 때문에 그 추함도 휘발시키는 독특함을 갖게 된다. 이 이완효과가 추의 역겨움을 웃음으로 누그러뜨리는 것이다. 카를 로젠크란츠는 『추의 미학』을 통해 추를 미의 부수적 현상으로 위계화하고 있지만 추의 구체성을 체계화한 철학자이다. 그는 이를 "미는 추가 시작하는 경계이고, 코믹한 것은 추가 끝나는 경계가 된다."(26쪽)고 말한다. 이 애매한 문장에는 카를 로젠크란츠의 예술관이 함축되어 있는데 그것을 쉽게 풀어 말하면 추는 미라는 큰 테두리의 한 부분으로 귀속되어야 하며 추는 코믹한 것에 의해 그 지나침이 완화되어야 함을 뜻한다. 여기에는 카를 로젠크란츠의 추에 대한 보수적 태도가 담겨 있지만 추의 과잉을 제어하고자 하는 그의 태도를 경청해보는 것도 필요할 듯하다. 왜냐하면 무차별적으로 남용되는 추함은 추의 미학이 아니라 그냥 추일 수 있기 때문이다.

우스꽝스러운 것이 지닌 추의 미덕이 즐거움과 해방감을 준다면 악마적인 것이 지닌 추의 미덕은 무엇일까? 악마적인 것에 대한 사람들의 호기심은 우스꽝스러운 것에 대한 호기심보다 더 강렬하고 지속적인 것처럼 보인다. 그것은 대부분 두려움이나 공포감과 연관된 추인데 사람들이 이에 대해 거부감만이 아니라 흥미도 함께 느낀다는 사실에 주목할 필요가 있다. 그런데 두려움과 연관된 추에 대한 반응도 사람에 따라 조금씩 다르다. 예를 들면 카를 로젠크란츠는 두려움을 촉발시키는 최상위의 대상을 '유령'이라고 말한다. "죽어 있는 것이 속성과 반대로 다시금 살아 있는 것의 모습을 띨 때 유령적인 것이 된다. …(중략)… 저승에 속한 죽어버린 자는 우리가 알지 못하는 법칙을 따르는 듯이 보인다."(350~351쪽)며 그는 죽음과 무관한 악마, 독일 민담에 나오는 코볼트(우리에겐 장난꾸러기 도깨비 정도로 이해할 수 있다.), 뱀파이어 등과 유령을 구분한다. "우리가 알지 못하는 법칙"에 의해 움직여지는 것이 가장 큰 공포감을 줄 수 있다는 설명은 우리가 의지하는 지식이 무용해질 때 공포가 옴을 뜻한다. 여기에는 알지 못하는 법칙에 대한 두려움만이 아니라 한편으로는 죽은 자가 '다시금 살아나는 것'에 대한 근원적 공포 또한 내포되어 있다. 제임스 조지 프레이저(Sir James George Frazer, 1854~1941)의 『황금가지』에 제시된 '죽은 자의 이름에 관한 터부' 항목을 보면 죽은 자를 부르면 망령이 돌아올 것이라는 두려움이 잘 설명되어 있다. 시신을 묻을 때 횟가루를 뿌리고 땅을 단단하게 다지는 것도 이러한 두려움과 무관하지 않다. 죽은 자가 삶에 관여할 때 우리의 일상은 생기를 잃게 된다.

한편 무의식을 연구했던 프로이트는 에세이 「두려운 낯설음」에서 카를 로젠크란츠와 달리 '두려운 낯설음'을 "공포감의 한 특이한 변종인데, 오래전부터 알고 있었던 것, 오래전부터 친숙했던 것에서 출발하는 감정"(405~406쪽)이라고 설명한다. 어린 시절에 억압되었던 것, 혹은 이미 극복했다고 생각했던 것이 되살아나면 그것이 친숙한 것일지라도 두려움이 된다는 것이다. 이는 무의식에 은폐된 채 의식의 층위로 떠올라서는 안 되는 그 무엇이다. 간단하게 말하면 무의식에 비밀로 남겨져야 하는 것들이 되살아날 때 인간은 신경증과 정신질환을 앓게 된다는 것이 프로이트 정신분석학의 요지라 할 수 있다.

조르주 바타유(Georges Bataille, 1897~1962)는 근원적 공포의 대상으로 '죽음'을 꼽고 있는데 특히 그가 강조한 것은 '부패의 형상'이다. "알, 씨, 벌레들이 우글거리는, 보기만 해도 징그러운 미적지근하고, 흐물흐물한 그 덩어리는 우리에게 구토, 구역질, 역겨움을 자아낸다."(61쪽)며 그것이 '나'를 무겁게 짓누른다고 말한다. 죽음 속에서 알, 씨, 벌레들과 같은 생명들이 나온다는 모순이야말로, 그것이 자연의 이치임에도 불구하고, 기괴함의 극치가 아닐 수 없다. 좀더 그의 설명을 들어보면 다음과 같다.

> 살아남은 사람들은 죽은 사람의 부패 앞에서 죽은 자의 원한과 증오를 보며, 그것을 장례식으로 진정시키고자 하는 것이다. 해골이 완전히 육탈될 때에 비로소 그들은 안심한다. 죽은 자가 그들의 위령제에 화답한 것이라고 믿는 것이다. 하얗게 육탈된 해골은 비로소 경건한 모습을 지니게 된다. 그 죽음은 이제 단정하고 경건해서 견딜 만한 것

이 된다.(60쪽)

이와 같은 조르주 바타유의 설명은 매우 중요한 사실을 드러낸다. 죽음을 증명하는 구체적 형상으로서 부패는 우리의 모든 감각을 전율케 한다. 분명 해골보다 부패가 진행 중인 시체가 더 끔찍하게 느껴진다. 이는 그의 말대로 우글거리는 것, 흐물흐물한 덩어리가 단단한 것보다 감각적으로는 더 추함과 공포감을 주는 것임을 뜻한다. 부패가 진행 중인 것들은 만지거나 냄새 맡거나, 먹거나 하는 행동을 제압해버린다. 죽음과 허무를 상징화한 강은교의 시 「自轉 Ⅰ」에 등장하는 "모래의 女子(여자)들"이 깨끗한 인상을 남기는 것은 바로 이와 같은 질척한 부패의 이미지를 제거했기 때문이다.

한편 볼프강 카이저(Wolfgang Kayser, 1906~1960)의 『미술과 문학에 나타난 그로테스크』는 그로테스크(grotesque)의 본질을 가장 탁월하게 밝힌 저술이라 할 수 있는데 그는 "그로테스크의 핵심은 죽음에 대한 공포가 아니라 삶에 대한 공포이다."(304쪽)라고 일축한다. 부조화, 과장, 비정상성, 기묘함, 섬뜩함 등을 함축하는 그로테스크는 추의 미학과 분리될 수 없는 용어이다. 이와 같은 그로테스크의 본질을 볼프강 카이저는 '삶에 대한 공포'로 귀결시키는 것이다. 그에 따르면 그로테스크는 막연한 환상적 놀이도, 희극적인 유희도 아니다. 구체적으로 "그로테스크가 조소와 더불어 섬뜩함을 유발하는 이유는 바로 우리에게 친숙한, 고정된 질서에 따라 움직이던 세계가 여기서 무시무시한 힘에 의해 생경한 것으로 변하고 혼란에 휩싸이며 모든 질서 역시 무너져 버리기 때문이다."(71~72쪽)라고 그는 설명한다. 친숙했던 질서가 갑자기 무너지고 '생경함'으로 바뀌었을 때 오는 있을 수 없는 당혹감과 불안을 야기하는 것이 바로 그로테스크가 촉발하는 감정이라 할 수 있다. 이때 아득한 심연이 열리고 악마적인 무언가가 끼어든다고 볼프강 카이저는 말한다. 지금까지 살펴 본 것, 즉 우리의 지적 능력 밖에 있는 유령, 억압된 것과 초극된 것의 되살아남, 죽음을 지시하는 부패하는 것들, 친숙한 일상의 무너짐 가운데 우리에게 극단의 공포감을 주는 것은 무엇일까?

바람 따라 꽃들이 나무들이 흔들리는 가을밤 고양이 울음소릴 내며 흔들리는 가을밤 한 소년이 들어간다 포크와 나이프를 들고 들어간다 만취해 잠든 아버지의 방으로 들어간다 검은 이빨 검은 손톱의 굶주린 소년, 소년은 아버지의 목덜미에 쇠빨대를 꽂고는 빨아먹기 시작한다 아버지의 몸 속 모든 피와 내장을 빨아먹는다 노오란 뇌수를 빨아먹는다 아버지의 육체 가득 흔들리는 강물과 구름을 빨아먹는다 아버지의 손과 귀와 성기를 토막토막 잘라먹으며 악마처럼 웃는다 가을밤 창 밖 은사시나무들이 미친년처럼 웃고 있는 가을밤, 소년은 가죽푸대처럼 쪼그라든 아버지의 몸 속 가득 톱밥을 채워넣는다 솜과 벌레의 유충들을 채워넣으며 박제를 만든다 박제가 된 아버지를 둘러메고 마당으로 나간다 무덤을 판다 아버지를 묻는다 피 묻은 포크와 나이프를 묻는다 달을 묻고 밤하늘을 묻고 벌레 먹은 아버지의 일생을 묻는다 무덤 속에서 검은 파리떼가 날아오른다 검은 나방들이 날아오른다 소년의 머리 위를 맴돌다 어둠 속으로 날아간다 소년은 지붕 위로 올라간다 피 묻은 입술을 닦으며 소리 없이 운다 도려낸 아버지의 검은 눈알 두 개를 밤하늘에 던지며 울음 운다 다음날 아침 일찍 소년은 소풍을 간다 어린 당나귀와 함께 사과나무와 함께 소풍을 간다 언덕 꼭대기에 앉아 즐겁게 점심을 먹는다 당나귀가 맛있게 맛있게 만두를 먹는다 아버지의 살코기로 만든 만두를 먹는다 소년은 구름을 먹고 사과나무는 춤을 추며 춤을 추며 언덕을 뛰어다니며 언덕을 먹는다

— 함기석, 「가을 소풍」 전문

이 시는 '가을 소풍'이라는 제목에 대한 기대를 완전히 무너뜨리며 시작된다. 시의 분위기가 전체적으로 음산하며 피비린내가 진동하는 잔혹의 서사로 이루어져 있다는 점이 악마적인 인상을 남긴다. 그 실체를 자세히 읽어보면 우리에게 공포감을 야기하는 것은 두 가지 터부(taboo)와 관련한다. 터부와 관련된 것이 위반되었을 때 그 위반 행위는 추가 될 가능성이 크다. 존속살해, 인육먹기가 그것이다. 존속살해는 근친상간보다 더 강도가 센 금기다. 이 시에 등장하는 '소년'은 만취해 잠든 아버지를 살해한다. 이때 살해한 아버지를 먹는 장면이 매우 섬세하게 묘사되어 있다는 점이 눈길을 끈다. 식인풍습은 인류사에서 자주 발견되었던 것 가운데 하나이다. 그것은 소문으로만 전해진 아프리카 식인종의 이야기만은 아니다. 중국 원나라 말기에 도종의(陶宗儀)가 편찬한 수필 『철경록(輟耕錄)』은 원나라의 제도, 법률, 서화문예(書畵文藝)에 관한 사료적 가치를 가진 저술이지만 한편으로는 인육요리법에 관해서도 자세히 설명한 책으로도 유명하다. 이는 물리적으로 가까운 중국에서도 인육 먹기가 성행했음을 뜻한다. 오늘날 우리와 같은 종(種) 즉 인육을 먹는 행위는 이미 용인할 수 없는 금기라 할 수 있다. 아버지를 만두로 요리해서 당나귀와 나누어 먹는 이 소년을 우리는 어떻게 받아들여야 할까? 그것은 아버지에 대한 복수인가?

그런데 좀더 자세히 읽어보면 이 시에는 초혼(招魂)의 과정이 암시되어 있다. "소년은 지붕 위로 올라간다 피 묻은 입술을 닦으며 소리 없이 운다 도려낸 아버지의 검은 눈알 두 개를 밤하늘에 던지며 울음 운다"가 그것이다. 지붕에 올라가 호곡(號哭)하는 이 같은 초혼의 상례(喪禮)는 일종의 애도 작업이라 할 수 있다. 살해와 인육 먹기라는 끔찍한 행각과 호곡의 상례가 생성시키는 '모순'이 바로 그로테스크의 미학이라 할 수 있다. 여기에는 등장인물인 '소년'의 내적 복잡성이 담겨 있다. 함기석의 시에 등

장하는 '벌레먹은 아버지'는 "내 육체 속에 뿌리내린 검은 가시나무/삼십
년 동안 나를 가둬온 무서운 새장"(「아버지」)이다. 그리고 '나'는 아버지 등
에 박힌 못이다(「탯줄」). 이 떼어낼 수 없는 숙명과 슬픔을 시인은 끔찍한
추의 미학을 통해 드러낸다. 이는 일종의 극단적 통과제의라 할 수 있다.
1998년에 출간된 함기석의 첫 시집 『국어선생은 달팽이』에는 이와 비슷한
'소년'과 '소녀'들이 자주 등장한다. 함기석보다 조금 앞서 박상순의 시에
도 예사롭지 않은 '소년과 소녀'가 어떤 징후처럼 등장하는데, 이후 2000
년대 많은 시인들의 시편에 이 같은 문제적 '소년들'과 '소녀들'이 나타나
는 것을 쉽게 목격하게 된다. 그들은 거의 대부분 잔인하고 섬뜩한 형상
으로 묘사된다는 공통점을 지닌다. 따라서 일종의 시대상징일 가능성이
크다. 이 소년과 소녀 들은 어떤 인간적 진실을 도발하는 것일까?

참고문헌

니체, 『우상의 황혼/반 그리스도』, 송무 역, 청하, 1993.
볼프강 카이저, 『미술과 문학에 나타난 그로테스크』, 이지혜 역, 아모르문디, 2011.
아리스토텔레스 외, 『詩學』, 천병희 역, 문예출판사, 2010.
움베르토 에코, 『추의 역사』, 오숙은 역, 열린책들, 2015.
조르쥬 바따이유, 『에로티즘』, 조한경 역, 민음사, 1997.
카를 로젠크란츠, 『추의 미학』, 조경식 역, 나남, 2008.
프로이트, 「두려운 낯설음」, 『예술, 문학, 정신분석』, 정장진 역, 열린책들, 2015.

인간 본성과 추

— 폭력과 성의 문제

      이 글을 시작하기 전에 나는 '인간 본성과 추'라는 제목을 거창하게 세워놓았지만 사실 내가 이 주제를 감당할 재간이 없다는 변명부터 해야 할 듯하다. 이 글은 답을 내고자 하는 데 그 의도가 있는 것이 아니라 차라리 질문을 던지고 고민을 이끌어내는 데 그 의도가 있음을 고백하는 게 맞을 것이다.

    인간 존재를 규명하고자 하는 사유의 개진은 기원전부터 있어왔던 형이상학적 문제의 탐구라 할 수 있다. 소크라테스 이전의 철학자 파르메니데스(Parmenides)는 존재는 "없을 수도 있는데 왜 있는가?"라고 물었다. 이러한 의문은 인간이 '자의식'을 지닌 특수한 개체임을 입증하려는 것이다. 눈에 보이는 외부가 아니라 자기 자신을 문제적 대상으로 인식할 수 있는 능력은 지구의 생명체 가운데 인간만이 지닌 것으로서 위대함과 불운함을 동시에 함축한다. 그것이 위대함이든 불운함이든 인간은 존재 규명의 물음을 지속해왔으며 이와 동시에 인간의 본성이 무엇인가에 대한 탐구 또한 계속되어왔다. 인간 본성에 대한 탐색이 계속되어왔다는 것은 이 문제가 해결하지 못한 아포리아(aporia), 즉 난관(難關)으로 살아 있음을 뜻하는 것이다. 하나의 아포리아로서 인간 본성에 대한 탐구는 인간이 자기 자신을 알고자 하는 한 앞으로도 끊임없이 제기될 미해결의 영역이라 할 수 있다. 그렇다면 답을 확정할 수 없는 문제를 끊임없이 제기하는 이유는 무엇일까? 인간의 본성이 무엇인가라는 물음은 자신이 속한 종(種)에 대한 가장 중요한 '성찰'의 과정을 거치는 일이다. 이로부터 인간관과 가치관 나아가서는 세계를 바라보는 관점이 생성된다. 따라서 그것이 하나의 아포리아로서 끊임없이 미끄러지면서 지연될지라도 인간이라면 누구나 이 물음을 외면할 수 없을 것이다.

'추의 미학' 또한 인간 본성이 무엇인가라는 이 철학적 아포리아와 무관할 수 없는 영역이다. 인간의 본성이 미에 속하는가 아니면 추에 속하는가 하는 규정은 맹자의 성선설(性善說)과 순자의 성악설(性惡說)만큼이나 가늠하기 어려운 문제이다. 이러한 난제는 쉽게 말해 미와 추, 선과 악이라는 요소가 인간의 내면과 행동에 양립하기 때문에 발생한 것이다. 모든 인간은 언행이 일치하지 않으며 표리(表裏)가 부동(不同)하다. 맹자가 성선설을 주장하며 인간의 악행이 후천적 환경에서 비롯되었다고 했든, 순자가 성악설을 주장하며 예(禮)의 중요성을 강조했든 상관없이 한 존재에게서 드러나는 미와 추, 선과 악의 '모순 충돌'은 부정할 수 없는 인간의 속성이다. 다만 이 글에서 강조하고자 하는 바는 추의 미학과 관련한 철학적 사유들이 인간의 본성에 대해 회의감을 갖는 태도를 견인한다는 점이다.

예술 세계를 잠시 유보한 채 인류의 근대사를 성글게 떠올려보더라도 이러한 회의감을 완전히 불식시키긴 어려울 것이다. 히틀러(Adolf Hitler)만이 아니라 한나 아렌트(Hannah Arendt, 1906~1975)가 '악의 평범성'이라 규정

제2부 '추(醜)의 미학'은 골칫거리인가 흥미로운 진실인가?

했던 아이히만(Adolf Eichmann), 우리의 역사와도 무관하지 않은 동양 최대의 홀로코스트(Holocaust)라 할 수 있는 '난징대학살' 사건, 제주도에서 벌어진 4·3 사건과 5·18 광주민주화운동과 같은 참극 가운데 생겨난 수많은 희생자들. 인간만이 자기의 종을 '대량학살'할 수 있다는 이 끔찍한 능력을 우리는 어떻게 받아들여야 하는가. 이것은 인간 본성의 한 측면인가 아니면 T.W. 아도르노가 고민했던 '관리되는 사회'의 매뉴얼 즉 지배 이데올로기적 통제와 체계로부터 설계되어 말단에 이르기까지 실행된 악행인가? 이런 물음을 던지다보면 인간 본성이 미와 추, 선과 악 가운데 어느 쪽을 향해 있는가 하는 의문은 영원한 아포리아로 남을 것이다. 그럼에도 인간에게 악의 본성이 있다는 사실을 완벽하게 부인하기 어려울 때가 많다. 잠재된 악의 근성과 그것의 뇌관을 건드리는 상황이 맞물릴 때 인간은 선의지(善意志)를 망각한 채 악마로 변한다. 자연주의 소설의 대부분은 이와 같은 추와 악의 문제를 인간의 보편적 속성으로 인식하는 것으로 보인다. 예를 들어 에밀 졸라(Émile François Zola, 1840~1902)의 소설『테레즈 라캥』 초판은 1867년에 출간되었으며 다음 해 제2판 서문을 통해 자연주의 소설관의 기초를 구축한 것으로 평가된다.

나는 사람의 성격이 아니라 기질을 연구하기를 원했다. 이 책 전체는 바로 그것을 담고 있다. 나는 자유의지를 박탈당하고 육체의 필연에 의해 자신의 행위를 이끌어가는, 신경과 피에 극단적으로 지배받는 인물들을 선택했다. 테레즈와 로랑은 인간이라는 동물들이다. 그 이상은 아무것도 없다. 나는 이들의 동물성 속에서 열정의 어렴풋한 작용을, 본능의 충동을, 신경질적인 위기에 뒤따르는 돌발적인 두뇌의 혼란을 조금씩 좇아가려고 노력했다. 나의 두 주인공들에게 있어 사랑은 필요의 만족이다. 살인은 그들이 저지른 간통의 결과이며, 그들은 마치 늑대가 양을 학살하듯 살인을 한다. 내가 그들의 회한을 촉구해야 했던 부분은, 단순한 생체조직 내의 무질서, 파괴를 지향하는 신경체계의 반란이었던 것이다. 그들에게 영혼은 완벽하게 부재한다. 나는 그것을 시인한다.

바라건대 나의 목적이 무엇보다도 과학적인 것이었음을 이해해주기 바란다. …(중략)… 나는 신경질적인 기질에 접한 다혈질적 기질의 깊은 혼란을 보여주었다. 이 소설을 주의 깊게 읽어보면, 각 장(章)이 기묘한 생리학적 경우에 대한 연구임을 알게 될 것이다. …(중략)… 내가 보기에 테레즈와 로랑의 잔인한 사랑 속에 부도덕한 점이나 잘못된 열정으로 내몰릴 만한 소지는 전혀 없어 보인다. …(중략)… 단지 내 동료들이 나를 일종의 문학의 하수도 청소부로 만들어놓은 것에 놀랐을 뿐이다.

에밀 졸라는 기질, 육체의 필연, 동물성, 본능, 충동, 무질서, 파괴 등의 어휘를 통해서 '신경체계의 반란'을 가진 인간 본성을 강조한다. 아울러 소설 『테레즈 라캥』에 등장하는 테레즈와 로랑의 행동은 지극히 생리학적 연구 즉 과학적 접근에 따른 것임을 강조한다. 그러면서 "테레즈와 로랑의 잔인한 사랑 속에 부도덕한 점이나 잘못된 열정으로 내몰릴 만한 소지는 전혀 없어 보인다."고까지 말한다. 이는 살인을 불사한 그들의 간통이 부도덕이나 잘못된 열정 탓이 아님을 뜻하는 것이다. 에밀 졸라가 직시한 것은 인간 본성에 잠재되어 있는 어둡고 추악한 근본 속성이다. 에밀 졸라의 이와 같은 인간관이 당시에 심정적 불편함과 불쾌감을 초래했을지라도 그가 말한 '신경체계의 반란' 즉 인간이 지닌 동물적 충동을 다 부정하긴 어려울 것이다. 이성과 합리성과 질서와 절제를 불식시키는 그의 인간관에 대해 "내 동료들이 나를 일종의 문학의 하수도 청소부"로 생각했다고 그는 항변한다. 소설 『테레즈 라캥』이 여러 번에 걸쳐 영화로 제

제2부 '추(醜)의 미학'은 골칫거리인가 흥미로운 진실인가?

작되었던 것은 그것이 남녀의 연애담을 담고 있기 때문만은 아닐 것이다. 관객들은 자신들의 내면에 억압되었던 충동과 무질서의 욕망, 파괴의 욕구 등을 대리 체험했을지도 모른다. 이 대목에서 누군가 "죽지만 않는다면 가장 재미있는 놀이는 전쟁일 것이다."라고 한 말이 떠오른다. 한편 추의 미학이 시대와 나라에 따라 서로 다를 수 있음을 끊임없이 강조해왔던 움베르토 에코는 『추의 역사』의 마지막 장에 예술미로서 추의 '존속력'에 대해 강조한다.

> 우리가 끔찍하다고 여긴 것, 두려운 것, 역겨운 것, 혐오스러운 것 등이 지속적으로 예술가의 관심을 끌었던 이유는 무엇일까? 추는 시간과 문화에 상대적이라는 것, 어제는 용인될 수 없었던 것이 내일은 용인될 수 있는 것, 추하다고 인식되는 것이 적절한 맥락 속에서는 전체의 미에 이바지할 수 있다는 것, 그렇지만 네 번째 고찰은 우리로 하여금 상대주의적 관점을 수정하도록 이끈다. 만약 디아볼루스가 항상 긴장의 창조를 위해 사용되어 왔다면, 우리에게는 서로 다른 시대와 문화를 거치면서도 어느 정도는 변하지 않는 심리적 반응이 남아 있다는 얘기가 된다. 디아볼루스가 서서히 받아들여지게 된 이유는 그것이 유쾌해졌기 때문이 아니라, 정확히는 그것이 뿜어내는 유황 냄새가 절대 사라지지 않았기 때문인 것이다."(421쪽)

"어제는 용인될 수 없었던 것이 내일은 용인될 수 있는 것"이 될 수는 있어도 그 상대성 속에서도 '추'는 존속해왔다는 것이 그의 결론이다. 이 글에 등장하는 라틴어 '디아볼루스(diabolus)'는 영어 단어 데블(devil)과 비슷한 의미로 말썽꾸러기, 악마, 마귀를 뜻한다. 움베르토 에코는 '디아볼루스 인 무지카(diabolus in musica)'를 예로 들며 그런 음악의 생존력을 "그것이 뿜어내는 유황 냄새가 절대 사라지지 않았기 때문"이라고 상징적으로 표현한다. '유황 냄새'는 지옥의 불길 속에서 피어오르는 냄새가 아니던가. 시대와 문화가 바뀌어도 사람들은 이 유황 냄새에 이끌리는 '심리적 반응'을 지속적으로 보였다는 게 움베르토 에코의 추의 미학에 대한 역사적 탐구이다. 사람들의 심리가 왜 추악하고 끔찍한 것에 지속적으로 반응했던 것일까? 그것을 단순한 호기심이었다고 말하긴 어렵다. 그 냄새와 자신의 내면에 은폐된 무엇이 닮아 있다는 공감이 없었다면, 혹은 자신을 둘러싼 세계가 그런 냄새를 뿜어낸다는 데 공감하지 않았다면 디아볼루스적인 모든 것들은 이성의 힘에 의해 세계 밖으로 영원히 추방되었을 것이다. 여기서 생명진화론적 입장에서 예술행동학을 설명한 엘렌 디사나야케의 『예술은 무엇을 위해 존재하는가』에 서술된 흥미로운 관점을 잠시 살펴볼 필요가 있을 듯하다.

> 메이에 따르면 사람들을 폭력적으로 몰고 가는 충동들은, 예술가들을 창조로 몰고 가는 충동들과 같은 것이다. 폭력적 행동이 기여하는 수많은 목적들은—긴장완화, 의사소통, 놀이, 자기 긍정, 자기 방어, 자기 발견, 자기 파괴, 현실로부터의 비상, 특정한 상황에서 "진짜 제정신"이라는 주장 등은(Fraser, 1974 : 9)—예술의 밑바닥에 있다고 종종 주장되는 동기들과 매우 닮았다.
> 예술과 폭력은 아마도 그 둘 모두가 느낌의 표현이자 대리인으로 간주될 수 있다는 사실에서 일차적으로 비슷하다. 폭력은 그 본성상 볼품없고 해체적이며, (보통 그러한 것으로 생각되듯이) 예술과 같은 것이 아니다. 그러나 그것은 삶을 장식하고, 범죄자나 어떤 목격자들에게—그리고 언제나 그렇지는 않다고 하더라도 종종 희생자에게도—강렬한 실재라는 소중한 감각을 산출한다.(238~239쪽)

엘렌 디사나야케는 폭력에 대한 충동과 예술의 창조적 충동이 서로 닮

제2부 '추(醜)의 미학'은 골칫거리인가 흥미로운 진실인가?

앉다는 메이의 주장에 전적으로 동의하는 것을 유보하는 듯한 태도를 취하고 있지만 이 둘의 충동이 공통적으로 색다른 느낌을 표현하고 강렬한 감각을 산출한다는 데는 동의하는 것으로 보인다. 즉 폭력적 충동과 행위가 질서 위반의 느낌과 감각을 고양시키는 것처럼 예술적 충동에 사로잡힌 자는 이질적 느낌과 감각으로 고양된다. 이 둘의 상관성 밑바닥에는 분명 상통하는 그 무엇이 있다. 다만 폭력의 발현이 사회의 악으로 간주되는 반면 예술이 인간의 내적 고뇌를 창의성으로 승화시킨 것으로 인정된다는 점에서 서로 다르다 할 수 있다. 그렇다면 인간의 내면에 억압된 본성을 표출하는 방식을 극단적으로 이분화하면 폭력과 예술 창조라는 두 가지 양태로 드러난다고 볼 수도 있다는 얘기다.

폭력과 악이 인간의 본성과 더불어 거듭 이야기되어왔던 논쟁거리였다면 성(sex)에 관한 다양한 논의 또한 인간을 규명하는 데 빼놓을 수 없는 주제라 할 수 있다. 성이야말로 인간이 가장 흥미로워하는 이야깃거리이면서 동시에 골칫거리인 주제이다. 그것은 전쟁의 난폭성보다 상대적으로 더 많은 호기심을 자아내는 일상적 이야깃거리로 여겨진다. 폭력과 성은 인간의 '동물성'과 관련된다는 점에서 공통적이다. 현재 우리들을 지배하는 보편적 성의식은 무엇일까? 성담론은 육체성, 종족번식, 결혼, 낭만적 사랑, 농담, 젠더(gender), 금기, 억압, 충동, 위반, 사창과 공창, 수치심, 외설, 도덕성, 미투(MeToo)의 문제에 이르기까지 다양한 핵심 어휘의 그물망 속에서 논의되어왔으며 이는 또 하나의 아포리아로 인간이 존재하는 한 이 세계 내에서 사라질 수 없는 논쟁거리라 할 수 있다.

조르주 바타유는 오랫동안 에로티시즘(eroticism)을 숙고한 철학자 가운데 하나이다. 그는 사후에 발간된 『에로티즘의 역사』(1950년~51년 사이에 저술됨)와 『에로티즘』(1957), 죽기 1년 전에 출간한 『에로스의 눈물』(1961)을 통해서 에로티시즘이 지닌 폭력적 추와 쾌락, 신성의 의미를 매우 복잡한 얼개로 전개한다. 10여 년에 걸쳐 진행된 조르주 바타유의 에로티시즘의 철학을 이 지면을 통해 압축적으로 설명하는 것은 거의 불가능한 일이다. 다만 그 핵심을 보면, 그는 에로티시즘을 '작은 죽음'이라 명명했는데 그것은 곧 '인간성'의 죽음을 뜻한다. 그는 『에로티즘의 역사』를 서술하면서 에로티시즘을 "인간성을 무덤 속으로 내던지는 어떤 충동"(139쪽)이라고 정의한다. 아울러 『에로티즘』에 다음과 같이 쓰고 있다.

> 에로티즘에서 중요한 것은 그 얼굴, 즉 아름다운 그 얼굴을 모독하는 일이다. 모독의 방법은 여자의 숨겨진 부분을 드러내, 거기에 음경을 삽입시키는 것이다. 성행위가 추악한 행위라는 사실을 부인하는 사람은 없을 것이다. 제사가 죽음을 안고 있다면, 고뇌는 추함에 묻혀 있다. 그러나 고뇌가 크면 클수록―상대의 힘에 비례하지만―한계초월의 느낌은 그만큼 커지며, 거기에 따르는 격정의 환희도 그만큼 커진다. …(중략)… 에로티즘의 본질이 더럽히기인 한 에로티즘에서는 아름다움이 가장 중요하다. 에로티즘에서의 금기는 인간성이며 에로티즘은 그것을 범하는 것이다. 인간성은 위반되고, 모독되고, 더럽혀진다. 아름다움이 크면 클수록 더럽힘의 의미는 그만큼 커진다.(162쪽)

나는 이에 대해 졸저 『현대시와 추의 미학』에 "조르주 바타유가 의미하는 '추'는 '인간성'의 모독을 의미한다. 고상하게 다듬어진 인간의 모습 이면에 숨겨진 혹은 억압된 '자연성'으로서의 에너지를 방출하기 위해서는 인간다움의 영역으로 묶어놓은 것들을 위반할 수밖에 없으며 이러한 위반은 인간에게 '수치심'이라는 고뇌를 안겨주게 된다. 에로티즘은 언제나 추에 대한 고뇌와 더불어 세속의 삶을 뛰어넘는다. 에로티즘이 동물의 성애와 다른 점은 바로 이러한 고뇌 때문이다. 거기에는 수치심을 동반한 강렬한 쾌락과 신성함이 뒤섞여 있는 것이다. 이와 같은 에로티즘은 인간 모두가 공유하고 있는 보편적·내적 본성이라 할 수 있다."(344쪽)라고 밝힌 바 있다. "인간성은 위반되고, 모독되고, 더럽혀진다. 아름다움이 크면 클수록 더럽힘의 의미는 그만큼 커진다."라는 조르주 바타유의 설명을 다르게 바꾸어 말해보자면 대상의 아름다움에 대한 유혹이 커지면 동물성(자연성)의 충동 즉 성적 에너지가 그만큼 커짐을 의미한다. 이것이 바로 '작은 죽음'이라 할 수 있다. 인간성을 해체한 채 고뇌(수치심)를 안고 동물성으로 향하는 이 같은 에로티시즘의 근원적 속성을 부인할 수 있을까?

그러나 성애를 다루는 무수히 많은 예술 작품이 한결같이 조르주 바타유가 말하는 에로티시즘의 근본 철학과 일치하는 것은 아니다. 성 혹은 성애, 나아가서는 유혹적인 인간 육체의 아름다움을 미적으로 형상화하고자 했던 예술가들의 노력 또한 무시할 수 없는 성과를 내었음을 우리는 쉽게 접할 수 있다. 성과 인간의 육체를 어떻게 형상화하는가에는 예술가 당사자의 미의식과 성의식, 인간에 대한 가치관 그리고 성에 대한 시대 풍조가 복합적으로 작동한다. 대조적인 예를 들어보면, 정현종과 김언희는 서로 연배가 다른 시인이며 아래 인용한 작품 또한 그 발표 시기가 서로 차이가 난다.

늦겨울 눈 오는 날
날은 푸근하고 눈은 부드러워
새살인 듯 덮인 숲속으로
남녀 발자국 한 쌍이 올라가더니
골짜기에 온통 입김을 풀어놓으며
밤나무에 기대서 그짓을 하는 바람에
예년보다 빨리 온 올봄 그 밤나무는

여러 날 피울 꽃을 얼떨결에

한나절에 다 피워놓고 서 있었습니다.

　　　　　 — 정현종, 「좋은 풍경」(『한꽃송이』, 문학과지성사, 1992)

한다

한시간이고

두시간이고한다

물을먹어가며한다

하품을해가며꾸벅꾸벅

졸아가며한다

한다깜빡

굴러떨어질뻔하면서그는

그가왜하는지

모른다무엇

과,하고있는지도

부르르진저리를치면서그가

한다무릎과팔꿈치가벗겨지면서이제는

목을졸라버리고싶지도

않으면서,한다

한다밤새도록걸어다니는침대위에서

칠십네바늘이나꿰맨그가

죽다살아난그가

한다한다

한다천번이넘는

　　　　　 — 김언희 「한다」(『트렁크』, 세계사, 2000)

　정현종의 시편들은 주로 미의 미학을, 김언희의 시편들은 주로 추의 미
학을 추동해왔다고 할 수 있다. 정현종의 「좋은 풍경」은 늦겨울 푸근하

고 부드러운 눈으로 덮인 숲에서의 남녀의 성애를 묘사한 작품이다. 비록 '그것'이라는 표현을 쓰기도 했지만 그 외설스러운 어휘가 "예년보다 빨리 온 올봄 그 밤나무는/여러 날 피울 꽃을 얼떨결에/한나절에 다 피워놓고 서 있었습니다."라는 생명 폭발과 연결됨으로써 이 시를 유쾌하고 긍정적인 것으로 만들어놓는다. 특히 '얼떨결'이라는 시어는 남녀의 성적 에너지의 '번짐'을 함축하는 재미 또한 선사한다. 반면 김언희의 「한다」는 기계적으로 성행위를 반복하는 기괴한 몸을 그려낸다. "그가왜하는지/모른다무엇/과,하고있는지도" 모르는 몰아적(沒我的)이고도 집요한 행위를 통해서 시인은 성의 노예가 된 괴물을 창조해낸다. 이것이 페미니즘의 영향이든 아니든 그것은 차치하고 여기에는 인간에 대한 혐오가 잠복되어 있음이 분명하다.

정현종의 시가 남녀의 성애적 '사랑'과 관련한다면 김언희의 시는 일종의 포르노그라피라 할 수 있다. 전자가 애정 넘치는 '대화'의 느낌을 준다면 후자는 상대를 아랑곳하지 않는 폭력적 '독백'을 연상시킨다. 인간의 성이 로맨틱한 사랑과 결부될 때 그것은 아름다움으로 그려질 가능성이 크다. 반면 사랑이라는 이데아를 버린 성적 욕망과 충동은 추함으로 적나라해질 가능성이 크다.

우리는 현재 사랑=성=결혼이라는 섹슈얼리티의 도식을 벗어난 시대에 살고 있다. 이 세 가지 요소는 한 덩어리가 아니라 각각 분리된 채 사회구성원들을 연결시킨다. 성은 이미 사랑이나 결혼과 무관해졌으며 그런 의미에서 이 본능적 쾌락에 대한 사회적 허용은 관대해졌다. 그러면서 한편으로는 성희롱, 성폭력, 미투(MeTo)에 대한 논쟁이 뜨겁기도 하다. 정현종과 김언희 사이. 이들이 성을 매개로 드러낸 인간관과 가치관 사이에서 독자인 당신은 어느 쪽이 진실이라고 생각하는가? 이 질문은 나에게 던져진 아포리아이기도 하다.

참고문헌

엄경희, 『현대시와 추의 미학』, 보고사, 2018.

에밀 졸라, 『테레즈 라캥』, 박이문 옮김, 문학동네, 2009.

엘렌 디사나야케, 『예술은 무엇을 위해 존재하는가』, 김성동 옮김, 연암서가, 2016.

움베르토 에코, 『추의 역사』, 오숙은 역, 열린책들, 2015.

조르주 바타이유, 『에로티즘』, 조한경 역, 민음사, 1989.

제2부 '추(醜)의 미학'은 골칫거리인가 흥미로운 진실인가?

1980년대 이후 추의 미학의 추이

        1980년대 이후 추의 미학의 추이를 말하기 위해서는 1970년 『시인』 6·7호 합병호에 실린 김지하 시인의 산문 「풍자냐 자살이냐」를 먼저 언급할 필요가 있을 듯하다. 김지하는 우리에게 잘 알려진 담시 「五賊」(『사상계』, 1970. 5월호)을 발표한 직후 산문 「풍자냐 자살이냐」를 발표하였는데 이 글의 제목은 김수영의 시 「누이야 장하고나!」의 첫 행인 "누이야/풍자가 아니면 해탈이다"를 패러디한 것으로 보인다. 시인 자신은 그의 저서 『김지하 전집-3 미학사상』(실천문학사, 2002)에 "제목의 김수영 시구는 오독이다. 본래의 '풍자냐 해탈이냐'로 교정하자면 내용의 변경이 요구되겠기에 그대로 두었다."라고 밝히고 있다. 이 글은 박정희 정권이 내세웠던 '민족적 민주주의'와 경제개발이 자행한 물신의 폭력을 '풍자 문학론'을 통해 대항하고자 했던 저항적 산문이다. 이 글에 대해 그간 문학인들이 관심을 기울였던 것은 김지하가 지닌 풍자정신이라 할 수 있다. 이 글을 통해 김지하의 풍자문학론을 재론하는 이유는 그의 풍자문학론에 현실의 추와 추의 미학의 관계가 매우 진지하게 거론되었기 때문이다.

김지하의 이 글은 우리 문학 논의 가운데 '추의 미학'을 가장 심도 있게 전개한 최초의 글로 여겨진다는 점에서 주목이 요구되는 글이다. 그 일부를 보면 다음과 같다.

사회가 병들고 감수성이 퇴폐함으로써 미(美)가 그 본래의 활력을 잃어버릴 때 추가 예술의 전면에 나타난다. 추는 장애에 부딪친 감수성의 산물이다. 추는 일반화된 고통과 절망, 증오와 적의, 즉 한과 폭력의 예술적 반영물이다. 그것들은 모두 대립적 감정이며 갈등하고 있는 정서다. 그 정서들은 그 대상의 극복에 의해서만 해소되고 그 자체의 소멸에 의해서만 소멸된다. 추는 대립의 산물인 사회적 폭력의 산물이다. 그것은 대립에 의해 추적(醜的) 형상을 조직하는 골계와 숭고 속에서 그 스스로를 지양하고 미(美)로 자기 자신을 투항시킨다. 그러나 사회적 폭력이 지속되고 퇴폐와 질병이 현실적으로 종식되지 않는 한, 예술 속에서의 추의 잠정적 해소는 더욱 커다란 추를 축적하는 계기에 불과한 것이다. 추는 부단히 스스로를 해소하려 하나 현실의 장애, 현실적 감수성의 장애에 부딪쳐 더욱 고미(苦味)를 띠고 더욱더 기괴하거나 공격적인 난폭성을 띠게 된다. 추는 골계, 특히 풍자 속에서 그 가장 날카로운 폭력을 드러낸다. 풍자의 관조심리가 일종의 샤덴프로이데 Schadenfreude(남의 불행을 보고 느끼는 기쁨) 또는 대상에 대한 우월감, 도착(倒錯)된 것에 대한 자만, 대상에 대한 신랄성, 고미의 적대 감정, 사회적 적의를 바탕으로 하고 있는 것은 당연한 일이다. 추의 예술은 현실에의 도전, 즉 사실적 추에 대한 예술적 추의 도전이다. 사실적 추를 예술적으로 왜곡·과장하고 사실의 폭력을 찬탈하거나 폄출(貶黜)하는 방법에 의하여 그 모순을 전형적으로 폭로하고 규탄하는 비판의 예술이다. 모순을 표현하려면 대립의 표현, 즉 갈등의 핵심적인 원리로 삼아야 하며, 원형(原形)과 변형 사이의 대조, 변형 내부의 부분과 부분, 부분과 전체 사이의 충돌·갈등을 중요한 방법으로 삼아야 한다. 그러나 이 요소들 사이의 균형, 상호침투, 응결 등의 조화관

제2부 '추(醜)의 미학'은 골칫거리인가 흥미로운 진실인가?

계를 간과해서는 안 된다. 풍자는 요소 사이의 충돌과 가파른 대립의 갈등을 핵심으로 하고 요소 사이의 상호친화·침투의 연속성을 광범위하게 배합하는 표현이다. 왜곡 방법에 있어서도 찬탈과 폄출의 기법을 주로 하고 강화와 약화 같은 점층 기법을 배합하는 것이다. 풍자와 해학의 통일이 바로 그것이다. 그러나 풍자는 한의 표현이다.(42~43쪽)

인용한 부분을 세심하게 읽어보면 김지하는 여러 종류의 추의 미학 가운데 특히 풍자에 관심을 기울이고 있음을 알 수 있다. 풍자문학이 사회 비판의 기능을 한다는 것은 상식 수준의 이야기일 것이다. 중요한 것은 풍자문학이 어떻게 추와 관련되는가를 정교하게 논의했다는 점이다. 그는 "사회가 병들고 감수성이 퇴폐함으로써 미(美)가 그 본래의 활력을 잃어버릴 때 추가 예술의 전면에 나타난다."고 말한다. 김지하가 지시하는 병든 사회는 '정치적·이데올로기적 폭력적 사회'를 지시한다. 이러한 사회적 토대 속에서 미의 가치는 쇠퇴하고 예술의 전면에 추가 등장할 수밖에 없다는 것이 핵심 요지이다. 폭력적 사회는 사람들을 탄압하고 절망, 증오와 적의의 감정을 심어준다. 이러한 심리가 가파른 대립과 갈등, 충돌을 야기하는 것은 당연한 현상이라 할 수 있다. 김지하가 말하는 '한(恨)'은 이 모두를 함축하는 낱말이다. 따라서 추의 미학 가운데 풍자는 한과 폭력의 예술적 반영물이 되는 것이다. 그것을 그는 "사실적 추에 대한 예술적 추의 도전"이라고 말한다. 위에 인용하지 않은 부분에서 김지하는 "비애가 지속되고 있고 한이 응어리질 대로 응어리져 있는 한 부정(否定)은 결코 종식되는 법이 없으며, 오히려 부정은 폭력적인 자기 표현의 길로 들어서는 법이다. 비애야말로 패배한 시인을 자살로 떨어뜨리듯이 그렇게 또한 시적 폭력으로 그를 떠밀어 올리는 강력한 배력(背力)이며, 공고한 저력이다."(29쪽)라고 선언한다.

이와 같은 논변은 풍자가 인신공격적이거나 비방을 일삼기 때문에 추와 관련한다는 아리스토텔레스의 고전미학과는 다른 기능을 드러낸다. 폭력과 물신에 맞서는 김지하의 추의 미학론은 T.W. 아도르노가 『미학이론』에 "예술은 추한 것으로서 저주받는 요인들을 자신의 문제로 삼아야 한다. 이는 그와 같은 것들을 통합하여 온건하게 만들거나 혹은 역겹기 짝이 없는 유머를 이용하여 그것의 존재와 화해하기 위해서가 아니라, 예술이 모방하고 재생산하는 세계를 그러한 추를 통해 탄핵하기 위해서이다."(86~87쪽)라고 말했던 바와 상통한다. 즉 추는 추로 대항해야 한다는 점에서 그러하다. 이와 같은 김지하의 논지는 월간 『북새통』(2003.11.1)의 「생명과 문화의 새로운 패러다임을 찾아서」라는 제목하에 이루어진 인터뷰에서도 지속된다.

북새통　　새로운 문화의 미학이란?

김지하　　숭고미가 우아미를 대체하는 것이지요. '우아'는 아픔이 없습니다. 그러나 숭고는 아픔 혹은 추함을 승화시킨 것입니다. 그로테스크, 판타지, 복고라는 것은 따지고 보면 우아보다는 숭고를 지향하는 것입니다. 생명이나 생태 등 이 시대의 중요한 담론이 추구하는 목표가 숭고예요. 생명에 대한 관심, 숭고에 바탕을 둔 문화이론이 나와야 합니다. 문예부흥이라는 것은 과거로 나아가는 노력이고, 문예혁명이라는 것은 미래로 나아가는 일종의 결단인데, 새로운 문화의 패러다임은 과거로 가면서 미래로 나가는 쌍방향 통행이어야 합니다. 그것을 가능하게 해주는 관문이 추의 미학, 숭고의 미학이라고 봅니다. 추라고 해서 못났다고 생각하는 것은 미를 좁은 관점에서 보

는 것입니다. 추라는 것은 새로운 문화를 잉태하고 있습
니다. 이런 조짐이 나타나기 시작했습니다. 정신이 멀쩡
한 광인들이 나타나기 시작했다는 거죠.

김지하가 이 인터뷰를 통해 강조한 것은 우아미에 대한 부정성과 추함
을 승화시킨 숭고의 미학이라 할 수 있다. 논리의 응축을 위해 추함을 숭
고함으로 승화시키는 복잡한 과정을 건너뛰고 "추라고 해서 못났다고 생
각하는 것은 미를 좁은 관점에서 보는 것입니다. 추라는 것은 새로운 문
화를 잉태하고 있습니다."라는 말에 주목해보고자 한다. 이는 추를 새로
운 문화의 동력으로 인식함을 뜻하는 것이다. 이와 같은 김지하의 추의
미학론은 1980년 중반 이후 급속도로 전개된 추의 미학의 추이와 깊은 관
련을 갖는다. 사실 1980년대 이전부터 추의 미학과 관련한 창작과 그에
대한 논의가 없었던 것은 아니다. 이상, 서정주, 김수영 등의 일부 시편
들과 초현실주의, 반미학(反美學)과 같은 용어와 함께 제시된 담론들 또한
추의 미학과 관련한다. 그럼에도 1980년대 중반 이후를 주목하는 것은 추
와 관련한 창작 양상이 '해체문학'이라는 용어와 더불어 이때부터 전면화
되기 시작했기 때문이다.

1980년대는 광주항쟁이라는 역사의 비극과 소비적 자본주의가 파생시
킨 쾌락의 욕망이 공존하는 특이점(特異點)의 시대라 할 수 있다. 이러한
사회적 배경 속에서 한국문학은 참여의 논리를 문학의 정당성으로 고착
시켰다. 이때 사회의 부조리에 대한 문학의 항거는 당위의 영역에 속한
다. 그러나 미학적인 차원이 배제된 참여의 논리는 정치의 부속물이 될
가능성을 배제할 수 없다. 1980년대 한국문학은 민중문학이라는 격랑 속
에 표류되어 문학의 본원이라 할 수 있는 미학적 성과에 대한 평가가 상

대적으로 소홀했던 것으로 판단된다. 1980년대 한국 현대시의 위상을 총체적으로 조망하기 위해서는 새로운 형식과 실험을 통해 시대적 상황과 개인의 내면을 성찰한 시편들의 미학적 성과에 대한 내재적 평가가 보강될 필요가 있다. 새로운 형식과 실험을 시도한 1980년대의 시들의 공통적 특징은 서정적 아름다움보다는 현실의 추와 그로부터 동반된 내면의 추를 드러낸다는 점에 있다. 이러한 현상은 자본주의의 발흥으로 인한 인간 소외와 밀접한 관련이 있으며 아울러 현대예술이 더 이상 순수미만을 고집할 수 없다는 상황을 대변하는 것이기도 하다. 따라서 현대시에 나타난 추의 의미를 고찰하는 것은 현대시의 미학적 지평을 포함하여 그것이 내포하는 인식론적 지평을 확장하는 작업이라 할 수 있다. 예를 들어 김정환은 『지울 수 없는 노래』에 실린 일련의 시편을 통해 진정한 아름다움의 근원이 무엇인지를 물음한다. 그는 형이상학적 관념이나 정치적 구호가 아닌, 감각을 통해 현실을 인식하고, 감각을 통해 자기성찰을 하고, 감각을 통해 세상과 연대하려는 태도를 보인다. 일상에서 발견된 민중들의 끈적끈적한 '목숨의 감각적 연대'는 김정환에게 존재전환과 자기성찰의 기회를 제공하는 계기점이 된다. 감각적 연대는 김정환의 세계관을 사변의 영역에서 현실의 영역으로 이동시키는 주요한 동인으로 작용하였으며, 그러한 변화의 과정은 신체의 오염증세나 존재비하의 양상을 계기점으로 구체화된다는 것이 그 특징이다. 김정환의 시에 나타난 무좀, 발진과 부스럼의 신체 현상은 갈등과 고통을 드러내는 심리적 징후이자, 내면의 추를 나타내는 상징물이라 할 수 있다. 그는 생존의 현실과 유리된 미적 인식은 버려야 할 '습관'으로, 그것을 교정해야 할 '콤플렉스'로 받아들인다. 그러한 자기 노력은 '구역질', '뱉어냄', '몸부림'이라는 신체적 반작용을 통해 구체화된다. 이는 민중들의 삶을 '사랑'으로 끌어안으려 하는 자기

제2부 '추(醜)의 미학'은 골칫거리인가 흥미로운 진실인가?

노력이며, 추의 부정을 통해 추의 긍정에 이르는 변증적 지양의 과정이라 할 수 있다.

황지우의 『새들도 세상을 뜨는구나』에 실린 시편은 1980년대 일상인 혹은 지식인들의 심리적 불안과 좌절을 알레고리화한다. 황지우의 시에 드러난 알레고리는 사회비판적인 측면보다는 자신의 무력감과 왜소화에 대한 폭로의 측면에 초점이 맞춰져 있다. 그에게 현실에 맞서지 못하는 '무력감'은 범죄적 '혐의'로 인식된다. 이때 범죄적 혐의에서 벗어나지 못하는 심리적 갈등은 '알리바이'와 '유배', '증거 인멸'과 '살아남음'이라는 대립 쌍의 뒤섞임으로 표현된다. 이들 대립 쌍의 뒤섞임으로부터 발생하는 이율배반의 구조가 바로 범죄적 혐의에서 파생된 일상인들의 심리적 갈등 양상을 드러내는 장치라 할 수 있다. 시인은 이를 통해 '나'의 내면 자체가 혐의를 지닌 추의 근원지라는 사실을 폭로한다.

장경린은 『누가 두꺼비집을 내려놨나』를 통해 자본의 착취와 쾌락적인 대중문화가 공존하는 1980년대의 일상과 이와 연동된 주체의 상황을 냉소적인 시선으로 해부한다. 장경린 시에 내포된 냉소는 정치적 불안과 경제적 양극화가 유발한 추의 현상 그리고 그 현실을 뒤늦게 자각하는 주체의 무능함 혹은 비루함을 반영한 것이다. 시인은 주체의 그러한 내면을 "불만과 욕정 또는 소주와 소시민성을 담기에 편리한 자루"나 "통조림 속 고등어 건데기"(「인물화」)처럼 추한 '뒤섞임'으로 형상화한다. 장경린의 시에 드러난 뒤섞임의 양상은 일상과 역사의 병치적 기법으로 확장되어 현실 그 자체가 무의미하고 추하다는 것으로 심화된다. 이러한 병치의 과정에서 튀김, 라면, 족발, 짜장면 등과 같은 음식들이 주요한 매개로 작용하고 있음을 발견할 수 있는데 장경린의 시에 나타난 음식은 생명을 유지시켜주는 활력(活力)의 의미보다는 심리적 좌절과 패배를 드러내는 부정적인 매개물이자 일상의 추를 드러내는 핵심 상징물로 기능한다. 이 같은 장경린의 시는 1980년대의 경제적 팽창이 야기한 소비자본주의의 추에 대한 냉소적 고발이라 할 수 있다.

김정환·황지우·장경린은 현실의 추에 맞서지 못하는 내면의 추를 형태파괴, 이율배반(antinomy)적 진술, 알레고리, 병치 등을 통해 다각적으로 드러낸다. 이와 같은 이들의 추의 미학에는 위악적 현실에 제대로 응전하지 못하는 '완고한' 자아, '무기력한' 자아, '비루한' 자아라는 부정적 주체의 모습이 공통적으로 담겨 있다. 김정환·황지우·장경린은 각각 교정, 폭로, 냉소와 같은 태도를 통해 일상의 추에 대응하는 시인의 '자의식'을 강하게 드러냄으로써 일상성 속에 가려진 부조리한 시대상과 그와 연동된 주체의 내면적 추를 동시에 성찰하고 있는 것이다. 그런 의미에서 이들의 추의 미학은 윤리적 혹은 도덕적 추의 문제로 수렴된다. 이와 같은 추의 미학은 현대시가 더 이상 순수미만을 추구할 수 없다는 문학 내적인 요구를 전격적으로 반영한 것이라 할 수 있다. 김정환·황지우·장경린 외에 최승자 시가 드러낸 사랑의 불모성, 박남철의 신성모독을 통한 인정투쟁, 장정일이 저항했던 훈육의 체계에 대한 조롱과 야유는 모두 이와 같은 추의 미학의 카테고리에 포함된다.

1980년대 시에 나타난 추의 미학의 양상이 지식인들의 내면적 무기력에 대한 윤리적이고 도덕적인 성찰을 바탕으로 전개되었다면, 1990년대의 시에 나타난 추의 양상은 개인의 욕망과 쾌락을 추구하는 과정에서 파생된 내면의 좌절이 바탕이 되어 전개된다. 1990년대 문학은 1980년대 문학이 보여주었던 윤리적·도덕적 준칙으로부터 벗어나고자 했으나 구체적 대안과 전망의 결여로 인해 세계와 자아에 대한 '환멸'의 정서를 내부적으로 갖게 된 바, 그러한 환멸의 정서가 훼손된 얼굴, 오염된 장소, 언

제2부 '추(醜)의 미학'은 골칫거리인가 흥미로운 진실인가?

어장애로 드러난다는 것이 1990년대 시에 나타난 추의 양상이다. 이때 1980년대와 변별되는 또 하나의 특징은 재현성은 위축되고 환상성이 득세한다는 점이다. 예를 들어 박찬일, 김언희, 박상순, 함기석, 정재학의 시편을 살펴보면 그들의 시에 드러난 '얼굴'은 정체성을 잃은 얼굴, 타자와 동일화된 얼굴, 사물화된 얼굴, 칼질된 얼굴, 얼굴 없는 얼굴, 죽음의 얼굴, 수치심으로 분열된 얼굴, 경직된 얼굴 등 모두 존재의 온전함을 상실한 비존재의 얼굴로 드러난다. 이 훼손된 얼굴은 인간의 고유한 인격이 살해되었음을 공통적으로 암시한다. 아울러 존재의 실종을 암시한다. 1980년대에 비해 개인성과 자유의 허용이 증폭된 것처럼 보였던 1990년대의 허상을 이들 얼굴들이 추의 형상으로 증명하는 것이다.

1990년대 시에 등장하는 대부분의 장소는 오염된 불결한 공간, 전염병이 창궐하는 죽음의 공간, 폭력에 의해 부패한 코라(khora, 어머니로 비유된 생성의 장소)의 공간, 여러 개의 방으로 그 황폐성이 확산되는 무덤의 공간으로 드러난다. 이러한 장소성이 바로 지금의 현존재가 정초된 '지금-여기'라 할 수 있다. 그것은 휘황찬란한 기술문명 뒤에 숨겨진 현존재의 상황을 폭로한다. 한편 언어가 근본적으로 현실(대상)과의 관계를 매개하는 끈이라는 점을 염두에 둔다면 1990년대 시에 발견되는 '의도적 언어장애' 즉 실어증과 토막 난 단어들, 강박적 동어반복, 띄어쓰기가 무시된 다급한 리듬의 언어 등은 현실과 주체의 '풀기 어려운 결합'이 빚어낸 고착성을 반영한다고 볼 수 있다. 현실이 벽처럼 불가항력적일 때 개인은 그곳에 자신을 고착시킬 수밖에 없으며 그러한 고착은 자유를 결박한다는 점에서 사유의 고착으로 이행되며 이는 결국 원활한 언어기능을 파괴하는 원인으로 작용하게 된다. 1990년대 시에 나타난 추의 미학은 바로 우리의 현재성 속에 은폐된 존재의 실존상황을 적나라하게 드러냄으로써 우리들의 둔감해진 정신을 자극하고자 한다. 그것은 역겹고 혐오스러운 느낌을 야기하지만 내적 외상으로 손상된 우리들의 진실을 지시하고 있다는 점에서 의의를 지닌다.*

2000년대 추의 미학은 더욱 다양하고 불가해한 이미지를 통해 집중화되는 현상을 보이는데, 이때의 추의 미학은 주로 기원의 상실, 불가능성에 대한 각인, 분열적이고 신경질환적인 자아의 상태, 극단적인 불안과 공포의 심리를 드러낸다는 특징을 지닌다. 이러한 특징이 젊은 시인들 사이에서 일종의 신드롬으로 확산되었다는 것 또한 하나의 특징 혹은 현상으로 볼 수 있다. 한편 2010년대의 추의 미학은 직전 세대가 애호하는 그로테스크한 이미지의 현시를 반성적으로 수용하고 이를 완화하는 것으로 보인다. 아울러 맥락의 비통일성이나 단절성을 강화하는 형태를 즉 비통일적 문장을 확산시킴으로써 유기적 맥락 자체를 해체시키는 특징을 보인다. 이 또한 고전미학이 견지했던 조화로움에 비추어 본다면 언어 구축 면에서의 추의 미학이라 할 수 있다. 이와 같은 2000년대 이후의 추의 미학을 성찰하면서 나는 다시 한 번 김지하의 글의 일부분을 되새길 필요성을 느낀다.

공포와 괴기의 결합은 그 맹폭성에 있어서는 강력하나 그것은 절망적·항구적·부정적·찰나적·허무주의적 파괴력의 표현이다. 그것은 죽음의 에네르기이며 사형수의 폭동이다. 그것은 때로 쉽사리 썩은 양식인 극단적 그로테스크로 전락함으로써 장식화되어 버리고, 때로

---

* 1980년대부터 1990년대에 관한 설명은 졸저 『현대시와 추의 미학』에 실린 「1980년대 시의 일상적 추와 내면적 추의 변증적 지양에 관한 소고」와 「1990년대 시에 나타난 '추의 미학'의 양상」의 결론 부분을 발췌·수정한 것임을 밝힌다.

　　　　제2부 '추(醜)의 미학'은 골칫거리인가 흥미로운 진실인가?

는 불가피하게 괴기나 일그러짐을 포기하고 그 대신 명랑이나 낙수형
落首型과 야합함으로써 쉽게 형식적으로 파탄되거나 또는 쉽게 카타
르시스에 의하여 사회적 비애를 장기화시키고 사회심리적 폭력의 예
봉을 약화시키는 방향으로 떨어진다. 젊은 시인들은 어떤 시적 폭력
표현을 비애와 폭력의 가장 탁월한 통일로서 선택할 것인가?(33~34
쪽)

1970년에 쓴 이 글은 이후 사회 전반에 걸친 변화와 다양한 매체들의
변화에도 불구하고 그 유효성을 갖는 것으로 판단된다. "공포와 괴기의
결합은 그 맹폭성에 있어서는 강력하나 그것은 절망적 · 항구적 · 부정
적 · 찰나적 · 허무주의적 파괴력의 표현이다."라는 그의 전언은 일정 부
분 2000년대 시에 드러난 추의 미학에도 상당 부분 해당되는 것이기도 하
다. 여기서 우리는 다시 한번 추의 미학이 추동해가야 할 방향성을 성찰
할 필요가 있을 듯하다.

참고문헌
김지하, 『김지하 전집―3 미학사상』, 실천문학사, 2002.
엄경희, 『현대시와 추의 미학』, 보고사, 2018.
T.W. 아도르노, 『미학 이론』, 홍승용 역, 문학과지성사, 1999.

추의 유효성을 묻다

1. 미와 추의 자리바꿈

"예술에 관한 한 이제는 아무것도 자명한 것이 없다는 사실이 자명해졌다."*라는 선언은 아도르노의 『미학 이론』에 실린 첫 번째 문장이다. 그가 말하는 자명성의 와해는 재료(언어, 색, 음)의 일탈, 형식의 무정형성, 조화(화해)의 불가능성으로부터 기인한다. 말하자면 이것이 현대예술의 뚜렷한 경향성이라고 그는 말하는 것이다. 이러한 경향성을 한 마디로 요약하면 추라 할 수 있다. 아도르노의 추에 대한 입장은 추를 미(美)의 부정, 혹은 미에 종속된 부수적 요인으로 보았던 헤겔의 제자 카를 로젠크란츠의 관점과는 차이를 갖는다. 카를 로젠크란츠는 추가 궁극적으로 미에 포함된 부분이거나 코믹의 유쾌함으로 변화될 때 가치를 갖는다고 말한다. 반

---

* T.W. 아도르노, 『미학 이론』, 홍승용 역, 문학과지성사, 1999, 11쪽. 이후 이 저서에 대한 인용은 본문에 페이지만 병기하기로 함.

　제2부 '추(醜)의 미학'은 골칫거리인가 흥미로운 진실인가?

면 아도르노는 추를 미로부터 독립시키고 그것에 더욱 강력한 의미를 부여한다. 그는 ① "현대예술에서는 조화를 이상으로 여기는 관점에서 추를 보는 일이 통용될 수 없다. 추가 질적으로 새로운 의미를 지니게 되었기 때문이다."(83쪽)라고 말한다. 아울러 ② "이제 우월한 입장에서 추한 것을 받아들인다고 하는 예술의 자만이나 더러운 만족감은 사라진다. 왜냐하면 추 앞에서는 형식 법칙 자체가 무기력해지기 때문이다."(83쪽)라고 설명한다.

이 문장들을 살펴보면, ①의 문장에서 아도르노는 '조화를 이상으로 여기는 관점'에서 추를 평가하는 일을 금지시키고 있으며 그 이유로 추가 질적으로 새로운 의미를 갖기 때문이라고 설명한다. 말하자면 기존의 미에 대한 척도를 가지고 예술적 추를 판단하는 것 자체가 난센스라는 의미이며 질적으로 새로운 것에 대해서는 그것을 바라보는 관점 자체를 새롭게 해야 한다는 것이다. 미에 대한 오랜 전통 속에서 아도르노의 이러한 요구를 수긍하기란 결코 쉬운 일이 아니다. 우리는 무엇을 기준으로 부조화의 미를 평가할 수 있는가? 개별 작품에 드러난 부조화의 미, 즉 추의 미학이 지닌 수준의 차이를 가늠하는 잣대는 무엇인가? 전통이라는 거울을 제거한 채 척도를 세우는 것이 가능한가? 이때 "질적으로 새로운 의미"라는 아도르노의 추상적 발언에 기대어 볼 수밖에 없을 듯하다. 그러므로 모든 새로운 것 가운데 질적으로 새로운 것을 가려내는 일이 중요하게 여겨진다. 우리는 끊임없이 새로운 것을 추종하고 그것에 강박되어 있다. 거칠게 말하면 범람하는 새로움의 쓰레기더미 속에서 질적으로 새로운 것을 찾아내는 일이 현대미학의 중요한 과제라 할 수 있다.

한편 ②의 문장에서 아도르노는 추한 것을 저급한 것으로 몰아세우는 기존 예술의 '더러운 만족감'은 사라질 수밖에 없음을 강조한다. '더러운 만족감'이라는 말에는 미의 자족적 우월감, 지배권에 대한 부정성이 내포되어 있다. 그것은 이미 '무력한 만족'에 불과하며 이 무력한 만족을 지탱해주던 '형식 법칙 자체'가 와해되었기 때문에 사라질 수밖에 없다는 것이다. 그렇다면 아도르노에게 추의 반대편에 있는 미는 무엇인가? 그는 "미라고 하는 것은 플라톤이 생각한 것처럼 순수한 시초가 아니다. 오히려 그것은 한때 두렵게 여겨지던 것을 거부하는 과정에서 형성된다. 또한 이처럼 두렵게 여겨지던 것들은 그러한 거부가 이루어짐에 따라, 그 결과에 비추어 볼 때 비로소 회고적으로 마치 튀어 나오듯이 추한 것으로 된다. 미는 속박에 대한 속박이며, 따라서 미에는 속박이 수반된다."(85쪽)라고 미를 규정한다. 이를 아도르노의 맥락을 좇아 설명하자면, 태고에는 잔인하고 위협적이고 일그러진 것들을 이겨내기 위해 그 두려운 것을 모방(예를 들면 흉한 몰골의 예배물)했으나 신화적 세계를 벗어나면서 그러한 모방이 추로 변질되었다는 것이다. 그런 의미에서 미는 두려움을 속박하는 것에 대한 속박이라 할 수 있다.

이 논리를 정리하자면, 미는 두려움을 모방하는 추에 대한 속박이며 거부라 할 수 있다. 추를 옹호하는 아도르노의 이와 같은 논리에는 무기력한 미로서 두려움에 대적할 수 없다는 의미가 담겨 있다. 그는 추를 통해 두려움에 대한 속박을 해체하고자 한다. 여기서 문제가 되는 것은 만족과 화해로 이루어진 기존 미학의 만족감이며 더 나아가 여전히 폭력적으로 지속되는 '속박'으로부터의 자유라 할 수 있다. 따라서 아도르노는 예술가의 사명을 다음과 같이 말한다. "예술은 추한 것으로서 저주받는 요인들을 자신의 문제로 삼아야 한다. 이는 그와 같은 것들을 통합하여 온건하게 만들거나 혹은 역겹기 짝이 없는 유머를 이용하여 그것의 존재와 화해하기 위해서가 아니라, 예술이 모방하고 재생산하는 세계를 그러한 추를 통해 탄핵하기 위해서이다."(86~87쪽). 이 말에는 추의 미학이 지향하는 목적성이 내포되어 있다. 무기력한 미의 관점을 지양하고, 일그러진 두려움의 세계를 모방하여 그것을 이겨내려 했던 것처럼 추의 세계를 추로써 탄핵해야 한다는 것이다. 추악한 현실을 추로써 막아내는 전략, 이것이 아도르노의 추의 미학의 핵심이다. 아도르노는 이러한 논리를 통해 '관리되는 사회'에 의해 몰수된 자유를 되찾고 문화산업에 의해 기만당하고 있는 예술의 탈예술화를 탄핵하고자 한다. 즉 추는 현대예술의 특수한 상황을 돌파하기 위한 그의 부정의 철학을 대변하는 것이다.

2. 추의 미학에 대한 연혁

미가 감각적으로 쾌(快)와 연관된다면 추는 불쾌와 연관된다. 아도르노보다 앞서, 로젠크란츠는 『추의 미학』*에서 이러한 추를 무형(無形), 비통일성, 기형, 비대칭, 부조화, 부정확성, 천박함, 역겨움, 졸렬함, 캐리커처 등으로 세분하여 설명한다. 우리는 로젠크란츠가 나열한 추의 항목들을 현실과 예술 작품 양쪽을 통해 지속적으로 경험하고 있다. 추는 이미 우리의 현대시 전개 과정에서 낯선 것이 아니며 2000년대를 넘어서면서 그것은 대대적인 문학적 현상 가운데 하나로 역할하고 있는 것이다. 이러한 현상을 굳이 아도르노를 시작으로 이 지면을 통해 다시 문제 삼고자 하는 것은 '어떤 추의 미학을 추구해야 할 것인가'를 심각하게 고려해야 한다는

---

* 카를 로젠크란츠, 『추의 미학』, 조경식 역, 나남, 2008. 이후 이 저서에 대한 인용은 본문에 페이지만 병기하기로 함.

생각 때문이다. 즉 이는 현재 우리 시단에서 반성 없이 '추'를 추종하고 즐기는 '악취미'가 난립하고 있다는 생각에 의해 촉발된 것이다. 그 어느 때보다 예술품의 가치를 새로움의 여부로 가늠하는 시대적 특성을 고려할 때 예술가들의 추에 대한 선호는 낡음과 진부함을 벗어날 수 있는 가장 좋은 방법일 수 있다. 그런 의미에서 추는 충분히 유혹적이라 할 수 있다. 그러나 예술에 수용된 모든 추가 아도르노의 말처럼 "질적으로 새로운 의미"를 갖는 것이 아니라는 사실을 기억할 필요가 있다. 어떤 추는 그야말로 추일 뿐 그 이상 아무것도 아닐 수 있다. 예술에 수용된 추가 추 이상 아무것도 아니라면 그것은 그 자체로 예술의 오염도를 높이는 일이라 할 수 있다.

우리 시에서 추의 미학을 선취한 시인으로는 이상, 서정주 등을 들 수 있지만 이를 더 의식적으로, 과감하게 수용한 사람은 아마도 김수영이라 할 수 있다. 때로 비속하고 반도덕적인 화자의 등장, 거침없는 욕설, 여과되지 않은 일상성, 거친 산문투의 어법, 정제되지 않은 분노와 자학성 등을 통해 그는 부조리한 현실과 자기 자신을 맹렬히 성찰한 시인이라 할 수 있다. 우아미를 가차 없이 소거시킨 김수영의 시 세계는 우리로 하여금 '자유'의 문제만이 아니라 전통의 중압에서 벗어난 시의 개성미에 대해 고민하도록 이끌었다는 점에서 우리 시사에 매우 중요한 위치를 차지한다. 이후 김수영과는 또 다른 형태로 등장한 추의 미학은 황지우, 박남철, 장정일, 장경린, 최승자 등에 의한 해체적 상상력을 통해 실천된다. 이때부터 우리 시의 '현대성'은 '해체'와 동일한 의미로 보편화되는 양상을 띠기 시작한다. "예술에 관한 한 이제는 아무것도 자명한 것이 없다는 사실이 자명해졌다."는 아도르노의 선언에 걸맞은 형식의 무제한성이 열리기 시작한 것이다. 이 같은 무규정적 시학의 전개는 1990년대부터 시작된 재현성의 약세와 90년대 중반부터 득세하기 시작한 환상성의 유행에 의해 증폭된다.

그 지점에 추의 미학을 깊은 서정의 세계에 접목시킨 것은 박상순이라 할 수 있다. 특히 그의 두 번째 시집 『6은 나무 7은 돌고래』(민음사, 1993)는 천애의 고아보다 더 외로운 화자의 '난폭한 비애'를 추를 통해 드러낸다. 시집 전체를 조감해보면 그의 화자는 부모가 있어도 고아처럼 버려지고 몽둥이로 두들겨 맞는다. 그리고 세상 사람 모두 그를 모르는 척한다. 이러한 화자의 외로운 내면은 때로 참혹하고 무시무시한 이미지를 통해 대변된다.

> J는 일기예보를 한다
> Y는 커다란 쓰레기통을 머리에 쓰고
> 개를 기른다
>
> K는 숟가락으로
> 발바닥을 악기처럼 두드리다가
> 하수관 속으로 떠내려간다
>
> 또 다른 K는 쑥갓과 상추를 심는다
> 쑥갓을 귀에 꽂고
> 밤마다 나에게 전화를 한다
>
> 나는 하수관에 귀를 대고
> J와 Y와 K와
>
> 또 다른 K의 목소리를 듣는다
> J가 Y에게 말한다

−쓰레기통 좀 빌려 줘

K가 K에게 말한다
−네 발바닥 좀 빌려 줘

J와 Y와 K와 K가
나를 향해 말한다
−하수도를 막고 있는
네 얼굴 좀 치워 줘

나는 하수관 끝
침실에 누워
J와 K와 Y와 K의 울부짖음을 듣는다

하수구 속에 밀어넣은 얼굴들
내 얼굴들의
울부짖음을 듣는다
— 박상순, 「하수관이 통과하는 거대한 침실」 전문

　이 시는 '하수관'과 '침실'이라는 전혀 이질적인 공간을 하나로 연결함
으로써 등장인물들과 화자의 거점을 상징화한다. 로젠크란츠는 기괴함을
"자신의 기분에 따라 사람들이 떼어놓곤 하는 것을 결합시키고, 결합시
키곤 하는 것을 떼어놓는"(로젠크란츠, 230쪽) 것이라고 설명한다. '하수관'
과 '침실'이 하나로 연결되는 순간 아늑한 휴식의 공간인 침실은 그 원래
의 의미를 벗어나 불결하고 불안정한 공간으로 전이된다. 그런 의미에서
이 시의 공간성은 추를 의도화한다. J와 K와 Y와 K와 '나'는 이와 같은 공
간에서 일상을 살아가는 존재들이다. 그런데 이들은 하수구 속에 얼굴을

밀어 넣고 울부짖는다. 세상 밖이 아니라 오물로 더럽혀진 어두운 구멍에 얼굴을 밀어 넣고 난폭하게 울부짖는 것이다. 이 울음의 형상은 기이하지만 역겨움을 자아내지 않는다. 비극성을 극대화하기 때문이다. 하수구의 더러움과 습함 안으로 자신의 울부짖음을 밀어 넣는 폐쇄성이 밖으로 나갈 수 없는 화자의 고립 상태를 절박하게 드러내는 것이다. 아름다운 이미지만으로는 불가능한 외로움의 두께와 고통의 현존이 이로부터 전달된다. 박상순의 시편이 갖는 추의 미학의 유효성은 이와 같은 정념의 깊이를 생성시킨다는 데 있다. 박상순의 시 세계가 드러내는 극단적 외로움의 깊이는 시 「빵공장으로 통하는 철도로부터 1년 뒤」 「변전소의 엘리베이터」 「녹색 머리를 가진 소년」 「달팽이」 등 다수의 시편에 등장하는 참혹한 죽음의 형상 혹은 '귀신'의 형상으로 등장하는 가족 간의 서사와 필연적 인과관계를 보이는 것으로 판단된다. 그런 의미에서 박상순의 외로움의 서정과 결합된 '귀신'은 터무니없는 백일몽의 환상이 아니라 존재의 근원, 상처의 근원과 관련한다.

사실 뱀파이어, 유령, 드라큘라, 귀신, 좀비, 해골, 악령, 요괴, 망령 등은 시보다 소설에서 훨씬 먼저 취급되었던 소재라 할 수 있다. 현대시에 '귀신'이 직접 언급된 것은 아마 미당 서정주의 몇몇 시편이 고작일 것이다. 그런 의미에서 시의 소재로서 '귀신'은 매우 낯선 대상이 아닐 수 없다. 이런 시의 흐름을 감안할 때 박상순의 시적 소재로서 '귀신'의 수용은 선구적이며 성공적이라 할 수 있다. 이후 김언희의 시에 변종화된 귀신의 형상으로서 고무인형, 자동인형과 같은 신체가 발견되며, 김행숙의 시집 『사춘기』에 실린 여덟 편의 '귀신 이야기', 김경주의 「드라이아이스」, 이우성의 「나는 중얼거렸다」, 황인찬의 「구조」, 송승언의 「취재원」 「환희가 금지됨」 「증기의 방」 「수확하는 사람」 「유리 해골」 「유형지에서」, 이이체의 「수수께끼 외전」 「그림일기」 「거짓말의 목소리」, 김승일의 「귀신의 용도」 「홀에 모인 여러분」 「가명」, 박성준의 시집 『몰아 쓴 일기』에 실린 다수의 시편 등에 '귀신'이라는 시어 혹은 귀신 이미지가 발견된다. 아울러 강정은 최근(2014년)에 '귀신'이라는 표제로 시집을 출간하기도 했다. 이들 시에 나오는 각각의 '귀신'은 그저 일상에 출몰하는 귀신으로, 외로운 자아를 치환한 형상으로, 살아 있는 자의 자기부정성으로, 불가해한 불안의 그림자로, 악의 형체로, 이미 죽은 자 그 자체로, 누이의 신병과 관련된 대상으로 그 내용을 조금씩 달리하며 등장한다.

언어의 끝이 욕설이나 울음이라면 기괴함의 끝은 귀신이라 할 수 있다. 귀신은 불가해한 형상과 능력을 지닌 자이며 이 세계에 존재해서는 안 되는 존재라 할 수 있다. 로젠크란츠는 "죽어 있는 자의 속성과 반대로 다시금 살아 있는 것의 모습을 띨 때 유령적인 것이 된다. 죽어 있는 것이 그럼에도 불구하고 살아 있다는 모순은 유령에 대한 공포의 전율을 불러일으킨다. …(중략)… 이미 죽어버린 자로 인해서 저승의 문이 열린다는 것은 무시무시한 비정상성의 특성을 띤다. 저승에 속한 죽어버린 자는 우리가 알지 못하는 법칙을 따르는 듯이 보인다."(350~351쪽)라고 말한다. 따라서 귀신을 호출하는 것은 특이한 능력의 소유자, 예를 들면 무당이나 퇴마사와 같은 사람들 이외 일반인에게는 일종의 금기라 할 수 있다. 그런데, 왜 하필 갑자기 '귀신'이 이렇게 유행처럼 번지는가? 최근 시에 보이는 이 같은 귀신현상은 매우 심층적인 접근이 필요한 부분이라 생각한다. 이 글에서는 다만 몇 가지 회의론적인 물음을 던져보고자 한다. 일종의 신드롬이라 할 수 있는 저간의 귀신현상이 자아분열의 표상물 외에 볼거리를 제공하고자 하는 심리와 유착된 것은 아닌가? 타자와의 진정한 관계 정립의 실패로부터 야기된 상상력의 미봉책은 아닌가? 혹은 생생한 경험의 장이 축소됨으로써 빚어진 재현성의 약화와 관련된 역 현상은 아닌가? 이와 연동해서 소재의 고갈을 의미하는 것은 아닌가? 자기부정성의 과잉을 드러내는 상징물은 아닌가? 즉 고통의 과잉된 포즈가 아닌가? 권태로운 삶에 대한 무반성적 기표는 아닌가? 불가능성의 돌파를 포기한 무기력의 징표는 아닌가? 등등. 이러한 물음은 개별 작품의 구체성을 살피면서 섬세하게 제기되어야 마땅할 것이다. 그럼에도 시인들의 상상력이 살아 있는 이웃이 아니라 죽은 자 혹은 귀신이나 유령들 사이에서 오히려 활발하게(?) 움직이고 있다는 점은 우려가 되는 바라 할 수 있다.

한편 1990년대 박상순과 더불어 추의 미학을 전면화한 예로 김언희의 첫 시집 『트렁크』(세계사, 1995)를 들 수 있다. 당시 이 시집의 출간은 매우 충격적인 것이었다고 할 수 있다. 성(sexuality)을 공론화하고 기괴함과 역겨움으로 가득한 이미지를 이처럼 과감하게 방출시킨 예가 없었기 때문이다. 나는 그의 두 번째 시집 『말라죽은 앵두나무 아래 잠자는 저 여자』(민음사, 2000)를 포함한 그의 시 세계에 대해 「시인가, 성적 스펙터클인가」라는 글에서, 그의 기괴한 시 세계의 이면을 살펴보면 "폭력적 세계는 숙명적인 것이다."라는 실체가 없는 추상성과 마주치게 된다는 점, 인간을 다만 욕망의 고깃덩어리로 축소시키는 포르노그라피적 환상의 그늘이 드리워져 있다는 점 등을 비판한 바 있다(『빙벽의 언어』, 새움, 2002, 220쪽). 이와 같은 비판에도 불구하고 그의 시집, 특히 『트렁크』의 영향력은 적지 않았던 것으로 판단된다. 김언희 시를 기점으로 기괴하고 불길하고 기형적이고 역겨운 이미지가 급속도로 확산되었으며 성과 신체와 체액에 대해 적나라하게 발언하는 것이 더 이상 어려운 일이 아닌 것이 되었다. 환상성을 상상력의 기반으로 하는 일군의 '미래파' 시인들의 '악몽의 서사'로부터 김언희현상을 지울 수 없음이 곧 그의 강력한 영향력을 말해주는 증거

이기도 하다. 그런 점에서 시집 『트렁크』의 출간은 매우 중요한 시적 사건이라 할 수 있다. 이 같은 자장 안에 주하림의 시집 『비벌리힐스의 포르노 배우와 유령들』(창비, 2013)에 실린 시편들도 포함되는 것으로 보인다.

웬즈데이_열아홉 편지
악한 자들을 한눈에 알아챌 수 있다면
등나무 아래나 건초더미, 아무 때나 오럴을 시키던 남자는 지금
티브이와 라디오에 쉴 새 없이 나오죠
그는 명문가의 로맨틱한 백인 남자니까
누더기나 코가 벗겨진 구두, 낡은 액세서리
그의 멜로디는 빛을 잃어버린 것들은 담지 않아
뒷골목을 전전할 때 만났던 그녀들에 대한 분노는
그가 커다란 무대에 설 수 있는 바탕이 되었죠
한번은 연주가 뚝, 끊겼던 형편없는 무대에서
나는 나의 감각과 뉘앙스
정치성을 폭로당하지 않을 배경을 사랑하지
소리를 질러대던 어린 소녀들 우르르 몰려와 아랫도리를 핥기 시작
한다네
나의 목소리는 슬픔과 노여움으로 뒤엉킨 추억을 일깨워줘
씹으면 씹을수록 나를 수천명으로 만들어주는 태평양 어느 섬의 풀을
매니저 더 가져와 주스와 벌레, 발밑을 기어다니는 비치(bitch)들이여
—주하림, 「비벌리힐스 저택의 포르노 배우와 유령들」, 부분

　우리 시에서 성과 관련한 시적 내용은 안타깝게도 미보다는 주로 추에 초점이 맞추어진 경향을 보여왔다. 상품화된 몸, 훼손되거나 오염된 몸, 기형적인 몸, 강간당한 몸이 그러하다. 김언희를 포함해서 최승자, 장정일, 이연주, 황병승, 페미니즘적 주제를 드러낸 여성시에서 그것을 확인

할 수 있다. 인용한 주하림의 시 또한 이러한 내용적 계보에서 크게 벗어나지 않는다. 이 시 전체는 13쪽에 달하는 긴 서사로 이루어져 있으며 일본 만화와 프랑스 서사시, 단테의 『신곡』, 마누엘 푸익의 『거미여인의 키스』 등에 나오는 이름이나 구절 등을 패러디하고 있다. 이와 더불어 '비벌리힐스 저택의 포르노 배우'를 전면화한 만큼 뭔가 지적인 것과 성적인 것에 대한 흥미를 동시에 자극하고자 하는 시적 전략이 두드러진다 할 수 있다. 그러나 이 시는 장정일이나 김언희, 황병승 등이 보여준 강력한 인상을 담보해내지 못한 것으로 판단된다. 화려한 배경과 사회적 성공을 이룬 "아무 때나 오럴을 시키던 남자", 그리고 그의 폭력성에 관한 내용들은 너무 식상한 설정이 아닌가. *"소리를 질러대던 어린 소녀들 우르르 몰려와 아랫도리를 핥기 시작한다네", "매니저 더 가져와 주스와 벌레, 발밑을 기어다니는 비치(bitch)들이여"*와 같은 구절을 이탤릭체로 강조해도 진부하기는 마찬가지다. 삼류 할리우드 영화에서 이미 많이 본 듯한 이러한 설정 가운데 "명문가의 로맨틱한 백인 남자"의 윤리적 추를 고발한다고 해도 그러하다. 이 시는 예측 가능한 내용과 예측 가능한 비판을 고스란히 담고 있기 때문에 TV 화면 곳곳에 널려 있는 추의 한 장면과 그 뒤에 따라오는 입맛 쓴 기분 정도 이상을 불러일으키기 어렵다.

추와 관련하여 주의 깊게 보아야 할 또 하나의 시집을 뽑자면 그것은 김행숙의 시집 『사춘기』(문학과지성사, 2003)라 할 수 있다. 김언희의 시편과 비교하면서 『사춘기』에 실린 시를 일별해보면 충격이나 역겨움이 상대적으로 덜 두드러짐을 발견하게 된다. 이는 동시대의 미래파 시인들이 드러냈던 그로테스크한 환상에 대한 강한 충동과도 변별되는 특성이기도 하다. 그런 의미에서 김행숙의 시편이 추함의 형상을 부각시킨다는 인상을 갖기 어렵다. 일반적으로 우리는 추를 더럽고 불쾌한 형상으로부터 감각하기 때문이다. 그러나 정밀하게 추의 미학을 탐구했던 로젠크란츠의 시각을 통해 김행숙의 초기 시편을 읽으면 그의 시 또한 추의 미학을 점하고 있음을 알게 된다.

> 여자애들은 모두 즐거워 보였다. 열두 살이 되면,
>
> 좋아하는 상점이 생길 거라고 말해주었다. 너희는 매일 상점에 들러서 몇 가지 물건을 쓰다듬을 거야. 그때의 기분과 손길을 잘 기억해두렴.
> 열네 살이 되면, 그렇게 백 번 만지고 몇 가지 물건을 사는 동안 열네 살이 된 여자애를 친구로 사귀겠지. 너흰 둘 다 상점에서 물건을 훔친 경험이 있지.
> 이제는 전부 시시해졌어, 그 애가 울면서 말할 거야.
> 쓰다듬어주렴. 좋은 친구는 아주 부드러워.
>
> 기억할 것들이 생기지. 열두 살이 되면,
> 열네 살이 되면, 나뭇잎을 떨어뜨릴 만큼 깔깔깔 웃기도 했지만
> ― 김행숙, 「소녀들―사춘기 5」 전문

'사춘기'는 미성숙과 성숙 사이에 벌어지는 과도기적 특성을 고스란히 지닌 불안정한 시기라는 점에서, 그것은 지속력을 갖지 않는다는 점에서, 그리고 누구나 겪는 변화의 지점이라는 점에서 인간일반에게 향수를 자극하는 생의 한 시기라 할 수 있다. 어리둥절한 상태에서 좌충우돌하는 이때에 많은 시행착오가 벌어지곤 한다. 따라서 '사춘기'라는 표제는 독자로 하여금 자신의 미성숙 시기에 대한 향수와 과거로 향한 호기심을 갖도록 유도한다. 그러나 김행숙의 사춘기 시편을 읽어보면 독자의 기대는 무너지게 된다. 인용한 시편을 보면 이 시에는 사건다운 사건도 없으며 우

제2부 '추(醜)의 미학'은 골칫거리인가 흥미로운 진실인가?

리가 소위 말하는 미문주의에 합당한 문장도 그닥 눈에 띄지 않는다. 이러한 경우를 로젠크란츠는 추로 규정한다.

> 모든 움직임과 또 사라져가는 움직임은 변화가 없는 동일성의 황무지와 비교해 보면 아름답다. 그러나 그런 방식으로 아름다운 것이 소멸되어서는 안 될 곳에서 오히려 형상의 특정성과 폐쇄성이 기대되어야 할 곳에서 그러므로 형상이 그런 지양을 통해서 자신을 획득하는 대신에 방해받고 기형이 되며 색을 잃는 곳에서 형상이 소멸되면 추하다. 그렇게 되면 우리가 예술에서 안개 같은 것, 파상 형태 같은 것이라고 부르는 것이, 즉 특정성과 구분이 마땅히 있어야 할 곳에서 없는 그런 현상이 생겨난다.(91쪽)

여기서 로젠크란츠가 말하는 '폐쇄성'이란 다른 것과 구분되는 자기 한정성을 뜻한다. 로젠크란츠는 특정성과 폐쇄성의 기대가 충족되지 않는 무형의 형상, 색을 잃어버린 형태, 구분이 없는 것을 추로 규정한다. 김행숙은 '사춘기'나 '귀신 이야기' 등 독특한 소재를 오히려 '특정성'을 무화시키는 방식을 통해 드러낸다. 의미의 긴장성을 엷게 만들고 그와 연동해서 시의 주제를 희미하게 하거나 미완의 이야기로 남겨놓는다. 이러저러한 자극을 최소화한 평이한 서술이 『사춘기』에 실린 시편의 특징이라면 특징이다. 이를 시의 미학적 전통에 비추어보면 색다른 국면인 것이 사실이다. 사건을 부각시키고 문장의 묘미에 공을 들임으로써 독자의 감성을 자극하고 그로부터 감동을 일깨워주는 전통적 시학의 반대편에서 김행숙은 그것을 무력화하고자 한다. 그는 "특정성과 구분이 마땅히 있어야 할 곳"을 비껴가며 전통으로부터 일탈해가는 것이다. 그러나 특별할 것 없는 이러한 일탈은 얼마만큼 유효한가? 그의 희미한 혹은 평면적인 맥락, 지나치게 담담하여 무미건조하게 보이는 이야기, 그래서 때로 단조롭게 읽

허기까지 한 탈미문주의적 문장이 과연 말의 응집력을 미감으로 상정해 왔던 시학적 전통을 전복할 힘을 내장한 것인지 의문을 갖게 된다. 중요한 것은 이 같은 김행숙의 추의 미학이 2010년 이후 젊은 시인들의 시에 다시 발견된다는 점이다. 그런 점에서 김행숙의 『사춘기』에 드러난 반미학은 선취적 징후를 내포하는 것이기도 하다. 예를 들어,

> 재작년엔 애인을 차고
> 작년에도 누굴 찼다
> 나랑 가장 친한 친구가
> 가슴이 터져라고 안아주었지
> 차는 것도 힘들잖아 나는 이해해
> 뭘 이해해? 다 끝났는데
>
> 동정하다 보면 한편
> 놀리고 싶지
> 놀려, 이리 와서
> 놀리라니까?
> 그러라고 시를 썼다
> 마흔두 편을
>
> — 김승일, 「만나요」 부분

김승일의 이 작품은 특정성이 없는 사건의 사건화, 말의 평면성 즉 탈미문주의적 성향, 신속한 리듬감 등을 강화하여 그야말로 '대수롭지 않음'의 어조를 쉽게 읽어갈 수 있도록 유도한다. 따라서 독자도 이 시를 대수롭지 않게 스쳐가게 된다. 이 시의 평면화된 문장은 무해하지만, 추 이상 아무 것도 아닌 것이 되고 만다. 우아한 문장을 벗어나 일상적 화법이 시에 통용된 지 이미 오래다. 그러나 '되는 대로 말하기'를 반미학이라고 내

놓는 것은 난센스다. 아무리 현대예술 세계가 '자명한 것 없는' 무규칙성을 추구한다 해도 예술다움을 확인해줄 수 있는 최소한의 요건이 있지 않겠는가?

3. 무엇을 추구해야 하는가?

스펙터클한 볼거리를 끊임없이 제공하는 문화산업의 번창과 전시, 재빠르게 상품을 교체하는 능력 그것의 소비를 즐기는 현대인은 이미 웬만한 시각적 이미지나 사건에 대해 흥미를 갖지 않는다. 그들은 권태와 공허를 느끼며 보다 자극적인 것, 보다 충격적인 것, 보다 새로운 것의 경험을 갈망하며 쉽게 실망하고 쉽게 피로를 느낀다. 이 같은 즉흥적 감흥의 매개물은 일상에 범람하면서 사람들을 포획하고 유혹한다. 이때 현대인을 자극하는 것은 대부분 추로부터 파생된 이미지이거나 상품화된 기만적 미라 할 수 있다. 로젠크란츠는 "뒤섞인 것, 모순으로 가득 찬 것, 이중적인 것, 그렇기 때문에 자체가 비자연적인 것, 범죄적인 것, 기이한 것, 미친 것은 흥미롭다."(124쪽)라고 말한다. 우리를 자극하는 것들의 대부분이 이에 속한다. 이와 같은 것들에 익숙해진 현대인의 감수성에 부응하기 위해서, 이것이 현실이라면, 예술 세계는 추의 미학을 불가피하게 호명할 수밖에 없을 것이다. 일본의 미학자 오하시 료스케(大橋良介)가 말한 "묘연해진 미의 행방" 또한 이와 무관하지 않다.

이 지점에서 독자와 동시대의 스펙터클한 문화상품에 노출된 시인들의 감수성은 안전한가 물을 수밖에 없다. 그들은 상품의 현란한 전시장을 체감하는 자이며 동시에 그 전시장을 뛰어넘어야 한다는 부담을 안고 있는 자이다. 아도르노에 입각한다면 예술적 가능성으로서 '추의 미학'의 유효성은 저 현란한 문화상품의 전시장을 돌파할 수 있는 비판정신으로부터 생겨날 수 있다. 역으로 다시 말하자면 추의 미학이 저 스펙터클한 문화상품의 기만적 행위를 모방하거나 그것을 따라잡는 데 급급하다면, 그것은 예술이 추구해야 할 방향성을 상실한 채 위험스러운 것이 될 것이다. 이와 같은 생각은 시인들이 자극에 길들여진 독자를 또 다른 차원에서 자극할 방법을 궁리할 수밖에 없는 지금의 사태와 관련한다. 읽힐 가능성을 고민하고 의식하다보면 자칫 저간의 스펙터클한 문화상품주의에 흡수될 가능성 또한 배제하기 어렵기 때문이다. 최근 시에 특출한 소재가 부각되고 형식 또한 이전에 비해 더욱 난해(산만)해지는 현상이 이와 무관하지 않은 것으로 판단된다.

그렇다면 자극에 길들여진 독자의 관심을 끌 수 있는 추의 미학으로서 예술적 소재는 무엇인가? 기술과 기계문명이 일상화된 세계에서 사람들의 흥미를 이끌어낼 수 있는 소재는 일단 이 일상의 권태를 잠시라도 벗어날 수 있게 해주는 그 무엇일 것이다. 그것이 '로봇' 이상으로, 여전히, '성(sexuality)'과 관련된 이야기이거나 '귀신'과 관련된 이야기라는 사실은 매우 역설적으로 느껴진다. 사실 이 둘은 상당 기간 현대시의 소재 영역 밖에 있던 것들이다. 특히 '귀신'은 더욱 더 그러하다. 성과 관련된 이야기는 1980년대 후반 이후부터, '귀신'과 관련된 이야기는 2000년대 이후부터 폭넓게 확산되기 시작한 것으로 판단된다. 추와 관련하여, 최근 시에 보이는 이 같은 소재의 측면과 더불어 한 가지 현상을 더 짚어본다면 그것은 시적 사건과 그것을 서술하는 문장운용 방식의 평면화와 맥락의 산만성이라 할 수 있다. 맥락의 산만성이나 해독 불가능으로 인한 맥락의 파괴 현상은 이 글에서 생략한 내용이지만 이 또한 추의 미학과 연관된 이 시대의 시적 현상 가운데 하나라 할 수 있다.

추가 현대예술의 가장 중요한 현상이며 지향이라는 사실을 부인하긴 어렵다. 그로테스크한 형상을 통해 예술가들은 이 화려한 도시 속에 은폐된 상상할 수 없는 악과 잔인함, 욕망의 노예 상태를 존속시키는 기만적인 문화상품, 증폭되어가는 타나토스적 충동, 권태의 심연, 인간에 대한 회의감, 공허와 상실, 우울, 불가능성으로서의 현실인식 등을 극대화한다. 아도르노의 생각대로 추는 현실의 수많은 위장된 추를 들추어내고 탄핵하는 예술적 대항 논리를 구축해왔다고 할 수 있다. 그럼에도 추에 대해 보수적 입장을 취하는 로젠크란츠의 말을 진지하게 생각해볼 필요가 있을 듯하다.

> 병적인 방식은 어떤 시대가 육체적으로 정신적으로 타락해 있는 까닭에 진실하지만 단순한 미를 파악하기 위한 힘이 없어서 여전히 예술에서 뻔뻔스러운 부패의 자극적인 것만을 즐기려는 경우이다. 그런 시대는 모순을 내용으로 삼는 혼합 감정을 사랑한다. 둔해진 신경을 자극하기 위해서 가장 극단적인 전대미문의 것, 불일치한 것, 어긋나는 것이 뒤섞인다. 정신의 분열은 추에서 풀을 뜯어먹는다. 그도 그럴 것이 그 정신에게는 추가 그의 부정적 상태의 이상처럼 되어버리기 때문이다. 짐승 같은 마음과 검투사의 유희, 욕정 어린 흥분, 캐리커처, 감각적으로 마음을 이완시키는 멜로디, 엄청난 편곡, 문학에서는(마미에가 말한 바 있던) 똥과 피의 문학이 그런 시대에 속한다.(72쪽)

우리 시에 드러난 추의 미학이 "미를 파악하기 위한 힘이 없어서 여전히 예술에서 뻔뻔스러운 부패의 자극적인 것만을 즐기려는 경우"가 아니라면, 그 추의 미학은 똥과 피를 무릅쓰면서 질적으로 새로운 세계를 만들어내려 하는 고민의 산물이어야 할 것이다. 추의 미학은 세계의 극악함과 부조리함, 추악해질 수 있는 인간의 본성, 인간 실존의 비극적 내용물에 대한 깊은 이해, 그것을 넘어서고자 하는 고통과 맞물려야 진정성을 확보할 수 있다. 그렇다면 우리는 이제 무엇이 유효한 '추'인가를 물어야 할 것이다. 우리의 예술 충동이 추에 대한 충동 즉 추에 대한 악취미로서 흥미나 애호증과 잘못 뒤섞여 자의식을 잃고 아노미 상태에 놓인 것은 아닌지 생각해볼 일이다. 품격과 고귀함을 크게 손상시킨 대가로 진실성마저 확보하지 못한다면 그것은 문학이 할 일이 아니다. 그 자체 엔트로피의 증가일 뿐이다.

추가 예술의 대세가 된 현재의 상황에 한 가지 부연하자면, 추의 미학이 현대예술이 추구하는 바를 모두 포괄하는 것이 아님을, 그것을 인식하는 것 또한 이 시대에 요청되는 사안임을 말하지 않을 수 없다. 현대성과 추가 동류항으로 인식될 때 예술의 지평은 매우 협소하고 편협한 것이 될 수밖에 없다. 아도르노의 논리는 개인과 사회, 피지배와 지배, 자유와 억압의 대립각이라는 상황논리를 전제로 하는 것이다. 자본의 폭력성이 극대화된 현실에서 그것을 탄핵할 예술의 대항논리를 만드는 것은 분명 가치 있는 일이다. 그러나 예술 세계에서 그러한 논리의 필요는 전체가 아니라 부분일 뿐이다. 예술은 '부정성의 미학' 이상의 내용을 포괄한다. 우리는 추의 미학을 사유하면서 동시에 '미'의 가치를 망각해서는 안 될 것이다. 아도르노의 추의 미학도 결국은 이념적으로는 현실의 추에 대항하고 동시에 고전미학의 나태함을 견제하면서 보다 나은 미의 세계를 건설하고자 하는 데서 비롯된 것이다. 미는 여전히 그 자체의 힘으로 추보다 훨씬 강한 호소력을 갖는다. 우리는 지극한 아름다움에 감동하길 욕망한다. 그것으로 심신을 순화하고 정화하기를 갈망한다. 그 욕망을 저버리면서 거칠고 난폭하고 비천하고 역겨운 것들의 형상을 즐기는 일과 그런 것으로만 이루어진 놀이를 통해 우리를 유혹하는 것이 문화산업의 실체라 할 수 있다. 예술가는 이와 같은 문화산업주의와 거리두기를 통해 그것에 흡수되지 않도록 그 자신의 욕망을 스스로 검열할 필요가 있다. 중요한 것은 추의 유효성과 미의 가치에 대한 강력한 자의식이 필요하다는 점이다. 현실의 추와 예술적 추의 미학 사이에 자의식에 의한 거리두기가 형성되지 않을 때 추의 미학은 한낱 인간의 고귀함을 손상시키는 저급한 취미를 넘어서기 어려울 것이다. 이러한 저급한 취향의 확산은 예술의 오랜 신념과 존립을 뭉개놓는 위험을 내포한다. 아울러 삶의 황폐화에 일조할 가능성 또한 크다.

신경증을 앓는 일상의 내부

1. 동질적 기반의 해체

일상이란 매일 반복되는 평상시의 생활을 의미한다. 특별할 것이 없는 하루하루가 일상이라면 일상은 삶의 모든 내용을 지시한다. 그렇다면 '일상'의 의미를 다시 규정짓는 것이 필요한가? 아울러 일상을 문제 삼을 필요가 있는가? 일상이 뜻하는 바처럼 평범하고 무던한 시간의 질을 함의한다면 그것을 더 이상 문제시할 필요는 없을 것이다. 그런데 일상의 이면을 보면, 그 평범함 속에는 시대의 특수성과 당대를 통과해가는 인간의 고통, 희망, 욕망, 좌절, 수치심이 함께 내포되어 있다는 점에서 일상을 반복·재생의 의미로만 단순하게 요약할 수 없음을 알게 된다. 한 존재의 일평생이 몇 마디의 문장으로 규정될 수 없는 복잡성을 지닌 것처럼 저마다의 일상 또한 그러하다.

일상이 시대의 특수성과 맞물려 있다면 2000년대를 살아가는 우리의 일상을 어떻게 규정짓는 것이 타당한가? 이 문제는 쉽게 설명하기 어려

제2부 '추(醜)의 미학'은 골칫거리인가 흥미로운 진실인가?

운 복잡성을 지닌다. 유사 이래로 연령별에 따른 일상의 내용이 지금처럼 차이를 갖는 시대가 없었다 해도 과언이 아니기 때문에 더더욱 그러하다. 동일한 도시문화 속에 살아간다 해도 20~30대와 40~50대, 그리고 그보다 더 나이 많은 세대들이 체감하는 일상은 그 내용 면에서 현격하게 다르게 보인다. 이는 이전에 경험했던 단순한 세대 차이와는 그 성격이 다르다. 오늘날 세대 간의 일상성이 이처럼 큰 격차를 보이는 근본 원인에는 혈육중심의 가족해체라는 구조 변동이 놓여 있다. 또 하나의 원인에는 첨단의 매체를 얼마나 능숙하게 다룰 수 있는가, 혹은 그와 반대로 그것에 얼마나 무지한가 하는 문제가 놓여 있다.

혈육 중심의 가족해체 현상이 드러나기 시작한 시기는 2000년대 이전부터라 할 수 있지만 2000년대는 이러한 현상이 더욱 가속화되고 보편화된 시기라 할 수 있다. 혈육중심의 가족해체 현상은 세대를 초월한 동질성으로서의 일상성이 와해되었음을 뜻한다. 일상의 내용물은 다양하지만 혈육공동체는 우리에게 그것의 동질성을 매개했던 막강한 기반이었음을 부인하기 어렵다. 아울러 혈육공동체는 타인과의 또 다른 '친밀감'을 파생시키는 원초적 학습 단위 역할을 해왔던 것이다. 이제 상이한 일상의 내용을 하나로 묶어주었던 동질적 기반이 해체됨으로써 보편으로서의 일상성이라는 것 자체가 성립 불가능한 것처럼 느껴질 정도다. 예를 들어 이성복의 시 「家族風景」과 황병승의 시 「주치의 h」의 대비를 통해 이와 같은 시대의 추이를 짐작해볼 수 있다.

> 형은 長子였다 〈이 책상에 걸터앉지 마시오-長子白〉
> 형은 서른 한 살 주일마다 聖堂에 나갔다 형은 하나님의
> 長子였다 聖經을 읽을 때마다 나와 누이들은 형이 기르는

약대였다 어느날 형은 아버지 보고 말했다 〈저 죽고 싶어요
하란에 가 묻히고 싶어요〉 안될 줄 뻔히 알면서도 형은
우겼다 우겼지만 형은 제일 먼저 익은 보리싹이었다 나와
누이들은 모래 바람 속에 먹이 찾아 날아다녔고 어느날 또
형은 말했다 〈아버지 이제 다시는 祭祀를 지내지
않겠어요 좋아요 다시는 안 돌아와요〉 그날 나는 울었다
어머니는 형의 와이셔츠를 잡아 당기고 단추가 뚝뚝
떨어졌다 누이들, 떨어지며 빙그르르 돌던 재미 혹시
기억하시는지 그래도 형은 長子였다 아버지와 어머니는
형의 아들 딸이었고 누이들, 그대 産婆들 슬픈 노래를
불렀더랬지 그래도 형은 長子였다 누이들, 하란에서 멀고 먼
우리 집 매일 아침 食卓에 오르던 말린 물고기들
혹시 기억하시는지 형은 찢긴 와이셔츠처럼 웃고 있었다

— 이성복, 「家族風景」 전문

1
떠나기 전, 집 담장을 도끼로 두 번 찍었다
그건 좋은 뜻도 나쁜 뜻도 아니었다

h는 수첩 가득 나의 잘못들을 옮겨 적었고
내가 고통 속에 있을 때면 그는 수첩을 열어 천천히 음미하듯 읽어
주었다

나는 누구의 것인지 모를 커다란 입 속으로 걸어들어갔다 깊이 더
깊이

아버지와 어머니 사랑하는 누이가 식사를 하고 있었다 큰 소리로 웃
고 떠들며 더 크고 많은 입을 원하기라도 하듯 눈이 있어야 할 자리에
귀에 이마에 온통 입을 달고서

제2부 '추(醜)의 미학'은 골칫거리인가 흥미로운 진실인가?

입이 하나뿐인 나는 그만 부끄럽고 창피해서 차라리 입을 지워버리
고 싶었다

2
입 밖으로 걸어나오면, 아버지는 입이 없는 거나 마찬가지로 조용한
사람이었고 어머니와 누이 역시 그러했지만,
나는 입의 나라에 한번씩 다녀올 때마다 가족들과 함께하는 침묵의
식탁을 향해
'제발 그 입 좀 닥쳐요' 소리가 목구멍까지 올라왔다

집을 떠나기 전 담장을 도끼로 두 번 찍었지만
정말이지 그건 좋은 뜻도 나쁜 뜻도 아니었다
　　　　　　　　　　　　　　　— 황병승, 「주치의 h」 부분

　인용한 두 편의 시는 혈육과의 관계성을 상이한 시각에서 상징화한 작
품이다. 이성복의 「家族風景」은 가부장적 위계질서와 그에 따른 가족들
간의 갈등을 '장남'을 통해서 예각화함으로써 전통적 가족 이데올로기가
흔들리고 있음을 드러낸다. 그럼에도 이 시에 등장하는 장남인 형은 "〈이
책상에 걸터앉지 마시오 - 長子白〉"이라고 당당하게 말하는 권위와 위엄
을 지닌 인물로 그려진다. "나와 누이들은 형이 기르는/약대"였다는 구절
과 "아버지와 어머니는/형의 아들 딸"이었다는 구절은 그가 가난한 집안
을 이끌고 가는 기둥이었음을 말해준다. 이때 '제사'를 거부한다는 것은
가부장제가 강요했던 장자로서의 책임으로부터 벗어나겠다는 의미를 함
의한다. 장남과 가족 간의 불화를 그려낸 이 시는 그들의 유대감을 규합
할 수 있는 토대가 동요하고 있음을 보여줌에도 불구하고 여전히 혈육공
동체에 묶여 있는 일상의 단면을 시사한다. 불화와 갈등을 겪더라도 혈육

은 70~80년대를 지나서도 한동안 엄연하게 존속했던 생활인식의 근간이었던 것이다.

반면 황병승의 「주치의 h」는 이와는 판이하게 다른 시각과 태도를 드러낸다. 이 시의 가족풍경은 기괴한 이미지로 묘사된다. "아버지와 어머니 사랑하는 누이"는 "눈이 있어야 할 자리에 귀에 이마에 온통 입을 달고" 삼키고 뱉는다. 온통 입만으로 존재하는 그들은 인간이라기보다 거대한 '욕망'의 홀과 같다. 혈육은 갈등과 불화를 겪더라도 늘 친밀한 존재라는 사실을 이 그로테스크한 풍경은 부인한다. 이러한 가족들과 달리 화자인 '나'는 단 하나의 입을 가진 자로 그려진다. 이때 화자는 부끄러움과 창피함을 느낀다. 하나의 입을 가졌다는 사실이 오히려 기형적인 것으로 치부되는 역전된 현실에는 화자의 소외감이 자리해 있다. 시인은 이를 통해 혈육이란 개인의 위안과 안식을 주는 존재들이 아니라 그저 이기적인 욕망의 집단에 불과하다는 인식을 드러낸다. 화자는 "집을 떠나기 전 담장을 도끼로 두 번 찍었지만/정말이지 그건 좋은 뜻도 나쁜 뜻도 아니었다"라고 고백한다. 이 냉담한 분노는 혈육관계에 대해 종지부를 찍는 듯한 인상을 남긴다. 아울러 그가 자발적으로 고아가 되었음을 선언한다. 2000년대 이후 일상의 풍경을 들여다보면 이 시에 등장하는 고아의식이 과장이 아니라는 사실을 쉽게 발견하게 된다. 이제 혈육관계는 동질성을 확보해주는 일상의 근간으로서의 힘을 상실하게 된 것이다.

2. 무국적 판타지의 소비

오늘날 '혈육'을 대체한 것은 다름 아닌 '욕망'이라 할 수 있다. 다시 말

제2부 '추(醜)의 미학'은 골칫거리인가 흥미로운 진실인가?

해 현대인의 일상을 가장 강력하게 지배하는 힘은 '가능성'도 '불가능성'도 아닌, 그 사이를 비집고 생성되는 욕망이다. 욕망은 우리들의 내면에 불멸하는 좀비(Zombie)라 할 수 있다. 대부분의 현대인은 자신 안에 있는 욕망의 좀비를 부양하며 그것에 예속되어 살아간다. 이와 같은 상황을 가능케 한 것이 새롭고 다양한 욕망을 강력하게 매개하는 매체의 혁신이라 할 수 있다. 스마트폰을 비롯한 이동통신의 획기적인 기술력은 24시간 내내 우리 곁에서 우리의 꿈과 희망을 재조정한다. 그것은 '나'의 힘으로는 도저히 알아낼 수 없는 판타지를 생산·공급하고 분배한다. 국경은 사라지고 '지금 당장' 무엇이든 가능한 세계를 얻을 수 있다는 부추김으로 우리 모두는 설렘과 피로감을 한꺼번에 경험한다. 일찍이 김수영이 "마지막에는 海底의 풀떨기같이 혹은 책상에 붙은 민민한 판대기처럼 무감각하게 될 생활"(「구슬픈 肉體」)이라고 말했던 일상의 속성이 매일 새로운 것을 접하게 되는 다변성으로 바뀐 것이다. 이 무국적 세계 속에 펼쳐진 시간과 공간의 양태는 인터넷이 생활화되기 이전에는 상상할 수 없었던 것들이다.

이제 최강의 속도전 속에서 시간은 압축되고 개인의 공간은 지구 전체로 확대된다. '나'의 욕망을 즉각적으로 실행할 수 있는 것이다. 이질적인 것들의 체험은 이제 더 이상 일상 밖에서 일어나는 특별한 경험이 아닌 것이다. '나'는 지구 전체를 떠도는 소비자로서 가능성과 불가능성 사이에서 생성된 욕망의 투사를 가늠한다. 이러한 욕망의 투사를 현실화하는 것은 일차적으로 경제력이다. 따라서 욕망의 투사를 가늠하는 일은 물신의 위력을 가늠하는 일이기도 하다. 욕망의 직접적 실현이 불가능할 때 그것은 무수한 가상적 이미지의 소비로 대체된다. 푸드 포르노(Food Porno)가 성행하는 것도 이 때문이다. 이원이 "나는 그러나 어디에 있는가/

나는 나를 찾아 차례대로 클릭한다/광기 영화 인도 그리고 **나**……**나**누고/……**나**오는…**나**홀로 소송……또**나**(주)…/**나**누고 싶은 이야기……지구와 **나**…………/따닥 따닥 쌍봉낙타의 발굽 소리가 들린다/오아시스가 가까이 있다/계속해서 나는 클릭한다 고로 나는 존재한다"(「나는 클릭한다 고로 나는 존재한다」)고 오래전에 말했던 '클릭하는 일상'은 지금도 계속되고 있으며 앞으로도 더더욱 계속될 것이다. 이 무국적 향방의 이합집산을 체험하는 것, 그것이 현재 우리의 답답한 일상을 견디게 하는 판타지라 할 수 있다. 이와 같은 판타지의 소비는 우리가 그간 '일상'과 거의 동일한 의미로 사용해왔던 경험으로서의 '생활'을 증발시켜버렸다.

> 내 어렸을 적 우리집 암탉은 하루에 한 알씩 어김없이 알을 낳았다 저녁 무렵 둥지에 손을 넣으면 언제나 따뜻한 것이 만져지었다 곧 밤이 왔지만 우리 식구들은 둥글고 따뜻한 잠을 잘 수가 있었다 따뜻한 알들이 우리 식구들의 잠속을 굴러다녔다 아침이면 노오란 병아리들로 삐약거렸다 하지만 너무너무 자주 낳으니까 미주알이 빠져 있었다 늘 미안했다 지금도 가끔 시골엘 가보면 미주알이 빠진 암탉들을 볼 수가 있다 지금도 나는 늘 미안하다 미주알이 빠지도록 낳고 또 낳을 수밖에 없는 것이 알이다 알이어야 한다 우리들은 우리들의 둥글고 따뜻한 잠을 위한 암탉들을 우리들의 뜨락에 놓아 먹일 수밖에 없다 지금도 나는 늘 미안하다
>
> — 정진규, 「암탉 — 알 24」 전문

이 시는 암탉이 알을 낳고 가족들이 휴식하는 소박한 시골 생활을 제재로 한 작품이다. 시인은 둥글고 따뜻한 '알'의 형상과 가족들의 원만한 삶을 하나로 결합시킨다. 그러면서 "하지만 너무너무 자주 낳으니까 미주알이 빠져 있었다 늘 미안했다"라고 고백한다. 이는 상생하는 모든 생명에

대한 고마움과 존중을 드러낸다. '생활'이란 이처럼 관계맺음 속에서 활동하며 살아가는 것을 의미한다. 저간의 모든 생활시편에는 언제나 삶의 어려움과 관계의 소중함을 경험했던 화자가 등장한다. 그들은 생활을 만지고 위로하며 시각이 아닌 촉각으로 자신을 둘러싼 세계의 피부와 접촉한다. 그것이 일상의 내용을 차지하는 가장 중요한 요소였다. 그러나 이제 관계맺음의 가치는 엷어졌으며 사람들은 이웃과 친구에 의존하지 않은 채 혼자 밥 먹고, 혼자 술 마시며 저 무궁무진한 무국적의 세계에서 충분히 혼자 논다. 그곳에는 관계맺음이 안고 있는 무거움도 지리멸렬한 감정의 소모도 존재하지 않는다. 끊임없는 욕망 투사의 대체물이 있을 뿐이다. 이와 같은 세태 속에서 생활의 잔잔한 내용물들을 폐기하지 않은 채 그것을 섬세하게 매만지며 사유의 대상으로 이끌고 가는 심보선의 시적 상상력은 거의 멸종 위기에 처해 있는 '친밀감'의 세계에 대한 복원이라는 점에서 의미심장하게 느껴진다.

남자가 문을 열고 나가자
여자는 바로 늙어가기 시작한다
그 자세 그대로
소파 위에서 이별을 반가사유하며
영원히 늙어가겠다는 듯이
남자는 떠났다 다시는 돌아오지 않을 것이다
남자는 사랑을 일용하였으나
생의 터럭 한 올조차 포기한 적 없다
가장 뚜렷한 손금인 줄 알았는데
깊이 파인 흉터이듯이
무엇을 쥐었다 베었던가
생각은 안 나지만

손이 아주 아팠던 기억은 있듯이
그렇게 남자는 여자와의 사랑을 되돌아볼 것이다
— 심보선, 「평범해지는 손」 부분

심보선 시의 매력은 여전히 인간적 관계와 감정이 그의 시에 참신하게 살아 있다는 데 있다. 판타지의 소비가 일상화된 현실 속에서 오늘날 우리 시의 지향 또한 무국적 판단지의 수용 쪽으로 기운 것이 사실이다. 기괴한 환상적 이미지와 유기성이 해체된 맥락, 인간적 정념의 소거 등이 유행하는 것도 이와 같은 일상의 변화와 무관하지 않은 것으로 판단된다. 이러한 추세에도 불구하고 심보선은 지극히 인간적인 서정의 가치를 놓치지 않는다. 인용한 시는 사랑과 이별이라는 사건이 지닌 '아픔'을 쓸쓸한 정념과 더불어 전달한다. 남자가 떠나자 곧바로 늙어가며 반가사유상이 된 여자의 모습은 슬프지만 진실하고 아름답게 느껴진다. 여자와의 사랑을 아프게 되돌아보는 남자의 모습도 그러하다. 이러한 관계의 친밀감, 그 친밀감의 밀도와 비례한 비극의 숭고함이 점점 희박해지는 것이 우리의 일상이라 할 수 있다.

3. 외롭게 경련하는 내면

욕망 투사의 증폭과 판타지의 소비를 오가면서 우리는 얼마나 풍요롭고 자유로워졌는가? 과연 욕망의 투사는 제대로 이루어지고 있는가? 촉각의 세계에 의한 직접적 경험의 장이 위축되고 그것을 광활한 시각의 세계로 대체하는 과정은 가족과 동료, 친구, 애인 등 친밀성의 관계망을 물신으로 대체함을 의미한다. 무한히 넘쳐나는 정보와 물질적 이미지의 황

제2부 '추(醜)의 미학'은 골칫거리인가 흥미로운 진실인가?

홀을 소비하면서 우리의 욕망은 부풀려지고 좌절됨을 반복한다. 이미지와 실제 사이에 벌어져 있는 간극을 극복할 수 있는 완벽한 현실적 수단을 우리는 가지고 있지 못한 것이다. 따라서 우리들의 일상은 끊임없는 '결여'의 상태에 빠지게 된다. 결여를 메워줄 친밀성의 세계를 잃어버린, '나'의 몸은 '여기'에 속해 있지만 '나'의 욕망은 여기가 아닌 곳을 떠돌며 또 다른 결여를 증식시킨다. 이러한 과정의 반복을 통해 '나'는 영원히 위안 받을 수 없는 공허와 권태와 불안을 얻게 된다. 그리고 꿈의 불가능성을 확인하게 되는 것이다.

> h는 수첩 가득 나의 잘못들을 옮겨 적었고
> 내가 고통 속에 있을 때면 그는 수첩을 열어 천천히 음미하듯 읽어
> 주었다
>
> …(중략)…
>
> 이제부터는 연애에 관한 이야기뿐이다
> 악수하고 돌아서고 악수하고 돌아서는,
> 슬프지도 즐겁지도 않은 밴조 연주 같은…… 다른 이야기는 없다,
> 스물아홉
> 이 시점에서부터는 말이다 부작용의 시간인 것이다
> ─ 황병승, 「주치의 h」 부분

> 지구 반대편에서 발견된 팔이 누군가의 어깨를 감쌀 때
> 또 한 사람의 다리는 깊은 밤을 절룩거리며 꿈의 방향을 튼다.
>
> '여기 나 있고 거기 너 있지'

세계는 환상통을 앓으며 만난다.

생각지도 못한 순간에 솟구쳐 오르는 머리통,
관중석의 환호와 시커먼 사유의 커튼콜.
— 기혁, 「토르소」 전문

다시 황병승의 「주치의 h」의 후반부를 보면, 현대인의 공허하고 권태로운 내면적 사태를 짐작해볼 수 있다. 사랑과 연애는 내적 결여를 가장 극적으로 채워가는 인간적 행위 가운데 하나이다. 연애에 빠진 자는 그 상대를 통해서 미적으로 생동하는 시간의 질을 경험한다. 그 시간 속에서 연인들은 슬픔을 비롯한 온갖 정념과 에로스적 감각의 긴장된 즐거움을 교환한다. 그러나 황병승의 시에 등장하는 연애는 더 이상 이러한 내용으로 이루어져 있지 않다. "악수하고 돌아서고 악수하고 돌아서는,/슬프지도 즐겁지도 않은 밴조 연주 같은" 동어반복의 세계가 권태롭게 펼쳐져 있다. 이는 판타지를 소비하는 우리들의 일상성과 상동적이다. 매일 반복·생성되는 욕망의 과잉 분출은 우리가 가진 열정의 상당 부분을 소모시킴으로써 모든 인간적 관계를 "슬프지도 즐겁지도 않은" 시들함으로 몰고 간다. 불멸하는 사랑의 관계를 지탱할 에너지가 기근을 겪고 있는 것이다. 따라서 이제 대부분의 사랑과 연애는 단명한다. 그리고 일상은 "부작용의 시간"으로 악순환한다. 이것이 우리들의 세태라 할 수 있다.

기혁의 시 「토르소」는 이와 같은 세태를 불구의 이미지로 상징화한 예이다. 이 시는 절단된 육체성을 부각시킴으로써 분열된 채 떠도는 유령과 같은 존재의 상황을 무대화한다. 그것을 시인은 이미 사라진 육체의 일부분을 통증으로 감각하는 '환상통'으로 요약한다. 헛통증(phantom pain)에 시달리는 이 분열적 세계 속에서 흩어진 육체들은 "여기 나 있고 거기 너 있

제2부 '추(醜)의 미학'은 골칫거리인가 흥미로운 진실인가?

지"라고 말한다. 우리들의 팔과 다리는 매일 통증에 시달리며 어디를 헤매고 있는 것일까? 무국적의 판타지를 일용하는 양식처럼 서핑하면서 외롭게 혼자 떠돌아다니는 우리들과 이 토르소의 병적 이미지는 무관한 것일까? 무대 위로 '머리통'이 솟구쳐 오르는 그로테스크의 정점에서 시인은 "관중석의 환호와 시커먼 사유의 커튼콜."이라고 이 시를 마무리한다. 이 부분에서 참을 수 없는 관중의 가벼움과 사유의 무거움이 강렬하게 충돌한다. 우리는 보다 잔인하고 충격적인 볼거리를 소비하길 갈망한다. 이 욕망의 이면에 무겁게 드리워진 "시커먼 사유의 커튼콜", 이것이 우리가 살아가는 일상의 진면목일지도 모른다.

이와 같은 황병승과 기혁의 시에 공통적으로 발견되는 것은 어떤 '증세'를 앓고 있는 존재들이다. 황병승 시에 등장하는 '주치의 h'가 시인 스스로를 검열하는 자아인가 아닌가 하는 문제는 차치하고, 이 시의 '나'는 의사의 감시를 받는 환자라 할 수 있다. 기혁의 시에 등장하는 절단된 신체 또한 환상통에 시달리는 환자의 이미지를 드러낸다. 이와 같은 인물의 설정은 우리의 내면이 병적 증세에 시달리고 있음을 암시한다. 우리의 시사(詩史)를 거슬러 올라가 생각해보면, 병원과 의사, 정신의 통증을 앓고 있는 환자 등의 출현은 지극히 드문 것이었다. 이러한 소재의 출현은 특히 최근 들어 귀신, 유령 등과 더불어 빈번해지기 시작했는데 이는 우리들의 심리상태가 그 만큼 신경증에 노출되어 있음을 말해준다. 이승하의 「안과 밖」은 이러한 현상을 예리하게 통찰해낸 예 가운데 하나이다.

벗이여 너는
인터넷 채팅방에서는 농담도 잘하면서
사람들 앞에서는 왜 입 벌리지 못하는가
집 화장실에서는 콧노래도 잘 부르면서

집을 나서면 왜 변비 환자가 되고 마는가
좌석버스를 타면 마음이 편하고
지하철을 타면 불안하다고?

벗이여 너는 집
안에서는 웃고 집
밖에서는 떨지
파르르 떠는 눈꺼풀 떠는 손 떠는 심장
덜덜 떨지 않으려 심호흡을 하고
술 마시고 담배 피우지만
너는 수시로 비 맞은 푸들처럼 푸르르 몸 털고
거의 언제나 우울하다
얼굴이 자주 붉어지고
근육경련이 일어나기도 한다

너는 언제나 안에 있고
세상은 전부 밖에 있다
나는 지금 어디에 있는 것일까
너의 안과 밖 그 어디에

— 이승하, 「안과 밖」 전문

    인용한 시에 등장하는 '너'는 집 안에 혼자 있는 자이다. '너'는 혼자 농담하며 인터넷 채팅을 즐기고 집에서는 콧노래도 부른다. 그러나 세상 밖으로 나오면 변비 증세를 일으키고 지하철 타는 것을 불안해한다. 이러한 '너'의 부적응증은 떨리는 심장과 호흡곤란, 근육경련, 우울증으로 이어진다. 세상 밖과 접촉했을 때 일으키는 신경질환적 증세는 이미 우리의 일상에서 낯선 것이 아니다. 현실을 견뎌내는 우리의 자아는 허약해졌으며 그 허약한 틈으로 불안과 공포, 우울이 스며든다. 덜덜 떨지 않으려고 심

    제2부 '추(醜)의 미학'은 골칫거리인가 흥미로운 진실인가?

호흡을 하고 술을 마시고 담배를 피우지만 과부하에 걸린 신경의 다발은 의지의 통제를 벗어나 경련하는 것이다. 혼자 있을 때가 가장 안정적이고 편한 상태가 되어버린 우리들의 자화상이 여기에 있다. 인간의 내면을 위로했던, 서로에게 용기를 주었던 친밀한 관계의 끈은 상실되었으며 이제 우리의 일상은 혼자 고통하고 혼자 위로하면서 채워진다.

혈육 중심으로 이루어진 가족의 결속과 유대감이 유지되었던 사회에서 가족은 일상의 다양한 내용을 하나로 묶어주는 동질적 기반으로 역할했던 것으로 판단된다. 우리사회에서 혈연중심주의가 촉발시키는 여러 가지 역기능에도 불구하고 그것은 타인과의 또 다른 '친밀감'을 파생시키는 원초적 학습 단위였던 것이 사실이다. 이와 같은 친밀성의 세계는 더 이상 영향력을 유지하기 어려울 만큼 그 힘을 상실하였다. 이미 새로운 가족형태를 모색하는 과도기적 시기에 들어섰다고 할 수 있다. 이러한 과도기적 시기에 현대의 일상성은 점차 개인의 고립을 증가시키는 방향으로 이행해가는 것으로 보인다. 사람들은 모든 국경이 사라진 듯한 판타지의 공간을 홀로 누비며 기만적 자유와 물신에 환호하며 휩쓸려간다. 이러한 삶을 매개하는 디지털 매체들은 현대의 소외를 양산하는 가장 불가항력적 힘이라 할 수 있다. 우리는 압도적인 매체의 힘에 자신의 권리와 자유를 양도하고 스스로를 종속시킨다. 이 막강한 낯선 힘의 작용력이 '나'와 '너'의 직접적 접촉을 가로막고 그 대신 홀로 떠나는 판타지의 공간을 주선하는 것이다. 관계로부터 빚어지는 '생활'은 점차 사라지고 '고아들'만이 즐비한 세상. 분열과 외로움 속에서 우리들의 일상의 내부는 극심한 신경증을 앓으며 끊임없는 '결여'의 상태로 남아 있다. 그 결여의 상태를 사물인터넷이 더욱 더 가득 채워줄 것이다.

'낯섦'에 대한 우려와 기대

— 병맛만화 「소년들은 무엇을 하고 있을까」에 대한 무거운 단상

1. 지금, 무슨 일들이 벌어지고 있는 것일까?

남학생과 여학생이 다정하게 길을 걷는다. 누가 봐도 연인이다. 그때 다른 한 남학생이 나타나 여학생의 이름을 부르며 다가와 과도하게 어깨를 껴안으며 귀에다 대고 보고 싶지 않았냐며 속삭인다. 여학생도 싫지 않은 모습으로 그 남학생과 깨알 같은 대화를 나눈다. 순간, 어색한 분위기를 느낀 여학생이 연인으로 짐작되는 남학생에게 미안한 듯 묻는다. 무슨 일 있냐고. 이쯤에서 일반적인 남자라면 버럭 화를 내며 질투의 심정을 불같이 쏟아내는 것이 당연할 것이다. 그런데 연인처럼 보이는 그 남학생이 담담하게 말을 한다. "옷에다 똥 쌌어."라고. 네이버에 연재된 「소년들은 무엇을 하고 있을까」라는 웹툰의 한 내용이다. 황당하고, 찝찝하고, 불쾌하다. 무슨 메시지를 전하려는 것인지를 파악하려 했던 나의 순진함이 일거에 나락으로 떨어지는 듯했다. 내용에 달린 댓글도 참으로 희한하다. 머리를 비우고 보면 편하다고 조언을 한다. 어떤 독자는 이 만화

를 보면서 생각하기를 그만두었다고 한다. 서두에 예시로 든 내용은 「소년들은 무엇을 하고 있을까」라는 웹툰의 세 번째 연재 내용인데, 1회와 2회의 내용들도 황당하기 그지없다. 괴상한 건물 앞에 궁둥이처럼 생긴, 아니 궁둥이로 된 문이 있는데 그 문에서 비밀번호를 누르라고 하자 한 남자가 궁둥이를 찰싹찰싹 때리다 손을 항문 속으로 쑥 집어넣는다. 그러자 문이 비밀번호가 틀렸다며 남자의 면상을 향해 방귀를 내뿜는다. 결국 그 남자는 기절해서 쓰러진다. 이게 1회 내용이다. 이해 불가능했지만 처음이니까, 라는 가벼운 심정으로 2회를 클릭했다. 자신의 여자 친구와 바람을 피운 상대 남자에게 증거사진을 내밀며 이래도 할 말이 있냐고 다그치자 "할 말은 없지만 탈 말은 있단다."라며 진짜로 말을 타고 도망을 가는 내용이다. 단 세 편을 보는 아주 짧은 시간 동안 '불쾌한 황당함'을 만끽(?)했다. 그런데, 이 만화에 열광을 하는 사람도 많다고 한다. 도대체, 지금, 이 세계에서는 무슨 일들이 벌어지고 있는 것일까?

모든 시대는 그 시대를 주도하는 예측 가능성의 범주 안에서 사건들의 연쇄가 일어난다. 개가 사람을 물면 별일이 아니지만 사람이 개를 물면 '별일'이 된다. 왜 그럴까? 통념 때문이다. 통념은 한 사회에서 일어날 수 있는, 예측 가능한 사건들의 다발을 포괄하는 상식의 외연이다. 그래서 사람이 개를 문다는 것은 통념을 벗어나는 특별한 사건이 된다. 비윤리적이란 질타는 한 개인이나 집단이 통념을 벗어나는 비상식적인 일을 저질렀을 때 받게 되는 사회적 압박이다. 통념은 비상식을 통제하는 사회적 수단이라는 측면에서 당위성의 차원으로 수용된다. 그런데 통념은 갑갑하고 허술하고 억압적이다. 보편성의 줄로 개별성의 자유를 옥죄는 집요한 폭력이다. 사나운 개가 나를 공격하면 살기 위해 그 개를 물 수도 있다. 개를 물어야 하는 절박한 특수성을 통념은 온전히 포괄하지 못한다.

경찰복을 입은 강도가 범죄 대상을 찾아 거리를 배회한다고 생각해보자. 누가 그를 의심할까? 상식과 통념의 빈틈이 진실의 경계를 허무는 순간 세계는 위험 그 자체가 된다. 특히, 통념이 지배자의 이데올로기로 작용할 때 일상은 감옥이 된다. 누구보다 열심히 노력하며 살았는데 현실은 비참의 경지를 벗어나지 못할 때 사람들은 사회에 대한 불만을 토로한다. 자본의 지배자들은 그 불만을 이미 예측하고 그들의 절박함을 다독일 그럴싸한 통념을 생산한다. 예를 들면, "아프니까 청춘이다. 세상이 그러하니 현재의 너를 긍정하라."와 같은 공소한 메시지를 모세의 계명처럼 세속에 유포한다. 아픔을 참지 못하고 분노하는 자나 자신을 긍정하지 못하고 불평을 하는 일군의 사람을 '루저'로 몰아세우는 현실. 분노할 시간에 스펙 하나라도 더 쌓으라는 적반하장의 사회. 이것이 통념의 교묘한 억압이다. 개인의 욕망과 감정이 통념에 의해 질식되는 임계점에서 「소년들은 무엇을 하고 있을까」(이하 '소무하')라는 웹툰이 '당혹'의 무기(바이러스)를 들고 불현듯 출몰을 했다. 긍정과 처세와 성공에 대한 공허한 계몽이 실존의 생동을 무력화시키는 극단의 순간에, 황당하고 어처구니없는 스토리로 일상에서 누적된 무기력과 권태를 일거에 날려버리는 '소무하'에 대해 사람들은 즐거워한다. 이해가 된다. 그러나 뭔가 허전하다. 과연, '소무하'에 대한 열광은 '경쾌한 반항'인가 아니면 '산만한 자위'인가?

2. 카타르시스의 그림자

'병맛만화'란 '병신 같은 맛'을 내는 만화라고 한다. '소무하'도 병맛만화다. 온라인 백과사전 '위키백과'의 정의에 따르면 "기승전결의 이야기 전

제2부 '추(醜)의 미학'은 골칫거리인가 흥미로운 진실인가?

개를 따르지 않고 앞뒤가 맞지 않는 대사, 뜬금없는 삽화의 인용 등을 활용해 '병맛'을 구현해내는 것"이라고 되어 있다. 기승전결의 플롯을 파괴하는 것은 필연성에 대한 거부이며, 통념의 외피를 쓰고 진행되는 현실의 부당한 논리에 대한 조롱이다. 당연히 그래야할 것을 당연하게 무시하는 '낯설게 하기'의 전략은 일상에 대한 전복의 의도가 담겨 있다. 일상의 전복은 당혹과 불안을 안겨준다. '소무하'의 작가 컷부는 일상을 비틀어 독자의 기대를 배반하는 기법을 시종일관 연출한다. 더불어 똥, 방귀, 게이, 폭력 등과 같은 소재를 사용해 자극의 강도를 한층 강화시키고 있다. 작가는 '소무하'를 완결하는 후기 컷에 "스토리가 잘 진행되다가 갑자기 황당하게 끝나버리면 어떨까?"라는 생각이 '소무하'의 탄생 배경이었다고 밝혔다. 작가는 '황당'하게 끝내는 기술을 '결'의 구조를 '기승전'의 전개로부터 단절시키는 방식으로 구사하거나, 대화의 유기성을 제거하는 방식으로 구사하고 있다. 머리를 염색했냐는 질문에 "아니 똥물이야."(12화)라고 하거나, "시끄러워 개새끼야."라는 말에 "우린 개새끼가 아니라 게세끼야."(15화)라고 한다. 학교폭력으로부터 자신을 구해준 상대를 보며 "잘생긴 사람이 구해줬으면 했는데."(117화)라고 하는 어처구니없는 상황이 곳곳에 산재한다. 땡땡이를 치고 연애를 하는 아들을 만난 아버지가 아들을 보며 "실망이구나. 내 아들 게이인 줄 알았는데."(105화)라고 한다. 83화를 보면 사실 그 학생의 아버지는 게이라는 것이 드러난다. 성인 게이 잡지를 보는 아버지를 보며 어떻게 나와 어머니를 속였냐며, 나보다 먼저 어머니께 사과하라고 아버지를 다그칠 때 어머니가 나타나 말없이 가발을 벗는다. 어머니는 여장 남자였던 것이다. 유기성의 해체, 엇갈리는 대화, 자극적인 소재의 변주가 '소무하'의 전체 골격이다.

브레히트(Bertolt Brecht, 1898~1956)는 당연하다고 여겨지는 통념들의 이면에 숨겨진 진실을 들춰내기 위해 '소격효과(alienation effect)'를 연극에 도입했다. 익숙한 것들이 어느 순간 낯선 것으로 출몰할 때 우리는 '불안'을 경험한다. 브레히트는 괴상한 것을 통해 사람들을 불안하게 만들지 않는다. 친숙한 일상의 질서를 비틀어 그 이면에 존재하는 불합리를 자각하게 만드는 것이 브레히트의 소격효과다. 친숙은 몰입을 유도하고, 몰입은 망각을 유도하고, 망각은 비판 능력을 상실하게 한다. 이는 사랑을 해본 사람이라면 쉽게 이해되는 과정이다. 속된 말로 눈에 콩깍지가 끼면 아무것도 보이지 않는다고 하지 않는가. 하여간, 대상으로부터 '적절한' 거리 두기를 통해 현실을 자각하게 하고, 자각을 통해 현실에 맞서게 하는 것이 브레히트의 전략이라면, '소무하'의 작가 컷부는 그러한 전략이 보이지 않는다. '과도한 삭제'와 '과도한 덧붙임'으로 현실을 더 산만하게 만든다. 그 산만성에 미덕이 있다면 '무분별한 통쾌함'일 것이다. 방귀를 뀌고, 똥을 싸고, 누군가를 두들겨 패는 무차별적 행동이 주는 일종의 쾌감. 그것은 현실에 대한 억눌림으로 질식의 끝에 다다른 개인들의 파괴적 욕망을 대변해주는 일종의 '카타르시스'인 것이다. 독자들은 '소무하'를 보며 한바탕 웃고, 그 웃음으로 분노와 억압의 정념을 정화하고 다시 일상의 감옥으로 가볍게 복귀한다. 자위 뒤에 오는 허탈, 웃음 뒤에 남겨지는 씁쓸함은 만화 속에 포진된 과잉된 '황당'이 남긴 카타르시스의 그림자인 것이다. 그래서 독자들의 열광은 어느 면에서 위험하다. 실존을 망각시키는 카타르시스, 익숙하지 않은 것(과잉된 황당)을 익숙한 것(현실)으로 강요하는 전도된 '낯섦'은 현실을 굴절시키고 왜곡한다.

3. 미궁에서 탈출하기

'소무하'의 작가는 수수께끼를 던지는 스핑크스처럼 독자들 앞에 기표화된 '텅 빈 괄호'를 던진다. 독자들은 댓글을 통해 그 괄호를 메꾼다. 방구를 추진력으로 해서 날아가는 비행기에 대해 과학적인 논거를 제시하면서 '방구비행기'의 가능성을 댓글을 통해 역설하거나, 베스트 댓글을 쓰기 위해 만화의 내용과 관련된 추가정보를 수집하는 방식을 통해 '소무하'의 스토리를 보충하고 개작을 한다. 이렇게 작가와 독자, 독자와 독자의 친밀성은 '하이퍼텍스트'의 실현과 함께 그들만의 거대한 라비린토스 (Labyrinthos, 미궁)를 형성한다. 한번 들어가면 빠져나올 수 없는 미궁에 들어선 사람들처럼 독자들은 '소무하'의 '텅 빈 괄호'를 배회하며 탈출구가 없는 현실을 자조의 웃음으로 소진한다.

병맛만화의 대표주자인 이말년 작가는 병맛은 병맛으로 즐겨야지 논리적으로 분석하려 하면 더욱 재미없어진다고 했다. 웃자고 한 것에 대해 죽자고 덤비지 말자는 뜻으로 이해하지만 죽자고 덤벼들 필요는 있는 것 같다. 이유는, 비평가에게 해석은 고유의 권리이기 때문이다. 해석은 세계를 자기화하는 주체화의 과정이다. 병맛을 병맛으로 즐기는 것도 권리이지만 병맛을 다른 맛으로 느껴보고자 하는 것도 엄연한 권리다.

그렇다면 병맛의 실체는 무엇일까? 그것은 허기와 갈증이다. 신들의 음료인 넥타르와 암브로시아를 훔쳐 인간에게 준 죄로 탄탈로스는 신들로부터 아주 고약한 형벌을 받는다. 허기에 지쳐서 머리 위에 열린 열매를 따 먹으려 손을 내뻗으면 열매는 닿을 듯 말 듯 물러난다. 목이 말라 물을 마시려고 고개를 숙이면 물 또한 아슬아슬하게 그의 입으로부터 멀어진다. 닿을 것 같은 그 미세한 거리가 증폭시키는, 포기되지 않는 눈앞의 욕망. 신들은 그에게 죽음보다 더 괴로운 고통을 준 것이다. 나는 병맛이 탄탈로스가 겪는 고통과 유사하다고 본다. 병맛은 실현되지 않는 현실의 욕망을 위로하는 또 하나의 가상 욕망이다. 병맛을 병맛으로 즐기는 것은 결핍된 욕망을 대체하려고 더 큰 결핍을 끌어들이는 것과 같다. '텅 빈 괄호' 안에는 현실에서 이룰 수 없는 것들을 무한히 집어넣을 수 있다. 그렇지만 채우면 채울수록 공허하다. '소무하'를 위시한 병맛만화들은 바로 채울 수 없는 허기와 갈증의 블랙홀이다.

전략이 없는 '낯설게 하기'는 부조리한 현실의 자장(磁場)으로부터 벗어날 수 없다. 이 점이 '소무하'의 아킬레스건이다. 기승전결의 플롯을 파괴하려는 것보다 새로운 플롯을 만들어 대항하는 것이 필요하다. 형식의 발랄함이 현실의 독사(doxa, 통념)를 제거하지 못한다. 부조리를 양산하는 억견과 통념에 대항하는 파라독사(paradoxa, 역설)의 구축 없이는 현실은 늘 감옥과도 같다는 점을 인식해야한다. 억지의 낯섦이 아닌 친숙한 낯섦을 대항의 플롯을 통해 예리하게 보여준다면 '소무하'는 분명히 독사의 벽을 허무는 '경쾌한 반항'의 저력을 보여줄 것이라는 믿음을 가져본다. 독사만 있고 파라독사가 없는 현실은 파국의 시작이다. 보르헤스의 단편 「끝없이 두 갈래로 갈라지는 길들이 있는 정원」에 나오는 문구를 인용하면서 이 글을 마무리하고자 한다.

"나는 다양한 미래들에게 (모든 미래들이 아닌) 끝없이 두 갈래로 갈라지는 길들이 있는 정원을 남긴다."

제2부 '추(醜)의 미학'은 골칫거리인가 흥미로운 진실인가?

제3부

시의 다양한 여정들

인간의 의식은 언제나 대상에 대한 '지향성'을 기저로 활동한다. 모든 대상은 바로 이의 문지방을 넘어서면서 의미 부여되는 것이다. 의식의 대상은 존재가 마주치는 모든 것은 그 점에서 무제한적이다. 그럼에도 시인은 특히 자신의 내면과 정념을 문제적 대상으로 삼는 경향성에

세속의 비대함을 걸러낸 '가벼움'의 철학

— 이수익 시인의 '표정'과 '목소리'

　　　　　　　　　일반 독자와 달리 평론가로서 가끔 얻게 되는 기쁨 가
운데 하나가 있다면 시인의 모습을 직접 접할 수 있는 기회가 상대적으로
많다는 점이다. 내가 만나볼 수 없었던 많은 시인들. 김소월, 이상, 서정
주, 박목월, 김종삼, 박용래, 김수영, 김현승, 오규원…… 이런 분들은 과
연 어떤 '표정'과 '목소리'를 지녔을까? 시인들이 쓴 시와 산문 그리고 사
진을 들여다보면 간혹 그런 궁금증이 생길 때가 있다.

　평론가로 데뷔한 이후 많은 시인들을 사석에서 혹은 공식적인 자리에
서 만나기도 했는데 이수익 시인을 처음 뵈었을 때 느낌을 나는 아직도
생생하게 간직하고 있다. 경험으로 미루어보면 시인들은 그들의 개성적
문채(文彩)만큼이나 독특한 표정과 목소리를 지니고 있다. 남들과 구별되
는 습관과 어투, 요란한 열정, 자유분방한 행동, 특유의 유머, 자리의 성
격과 상관없이 드러내는 자신만의 우울과 고뇌의 표정, 때로 묵묵한 침묵
의 무거움 등. 개의치 않음을 개의치 않는, 일종의 묵계로서의 자유를 허
용하고 인정해주는 분위기야말로 어느 집단에서도 체험할 수 없는 '시의

마당'이 지닌 특징이다.

이수익 시인을 처음 뵈었을 때 나는 매우 '색다른' 느낌을 받았는데 그
것은 다른 시인들과의 만남과는 아주 달랐기 때문이다. 조용하게 미소를
짓는 표정과 온화하게 들려오는 음성이 그러했다. 정갈함과 단정함 속에
서 우러나오는 정감이 그분의 문채라는 생각을 지울 수 없다. 늘 그런 모
습으로, 다른 사람을 강하게 압도하지 않는, 그래서 오히려 평온함이 깃
들 수 있는 표정이 내가 느낀 '색다름'이라 할 수 있다. 그의 시 세계는 이
러한 모습과 무관지 않게 여겨진다. 그는 우수와 슬픔을 시로 형상화할
때조차 이러한 정갈함과 친밀함을 동시에 견인하기 때문이다. 이와 같은
잔잔한 분위기와 적막한 정감이 묻어 있는 그의 시편을 다시 대할 수 있
는 지금의 기회를 나는 '행운'이라 생각한다.

세상은 한결같이 소란스럽고 뉴스는 경악스러울 정도로 잔인한 사건
을 매일 전송하며 일상으로 스며든다. 우리는 웬만한 자극이나 도덕적 타
락에 대해서 이미 둔감해진 상태라 할 수 있다. 우리들의 욕망도 그 탁류
를 타고 스스로도 감당 못 할 만큼이나 무거워지고 있음이 분명하다. 해
서 이 시대의 눈부신 발전(?)이 남긴 결여들, 즉 신성한 것, 거룩한 것, 적
막한 것, 잔잔한 것, 단정한 것, 정갈한 것, 품격 있는 것이 필요하다는 생
각을 무수히 하곤 한다. 내가 '행운'이라고 말한 이유는 이 때문이다. 이수
익 시인의 시편은 세상의 모든 탁한 '잡음'으로부터 벗어나도록 우리를 이
끈다. 그는 우리들의 상태를 이렇게 진단한다.

고양이가
이 세상에 얼굴을 드러낸 지는
4천여 년 전의 일이라고 하지만

제3부 시의 다양한 여정들

고양이는 그것을
제 자신이 전혀 모르는 일 같기도 하고
또는 알면서도 그저 모르는 척
할 수도 있는 것

그렇게 고양이는 전혀 포커페이스의
은밀한 양동 작전에 휘말린 채 허우적거리는
우리들을
찬찬히 바라다보고 있는, 그 민첩한 교활성
때문에

나는
고양이가 좋다
고양이의 우아한 발톱과 유혹적인, 날선 눈빛
캄캄하게 내부를 숨겨둔 채 하얗게 피어오르는 교만함과
질투, 앙칼스럽지만 상대적으로 외교적 처세법을 터득한
고양이에게
나는
최고의 훈장을 수여하고 싶다

모두들 그럴듯하게 말하는 것만
믿어대는 우리 바보들에게
고양이, 너의 화려하고도 세련된 기품을
나눠 주고 싶다

—「포커페이스」 전문

  고양이는 민첩하고 교활하지만 세련되고 우아한 매력적인 동물이다.
고양이는 공기처럼 가벼운 몸놀림과 날 선 눈빛을 가졌지만 "캄캄하게 내
부를 숨겨둔"다는 점에서 신비감을 지닌다. 교활함과 우아함, 앙칼짐과

세속의 비대함을 걸러낸 '가벼움'의 철학

품격을 함께 지닌다는 것은 하나의 몸에 모순된 속성을 모두 포괄함을 뜻
하며 그것은 단순성의 경계를 넘어선 복합체, 즉 완전체에 가까운 속성을
지녔음을 의미한다. 이와 같은 고양이가 "포커페이스의/은밀한 양동 작전
에 휘말린 채 허우적거리는/우리들을/찬찬히 바라다보고" 있다고 화자는
말한다. 다시 말하면 완전체로서 고양이는 우리들의 어리석음과 불완전
성을 역으로 드러내는 상징이라 할 수 있다. "모두들 그럴듯하게 말하는
것만/믿어대는 우리 바보들"을 기품 있게 바라보며 고양이는 무슨 생각을
하는 걸까? 이 고양이의 시선에는 어리석고 품격 없는 세태에 대한 시인
의 비판적 인식이 내포되어 있다. 시인은 표면만 보고 이면을 보지 못하
는 우리들의 무분별하고도 비대한 욕망을 고양이를 통해 암시하는 것이
아닐까? 이러한 물음은 시 「가벼워!」가 이에 대한 처방처럼 읽혀지기 때
문에 생겨난다.

나는
아내의 엉덩이에 손을 갖다 댄다
아내는 나의 엉덩이에
손을 갖다 댄다

가벼워!

새하얗게 쏟아지는 아침 햇살이
조금씩 우리의 몸을 일으키려고

누군가의 손바닥이
떠받치는 듯이

게으름만이 즐거운 하루
그리고
또 하루

—「가벼워!」전문

과학적 근거와 상관없이 '엉덩이'는 그 형태와 기능 면에서 무거운 것처럼 인식된다. 공중부양(空中浮揚)은 전신을 공중에 떠오르게 하는 자세인데 그것이 불가능한 까닭이 마치 엉덩이가 무겁기 때문인 것처럼 생각되기도 한다. 그런데 시의 화자는 이러한 '엉덩이'에 대한 통념을 가벼움으로 바꿔놓는다. "나는/아내의 엉덩이에 손을 갖다 댄다/아내는 나의 엉덩이에/손을 갖다 댄다//가벼워!"라고 그는 말한다. 여기서 엉덩이에 손을 갖다 대는 행위는 에로틱함이나 음탕함과는 거리가 먼 정감 즉 '다정함'의 표현으로 볼 수 있다. 세속적으로 생각하는 부피가 크고 탱탱한 둔부와는 다른 느낌을 주기 때문이다. 이 다정함의 친화력은 '아침 햇살'이 지닌 상쾌함과 환함으로 전이되는데 화자는 이를 "조금씩 우리의 몸을 일으키려고" 그러는 것이라고 말한다. 우리의 몸을 일으키는 힘, 엉덩이를 떠받치는 '손바닥'의 힘, 이는 가벼움의 동력이다. 이 가벼움의 동력은 다시 '게으름'으로 환원된다. 가벼워지려면 게으름을 피워야 한다는 시인의 전언은 우리를 무겁게 하는 것이 무엇인가를 생각하게 한다. 우린 너무 부지런하게 일하고 그 일의 대가로 받은 것을 몽땅 '욕망 채우기'에 쏟아 넣는다. 현대인은 자신의 노동력을 스스로 착취하고 동시에 자신이 만들어낸 욕망에 착취당한다는 점에서 이중의 탕진을 지속적으로 겪는 현상을 보인다. 이러한 일상의 반복은 결국 '공허'와 '피로'라는 부작용의 연속으로 이어진다. 이 시의 마지막 연에 보이는 '하루', '또 하루'라는 단어의 반복은 시간의 소중함을 아주 담박하게 표현한 것이다. 시간은 무한정 막연하게 지나가는 것이 아니라 '하루', 그리고 '또 하루'로 이어지는 애틋한 일평생의 과정임을 강조하고 있는 것이다.

이와 같은 '가벼움의 철학'은 '슬픔'과 더불어 이수익 시인의 시 세계 전반에 걸쳐 포진된 인생관 가운데 하나이다. 오래전 나는 「슬픔의 핵에서 번지는 따뜻한 물살―이수익의 시 세계」라는 평문에 그의 시 「유쾌한 풍경」을 언급한 적이 있는데 그의 '가벼움의 철학'이 지닌 깊이를 보다 잘 이해하기 위해 그것을 재론하고자 한다. 일단 시의 한 부분을 다시 읽어 보면, "층마다 베란다로 나와 따뜻이 볕살쬐는/그들 眷屬의 옷가지들, 모처럼 때를 벗긴/홀가분한 기분의/나들이들.//(싱싱한 우리들의 슬픔을 보세요/싱싱한 우리들의 기쁨을 보세요/비누거품으로 빨아도 빨아낼 수 없는/싱싱한 우리들의 가난을 보세요)"라고 시인은 말한다. 이 시에 대해 설명했던 부분을 조금 다듬어 다시 소개하면 다음과 같다. "이수익의 상상력은 가난의 표정을 그대로 담고 있는 '권속(眷屬)의 옷가지'를 '볕살' 아래 널어놓음으로 해서 그 가난의 때를 지우는 것이 아니라 가난의 때가 내포하는 어둠과 습기를 가벼운 것으로 바꿔놓는다. 때의 흔적을 완전히 지우지 않는 것이 이 시가 지닌 깊이와 진정성이라 여겨진다. 때의 흔적을 남김으로써 시인은 기쁨이 지닌 의미 또한 복합적인 것으로 만든다. 따라서 "싱싱한 우리들의 슬픔을 보세요/싱싱한 우리들의 기쁨을 보세요"에 표현된 아이러니는 식구들의 옷가지를 직조하는 씨실과 날실이라 할 수 있다." 즉 그의 '가벼움의 철학'은 '가난'으로 상징되는 삶의 고통을 '싱싱한' 것으로 바꾸려 하는 내적 에너지인 것이다. 이와 같은 지향을 고스란히 드러낸 작품이 「새」이다.

제3부 시의 다양한 여정들

한 마리의 새가
공중을 높이 날기 위해서는
바람 속에 부대끼며 뿌려야 할
수많은 열량들이 그 가슴에
늘 충전되어 있지 않으면 안 된다
보라, 나뭇가지 위에 앉은 새들은
노래로써 그들의 평화를 구가하지만
그 조그만 몸의 내부의 장기들은
모터처럼 계속 움직이면서
순간의 비상이륙을 대비하고 있어야 한다
오, 하얀 달걀처럼 따스한 네 몸이 품어야 하는
깃털 속의 슬픈 두근거림이여

—「새」 전문

이 시의 제재인 '새'는 앞서 보았던 '고양이'나 공중부양하는 '엉덩이'와 마찬가지로 '가벼움'이라는 공기적 상상력을 함축하고 있다. "공중으로 높이 날기"라는 소망은 무거움을 쇄신하려는 의지의 소산이라 할 수 있다. 그런데 이 의지는 "바람 속에 부대끼며 뿌려야 할/수많은 열량들이 그 가슴에/늘 충전되어 있지 않으면 안 된다". 그것을 시인은 "오, 하얀 달걀처럼 따스한 네 몸이 품어야 하는/깃털 속의 슬픈 두근거림이여"라고 따뜻하게 표현한다. 따스한 몸과 깃털 안에서 두근거리는 생명적 동력이 바로 이수익 시인이 말하는 의지이다. 그것은 결연하고 엄숙하고 거친 것이 아니라 한없이 부드럽고 온화한 맥동이다. 이수익 시인의 시편이 주는 매력은 이러한 잔잔한 울림에 있다. 한없이 부드럽고 온화함 속에 감추어진 '두근거림'은 생을 긍정하고 사랑하는 이수익 시인의 독특한 성품이며 표정이라 할 수 있다. 이 글을 마무리하며 그 사랑의 간곡함을 대변했던 자선작 한 편을 더 읽어보는 '행운'을 누려보자.

　　겨울 나루터에 빈 배 한 척이 꼼짝없이 묶여 있다
　　아니다! 빈 배 한 척이 겨울 나루터를
　　단단히 붙들고 있는 것이다

　　서로가 홀로 남기를 두려워하며
　　함께 묶이는 열망으로, 더욱 가까워지려는
　　몸부림으로, 몸부림 끝에 흘리는 피와
　　상처로,

　　오오 눈물겹게 찍어내는
　　겨울 판화

　　　　　　　　　　　　　　　　　　　　— 「겨울 판화」 전문

　　이 간절한 사랑의 노래는 앞서 살펴본 「가벼워!」에서 서로의 엉덩이에
손을 갖다 대는 '나'와 '아내'의 모습과 다를 바 없다. "함께 묶이는 열망
으로, 더욱 가까워지려는/몸부림으로, 몸부림 끝에 흘리는 피와/상처로,"
지나온 세월이 없다면 가벼움도 없을 것이다. "바람 속에 부대끼며 뿌려
야 할/수많은 열량들"(「새」)을 부드러운 깃털 속에 품었던 자만이 얻을 수
있는 신성한 가벼움! 정갈한 품격과 따스함으로 이루어진 이수익 시인의
'가벼움의 철학'은 "조금씩 우리의 몸을 일으키려고"(「가벼워!」) 애쓰며 형
성된 '아침 햇살'과 같은 것이다. 이 아침 햇살이 우리들의 부질없는 세속
의 무거움을 조용히 흔들어 때 묻은 "眷屬의 옷가지들"을 거풍(擧風)하듯
그렇게 씻어내고 있는 것이다.

만 리 여정을 가는 맨발의 숨은 신(神)

── 이명수의 시 세계

1. 깐깐한 성정과 이완의 여유

하나의 개체로서 특정 인물의 기질을 형성했던 요인을 완전하게 파악하기 위해 우리는 그를 둘러싸고 있던 역사적 패러다임과 다양한 전기적 자료, 깊이 연관된 사람들과 사물들, 그리고 그가 기억하고 있는 특수한 사건들을 모두 한자리에 놓고 그의 인생 속으로 들어가지 않으면 안 될 것이다. 그런데 이 모두를 다 동원해도 존재의 실체는 늘 여지를 남기는 신비함을 지닌다. 인간의 내면은 다질적(多質的) 층위가 복합적 얼개를 형성하여 때로는 모순을, 예를 들면 성(聖)과 속(俗)을, 아니마(anima)와 아니무스(animus)를, 분노와 사랑을, 견고함과 느슨함을, 기괴함과 천진함을, 신념과 성찰을, 합리성과 불합리성을, 의지와 무력(無力)을, 발화와 침묵의 욕구를 분할할 수 없는 상태로 한 몸에 두른다. 거기에 무엇이 필연이고 무엇이 우연인지 알 수 없는 시간의 기묘함이 함께 작용하면서 한 인간으로서의 초상이 만들어진다. 그러니 한 존재의 형상은 타인만이 아니라 그 자신에게도 완전하게 이해될 수 없는 불확실성으로 남을 수밖에 없다. 존재의 불확실성을 안다는 것 또한 인간의 능력 가운데 하나일 것이다. 그렇기 때문에 오히려 아무리 분류하고 유형화해도 완전한 종합에 이를 수 없다는 것이 삶의 매력이기도 하다. 이러한 생각은 또 다시 '너'는 누구이며 '나'는 누구인가를 묻게 하는 인식론의 동력으로 작용한다. 이명수 시인의 여덟 번째 시집 『카뮈에게』는 나를 이러한 생각으로 몰고 간다. 그의 동사들은 팽팽함과 느슨함 사이, 들어감과 나감 사이, 우연적 재난과 침묵 사이, 불가역적 시간과 가역적 시간의 체험 사이를 드나든다. 그것은 한 존재의 신체와 정신으로부터 촉발되는 다양한 경로와 지점들을 점유하고 횡단하며 출렁인다. 이 출렁임을 따라가기 위해 나는 우선 그의 일상성부터 만나보고자 한다.

> 비굴하게 허리 굽혀
> 애걸한 적이 있었던가
> 딴사람 얼굴로
> 굽실거린 적이 있었던가
>
> 아니다, 아니다
>
> 퇴행성 척추관협착증이란다
> 허리를 굽히면 신경이 눌려
> 통증이 더 심해진단다
>
> 의사 선생님, 이 나이에
> 허리 굽힐 일 있겠습니까,
>
> 허리를 한껏 뒤로 젖히고 걷는다

제3부 시의 다양한 여정들

하늘 보고 낮달 따라 걷는다
그래, 좀 거들먹거려도
큰 흉이야 되겠나

한눈팔다 무언가에 걸려
꽈당, 넘어졌다
세상의 중심축이 조금 바뀐다

누군가 뒤에서 키득거린다
뒤돌아보니 돌이다

그래, 누구나 반듯한 허리는 하나씩 가지고 있다
그걸 구부리면 안 되지

— 「허리 굽히지 마라」 전문

이 시는 이명수 시인이 삶에 대응하는 자세와 견고한 기질을 상징적으로 보여주는 대표적 예라 할 수 있다. 화자는 '퇴행성 척추관협착증'을 진단한 의사의 "허리를 굽히면 신경이 눌려 통증이 더 심해진다"는 사후 관리를 위한 조언에 대해 "의사 선생님, 이 나이에/허리 굽힐 일 있겠습니까,"라고 응수한다. 이때 의사는 어떤 표정을 지었을까? '퇴행성'이라는 단어가 암시하는 늙음과 굽음을 화자는 이와 같은 발언을 통해 일시에 곧게 편다. 이것은 늙은 육체를 넘어서는 깐깐한 정신의 자세라 할 수 있다. 허리를 한껏 뒤로 젖히고 그는 "그래, 좀 거들먹거려도/큰 흉이야 되겠나"라고 되뇌며 당당하게 길을 나선다. 그러는 순간 "꽈당, 넘어졌다/세상의 중심축이 조금 바뀐다"는 어이없는 일이 발생한다. "세상의 중심축이 조금 바뀐다"는 구절과 조우하며 나는 잠시 시 읽기를 멈춘다. 이 순간적 흔들림이 넘어진 자의 고통을 함의하기 때문이다. 신체의 중심인 척추가 흔들리는 사태와 세상의 중심축이 흔들리는 사태는 자아와 세계가 한 통속으로 동요하는 순간이다. 중심을 흔들리게 만든 장본인은 뒤에 등장한다. "누군가 뒤에서 키득거린다/뒤돌아보니 돌이다"라고 화자는 말한다. 키득거리며 웃는 '돌'은 무엇일까? '키득거린다'라는 표현에는 단순한 장애물로서 돌부리라 할 수 없는 전언이 담겨 있다. 이는 일종의 시험대인 것이다. 의사가 진단할 수 없었던 정신의 자세를 '돌'이 다시 진단하고 있는 것이다. '돌'은 뼈보다 더 강한 물질이 아니던가. 여기에는 "네가 나도 이길 수 있어?"라는 물음이 내포되어 있다. 그 물음이 화자를 다시 한번 건드리고 있음이리라. 이때 화자는 안팎으로 흔들리는 중심축의 바뀜을 경험하면서도 "그걸 구부리면 안 되지"라고 오히려 다짐을 더 강화한다. 이와 같은 견고한 기질은 자칫 부드러움과 느긋함, 온화함을 결여할 수도 있다. 그러나 이명수 시인의 시편에 등장하는 화자는 이런 외골수로 단순화되지 않는다.

복날 삼계탕을 해 먹었다
비닐봉지에 싸둔 닭 뼈를 삼순이가 몰래 먹어치웠다
우리 내외는 닭 살을, 삼순이는 닭 뼈를
서로 나눠 먹은 셈

삼순이는 이튿날 동네 동물 병원에 입원해
개복 수술을 했다 닭 뼈를 긁어냈지만
일주일이 지나도 회복되지 않았다
수술 부위가 감염돼 VIP 동물병원으로 옮겨
또 수술을 했다

삼순이가 460만 원을 해 먹었다

제3부 시의 다양한 여정들

나도 지난해 네 개 임플란트 비용으로 수백만 원을
해 먹었으니 개나 사람이나 그게 그거다
덕분에 우리 내외는 보름 동안 개 병문안을 했다
그러다 보니
여름이 지나고 개가 가을처럼 가까워졌다

내가 할 수 있는 일이 무엇이랴
앞으로 집에서 삼계탕을 해 먹으면 안 된다고
엄포를 놓을 뿐

개와 나는 요즘 거실을 같이 걸어 다닌다
또 무엇을 해 먹을까 고민하면서

창밖에 있는 것들이 문득, 가을로 보인다
개처럼 선선하다

— 「문득, 가을」 전문

    일상에서 벌어질 수 있는 일을 아주 담박하게 드러낸 이 시에는 앞서 본 시 「허리 굽히지 마라」와는 일견 달라 보이는 화자가 등장한다. '문득, 가을'이라는 제목에 대한 기대를 벗어나 '복날'의 사건으로 시작되는 이 시에는 고도의 유머와 느긋함이 서려 있다. 이는 '해 먹었다'라는 행위의 반복과 그 반복이 만들어내는 의미의 차이성으로부터 생성된다. 처음에는 삼계탕을 해 먹고, 다음에는 삼순이와 화자가 수백만 원을 해 먹었다는 것, 그사이 여름(시간)을 해 먹었다는 것. 화자는 여름을 해 먹었다는 사실을 "그러다 보니/여름이 지나고 개가 가을처럼 가까워졌다"고 표현한다. 중요한 것은 이러한 '해 먹다'가 '해 먹으면 안 된다'와 충돌하면서 웃음이 촉발된다는 점이다. 아울러 삼계탕을 해 먹으면 안 된다는 화자의 '엄포'

가 삼순이에 대한 애정과 금기의 엄중함을 동시에 드러냄으로써 웃음을 자아내게 하는 것이다. 그 웃음의 절정은 다음 연에 보이는 "개와 나는 요즘 거실을 같이 걸어 다닌다/또 무엇을 해 먹을까 고민하면서"라는 행위에서 발생한다. 개와 함께 거실을 걸어다니는 느긋함과 또 무엇을 해 먹을까 하는 화자의 궁리가 웃음을 유발하는 것이다. 대부분의 희극성은 대상이 지니고 있는 모자람이나 격하(格下)의 상황으로부터 이완의 미를 생성시키는데 이 경우는 특이하게도 그와 반대된다. 화자의 여유롭고 느긋한 고민 아닌 고민은 전혀 그를 격하시키지 않는다. 닭과 돈과 시간을 해먹고, 그것도 모자라 또 무엇을 해 먹을까 궁리하는 화자의 풍모가 역설적이게도 자유자재한 인생의 고수처럼 여겨지기 때문이다. 한편 마지막 연의 "창밖에 있는 것들이 문득, 가을로 보인다/개처럼 선선하다"는 구절은 그야말로 모든 것이 '문득' 조용해진 시간 속으로 우릴 이끈다. '해 먹다'라는 행위가 정지된 이 순간은 왠지 가을의 복판처럼 느껴진다. 그래서 "개처럼 선선하다"라는 표현이 쓸쓸함으로 물든다. 이러한 쓸쓸함도 웃음과 더불어 심리적 여백에 해당한다. 이명수 시인의 시편 가운데 이처럼 시인만의 독특한 유머가 두드러지는 경우는 함께 실린 시 「봄 바다」를 제외하면 별로 발견되지 않는다. 그럼에도 이 시는 그의 정신이 지닌 이완의 감각을 충분히 짐작케 하는 작품이라는 점에서 주목을 요하는 것으로 판단된다.

2. 기꺼이 두려움 속으로

여행은 일상 속에 있던 자아를 이질적인 장소로 옮겨놓는 의도적 행위

제3부 시의 다양한 여정들

이다. 그것은 여기가 아닌 다른 곳을 자발적으로 선택하는 행위라는 점에서 새로운 길들을 열어놓는 개방성과 자유를 함의한다. 그런 의미에서 여행은 지금-여기에 포함된 모든 환경과 시공간의 조건을 잠시 유보하는 일이다. 지금-여기를 유보하는 행위에는 다른 곳에 대한 설렘과 환상만이 아니라 지금-여기가 지닌 한계, 더 나아가서는 그것에 대한 환멸과 견딜 수 없음이 포함되기도 한다. 따라서 여행은 '비좁음'으로 인식된 현재성을 질적으로 확장하는 행위이며 전혀 다른 무엇으로 그 비좁음을 쇄신하여 새로운 경험과 인식을 시간의 갈피에 덧대는 일이라 할 수 있다. 이때 여행지와 여행의 방식을 결정하는 것은 그 누구도 아닌 여행자 자신이다. 여행자에게 무엇보다 중요한 것은 길과 장소의 결정만이 아니라 낯선 곳에서 행해지는 '여행의 방식'이라 할 수 있다. 여행의 방식은 여행자가 지닌 삶에 대한 태도와 가치관의 수준을 고스란히 반영하기 때문이다. 즉 여행의 방식이 곧 여행자 자신의 총력인 것이다.

앞서 살펴본 시편이 이명수 시인의 일상적 자아를 비추고 있다면 일상을 벗어난 여행자로서 그의 퍼소나(persona)는 어떠한가? 이러한 물음은 그의 시편 가운데 많은 양이 여행과 관련하기 때문에 비롯된 것이다. 여행자로서 시인의 화자는 자신을 이렇게 규정한다. "나는 관광객이 아니다"(「에게해가 아프다」). 이러한 자기규정에는 '볼거리'를 찾아 몰려다니는 '관광객'에 대한 냉소와 구별짓기의 심리가 담겨 있다. 이명수 시인의 여행 시편을 살펴보면 그는 분명 관광객이 아니다.

> 왜 먼 나라 분쟁지역까지 가느냐고,
> 위험하지 않으냐고,
> 그래, 위험하다, 아니 한겨울 방구석에 처박혀

만 리 여정을 가는 맨발의 숨은 신(神)

빈둥빈둥 뒹굴어도 위험하다

…(중략)…

여행은 사라지는 것이다
'결코 다시는'이 아니라 '다시 또다시'를 되뇌이며
다른 사람의 걸음으로 걷는다
—「위험하다, 위험하지 않다」부분

카뮈는 나에게 여행을 가치 있게 만드는 것은 두려움이라고 했다 하나, 카뮈는 멀리 여행한 적이 없다 차를 타는 것에 병적인 불안, 공포가 그를 차로 실어 날랐기 때문이다

그런 그가 자동차 사고로 죽었다

이스탄불 블루모스크 광탑(光塔)을 올려다보며 신심이 깊으면 천국에 갈 수 있을까를 생각하고 있을 때 뒤에서 폭탄테러가 일어났다

때로는 위험한 곳이 안전하다
폭탄이 떨어진 자리가 더 안전하지 않은가
카뮈여, 닥쳐올 위험에 대한 두려움보다
두려움 뒤에 무엇이 올까를 걱정하자

카뮈여, 안전한 것은 얼마나 먼가
그러나 여기까지 오는 동안 나를 지나게 해 준 길에 대해 감사하자
별들이 내 앞길을 비춘다 어둠의 밀도가 깊어질수록
별은 더 빛난다

삶의 의미보다 삶을 더 사랑하듯

나는 여행의 위치보다 여행을 더 사랑한다
어느 계절을 두려움 없이 사랑하듯

카뮈여
두려운 것은 여행보다 먼 곳에 있다
　　　　　　　　　　　　　　　—「카뮈에게」 전문

　시 「위험하다, 위험하지 않다」와 「카뮈에게」에는 공통적으로 '위험'과
'두려움'이라는 문제가 부각되어 있다. 「위험하다, 위험하지 않다」의 화자
는 분쟁지역에 가는 것을 만류하는 목소리에 "그래, 위험하다, 아니 한겨
울 방구석에 처박혀/빈둥빈둥 뒹굴어도 위험하다"라고 답한다. 이 대답에
는 분쟁지역과 한겨울 방구석을 등가적인 것으로 인식한 시인의 의식이
함의되어 있다. 우리가 안전하다고 느끼는 제집의 방 안이나 변수가 많은
먼 이방의 장소나 기실 위험하긴 마찬가지라는 결론이다. "빈둥빈둥 뒹굴
어도 위험"하다는 일상에 대한 시인의 인식은 우리가 생각하는 '방구석'
에 대한 보편적 믿음을 뒤집어놓는다. 보호와 휴식의 공간을 거부하는 이
러한 인식 이면에는 일상의 표면을 가로질러 삶의 본령에 닿고자 하는 시
인의 지향성과 사유의 운동성이 놓여 있다. 이 대목에서 시인이 말하는
'위험하다'와 '위험하지 않다'라는 판단을 재정립할 필요가 있을 듯하다.
그것의 열쇠는 "다른 사람의 걸음으로 걷는다"라는 구절이 쥐고 있다. 다
른 사람의 걸음으로 걷는 행위는 잠시나마 '나'의 사라짐을 의미한다. 즉
'나'를 지우는 행위인 것이다. 방구석은 '다른 사람의 걸음'을 멈추게 한다
는 점에서 자기갱신을 가로막는 위험한 폐쇄적 공간이다. 반면 '다른 사
람의 걸음'을 가능케 하는 여행지는 예상할 수 없는 사태를 몰고 온다는
점에서 위험한 개방의 공간이다. 문제는 어느 쪽을 선택할 것이냐 하는

것이다. 시인은 기꺼이 자기갱신이 가능한 쪽을 선택한다.

시 「카뮈에게」는 여행 중에 겪었던 뜻밖의 사건, 즉 '폭탄테러' 경험을 바탕으로 여행의 가치를 카뮈와는 다른 방식으로 의미화한 작품이다. 이 시의 화자는 "때로는 위험한 곳이 안전하다/폭탄이 떨어진 자리가 더 안전하지 않은가/카뮈여, 닥쳐올 위험에 대한 두려움보다 두려움 뒤에 무엇이/올까를 걱정하자"라고 독특한 역설을 내놓는다. 폭탄이 떨어진 자리, 위험이 체감된 자리가 더 안전하다는 화자의 역설을 우리는 어떻게 받아들여야 할까? 이 위험한 자리는 삶이 전격적으로 육박하며 체감되는 우연성의 자리이면서 동시에 닥쳐올 두려움보다 두려움을 겪은 뒤의 자리이다. 앞서 말한 '다른 사람의 걸음'의 필요성이 절감되는 자리, '다른 사람의 걸음'이 "다시 또다시" 시작되어야 함을 극명하게 인식케 하는 자리라 할 수 있다. 그리고 "여기까지 오는 동안"을 감사하게 하는 자리이기도 하다. 해서 삶의 의미보다 삶 자체를, 여행의 위치보다 여행 자체를 살아보는 '특이점'의 장소가 바로 그의 여행지이다. 화자는 이 시의 말미에 "카뮈여/두려운 것은 여행보다 먼 곳에 있다"라고 말한다. 이 구절이 지시하는 '먼 곳'은 어디일까?

3. 절벽에서 태어난 경계인(境界人)

방구석도 위험하고 수많은 여행지 또한 위험한 것이라는 인식을 놓고 볼 때 시인이 끊임없이 '다른 사람의 걸음'으로 만 리를 떠도는 근원적 이유에 대해 생각해볼 필요를 느끼게 된다. 이명수 시인의 화자는 석가모니의 제자 아난다를 만나러 미얀마로, 아름다운 요정의 굴뚝(우뚝 솟은 기암들

의 별칭)이 있는 터키의 카파도키아와 이스탄불의 블루모스크로, 스페인의
론다와 성지 몬세라트로, 그리스로, 가슴에 구멍이 뚫린 사람들이 산다는
『산해경』의 관흉국으로, 세 살배기 쿠르디가 죽은 난민의 바다 에게해로,
그리고 폭설과 묵언의 공간 제주로 나간다. 시인은 시 「능소, 다음 이야
기」에 "나간다는 것은 조금 죽는다는 것입니다"라고 고백한다. 나가는 것
이 조금 죽는 것이라면 나가서 다른 사람의 걸음이 되는 것 또한 조금 죽
는 것이다. 그런 의미에서 나가는 것과 조금 죽는 것은 자신의 현존의 중
심축을 의도적으로 흔들어보는 것이라 할 수 있다. 일종의 자가진단인 것
이다. 그의 시에서 '나가다'라는 역동성의 비밀의 단초를 암시하는 것이
바로 '공(球)'의 상징이다.

> 참 기이한 일이다
> 테니스 라켓을 놓은 지 30년이 넘었는데,
> 공이 따라다닌다
>
> 내 몸속에는 비밀스런 방이 하나 있다
> 그 방은 나를 몸 밖으로 끌어내어
> 어디론가 데리고 다닌다
>
> ─「나를 불러내다」 부분

아직은 오늘이다 오늘을 다 써버린 시간의 방엔 삼순이와 아내와 내
가 누워있다 삼순이가 내 발치에서 꼼지락대다가 내 침대와 아내의 침
대를 넘나드는 사이 온전한 내일이 오늘이 됐다 누군가 던진 공이 새
벽으로 굴러와 새벽의 말이 된다 나는 자꾸만 깊은 의문부호 속으로
빨려 들어가 검은 방에서 또 다른 의미의 공을 만든다
─「새벽 건너기 연습」 부분

만 리 여정을 가는 맨발의 숨은 신(神)

'공'은 한자리에 머물기 어려운 형상적 특질을 가진 물체이다. 그것은 살짝만 건드려도 굴러가려 한다. 그렇기 때문에 공은 붙잡기 어려운 '운동체'라 할 수 있다. 이 시집에 가끔 등장하는 '자전거'도 동일한 속성의 사물로 여겨진다. 언제든 움직일 준비가 되어 있는 원형의 사물들은 언제든 '다른 사람의 걸음'이 되고자 하는 시인의 내성과 유비관계를 이룬다. 그것을 시인은 "테니스 라켓을 놓은 지 30년이 넘었는데,/공이 따라다닌다"라고 말한다. 테니스공이 네트를 넘어오면 받아쳐야 한다. 받아치는 순간 정지해 있던 몸의 근육은 공을 넘기기 위해 움직이기 시작한다. '나'의 움직임을 끌어내 공을 다시 넘겨야 하는 것이다. 이러한 진자운동은 "'결코 다시는'이 아니라 '다시 또다시'를 되뇌이며"(「위험하다, 위험하지 않다」)라는 구절을 상기시킨다. 계속해서 상대편으로부터 날아오는 공의 공격은 또다시 '나'의 동력을 끌어내는 매개인 것이다. 시 「새벽 건너기 연습」의 "누군가 던진 공이 새벽으로 굴러와 새벽의 말이 된다 나는 자꾸만 깊은 의문부호 속으로 빨려 들어가 검은 방에서 또 다른 의미의 공을 만든다"라는 구절은 공의 상징성이 지닌 의미를 보다 명료하게 지시한다. 그것은 새벽에 '나'의 의식으로 굴러 떨어진 말이며 의문부호이다. 말하자면 화두이며 숙제인 것이다. 이 의문의 숙제를 안고 있는 내면을 시인은 '비밀스러운 방' 혹은 '검은 방'으로 구체화한다. 그 방은 여기에 인용하지 않았지만, 시 「새벽 건너기 연습」의 다른 부분에서 '놀라운 것들의 방', '비밀을 숨겨둘 방', 신의 말이 쏟아져 내리는 '공중'의 방으로 변이된다. 이러한 내면을 이명수 시인은 다음과 같이 고백한다.

딸은 아직 미완이라며
조만간 마무리하겠다고 하나

제3부 시의 다양한 여정들

떨떠름한 눈빛과
그로테스크한 표정은 어쩔 수가 없다
숨길 수 없는 숨은 神이 몸속 어딘가 숨어 있다

내 초상은 未生이다, 숙제다
살아 있는 동안 내 인생이 未完이기 때문이다
나는 평생을 걸려 그것을 끄집어내야 한다
그것이 정말 나인 듯
꺼내 놓고 들어가야 한다

—「초상화」 부분

　딸이 미완의 상태로 보여준 초상화에는 "떨떠름한 눈빛과/그로테스크한 표정"이 담겨 있다. 표면에 드러난 떨떠름함과 그로테스크함은 "숨길 수 없는 숨은 神" 때문이다. 숨겨야 하는 것이 드러나 있음을 가족들은 몰라도 화자 자신은 알고 있는 것이다. 의문부호로 굴러떨어진 화두를 간직한 내면의 방에 비밀로 간직된 것이 바로 '숨은 神'이라면 화자의 의문부호는 곧 '숨은 神'과 동일한 의미를 갖는다. 여기서 나는 한 개의 테니스공이 어떻게 시인의 의식 속에서 다양한 이미지의 변용으로 진화하는지를 목격하게 된다. '테니스공 → 새벽의 말 → 의문부호 → 숙제 → 숨은 神'으로 의미의 복합적 결이 중층화되는 과정을 통해 시인은 자신의 내면이 지닌 고유한 고뇌를 입방체로 만드는 것이다. 그의 '비밀스러운 방'에 거주하는 의문의 존재, 즉 숨은 神의 정체를 좇는 과정이 바로 그의 만 리의 여정이라 할 수 있다. 이는 "평생을 걸려 그것을 끄집어내야" 할 미완의 숙제이기도 하다. 또 다른 시에 "내 몸 안에서 나를 기다리는/맨발의 아난다여"(「行萬里路」)라는 구절도 이와 동일한 상상력의 소산이라 할 수 있다. 시인은 이러한 과정을 시 「론다는 절벽을 낳고」에 등장하는 두 개의 방을

만 리 여정을 가는 맨발의 숨은 신(神)　　　　　　　　　　251

통해 종합적으로 드러낸다.

론다를 보러 갔다
협곡 사이 절벽에는 두 개의 방이 있다
수상한 나무 두 그루 서로의 절벽을
움켜잡고
긴팔원숭이가 이쪽저쪽을 넘나들고 있다

절벽감옥이라 했다
어느 고독한 혁명가의 집이었는지
절벽 계단을 타고 100미터를 내려갔다
감옥에서 감옥으로 통하는 절벽
또 하나의 방이 있다
낯선 수행자의 토굴이었기 때문에
누구도 눈치 채지 못했다

절벽에는 절벽이 산다
절벽감옥이다
절벽수도원이다

며칠째 절벽에서 뛰어내리는 꿈을 꾸었다
어둠 속으로 따라 들어가는 가느다란
줄 한 가닥 잡고
밤새 감옥과 수도원을 오가며
절벽을 지우고
돌 속에 갇힌 나를 꺼냈다

론다는 어느 여자의 이름이었을까
론다와 절벽 사이에

지금도 아이가 태어난다

— 「론다는 절벽을 낳고」 전문

　스페인의 남부 도시 론다는 누에보 다리와 절벽의 풍광이 멋지게 자리 잡고 있는 관광 명소 가운데 하나이다. 나는 론다를 가본 경험이 없지만 시각 매체를 통해 여러 번 본 적이 있다. 지금은 내가 본 론다의 영상과 이미지를 지우려 애쓴다. 론다의 실제 이미지가 시의 언어적 내밀성과 몽상을 방해하기 때문이다. 중요한 것은 론다의 객관적 풍경이 아니라 시인의 언어가 어디에 집중되어 있는가에 있다. 시인이 주목한 것은 협곡 사이 절벽에 세워진 두 개의 방이다. 우선 두 개의 방 주변을 보면, 거기에는 "수상한 나무 두 그루 서로의 절벽을/움켜잡고/긴팔원숭이가 이쪽저쪽을 넘나들고 있다". 이 구절에서 눈길을 끄는 것은 '수상한'이라는 형용사이다. 절벽을 '움켜잡고' 있는 나무의 모습은 절벽을 살아낸, 절벽을 수호하는 문지기 혹은 수호신처럼 보인다. 나는 이 두 그루의 나무로부터 우리의 사찰 입구에 세워진 사천왕문을 떠올려 본다. 두 개의 방은 이 두 그루의 나무와 대응한다. 시인은 론다의 수직 절벽에 있는 두 개의 방의 신성함을 강화하기 위해 '수상한'이라는 형용사를 사용한 것이 아닐까?

　그렇다면 두 개의 방의 구조는 어떠한가? 하나는 고독한 혁명가의 집으로 추정되는 절벽감옥이고 하나는 낯선 수행자의 토굴이다. 이 두 개의 방은 수직의 공간에 자리 잡고 있으며 절벽계단을 타고 100미터를 내려가야 겨우 만날 수 있는 험지에 지어져 있다. 특히 수행자의 토굴은 비밀스럽게 감추어져 있다는 점에서 특별한 장소성을 갖는다. 이러한 두 개의 방의 구조는 일반인의 출입을 차단 혹은 거절한다는 의미를 가진다. 그곳은 한 덩어리의 '절벽'인 것이다. "절벽에는 절벽이 산다"라는 구절은 그런 의미에서 다의적이다. 절벽은 그 수직성 때문에 범접하기 어려운 공간이면서 동시에 오름과 내림이라는 위태로운 운동성을 요구하는 공간이다. 거기에 거주하는 혁명가와 수행자는 이러한 '절벽'의 성향과 닮은 자들이다. 그들은 절벽감옥에서 위태로움을 견디며 보다 위대한 삶을 꿈꾸는 '수직적 인간'인 것이다.

그러나 '감옥'은 가둠의 공간이다. 파옥(破獄)을 해야 혁명가와 수행자의 변혁 혹은 존재전환이 완성될 것이다. 또 다른 시 「어두운 사람」에 보이는 "오름의 정점이 내림의 시작이란 것이/정신적이다"라는 고백은 이러한 시인의 의식과 무관하지 않은 것으로 읽힌다. 여기서 우리는 앞서 잠시 등장한 '숨은 神'을 떠올릴 필요가 있을 듯하다. 절벽의 비밀스러운 감옥에 갇혀 있던 혁명가와 수행자는 시 「초상화」에 등장하는 화자의 내면에 숨겨져 있는 '숨은 神'과 동일성을 형성한다. 이들은 각각 감옥과 내면에 숨겨진 채 의문부호를 풀어가며 무언가를 꿈꾸는 존재들이라는 점에서 공통적이다. 따라서 수직 절벽은 넘어서야 할 의문부호이며 파옥은 그 의문부호를 '끄집어내'는 행위라 할 수 있다. 화자는 론다의 공간에서 절벽을 뛰어내리는 꿈을 반복해서 꾼다. 일종의 파옥에 대한 무의식적 갈망이라 할 수 있다. 이는 또한 '나간다'는 것, "조금 죽는다는 것"(「능소, 다음 이야기」), 그리고 다른 사람의 걸음으로 걷는 일의 실천이라 할 수 있다. 그리고 드디어 "절벽을 지우고/돌 속에 갇힌 나를 꺼냈다"고 화자는 고백한다. "지금도 아이가 태어난다"는 이 시의 마지막 구절은 바로 새로운 존재가 탄생하는 순간을 의미한다. 다른 시 「몬세라트 가는 길」의 "절벽은 우리 몸의 어디에나 있다"라는 구절은 고귀한 신성에 이르고자 하는 자가 지닌 의문부호 즉 '숨은 神'을 암시한다. 이 시에도 절벽을 '하강'하는 모티브가 반복된다. "시간이 없는 짐승의 각질을 벗고 하강한다//살아 있는

날들이 있어 수행이고 순례다"라고 화자는 고백한다. 이 구절에는 시간의
유한성을 강렬하게 인식한 인간 존재의 궁극적 쓸쓸함이 내포되어 있다.

　시간의 유한성은 인간 존재가 안고 있는 가장 본질적 한계이다. 그렇기
때문에 오히려 신성에 닿고자 하는 그의 염원을 가로막지 못한다. 신성함
과의 접촉은 돌(절벽) 속에 갇힌 존재를 '꺼내다'라는 동사가 암시하듯이
'들어가다'와도 관련한다. 시 「맹글라바 쉐다곤」의 화자는 "내 몸속을 수
만 걸음 걸어/일주일 만에 여기까지" 왔다고 말한다. 그가 걸어온 수많은
길은 다름 아닌 자신의 '몸속'인 것이다. 그 몸속엔 늘 '숨은 神'이 살아 있
다. 그의 '숨은 神'은 '꺼냄'과 '들어감'을 반복한다. 같은 시의 화자는 "아
이들은 따나카 분칠을 하고/쉐다곤 부처는 황금 세례를 받고/나는 내 몸
속으로 들어갔습니다"라고 말한다. 여기서의 '들어감'은 시의 전체 맥락
을 볼 때 뜨거운 발바닥을 견뎌낸 자의 편안한 안식으로 읽힌다. 또 다른
시 「行萬里路」의 "내 몸 안에서 나를 기다리는/맨발의 아난다여//만 리를
걸어서 내게 다시 왔다" 또한 이와 상통한다. 이를 종합하면, '꺼내다'와
'들어가다'를 반복하며 시인이 신성함을 내면화하려고 애쓴다는 사실을
알 수 있다. 예를 들어 시 「오늘의 십 년」에 보이는 "따뜻한 얼음 속에 내
사진이 춥게/박혀있다"는 의문부호가 풀리지 않는 '어둠의 방'을 연상시
키는 감옥의 이미지 즉 '갇힘'을, 시 「신구간(新舊間)」의 "神과 임무교대를
하고/가볍게 내 자리로 돌아갈 것이다"는 '꺼냄'을 암시한다. 이러한 진
자운동은 미완으로서의 자아가 자신의 실존을 실천하는 하나의 수행 방
식이라 할 수 있다. 시인은 자신으로부터 탈출하여 다시 자신의 몸속으로
돌아간다. 그것은 동일한 반복처럼 보이지만 신성함을 탈환하고자 하는
필사의 노력이라는 점에서 관성운동과는 다르다. 시 「신구간(新舊間)」의
화자는 "나는 경계인(境界人)이다"라고 자신을 규정한다. 지금까지 살펴본

이명수 시인이 지향하는 의식의 운동성을 볼 때 이러한 자기규정은 진실이다. 그는 '꺼내다'와 '들어가다'를 반복하면서 일상과 신성 사이를 오가는 경계인이다. 그가 접촉하는 신성의 세계는 자기의 본질을 찾아가는 만리의 여정에 의해 이루어진다. 그 떠남은 돌아옴과 맞물려 있다. 경계의 넘나듦을 통해 그는 자신이 신성을 간직할 수 있는 '인간'임을 거듭 확인하는 것이다. 그러니 그는 분명 경계인인 것이다. 중요한 것은 이러한 사유의 운동성에 생생한 '몸'이 동반된다는 점이다. 그의 몸은 경험과 사유를 동시에 묶어 지각하는 총체성으로서의 몸이라 할 수 있다. 그의 시가 지닌 형이상학적 특질이 관념으로 치닫지 않는 이유가 바로 여기에 있다.

4. 지워지는 시간과 지워야 할 존재에 대한 장례의식

생생한 '몸'의 존재를 의식한다는 것은 '시간'이라는 문제를 벗어날 수 없음을 뜻하는 것이기도 하다. 여기서 시 「몬세라트 가는 길」에 보이는 "시간이 없는 짐승의 각질을 벗고 하강한다//살아있는 날들이 있어 수행이고 순례다"라고 했던 화자의 고백에 담긴 절박함을 상기할 필요가 있을 듯하다. 시인은 시 「내 자전거사史」에 "누구나 내려가는 데 더 버거운 날이 온다"라고 쓰고 있다. 이 한 구절에는 실존의 고뇌가 함의되어 있다. 시간은 언젠가 수행도 순례도 끝나게 할 것이다. 그것은 어느 누구도 비껴갈 수 없는 존재의 비극이다. 하지만 이 비극이 역설적이게도 수행과 순례를 가능케 하는 동력이기도 하다. 영원한 몸을 가진 자에게 수행과 순례가 무슨 필요가 있겠는가. 이명수 시인의 『카뮈에게』에 실린 시편으로부터 시간에 대한 성찰을 수 없이 발견하게 되는 것은 당연한 것인지도 모른다. 그는 무엇보다 '오늘' 혹은 '순간'이라는 시간성의 깊이와 가치를 자주 헤아린다. 「나는 놀고 있다」 「어제를 두리번거리다」 「새벽 건너기 연습」 「12초 동안」 「위험하다, 책」 「내 자전거사史」 「생일」 「오늘의 십 년」 「환승역에서」 「우리 동네」 「문득, 가을」 「오늘은 선물입니다」 등이 모두 시간인식과 관련된 예이다.

몇 줄 글을 읽고 있는 12초 동안
사람 40명과 개미 7억 마리가
지구에서 태어나고

내가 한 줄 시에 매달려 있는 12초 동안
30명의 사람과 5억 마리의 개미가
지구에서 사라진다

부화장 컨베이어벨트에서 걸러지고
가스실에서 질식한 다음
자동절단기 속으로 떨어지는 12초 동안

개미와 병아리와 몇몇 글이
다음 컨베이어벨트에서 돌아가고 있는 12초
지구 한 모퉁이에서 한 줄 시가
잠깐 스쳐 지나간다

개미와 병아리와 사람이
살고 있는 곳에서
아무것도 없는 것에 대하여
썼다 지운다

— 「12초 동안」 전문

만 리 여정을 가는 맨발의 숨은 신(神)

물리적인 시간으로 12초 동안 우리는 무엇을 할 수 있을까? 우리는 초 단위의 가치를 깊게 헤아리지 않는다. 너무나 순간적으로 지나가기 때문이다. 시간 의식을 드러낸 이명수 시인의 많은 시편 가운데 이 작품을 인용한 것은 그의 실존 의식의 절박함이 '12초'라는 상징성에 의해 더욱 뚜렷하게 드러나기 때문이다. 12초는 겨우 몇 줄의 글을 읽는 시간에 불과하지만 그 시간은 "사람 40명과 개미 7억 마리가" 태어나고 "30명의 사람과 5억 마리의 개미가" 사라지는 시간이다. 말하자면 이 짧은 시간은 지구에서 생멸(生滅)의 드라마가 펼쳐지는 순간이라 할 수 있다. 이 불가항력적인 생멸의 드라마가 지닌 힘을 화자는 '컨베이어벨트'로 함축한다. 생명을 가진 모든 존재는 '컨베이어벨트'의 흐름을 벗어날 수 없다. 이것이 시인이 인식한 실존성이다. "지구 한 모퉁이에서 한 줄 시가/잠깐 스쳐 지나간다"는 구절에는 영원성을 움켜쥘 수 없는 존재의 비애가 내포되어 있다. 마지막 연에 보이는 "살고 있는 곳"과 "아무것도 없는 것"의 의미론적 충돌은 모든 살아 있음이 '없음'으로 돌아갈 수밖에 없다는 인식을 드러낸 것이다. 이때 가장 중요한 것은 '지운다'라는 화자의 자발적 행위이다. "아무것도 없는 것에 대하여" 쓴다는 것은 '없음'에 대한 강렬한 인식을 드러내는 것이며 동시에 그것을 지운다는 것은 '없음'을 '없음'으로 되돌려놓는 것을 의미한다. 다른 시에 보이는 "온종일 마이너스 플러스와 실랑이를 했다 결국 마이너스 쪽이 플러스 쪽의 두 배가 넘는다"(「마이너스, 플러스」)는 셈법 또한 이러한 시간 의식과 무관하지 않다. 이와 같은 실존 의식은 허무와 공허의 감정을 동반할 수밖에 없다. 나를 감동시킨 것은 이와 같은 실존 의식보다 '지우다'라는 행위가 어떻게 구체적으로 실현되는가를 보았을 때이다.

필카에서 디카까지 참 멀리도 왔다
사진은 시간의 모래 폭풍을 몰고 와
석회암 협곡에 모래알처럼 쌓였다
흐린 눈으로 가뭇가뭇 더듬어
남겨 둘 사람과 버릴 사람을
갈라놓는 일은 가혹하다

바오밥나무 옆 흰 개미탑으로 서 있는
저 사람은 이름을 잊었다
버린다
바닷가 깃발 앞에 머플러 펄럭이며
내 팔을 감싸 안은 여인은
독일 간호원으로 갔으니 잘 살겠지
잔지바르 노예시장 기념탑처럼 서 있는
이 여인은 수녀가 되었으니 모셔 두자

버릴 때는 형체를 못 알아보게 찢는 게 예의
얼굴은 세로로, 목은 가로로, 몸은 횡경막을 중심으로 가른 후
마대 자루에 차곡차곡 넣어
26억 년 산화한 붉은 지층 아래 묻자
벙글벙글 글레인지 원주민이
돌에 그린 무지개뱀이 되겠지
아니면 남태평양 파푸아뉴기니아 바닷속
물결무늬 화석으로 잠겨 있겠지

그때 나는 목에 무선송신기를 단 늙은 수사자처럼
절룩이며 사막을 건너겠지
사막이 되겠지
—「가혹한 사진」 전문

위에 인용한 「가혹한 사진」은 '지우다'의 의미를 구체적으로 드러낸 작품이다. 그 행위는 과거에 찍었던 사진을 정리하는 작업을 통해 형상화된다. 사진은 생의 어느 한 순간을 포착해두었던 시간과 추억의 기록이라 할 수 있다. 이 순간을 포착하는 데 소용되는 시간 또한 '12초'면 충분할 것이다. 이제 시인은 '12초'로 누적되었던 순간들을 정리하고 있는 것이다. 나를 감동시킨 것은 사진을 정리하는 그의 손길이 너무나 인간적인 예의를 갖추고 있기 때문이다. 화자는 "남겨 둘 사람과 버릴 사람을/갈라 놓는 일은 가혹하다"라고 말한다. 사진을 정리하며 그는 남길 것과 버릴 것 사이에서 '가혹함'을 감당하고 있다. 그래서 그의 정리의 손길이 더욱 신성하게 느껴진다. 화자는 사진 속 인물들을 보며 기억과 망각 사이를 오간다. 그러면서 버릴 것과 모셔둘 것을 분류한다. 이러한 과정 가운데 인간에 대한 예의를 가장 잘 드러낸 부분은 3연이라 할 수 있다. "버릴 때는 형체를 못 알아보게 찢는 게 예의"라고 언명함과 동시에 그는 '가혹'이라는 행위를 "얼굴은 세로로, 목은 가로로, 몸은 횡경막을 중심으로 가른 후/마대 자루에 차곡차곡 넣어/26억 년 산화한 붉은 지층 아래 묻자"라고 구체적으로 서술한다. 이 가혹한 행위는 조장(鳥葬)과 매장의 풍습이 뒤섞인 의례의 한 장면으로 볼 수 있다. 사진의 형체를 알아보지 못하게 찢어 분말화하는 행위는 그것을 '사막'으로 돌려보내는 것과 다름없다. 이는 자신 또한 '사막'이 된다는 사실을 아는 자가 행하는 '시간'에 대한 장례인 것이다. 이 가혹한 정리 작업에는 가혹을 넘어서는 슬픔과 인간에 대한 지극한 정성이 내포되어 있다. 이러한 의례는 시 「위험하다, 책」에 보이는 "날 잡아 책을 버리기로 했다/쌓이는 문예지와 시집들을 골라 8할은 버렸다/정성껏 서명한 이름도/미안하지만 떼어내 화장을 해야겠지"라는 구절에도 나타난다. 시집의 서명된 페이지를 떼어내어 '화장'을 해야겠다는 화자의 태도는 그가 다른 사람의 시집과 그들의 이름을 얼마나 소중히 여기는가를 확연하게 보여준다. 이 또한 이명수 시인의 독특한 장례법이라 할 수 있다. 이명수 시인이 강조하는 "인간이 되어가는 일"(「할 수 있는」)의 실천이 바로 이런 것이라 할 수 있다.

　나는 이명수 시인의 시집 『카뮈에게』를 읽으며 그의 시 세계를 구도행 혹은 수도행으로 규정하는 것을 최대한 자제하며 이 글을 썼다. 이유는 이러한 어휘들이 그의 시편에 담긴 고뇌와 그 고뇌를 드러내기 위한 내밀한 맥락들, 행간 사이에 놓인 여백의 풍부함을 피상화 내지는 추상화로 몰고 갈 위험이 있기 때문이다. 나의 해설이 길어진 이유는 바로 이 때문이다. 시집을 통해 그가 보여준 경험과 상상력의 그물망은 구도행이나 수도행 이상의 복잡한 인간상을 입체화한다. 그의 '숨은 神'은 신성에 닿고자 하는 실존인으로서의 고뇌를 다각적인 측면에서 담지한 인격적 몸이다. 나는 이러한 그의 몸의 여정을 읽으며 '탈신성'이라는 말을 역으로 자꾸 떠올리곤 했다. 이 시대의 수많은 담론이 무반성적으로, 무차별적으로, 둔감하게 '탈신성'이라는 단어를 사용하고 있지 않은가. 그것이 몰고 올 고귀함의 상실, 존엄성의 와해를 과연 우리는 얼마나 두렵게 받아들이고 있는가 묻게 된다.

만 리 여정을 가는 맨발의 숨은 신(神)

'돌'의 산실(産室)

— 장옥관 시인의 '묵묵한' 상상의 거처

인간이라면 누구나 포근하고 부드럽고 말랑말랑한 것에 대한 지향을 갖는다. 목화솜처럼 따뜻한 것에 감싸이는 느낌과 부드러운 살결의 포옹, 잔잔한 물결, 꽃잎이나 입술 같은 것. 그것은 인식하는 존재로 재탄생되기·이전에, 온기로 가득한 어머니의 양수 속에서 경험했던 보호와 아늑함에 대한 시원(始原)적 감각의 체험이라는 점에서 모든 포유류가 탄생의 지점에서 잃어버린 근원적 낙원일지도 모른다. 우리는 자라면서 이와 같은 행복감으로 되돌아가기 위해 무의식적으로 푹신한 이불과 침대, 살갗에 닿는 온화한 느낌의 천조각, 감미로운 온수욕, 아늑한 벽지로 이를 대체한다. 그러나 이러한 시원적 감각의 체험은 단 한 번뿐인 생의 사건이며 이는 그 무엇으로도 '완전한' 대체가 불가능한 것이기도 하다. 그럼에도 우리는 끊임없이 이 시원적 감각을 되살리려는 노력을 포기하지 않는 것이 일반적이다.

그러나 이와 같은 행복감의 시원의 반대편에 거칠고 단단하며 완강한 삶의 물질성과 질감이 놓여 있음을 끊임없이 상기시키는 시적 상상력이

제3부 시의 다양한 여정들

드물게 발견되기도 한다. 예를 들면 돌이나 응결된 광물질, 차고 견고하게 굳어버린 얼음과 빙벽, 지옥불의 뜨거움으로 구워져 단단해진 것들이 그것이다. 이들은 입구도 출구도 없는 하나의 완고한 덩어리로 이 대지 위의 중력을 버티며 뒹군다. 즉 표정도 없이 무겁게 행복의 감각들을 부정하면서 무언가를 안으로 응축한 채 자신의 '있음'을 드러내는 것이다. 이 견고함에는 강한 '압력'의 누적이 동반되어 있다는 사실을 기억할 필요가 있다. 그것은 왜 그리도 단단한 것으로 뭉쳐졌을까? 우리의 상상력은 어떻게 이 입구와 출구가 없는 상징적 물질을 뚫고 들어갈 수 있을까? 도대체 그 안에는 무엇이 거주하고 있는 것일까? 장옥관 시인의 '돌'은 이런 물음을 불러일으키는 상상력의 근원적 상징물이라 할 수 있다.

책상 위에 시집을 집어 드는데
돌이 굴러떨어졌다
입력을 기다리며 껌뻑이던 커서가 눈을 똥그랗게 뜨고 바라보았다
돌의 탄생이다
높낮이 없이 울어대는 매미가 탄생한다
사랑은 어떻게 탄생하는가 미역국도 없이 사랑은 어떻게 탄생하는가 원래 있던 것이 생겨나는 게
탄생일까
병처럼, 죽음처럼, 관계처럼 탄생하는가
어젯밤 윗집 사내는 아내도 아닌 여자와 팔짱 끼고 비틀대며 집으로 돌아가고 있었다 아내는 눈을
똥그랗게 뜨고 날 쳐다보았다
아파트 화단에 박힌
검은 돌이 묵묵하였다 과묵이 아니라 묵묵하다
날마다 순간마다 탄생이 있어서 빛과 어둠이 자리 바꾸고 장미는 꽃잎을 벌린다 장미의 입 안은 가시가 그득하고

'돌'의 산실(産室)

순간이 탄생한다 굴러떨어져
지금 눈 뜨는 돌

— 「돌의 탄생」 전문

　　시집 속에서 굴러떨어진 '돌'. 이 당혹스러운 사건과 마주쳤을 때 독자는 잠시 시의 서두인 두 줄의 행간에 머무는 것이 좋을 듯하다. 시집 속에서 돌이 굴러떨어졌다면 이 '돌'은 시집이 그 태내(胎內)이다. 그렇다면 시집은 돌을 낳은 어머니다. 모든 태아는 하나의 덩어리로 삶 속으로 입사하지만 하필 돌이라니! 이 완강하고 무거운 태아를 낳았으니 돌의 어머니인 시집의 산고(産苦)를 겹쳐 생각할 수밖에 없다. "장미는 꽃잎을 벌린다 장미의 입안은 가시가 그득하고/순간이 탄생한다 굴러떨어져/지금 눈 뜨는 돌"이라는 구절로의 이어짐은 이와 관련한다. 가시가 그득한 장미의 입안은 거친 태아를 돌보는 사나운 '자궁'의 이미지이다. 따라서 여기에 등장하는 '가시'는 식물적이지 않다. 돌이 탄생하기 위해서는 화사하고 부드러운 살갗의 자궁을 버리고 보다 강인하고 거친 신체 내부의 강보(襁褓)가 필요한 것이다. 역으로 말하자면 가시가 돋쳐 있는 강보를 견뎌야 돌로 탄생할 수 있는 것이다. 앞서 얘기한 강한 '압력'의 누적이 바로 이것이다. 장옥관의 다른 시 「꽃 찢고 열매 나오듯」도 이와 동일한 상상력으로 구축된 시편이라 할 수 있다.

　　천년 전에 죽은 내가 물었다
　　─꽃 찢고 열매 나오듯이 여기 왔나요 사슴 삼킨 사자 아가리 찢고
나는 여기 왔나요
　　입술을 채 떼기 전에 마당에 묻어놓은 김장독 배 부푸는 소리 들려
왔다

　　　　　　　　　　　　　　　제3부 시의 다양한 여정들

말라붙은 빈 젖을 움켜쥐며 천년 뒤에 태어날 내가 말했다
 ─얼어붙은 못물이 새를 삼키는 걸 봤어요 메아리가 메아리를 잡아
먹는 소리 나는 들었어요
 송골송골 이마에 맺힌 땀방울을 닦으며 미역줄기 같은 어머니가 말
씀하셨다
 ─애야, 두려워 마라 저 소리는 항아리에 든 아기가 익어가는 소리
란다
 휘익, 휘익 호랑지빠귀 그림자가 마당을 뒤덮고 대청 기둥이 부푼
배 안고 식은땀 흘리던 그 동짓밤
                                          ─「꽃 찢고 열매 나오듯」 부분

이 시의 '꽃 찢고 나온 열매'는 앞서 살펴본 책상 위에 있는 시집으로부
터 굴러떨어진 돌과 닮아 있다. 열매는 돌처럼 단단함으로 생을 시작한
다. 책상 위의 시집이 가시로 가득한 장미의 입안으로 전이된 것과 마찬
가지로 이 시의 꽃은 "사슴 삼킨 사자 아가리"로 치환된다. 꽃을 야생적
동물의 이미지로 치환하는 시인의 상상력에는 고달픈 생의 투쟁이 암시
되어 있다. 그것을 '찢다', '굴러떨어지다'와 같은 동사가 환기하는 것이
다. 「돌의 탄생」에서 본 "미역국도 없이" 시작된 척박한 탄생 또한 이 시
의 "말라붙은 빈젖"과 대응한다. 그리고 꽃과 사자 아가리라는 '낳음'의
공간 이미지는 다시 '항아리'라는 단단한 물체를 통해 역동적으로 변용된
다. 물렁한 흙의 반죽이 불을 견디어 불룩하고 짱짱한 항아리, 즉 돌에 가
까운 형상으로 변용됨을 알 수 있다. 다시 말해 돌이 돌을 낳는 산고의 고
통으로 시인은 존재의 근원성에 다가가고 있음이리라. 그것은 '동짓밤'이
라는 얼음의 시간과 맞물려 있다. 장옥관은 그의 또 다른 시에 이렇게 쓰
고 있다.

'돌'의 산실(産室)   265

그 겨울 나는 북벽에서 살았다
얼어붙은 북극 바다를 깨고 나가는 쇄빙선처럼 깎아지른 바위에 얼
굴을 묻고 살았다
…(중략)…
고드름을 잘라 어둠 깨트리면 이윽고
여명이 핏물처럼 번져나왔지
절벽으로 기어코 기어오른 자작나무, 그가 움켜쥔 북벽의 화강암을
쇄빙선처럼 이마로 깨며 나는
바위의 황홀한 가족이 되고 싶었다

— 「북대(北臺)」 부분

북대, 북벽, 북극은 모든 얼음의 공간성을 지닌다. 그곳엔 "쇄빙선처럼
깎아지른 바위"가 있다. 북대와 북벽과 북극이 낳은 자식이라 할 수 있다.
그 추운 곳의 어둠을 이겨내기 위해서 시인의 상상력은 '고드름'을 '칼'의
용도로 사용한다. 그것은 '찢다'(깨트리다)와 연결된다. '찢다'와 '깨트리다'
는 안에서 밖으로 '나옴'이다. 꽃을 찢고 나오듯 얼음의 공간을 깨트리며
어둠을 물리치는 상상력은 추운 동짓밤에 '항아리'를 열고 나오는 것과 같
다. 어둠을 찢었을 때 "여명이 핏물처럼 번져나왔지"라고 화자는 말한다.
이 핏물의 번짐은 무지막지한 산통과 더불어 쏟아져 나온 생명의 붉은 울
음을 환기한다. 그것은 생명의 '메아리'라 할 수 있다. 장옥관의 돌은 이처
럼 가시의 입을 가진 꽃을 찢고, 사자의 아가리를 찢고, 북벽을 찢고 탄생
한다. 차갑고 어둡고 사나운 강보를 찢고 탄생한 돌은 그런 의미에서 신
화적이다. 이러한 탄생은 분명 그 단단함 때문에 견뎌야 할 것들이 있음
을 예고한다. 영웅 신화가 그러하듯이. 장옥관은 '돌'이 지상에서 견뎌야
할 것들을 가난, 허기, 적막, 외로움과 같은 삶의 서사들과 연결한다. 그
리고 그것을 궁극적으로 '죽음'이라는 실존의 문제로 심화시킨다.

그럴 수도 있지 않을까 말조개처럼 굳게 여문

호두를 부드럽게 어루만져 물이 나게 만들고 무논에 볍씨 뿌리듯 배꼽에 벼를 꽂듯이

외로움을 돌려보낼 수 있다면, 그러나 입 없는 발꿈치처럼 세상 호두는 다 무뚝뚝하다 저 혼자 골똘하다

—「호두」 부분

호수가 얼음 문 닫아걸듯 나 적막에 들면, 빠져든 소리들은 다 어디로 새어나갈까 받아먹은 소리 다 내뱉으면 그게 죽음일까 들이마신 첫 숨 마지막으로 길게 내뱉듯이

—「호수」 부분

시 「호두」에 보이는 말조개처럼 굳게 여문 호두는 '돌'의 변용체라 할 수 있다. 이 단단한 열매를 물기 있는 부드러운 것으로 만들어 '외로움'을 씻어보려 하지만 호두는 저 혼자 골똘하게 무뚝뚝하다. 이러한 이미지는 다른 시 「웃음이 피어난다」의 "피아노처럼 시커멓게 웅크려 앉아 나는 발톱을 깎는다"에 보이는 '나'의 모습과 동일하다. 맑은 소리로 울리지 않는 시커멓고 육중한 '피아노'의 웅크림은 또다시 '호두'이며 '돌'인 것이다. 시 「호수」에 등장하는 닫힌 '얼음 문'은 어떠한가? 그것은 북벽과 북대와 북극을 변용한 이미지이며 얼음으로 이루어진 자궁, 즉 돌을 감싸고 있는 차가운 강보의 세계이다. 이 적막한 공간에 빠져든 소리는 얼음 문을 열고 닫는 행위, 즉 숨을 들이마시고 내쉬는 생명의 운동성과 맞물려 있다. 중요한 것은 '첫 숨'과 '마지막 내쉼'이 함께 있다는 사실이다.

여기서 이 글의 서두에서 보았던 시 「돌의 탄생」에 "병처럼, 죽음처럼, 관계처럼 탄생하는가"라는 구절을 상기할 필요가 있다. 시인은 돌의 탄생을 얘기하면서 동시에 쇠약과 죽음을 통찰하고 있는 것이다. 이것이 '돌'

이 견뎌내야 하는 궁극의 사태라 할 수 있다. 탄생과 죽음이 뫼비우스의 띠처럼 연결되어 있는 하나의 거처. 그렇기 때문에 인간의 실존으로서의 운명은 근원적으로 비극적일 수밖에 없다. 장옥관은 이 잔인하고도 사납고 무거운 실존의 운명을 '돌'의 자궁 속에서 나온 '돌'의 탄생으로 상징화하는 것이다. 거기에는 죽음이 함께 거주한다. 시인의 시에 '돌'과 더불어 자주 배치되기도 하는 공기적 이미지, 예를 들어 웃음이나 부풀어 오른 구름, 노래, 새 등이 그 자체의 속성이라 할 수 있는 '가벼움'이 아니라 자주 '허기증'으로 의미화되는 것은 이 때문이다.

새의 발가락보다 더 가난한 게 어디 있으랴 지푸라기보다 더 가는 발가락,
햇살 움켜쥐고 나뭇가지에 얹혀 있다

나무의 눈썹이 되어 나무의 얼굴을 완성하고 있다 노래의 눈썹, 노래로 완성하는 새의 있음

배고픈 오후,
허기 속으로 새는 날아가고 가난하여 맑아지는 하늘

가는 발가락 감추고 날아간 새의 자취, 쫓으며 내 눈동자는 새의 메아리로 번져나간다
— 「노래의 눈썹」 전문

'돌'의 묵묵함과 무거움의 반대편에 놓여 있는 이 새의 이미지는 새에 대한 우리들의 고착된 의미망을 벗어난다는 점에서 참신함을 가져다준다. 이 시에 등장하는 새는 가벼움이 아니라 가난하고 연약한 발가락으로

햇살을 "움켜쥐고" 있는 모습을 하고 있다. 그 모습을 시인은 "나무의 눈썹", "노래의 눈썹"이라고 표현한다. 그리고 이 동화적인 형상의 아름다움을 '있음'이라고 단호하게 못 박아둔다. 그럼에도, 동시에 시인은 '있음'이 사라지는 것을 포착한다. "배고픈 오후,/허기 속으로 새는 날아가고 가난하여 맑아지는 하늘"의 풍경이 그것이다. '허기' 속에 감추어진 새. 그것을 좇는 "내 눈동자"의 번짐에는 '있음'과 '없음'이 갈마드는 존재의 내적 쓸쓸함이 담겨 있다. 묵묵하게 깊어진 '돌'의 눈동자가 바라보는 생의 메아리가 바로 존재의 '맑은 허기'이며 존재의 울음이기도 하다. '사라짐'을 내면화한 '돌'의 허기. 장옥관의 '허기'는 실존의 무게감과 비례하여 증폭되는 공복이라는 점에서 역설적이다. 이러한 역설은 탄생의 주머니 속에 죽음이 함께 거주한다는 생의 진실을 알 때 가능한 것이다. 그래서 그의 '돌'은 무겁고 배고프다.

뜨겁고 황홀한 외로움의 향기

― 김상미의 『우린 아무 관계도 아니에요』

열정적 사랑은 인간의 내부에 감금된 압축적 에너지를 한 대상을 향해 집중적으로 쏟아 넣고 싶어 하는 신비한 충동을 지닌다는 점에서 일상과 구분되는 '사건'으로서의 생의 지점을 만들어내는 씨앗이라 할 수 있다. 그것은 언제나 넘침과 지나침과 낭비의 속성을 지닌 타자와의 축제를 펼쳐낸다. 그런 의미에서 열정적 사랑은 합리적 계산법과 왜소한 속물주의를 뛰어넘는 힘을 지닌다. 철저하게 자신을 기꺼이 낭비하는 것에 헌신함으로써 일상적 검약과 절제의 방어막 너머로 투신하는 뜨거운 순수가 거기에 있는 것이다. 아마도 인생의 무수한 경험 가운데 이같은 열정적 사랑만큼 타자와의 동일성으로서의 환상을 강렬하게 실현시켜주는 경우는 없을 것이다. 그것은 실제이면서 동시에 비현실처럼 경험된다. 이 신비한 체험은 우리를 유혹하고 갈망하게 만든다. 아울러 에로틱한 밤의 서사를 생성하는 풍요로운 시간의 질을 만들어낸다. 그러나 열정적 사랑은 에너지의 소진에 의한 총체적 상실과 파국을 피할 수 없다. 이는 일종의 수순이라 할 수 있다. 열정적 사랑이 잦아들 때 겪어야 하는 쓰라린 외로움의 강도는 사랑에 대한 헌신의 도만큼이나 강렬한 것이기도 하다. 철저한 헌신과 상실의 극단을 오가는 열정적 사랑의 주체는 인생에서 가장 풍요로운 순간과 가장 공허한 순간 모두를 내면화하면서 지금까지 익숙했던 모든 삶의 반경을 낯설게 인식하는 지극히 외롭고 고독한 한 시절을 감당해야 한다. 김상미 시인의 네 번째 시집『우린 아무 관계도 아니에요』에 실린 다수의 시편은 바로 이와 같은 열정적 사랑에 대한 애도작업(哀悼作業)으로 이루어져 있다.

> 너와 나 사이에 복도가 있다
> 우리가 처음 만난 곳도 그 복도였다
> 복도는 길고 무료하다
> 복도는 고요하고 싸늘하다
> 그 복도를 사이에 두고 너와 나는 각기 다른 방에 산다
> 우리는 우리가 잃어버린 것이 무엇인지 모를 때 복도로 나온다
> 나도 그랬고 너도 그랬다
> 그렇게 친해진 우리는 복도 너머 각자의 방을 오가며 불타올랐다
> 그러나 복도는 복도일 뿐
> 우리가 서로 문을 열고 나온 그 방에서 무슨 일이 일어났는지
> 복도는 알지 못한다
> 복도는 방과 달리 누구에게나 열려 있다
> 방이 가진 순수한 아픔이나 괴로움이 없다
> 복도는 시간을 모르고 고여 있는 철학도 없다
> 복도에서 만나거나 복도에서 헤어진 사람들을 위해
> 복도는 애간장을 끓이거나 목말라하지도 않는다
> 그런 사람은 가차없이 방으로 보내버린다
> 복도는 무수한 방들을 달고 있지만 방과는 무관하다
> 복도에서 무언가를 얻으려 하면 복도는 그 누구보다도 냉담해지고
> 싸늘해진다

복도는 얻는 곳이 아니라 버리고 또 버리는 곳이다
너와 나 사이에 있는 복도
내 방과 네 방 사이에 있는 복도
우리가 처음 만난 곳도 그 복도였다
우리는 그 복도에서 만나 복도를 잊고 불타올랐다
그리고 모든 일은 우리들 방에서 일어나고 우리들 방에서 끝났다
복도는 그 방과 그 방을 이어주는 통로일 뿐
모든 것이 다 사라지고 난 너와 나 사이
가장 최후에 남는 여백처럼
복도는 여전히 그곳에 있다
얻을 것은 하나도 없고 잃을 것만 수두룩한
너와 나 사이
내 방과 네 방 사이에 있다

— 「방과 복도」 전문

    사랑은 두 사람의 서사 속으로 세상의 모든 것들을 끌어당기고 재편성하는 '중심'이라 할 수 있다. 반대로 사랑의 상실은 그 중심을 사력(死力)을 다해 '주변성'으로 밀어내야 하는 아픔을 지닌다. 사랑했던 상대를 원래부터 아무 것도 아닌, 무의미한 것으로 환원하는 과정의 고통이 바로 사랑에 대한 애도작업이라 할 수 있다. 만일 애도작업이 성공한다면, 후회와 증오와 미련과 복수심과 추억하기가 뒤엉켜 있는 심연 속에서 상실의 고통은 아주 천천히 엷어질 것이다. 그리고 어느덧 상실의 잔해 속에 남겨진 '시들함'을 슬퍼하는 것조차 사라질 때 길고도 지난한 사랑의 애도작업은 끝이 난다. 시 「방과 복도」는 그런 애도작업의 고통을 드러낸 작품으로 읽을 수 있다. 정현종 시인의 "사람들 사이에 섬이 있다/그 섬에 가고 싶다"(「섬」)라는 시구를 떠올리게 하는 이 시는 아늑하고 내밀한 섬의 이미지를 '복도'로 대체한다. 이 시의 화자는 '너'를 복도에서 만났다고 고

백한다. 복도는 '우리'가 불타올랐던 '방'의 연결 통로라 할 수 있다. 사랑을 매개했던 이 공간은 사랑이 지속되는 한 '방'의 연장으로 의미화될 것이다. 그러나 이 시의 화자는 '복도'를 의미 제로(zero)의 상태로 탈가치화한다. 복도는 길고 무료하고 싸늘한 통로로 의미화되어 있다. 그곳은 "우리가 서로 문을 열고 나온 그 방에서 무슨 일이 일어났는지" 알지 못하는 무심한 공간이다. 그런 의미에서 '복도'는 간절함도 목마름도 없는 비정한 '無'의 공간이라 할 수 있다. 만남의 사건이 이루어졌던 중심 공간이 주변으로 밀려나고 있는 것이다. 이러한 '복도'의 상징은 "모든 것이 다 사라지고 난 너와 나 사이"를 극명하게 드러내주는 냉담함과 싸늘함으로 채워져 있다. '복도'는 애초부터 "우리는 우리가 잃어버린 것이 무엇인지 모를 때" 그것을 알려주는 공간이라는 점에서 상실을 각인시켜주는 공간인 것이다.

이때 화자는 "가장 최후에 남는 여백"으로서 '복도'를 "버리고 또 버리는 곳이다"라고 말한다. 이 시집에 반복적으로 발견되는 애도작업의 구체적 행위가 '버리기'라 할 수 있다. "그 남자가 맨 녹색 넥타이가 분홍 넥타이로 바뀌었을 때/나는 울면서 내가 키우던 도마뱀들의 꼬리를 모두 잘라/뒷산에 내다버렸지요"(「아무르장지도마뱀」), "버리고 또 버려도 인간이란 이름으로 다시 너를 버리는/인생이란 그 긴 기차에서 아직도 너는?"(「아직도 너는」), "나는 이제 모든 하소연도 버리고 입에 문 칼도 버렸다."(「바다로 간 내 애인들」), "봉선화처럼 성급하게 수국처럼 냉정하게 나를 떠난 그대처럼 그 꽃들은 모두 바람 부는 벌판에 내던져버릴래요."(「꽃밭에서 쓴 편지」) 등의 구절이 그것이다. 이러한 '내다버리기'는 사랑으로 "켰던 불 끄고 가려는 안간힘"(「오렌지」)이라 할 수 있다. 그런데 어디까지 내다버려야 다시 온전해질 수 있을까? 다른 시 「석양의 얼음공주」의 화자는 이렇게 말한다. "나는 그가 좋아 세상 물정에 어둡고 오만하고 잘난 체하는 나를 한 마리 새하얀 양으로 그려주는 그가 나는 좋아 …(중략)… 나는 그 서늘한 메마름으로 서서히 내게서 그를 죽일 거야 새하얀 양". 열정적 사랑은 타자의 손에서 내가 다시 멋지게 빚어지는 사건이라 할 수 있다. 최상의 아름다움으로 서로의 존재성이 교환되는 순간 사랑은 절정에 이른다. 그 절정에서 빚어진 '새하얀 양'은 '그'와의 사랑의 관계 속에서만이 되살아날 수 있다. 따라서 '하얀 양'은 과거의 '나'이면서 동시에 사랑을 잃은 '나'와는 다른 낯선 존재이다. 그것은 이제 사랑의 충만함이 아니라 사랑의 상실을 확인시켜주는 존재이다. 따라서 '하얀 양'에게 입혀진 습관과 언어를 죽이지 않으면 애도작업은 실패하게 될 것이다. 해서 그녀는 '새하얀 양'을 내다버리고자 한다. 그리고 화자는 "그 모든 것을 발갛게 물들이며 죽어가는 저 잔인한 석양처럼!" 강하고 단호하게 '그'가 그려준 '나'의 모습에 핏빛을 물들인다.

그런데 이러한 다짐에도 불구하고 김상미의 애도작업에는 짓누름이나 잔인성이 느껴지지 않는다. 이것이 김상미의 시가 지닌 독특한 매력이라 할 수 있다. 시집 『우린 아무 관계도 아니에요』에 실린 대다수의 시편에는 사랑의 상실과 외로움이 가득 차 있다. 그리고 그 상실과 외로움은 깊고 쓰리고 아프다. 김상미의 화자는 "여전히 나는 슬픈 돌멩이//한낮에는 뜨거운 태양 아래 더없이 달아올랐다가//한밤에는 캄캄한 어둠에 잡혀 더없이 외롭고 캄캄한//언제나 혼자 놀고 혼자 꿈꾸는"(「돌멩이」)이라고 고백한다. 이러한 외로움의 정념에도 불구하고 이 시집의 화자는 여전히 삶에 대한 낭만적 태도를 견지하면서 그 특유의 명랑한 목소리로 상실의 무게를 덜어낸다.

기차가 지나가네요, 내 애인은 철로변 집에 살아요, 에드워드 호퍼가 그린 집과 똑같은 집, 그 집에서 살아요, 우리는 기차가 지나갈 때마다 사랑을 나누어요, 기차 바퀴 소리에 놀라 들썩이는 야생 민들레 꽃밭 사이로 날아다니는 자디잔 흰구름은 정말 황홀해요, 나는 황홀한 게 좋아요, 황홀할 땐 어떤 나쁜 생각도 깃들지 못하거든요, 심장이 터질 것 같은 민들레 씨의 아름다움은 내 애인만큼이나 정말 착해요, 매 시간 지나가는 기차처럼 우리 삶에는 머묾보다 떠남이 더 많고, 매번 불타는 그 떠남 속에서 나는 늙어가지만, 나는 내 위로 지나가는 기차 소리가 좋아요,

—「철로변 집」 부분

나는 내 몸에 쌓이는 니코틴이 좋고 타르가 좋고 카페인이 좋다 날마다 마지막 담배를 피우는 것으로 인생을 흘려보낸 제노 코시니가 좋고 담배와 섹스 중 하나를 선택하라는 말에 담배를 택한 루이스 브뉘엘이 좋고 죽는 순간까지 시가를 끊지 못했던 프로이트가 좋고 담배를 끊지 않으면 다리를 절단해야 한다는 의사의 말에도 아랑곳없이 담배를 계속 피운 사르트르가 좋고 니코틴 때문에 손톱이 딱딱한 나무껍질처럼 변한 자코메티가 좋고

—「중독된 사람들」 부분

경쾌한 리듬감과 말의 풍부함 그리고 다정한 어조로 이루어진 이들 시편에는 "우리 삶에는 머묾보다 떠남이 더 많고, 매번 불타는 그 떠남 속에서 나는 늙어가지만,"이라고 고백하는 처연한 화자가 있다. 그럼에도 그녀는 "나는 황홀한 게 좋아요"라고 말한다. "나는 내 몸에 쌓이는 니코틴이 좋고 타르가 좋고 카페인이 좋다"고 말한다. 이 중독적 체질에는 여전히 열정적 '넘침'과 '탕진'의 기미가 내재해 있다. 김상미의 시편이 드러내는 사랑의 상실이 청승이나 신파조가 되지 않는 이유, 혹은 그로테스크의

음산한 이미지로 얼룩지지 않는 이유, 아무리 다짐을 해도 잔인한 복수가 되지 않는 이유가 여기에 있다. 그는 "구멍난 값싼 호주머니 가득/비 내리고 바람 불고 눈보라 치는 일요일을 잔뜩 구겨넣고"(「글루미 선데이 아이스크림」) 비열한 거리를 걷다가도 "한 여인이면서 다섯 여인 몫의 아름다움을"(「아비뇽의 처녀들」) 지닌 귀엽고 사랑스러운 아비뇽의 처녀가 되어 "언제나 살아 있는 심장에 불을"(「어디에나 있는 고양이」) 켠다. '버리기'와 함께 이것이 사랑의 상실을 애도하는 김상미의 또 하나의 태도라 할 수 있다. 그는 이제 이렇게 말한다. "그러니 너희들이 짜고 버린 내 불행은 이제 더 이상 내가 아니다./드넓은 바다 위에 너희들을 묻으며 나는 나에게로 귀향한다."(「바다로 간 내 애인들」). 이러한 자기에로의 귀환에는 다 씻어낼 수 없는 "뜨겁고 황홀한"(「푸른 파라솔」) 외로움의 향기가 진하게 묻어 있다. 열정적 사랑이 질식하고 있는 우리들의 시대에 이 외로움의 향기는 역설적이게도 사랑이야말로 "인간적인, 너무나 인간적인" 불변의 정념이라는 사실을 드러낸다. 우리의 불모지를 향해 "나는 황홀한 게 좋아요"라고 그가 계속 말해주었으면 좋겠다.

서울, 아케이드 프로젝트, 혹은 사유의 유격전

— 박찬일의 『중앙SUNDAY — 서울 1』

　　　　　　박찬일 시인의 시집 『중앙SUNDAY — 서울 1』은 대도시, 더 구체적으로 말해 서울이라는 공간으로 수렴되는 수많은 사건을 수집··편집하여 구성된 연작물이다. 거기에는 역사적, 정치적, 경제적, 문화적, 시사적, 일상적, 과학적, 개인적인 모든 '스캔들'이 비선형적 구조 속에서 이합집산하면서 펼쳐져 있다. 예를 들면, "이균영(1951~1996)을 마지막 만난 날/불로장생약이 다시마라는 설이 있다./완벽한 여성을 만날 때 주눅 들어버리는 일이다./김민기의 노래를 생각할 때 이해한다./물을 먹으니까 수재가 된다./국방장관과 불륜을 맺은 사건/아르네 야콥센(1902~1971)의 작품이다./요리계를 리드해 왔다 해도 과언이 아닌 것/더 좋은 방법을 궁리하고 있는가?"(「중앙SUNDAY — 서울, 서정시」)와 같은 형태가 이 시집 전체를 이룬다. 이와 같이 이질적이고 우연적이며 부조화로 가득한 사건의 배열과 사유의 파편들의 모음을 시인은 이 시집 서두에 실린 '시인의 말'에 '몽타주'라고 밝히고 있다. 박찬일은 '시인의 말'을 통해 이 시집을 읽는 방법을 제시하고 있는 것이다. 전문을 보면 다음과 같다.

범인 몽타주가 범인을 목적으로 한다. 범인 몽타주가 체포의도의 광휘이다. 범인이 정해졌도다. [그것 말고] 이러저러한 것들 짜깁기 했을 때 [별들 같은 극단일 때가 좋다] 그 짜깁기에 체포의도가 없도다. 절로 드러나는 것으로서 진리 근방을 기대하는 식이다. 진리의 방? 무릎을 쳐 보자. 일곱 개 태양을 짜깁기 하니, 국자로 드러났으니, 북두칠성이 아닌, 일러 스무 개의 태양을 짜깁기 하니 북두이십성이 뭐로 드러날까, 기대하는 식이다. 진리가 없을까 조금 더 가보는 式.

몽타주는 쉽게 말해 편집 기술을 뜻한다. '시인의 말'에 따르면 범인의 몽타주는 체포 의도를 갖고 있다. 그러나 별과 같은 것의 짜깁기에는 체포 의도가 없다. 그러면 어떤 의도가 있는가? 그것은 진리의 근방, 진리의 방을 만드는 일을 의도한다. 이렇게 저렇게 짜깁기를 하다 보면 이 이질적인 것의 부조화가 무엇인가로 드러나는 방식. 그것은 알지 못했던 진리에 조금 더 가까이 접근하는 방식이라 할 수 있다. 이 시집에 실린 '중앙 SUNDAY-서울' 연작은 그런 방식과 의도를 내포한 구조물이다.

시적 화자가 진리에 조금 더 가까이 가기 위해 무수히 많은 스캔들과 잡동사니를 몽타주하는 것이라면 진리의 핵은 어디에 있는가? 시인은 「중앙SUNDAY-서울, 비극의 탄생」의 일부에서 "어떻게 살 것인가?; 나는 무엇을 모르는가?/나 자신이 이 책의 주제다./자신의 존재를 표현하는 방법-찾아온 사람들을 만나지 않는 방법"이라고 쓰고 있다. 그런 의미에서 박찬일이 끊임없이 몽타주한 사건들의 연쇄는 모두 "자신의 존재를 표현하는 방법"을 위한 것들이다. 자신의 얼굴과 존재 의미를 또렷이 하기 위해 그는 자신의 주변에 산적해 있는 다양한 사건을 수집하고 인용함으로써 그 사건들을 역사적 연관성으로부터 분리해놓는다. 그리고 그것들을 서로 이질적인 것으로 만들어 결합하고 충돌시킨다. 이질적인 것의 집합 속에, 부조화의 이합집산 속에, 잡동사니 속에서 범인의 얼굴이 드러난다. 박찬일은 박찬일 자신을 체포하고 싶은 것일까? 잡동사니가 아니라 그 자신, 북두칠성이 아니라 하나의 별인 자기 자신을 체포하고 싶은 욕망. 그런 의미에서 이 시집은 근본적으로 풍자적이라기보다 존재론적이다. 그런데 무수히 많은 잡동사니를 늘어놓고 그는 자신을 "찾아온 사람들을 만나지 않는 방법"이라고 말한다. 여기에는 불연속적으로 산적해 있는 잡동사니를 불러냄과 동시에 그것을 단호히 거절해버리는 역설이 내재해 있다. 거절은 세계를 무(無)로 환원시키는 방법 가운데 하나이다. 이는 파렴치하고 부조리한 세계에 대한 가장 강력한 복수일지도 모른다. 여기에는 박찬일 특유의 자기소외와 우울함이 내재해 있다. 그렇다면 진리의 근방으로서 별자리는 구체적으로 어떤 의미 맥락을 함의하는가?

별자리로 밤하늘을 말하지 말라는 것?—아니고, 어찌 별자리로 말하지 않고 별 하나하나로서 별을 호명할 능력이 있는가? 별자리로 밤하늘이 오늘도 빛나는 것을 부정하려는가? 별 하나가—알고 있다. 별하나가 스스로 내파시키는 것으로서 자기를 알릴 때, [세계가 가혹한 진리로 그 모습을 드러낼 때]우리가—아는 거라고. 우리가 태양이었어. 우리가 내파시키는 방법이 없었나, 있었고 있었으며 있었으니 [헛되고 헛되며 헛되도다]

스스로 내파시키는 것으로 해서 세계—틀을 바꾸는 거— 말이네. 그 말씀으로서 세계를 구조—구제하여 정비하는 거 [정비업체가 말하는 거] 말이야. 담배를 피워야겠군. 커피 준비됐어.

소신공양으로 드러날 때 드러나는 것 말이야—많다.
　　—「소신공양으로 드러날 때 드러나는 것 말이야—많다」 부분

맥락을 따져보면 '별자리'는 일종의 세계의 틀을 알레고리한다. 우리가 저 밤하늘에서 별자리를 찾아낸다는 것은 개개의 별들을 선으로 연결하여 하나의 구조화된 것으로 보는 것을 의미한다. 별자리는 하나의 집합체로 빛난다. 별자리의 구조와 모양을 바꾸려면 하나의 별이 스스로를 내파해야 한다. 내파를 해야 틀이 부서질 수 있는 것이다. 이때 시인이 '내파'를 '소신공양'과 동질적 의미로 사용하고 있음을 볼 수 있다. '내파'라는 말에는 자신의 몸을 불태워 예배하는 순교로서의 의미가 부여되어 있는 것이다. 목숨을 건 극단의 고통과 경건함을 통해 "자신의 존재를 표현하는 방법-찾아온 사람들을 만나지 않는 방법"(「중앙SUNDAY-서울, 비극의 탄생」)을 모색하는 것, 그것이 바로 내파라 할 수 있다.

내파하여 틀을 바꾸려면 틀을 이루는 것이 무엇인지 스스로 보아야 한다. 그런 의미에서 이미 구조화된 별자리를 점검하는 일은 자신의 위치와 존재 상황을 살피는 일이라 할 수 있다. 이때 어떻게 내파할 것인지 방법이 마련된다. 이 같은 지향과 궁리 가운데 박찬일의 '몽타주'는 마련된다. 그는 별자리의 이곳저곳을 뜯고 부수고 못질하고 깎아낸다. 그리고 이를 이런 식으로 드러낸다. "집 없는 설움을 모르는 인류가 나라를 망칠 수 있다./성폭행 피해여성-기억과 감정 행동을 조절하는 부위 해마에서 뇌혈류량이 두드러져 떨어졌다./아동음란물 단순소지자까지 처벌하겠다.-체육관선거로 돌아가자는 말이냐?/親재벌행위를 해왔는데 이제 와서 경제민주화를 말하는 등 노선이 왔다갔다 한다."(「중앙SUNDAY-서울, 소설」). 그러면서 "별자리가 해골 가득한 피라미드, 큰 피라미드-작은 피라미드, 별자리가 사실 해골들로 판명 난 것을 준비해야 하리"(「소신공양으로 드러날 때 드러나는 것 말이야-많다」)라고 말한다. 그의 몽타주 전략은 이 잡동사니의 별자리가 '해골'임을 입증하기 위한 작업이라 할 수 있다. 허위적이고 기만적인 거대한 사체(死體) 더미를 해체하여 주체의 몰락을 구제하는 방법을 그는 모색하고 있는 것이다.

이 같은 박찬일의 사유의 도정을 읽으며 나는 독일의 문예가이며 역사철학자 발터 벤야민(Walter Benjamin, 1892~1940)의 저작 『파사젠-베르크(Passagen-Werk)』(조형준이 『아케이드 프로젝트』라는 제목으로 번역)를 생각하게 된다. 독일어 '파사젠'은 파사주(Passage)의 복수형으로 통로, 복도, 길 등을 의미한다. 구체적으로 말해 파사주는 지붕에 덮인 긴 내부 통로를 따라 상점들이 즐비하게 늘어서 있는 근대의 아케이드를 지칭한다. 벤야민에게 파사젠은 근대 자본주의적 삶의 특징과 방식을 드러내는 핵심적 상징어이다. 중요한 것은 『파사젠-베르크』라는 저작의 내용을 구성하는 방식이다. 『파사젠-베르크』는 우리가 일반적으로 접하게 되는 저서 일반의 유기적 사유의 전개를 보여주지 않는다. 그것은 미완으로 남겨진 단편 모음집이다. 벤야민은 이 저서에서 대도시의 풍경과 관련한 방대한 양의 문화분석적 단편들을 수집·인용한다. 그것들은 이질적이고 우연적이며 부조화스럽게 배열되어 있다. 말하자면 근대의 넝마와 잡동사니의 축적이 『파사젠-베르크』의 내용이라 할 수 있다. 이러한 글쓰기의 방법을 그 자신 '문학적 몽타주'라 말하고 있다. 그는 자신의 의도와 목적, 위계의식이 개입되지 않은 '제시하기'로서의 글쓰기를 보여주는 것이다. 『파사젠-베르크』에 무한정 제시되어 있는 근대의 파편을 읽으며 독자의 상상력은 그것들의 윤곽과 형상을 그리게 된다. 그것이 벤야민의 텍스트에 나타난 주요개념 가운데 하나인 '성좌' 혹은 '별자리', 형세(Konstellation)라 할 수 있다. 즉 독자는 흩어져 있는 자료들의 더미 속을 헤매고 사유함으로써 스스로 어떤 특정한 형상을 만들게 된다. 이 형상이 '성좌' 개념이다. 독자는 낱낱의 별을 통합하여 별자리로 만들어가는 것이다. 벤야민에게 몽타주는 곧 세계 인식의 방법이라 할 수 있다.

이와 같은 벤야민의 몽타주적 글쓰기와 성좌 개념은 박찬일이 시집 『중앙SUNDAY－서울 1』에서 시도하는 몽타주적 글쓰기(별자리)와 상동적이다. 그러나 박찬일은 파편화된 무수한 사건과 사유의 조각을 짜깁기하는 '제시하기'로서의 글쓰기로부터 벗어나 있다. "나 자신이 이 책의 주제다."(「중앙SUNDAY－서울, 비극의 탄생」)라는 선언에서 알 수 있듯이 박찬일에게 문제적 범인은 세계(별자리)가 아니라 '나' 자신이라 할 수 있다. 수많은 넝마 조각들을 짜깁기하고 그것의 본령이 '해골'임을 밝히는 이유는 이 파국의 잔해로부터 자신의 존재성을 체포하기 위해서이다. 벤야민이 『독일 비애극의 원천』에서 말했던 더 이상 "완결성이 아니며, 보다 숭고한 삶에 대한 확신도 없으며, 아이러니도 없는" 폐허로부터 자신을 구제하는 방법을 그는 찾고 있는 것이다.

다시 벤야민의 말을 빌리자면, 박찬일은 『중앙SUNDAY－서울 1』을 통해 '나'에 대한 '사유의 유격전'을 벌이고 있는 것이다. 한 가지 강조할 점은 영화의 몽타주 효과와 시의 몽타주 효과는 서로 다르다는 점이다. 영화는 이질적인 장면을 시각을 통해 단번에 포착할 수 있도록 편집하기 때문에 동시성의 효과를 극대화하는 반면 시의 형상화 방식으로서 몽타주는 맥락의 유기성을 분절시킴에도 불구하고 표면적으로는 글줄의 선형성을 유지하기 때문에 동시성보다는 오히려 행간에 놓인 미결정적 간극(blank)을 채우기 위한 사유의 적극적 활동과 참여를 극대화한다. 즉 시의 경우 이질적인 것들의 충돌과 결합이 행간의 맥락화 과정을 지연시키기 때문에 시각적 동시성이 이루어내는 순간 포착과는 정반대의 상황을 만들어낼 수 있다. 그런 점에서 순차적 읽기 과정을 거쳐야 하는 시의 몽타주는 엄밀한 의미에서 동시적이라 말할 수 없다. 박찬일의 몽타주는 그런 의미에서 적극적인 사유 활동을 유도하기 위한 시적 전략이라 할 수 있다. 그는 냉소와 우울을 섞어 넣으며 이 같은 전략으로 세계를 분해하고 그것을 다시 이어 붙인다.

한편 박찬일의 『중앙SUNDAY-서울 1』에는 "예스로 말하는 것-혼자십니다"(「예스로 말하는 것-혼자십니다」), 혹은 "-그래 내가 원했던 건 혼자가 되는 거였어"(「중앙SUNDAY-서울, 후진 로마/선진 그리스」), "나는 곧 죽을 것이다."(「중앙SUNDAY-서울, 미래창조과학부」), "우울은 자초하는 게 아니라 자청하는 거야."(「체 게바라가 선수였던 것」)와 같은 지독한 멜랑콜리커의 중얼거림이 잡동사니 사이에 산종되어 있다. 그럼에도 화자의 우울한 언표들은 한 편의 시에 서정적 통일성을 만들어내지 않는다. 그 목소리는 넝마들 근방을 지나가고 지나간다. 그는 자신의 언표들이 정감의 언어로 서정화되는 것을 거부하는 것처럼 보인다. 이같이 연속성과 통일성을 파괴하는 불일치의 맥락을 따라가며 나는 다시 "시란 무엇인가?"를 묻게 된다. 아울러 "시의 아름다움은 무엇인가?"를 묻게 된다. 박찬일은 정감의 언어를 최소화한 자리에 사유의 도정을 마련함으로써 고전적 의미의 시의 정체성을 뒤흔들어놓는다. 그의 시적 맥락은 정감에 호소하는 방식과 통일된 아름다움의 광휘를 유보한다. 그것은 그 자체로 폐허의 연속처럼 보인다. 『중앙SUNDAY-서울 1』에 실린 시편 가운데 하나를 무작위적으로 뽑아 그 일부를 보면 다음과 같다.

데이트장소로 좋을 것 같아, 바람 쐬러, 친구가 추천해줘……
DMZ관광에 나선 이유가 달랐다.
굶어죽어도 이듬해 뿌릴 씨앗을 머리에 베고 죽는다는 뜻이다.
세 사람이 길을 갈 때 한 사람을 잃으니-한 사람이 길을 갈 때 벗을 얻으니

커피 쏟아도 멀쩡한 옷이 – 연잎 흉내 내어 만든 옷이니
페네타 장관 曰 중 – 일 간 무력충돌이 일어나면 개입할 수밖에 없다.

엄마가 남아서 복수해 달라 – 남자들이 한 여자를 갖고 놀았던 것
세탁비도 만만찮은데 입고 버릴 일회용 옷 없소?
— 「중앙SUNDAY – 서울, 유전자변형」 부분

인용한 시는 서로 다른 내용을 지시하는 여덟 개의 문장으로 이루어져
있다. 마침표와 물음표가 찍힌 것을 하나의 문장으로 본다면 총 네 개의
문장으로도 볼 수 있다. 의미로 분절해보면, 여덟 개의 문장 가운데 첫 번
째 행과 두 번째 행이 하나의 내용으로 묶일 가능성을 보인다. 그렇다면
일곱 개의 문장으로 보는 것도 무방하다. 네 번째 행은 공자의 『논어』에
나오는 삼인행 필유아사(三人行 必有我師)를 비틀어놓은 문장이며 여섯 번
째 행은 센카쿠 열도(댜오위다오)를 둘러싸고 일어나는 중국과 일본의 분쟁
그리고 그에 대한 미국 국방장관 리언 페네타의 태도를 지시하는 문장이
다. 나머지 문장은 출처가 불분명한 일상적 내용들이다. 이것들은 「중앙
SUNDAY – 서울, 유전자변형」이라는 제목하에 몽타주된 것들이다.

문제는 앞뒤 맥락을 생략한 채 이질적 대상을 지시하는 일곱 개의 문장
이 함축적이며 상징적이라는 점이다. 이때 의미의 과잉이 발생한다. 아
울러 이 의미의 과잉은 기억력의 지속을 훼손시킨다. 실질적으로 이 시
집에 실린 각각의 시편은 잘 변별되지 않는다. 무수히 파편화된, 그러면
서 산적해 있는 몽타주된 사건들이 기억하고자 하는 독자의 욕망을 저지
하기 때문이다. 독자가 어떻게 이 의미의 과잉을 헤쳐 나아갈 것인가? 박
찬일은 『중앙SUNDAY – 서울 1』을 통해 독자로 하여금 불편함과 부조리
함을 체험하도록 이끈다. 이것이 은폐된 대도시적 삶의 불편함과 부조리

제3부 시의 다양한 여정들

함일지도 모른다. 그러나 자칫하면 이 반미학적 세계를 독자는 거절할지도 모른다. 시인에게 문제되지 않는 읽기방식이 독자에게는 분명 문제가 되기 때문이다. 독자를 따돌리고 "—그래 내가 원했던 건 혼자가 되는 거였어"(「중앙SUNDAY—서울, 후진 로마/선진 그리스」)라고 박찬일은 말하고 싶은 것일까?

나는 미끄러진다, 고로 존재한다

— 김승기의 『여자는 존재하지 않는다』

1. '고장 난 시계'를 진단하다

존재에 관한 모든 이야기는 근본적으로 시간에 관한 이야기로 귀결된다. 시간의 의미를 진지하게 물을 때, 인간은 자신의 몸과 정신이 곧 한정된 시간 그 자체임을 깨닫는다. 육체를 부양하고 쾌와 불쾌를 감각하는 일, 기억하고 판단하는 일, 어떤 정념을 느끼고 그것을 되새기는 일 등 모든 인간적 행위는 한정된 시간을 소모하면서 진행된다. 그런 의미에서 존재와 시간은 하나이다. 우리는 이와 같은 당위론적 시간의 진실을 거의 대부분 외면하거나 망각하며 일상을 살아간다. 시간의 진실을 인식하는 행위에는 '자기이해'에 대한 두려움이 내포되어 있기 때문이다. 자기 자신을 시간에 대한 인식을 통해 들여다볼 때 존재는 무엇과 마주치게 되는가? 자신이 소모했던 시간의 흔적이 바로 자기 자신이라면 그 흔적들은 어떤 모습을 하고 있는가? 그리고 미래는? 이러한 질문은 행복했던 과거의 기억과 보람으로 가득한 현존, 그리고 아름답게 펼쳐질 미래에 대한 생각을 유보시킨다. 누구도 이같은 만족스러운 시간의 결을 만들 수 없기 때문만이 아니라 그 누구에게도 시간은 공평하게 한정적이기 때문에 존재성에 대한 사유를 더 이상 긍정적으로 이끌고 갈 수 없는 것이다. 이처럼 존재의 복합적 한계상황을 의식할 때 비로소 '나는 누구인가?'라는 물음이 탄생한다.

　김승기 시인은 이러한 존재론적 물음을 "하루의 유일한 보람이 저녁상에 곁들이는 소주 한잔이라면, 너무 무책임한 발언인가?/그 외 시간은, 내 안에 있는 타인들이 산다/과거가 산다/안 올지도 모를 미래가 산다"(「반주(飯酒)」)라고 적는다. 그리고 시 「바코드」에서 "혹 지워지면 어쩌나/쓱 당신을 긁는다/쓱 나를 긁는다/계속 에러다//나는 도대체 누구인가"라고 반복한다. '나'의 내부에서 타인을 들어내고, 지난 과거를 들어내고, 안 올지도 모를 미래를 들어내면 '나'의 바코드는 읽히지 않는다. '나'의 내부가 텅 비어버리기 때문이다. 이때 '나는 누구인가?'라는 물음은 이미 텅 빈 '나'를 그 대상으로 겨냥할 수밖에 없다. '나' 자신이 텅 비었다는 사실을 사유한다는 것은 잃어버린 존재성을 찾는 행위이며, 자신의 고유한 시간을 진단하는 일이다. 자신의 바코드가 읽히지 않는다는 사실, 존재성을 잃어버렸다는 사실에 대한 깨달음을 시인은 시 「백야(白夜)」의 '고장 난 시계'로 상징화한다. 낮과 밤을 가늠하기 어려운 백야의 대기 속에 놓인 '고장 난 시계'는 방향을 잃고 앞으로 나아갈 수 없는 존재의 상태를 암시한다. 그곳에서 존재는 미끄러진다. 이를 시인은 "지구는 미끄럽다//육감을 빨판처럼 열어놓고 오늘도/이쪽에 붙었다 저쪽에 붙었다 한다"(「떠남의 미학」)고 말한다. '나는 누구인가'라는 물음은 이같이 균형을 잃어버린 자의 존재론적 흔들림을 내포한다. 다시 말해 시집 『여자는 존재하지 않는다』의 맥락은 비어 있는 존재의 '미끄러짐'을 체감하는 데서 출발한다.

> 누구나 천형처럼 가지고 있는 그것
> 그곳이 허전해 꿈꾸는 정사(情事)
> 옆방 여자가 위태롭게
> 그 빈 곳을 채우고 있다
>
> 버스를 기다리는 이의 뒷모습도
> 한 사내가 피우는 담배연기도
> 칼국수를 먹는 후드득 소리도
> 그곳으로 향하는 길목이다
>
> 산을 내려오는 길 하나
> 새벽에 마주친 사내를 닮았다
> 지랄 같은 그 빈 곳 때문에
> 저리도 꼬불댄단다
>
> —「빈 곳」 전문

> 간단히 열리는 빠른 맥박, 무작위로 뛰어드는 여자들, 금세 꼭지 하
> 나 떨어져 나가, 여지, 여지, 여지, 사라진 커서가 눈이 빨개져 다시 여
> 자, 여자, 여자, 또 꼭지 하나 떨어져 달아나는 여지, 여지, 여지
>
> 졸린 눈으로 끝없이 빗나가며 반짝이는 저 커서 '∟'의 정체는?
> —「여자는 존재하지 않는다」 전문

존재의 고유한 가치를 찾기 위해서는 자신의 내부를 구성하는 비본질
적 요소를 하나하나 제거하는 과정이 필요할지도 모른다. 그러나 제거의
과정은 '텅 빔' 속으로 '나'를 미끄러지게 한다. 적어도 김승기에게는 그러

제3부 시의 다양한 여정들

하다. 이 빈 자리를 고스란히 인정한다는 것은 결코 쉬운 일이 아니다. 존재의 텅 빔으로는 새로운 시간의 질을 만들어갈 수 없기 때문이다. 때문에 김승기의 화자는 허전한 정사를 꿈꾼다. 그것으로 텅 빔을 대체한다. 시인은 이 같은 허전한 정사의 꿈을 "지랄 같은 그 빈 곳 때문에/저리도 꼬불댄단다"고 표현한다. '빈 곳' 때문에 존재가 뒤틀리고 있는 것이다. 허전하고도 외로운 꿈으로 꼬불대는 '나'를 "옆방 여자가 위태롭게" 채워준다. 그런데 그녀는 '나'와 함께 있는 것이 아니라 벽으로 가로놓인 옆방에 있으며, 그런 그녀와의 정사는 위태로운 것이다. '나'의 텅 빔을 위로하는 그녀는 도대체 누구인가? 있는 존재인가 없는 존재인가? 확실히 알 수 없지만 '나'는 그녀를 자꾸 호출할 수밖에 없다.

그녀는 간단히 열리지만 "금세 꼭지 하나 떨어져 나가, 여지, 여지, 여지, 사라진 커서가 눈이 빨개져 다시 여자, 여자, 여자,"일 뿐이다. 꼭지가 떨어졌다가 다시 붙었다가 달아나는 그녀는 "이쪽에 붙었다 저쪽에 붙었다"(「떠남의 미학」)하며 미끄러지곤 하는 '나'와 닮아 있다. 여자와 '나'는 온전한 착지가 이루어지지 않는다는 점에서 둘 다 불안정하다. 그런 의미에서 그녀는 '나'의 거울상이라 할 수 있다. 불안정한 존재가 불안정한 존재를 위로하는 것은 위태로운 일이다. 이는 이들이 주고받는 위로가 완전성에 도달할 수 없음을 암시한다. 시 「여자는 존재하지 않는다」는 "*여자는 존재하지 않는다 : 자크 라캉 세미나 XX에서"라는 주석이 첨가되어 있는데, '여자'를 '나'의 거울상이라는 전제 하에, '여자'가 '여지'로 자꾸 바뀌곤 하는 과정을 라캉식으로 설명하자면 상상계(imaginaire)의 분열이라 할 수 있다. 쉽게 말해 이상적 나르시시즘의 거울상이 불안정하게 조각나 있음을 암시한다. 아주 오래전 잃어버린 행복의 거울상이 조각난 채 '나'의 내부로 틈입해오고 있는 것이다. 문제는 시인이 균열이 간 자신의 존재를 보고 있다는 점이다. 아울러 그는 균열이 간 거울을 통해 자신이 온전한 거울상에 대한 그리움을, 그것이 허전한 정사일망정 아직 그 꿈을 버리지 못했음을 확인하고 있는 것이다. 정신과 의사의 앎(지식)으로도 벗어날 수 없는 인간적 고뇌가 여기에 담겨 있다. 한편 시인은 '여자'가 '여지'로, '여지'가 다시 '여자'로 되돌아오는 과정을 눈이 빨개지도록 반복하면서 '여자'의 정체를 관념이 아니라 정념의 깊이로 환원시킨다.

혼자 깨어 듣는 차가운 바람소리

밤새 무겁기만 한 구들장

매운 연기에 눈물 콧물 흘려도

비명처럼 탁탁, 잘 타지는 않고

차라리 죽고 싶어! 원장 나 죽는 약 좀 줘!

가랑가랑 목에 걸려 뱉어 내지도 못하는

외딴집 하루

— 「젖은 청솔가지」 전문

김승기에게 '텅 빔'이라는 자기확인이 불러오는 정념은 다름 아닌 외로움이라 할 수 있다. 위에 인용한 시의 화자는 '혼자' 깨어 소리를 듣는다. 화자가 듣는 소리에는 '차가운 바람소리'와 젖은 청솔가지가 내는 '비명처럼 탁탁' 잘 타지 않는 소리, 고통을 참아내지 못하는 환자의 절규가 겹쳐 있다. 이 소리들은 모두 '온기'가 없다는 점에서 공통적이다. 온기를 잃어버린 소리들이 '외딴집' 안에 몰려 있는 것이다. 홀로 떨어져 있는 외딴집의 형상은 고요와 적막을 연상시키지만, 시인은 역설적이게도 '추운 것들'의 소리로 가득한 적막을 만들어냄으로써 외따로 있음의 의미를 강화시킨다. 이때 추운 것들의 소리와 화자가 분리되지 않는다. 차가운 구들장을 끼고 홀로 밤을 보내는 화자 또한 저 소리들처럼 온기를 잃은 자이기 때문이다. "가랑가랑 목에 걸려 뱉어 내지도 못하는"이라는 구절은 추운 것들의 소리와 화자의 육체가 일체화되었음을 말해준다. 이와 같이 온기를 잃고 추운 것으로 가득한 존재의 상태가 바로 시인이 붙들고 있는 외로움의 실체라 할 수 있다. 그의 시에서 발견되는 "밭머리 외톨이 나무"(「숲에 들지 못하는 나무」), "혼자 떨어져, 멀대 같이 키만 삐죽 큰 느티나무"(「문경새재 느티나무」), 모든 사람들의 마음속에 살고 있는 외기러기(「담(癭)」) 등의 이미지는 모두 '외딴집'과 동일한 외로움의 등가물이라 할 수 있다. 중요한 것은 추위로 가득한 외로움이 허전한 정사를 꿈꾸게 한다는 점이다. 여기에는 자꾸 꼭지가 떨어져 '여지'로 미끄러지는 '여자'를 꿈꿀 수밖에 없는 인간 존재의 슬픔이 가로놓여 있다. 이러한 슬픔이 '낙서공원'에 모여 있다.

　　책상 밑에 숨어 울며 말하고 싶던, 누구에게 마구 퍼붓고 싶던, 온 힘을 다해 옹골차게 올려치고 싶던, 그냥 좋아 펄쩍펄쩍 뛰고 싶던, 마냥 배꼽 잡고 깔깔대고 싶던, 그저 무조건 끌어안고 싶던, 그냥 갈겨버리고 싶던, 벌렁 누워버리고 싶던, 코를 팽 풀고 싶던

　　세상에 차마 못 했던 그 '싶던' 것들이, 공원 시멘트 바닥에, 차들에, 쓰레기통에 모여 있다

뒷골목이 뒷골목에 세운 이곳은
신생 독립국

여기 오래 서 있으면 나도 뒷골목이 될까?

— 「낙서공원」 전문

이 시의 하단에는 '낙서공원'이 벨기에 브뤼셀에 있는 공원이라고 적혀
있다. 중세의 고풍스러운 매력을 지닌 장소에서 시인이 시의 제재로 '낙
서공원'을 선택했다는 사실은 매우 흥미로운 일이다. 그의 의식 지향을
가늠할 수 있는 대목이기 때문이다. 시인은 그곳에서 무수히 무산되었던
인간의 꿈과 욕구를 한눈에 본다. "세상에 차마 못 했던 그 '싶던' 것들"로
도배된 공원의 풍경은 아름다운 중세풍의 거리 뒤편으로 밀려난 춥고 외
로운 풍경으로 전달된다. '낙서'는 아름다운 펜으로 정교하게 써진 문장들
과 다른 차원을 지닌다. 우리가 일상에서 이루지 못했던 소망을 아무렇게
나 기록한 낙서들, 그것은 위대한 꿈의 기록이 아니기 때문에 오히려 슬
프다. 또한 위대한 꿈의 기록이 아니기 때문에 보편적이다. 공원 시멘트
바닥에, 자동차와 쓰레기통에 마구 적어놓은 그 슬픈 꿈을 시인은 바라보
고 있는 것이다. 시인은 "뒷골목이 뒷골목에 세운" 이 열망의 "신생 독립
국"에서 자꾸 꼭지가 떨어져 '여지'로 미끄러지는 '여자'를 꿈꾸는 무수한
사람들의 허전한 꿈을 본 것이 아닐까?

2. 유리 상자에 갇힌 불안

인간은 본능적으로 자신의 결핍을 치유하려는 자기보존 욕구를 가지고

있다. 무언가를 소망하고 꿈꾼다는 것은 자기치유를 위한 첫걸음이다. 그러나 꿈꾸는 바가 모두 실현 가능한 것은 아니다. 어떤 소망은 실현 가능성을 넘어서서 그것을 꿈꾸는 것만으로 결핍을 대체할 수도 있다. 이런 경우 애초부터 꿈의 실현 가능성보다 꿈꾼다는 행위 자체에 더 무게가 실리게 된다. 그러나 이룰 수 없는 꿈이라는 사실을 알면서도 꿈꾸는 행위를 반복적으로 추구할 경우, 꿈의 실현이 불가능하다는 확인과 결핍의 대체물로서 '꿈꾸기'의 불완전성에 대한 인식의 개입을 막을 수 없다. 이때의 '꿈꾸기'는 언제나 미결로 남을 수밖에 없는 비극의 산물이 될 가능성을 갖는다. 시인이 꿈꾸는 혹은 욕구하는 '허전한 꿈'은 "옆방 여자가 위태롭게"(「빈 곳」) 채워주는 불완전한 형태의 것이다. 따라서 그의 내부 결핍은 완벽한 충족이 불가능한 상태인 채로 늘 여분을 남기게 된다. 다시 말해 시인은 결핍의 영구적 해소가 불가능함을 이를 통해 의미화하는 것이다. 김승기의 '미끄러짐'의 내막은 이와 무관하지 않다. 안정된 착지를 하지 못한 채 "육감을 빨판처럼 열어놓고 오늘도/이쪽에 붙었다 저쪽에 붙었다"(「떠남의 미학」)하며 불안정하게 미끄러지는 그의 존립이 그의 불안정한 '꿈꾸기'와 상동적인 것이다. 이때 미결로 남은 '꿈꾸기'와 미끄러짐을 막지 못하는 '착지'는 내면을 동요시키는 불안의 요인이 된다.

유리 상자 안을 들여다본다

생각 하나 지나간다
생각 둘 지나간다
생각 셋 지나간다

생각 하나 한참 가다 되돌아온다

나는 미끄러진다, 고로 존재한다

생각 둘 돌아왔다 다시 간다
생각 셋 달려왔다 달려가고 또 달려가고 달려온다

유리 상자를 쾅 친다
잠깐 조용하다

나는 그저 바라볼 뿐이다

— 「상념(想念) 혹은 불안」 전문

세상은 오직, 나와
나 아닌 너

너무 가까우면 '나'가 먹혀 버릴 것 같고
너무 멀면 '너'가 아주 끊어져 버릴 것 같은

그 팽팽한 사이를
당신은 하루 종일 왔다 갔다

믿음이 되지 못한 시간은 위험한 동물이다
그 동물이 이 세상에 낳을 수 있는 것은 아무것도 없다

지금 또 갓 유산된
피가 뚝뚝 떨어지는, 이별 하나

저 혼자 겁에 질려 쏜살같이
달려가고 있다, 달려오고 있다

— 「당신의 거리(距離)」 전문

인용한 두 편의 시는 '달려가다, 달려오다'라는 행위의 공통분모에 의

해 쌍둥이처럼 읽혀지는 작품이라 할 수 있다. 시 「상념(想念) 혹은 불안」
에 등장하는 '유리 상자'는 여러 개의 생각이 담겨 있는 '뇌'(정신 혹은 마음
을 포함한)의 환유이다. 생각들은 이 유리 상자에서 요동한다. 지나가다,
되돌아오다, 다시 가다, 달려가다, 달려오다 등의 동사가 이를 말해준다.
잠재워지지 않는 이 생각의 움직임은 내적 활기가 아니라 견딜 수 없는
불안을 암시한다. 머릿속을 마구 헤집고 다니는 생각들이 하나로 모아지
거나 상자 밖으로 빠져나가지 못한 채 맴돌고 있기 때문이다. 생각 하나,
둘, 셋이 분열된 형상을 한 채 제각각 움직일 때 생각의 주체는 자신을 조
율할 능력을 상실하게 된다. 그는 이미 '나' 아닌 '나'로 소외되는 것이다.
또 다른 시 「불면증」에 보이는 "스위치를 내렸다 꺼지지 않았다 스위치를
또 내렸다 여전히 꺼지지 않았다 밤새 스위치를 내렸다"와 같은 행위 또
한 이와 동일한 상태를 암시한다.

　위에 인용한 시 「당신의 거리(距離)」는 이와 같은 '분열'을 '관계'의 문제
에 대입한 경우이다. '나'와 '너'의 거리조절에 실패한 관계는 '왔다 갔다'
를 반복하다가 급기야는 "저 혼자 겁에 질려 쏜살같이/달려가고 있다, 달
려오고 있다"를 하며 파경을 만들어낸다. 중요한 것은 그러한 행위를 '나'
와 '너' 둘이 함께 하는 것이 아니라 '저 혼자' 그렇게 한다는 점이다. 이러
한 행위는 누구에 의해서가 아니라 스스로 그렇게 만드는 자멸의 비극을
암시한다. 비극의 원인이 외부에 있는 것이 아니라 자신에게 있다는 사실
만큼 우리를 불행하게 만드는 것은 없을 것이다. 자책을 하며 자신에 대
한 긍지와 믿음을 잃을 수 있기 때문이다. 이것이 불안이 만들어내는 파
괴력이라 할 수 있다. 시인은 이에 대해 "믿음이 되지 못한 시간은 위험한
동물이다/그 동물이 이 세상에 낳을 수 있는 것은 아무것도 없다"라고 말
한다. 이는 믿음이 없는 심리상태가 곧 불안이며 불안은 아무것도 생성시

키지 못하는 불모의 다른 이름이라는 사실을 의미한다. 시인은 불안이 담긴 유리 상자를 바라본다. 불안은 훤히 보이는 상자 안에 있지만 주먹으로 쾅 치면 잠깐 조용해질 뿐이다. 저 불안의 유리 상자는 '나'를 불모지에 가두는 내 안의 '나'라 할 수 있다. 이 같은 '유리 상자'의 구속력은 다만 심리적 차원에 한정된 것이 아니다. 덜그럭거리며 분열된 생각들의 감금 상태는 때로 실제 경험적 세계와 연동되곤 한다. 그런 의미에서 '유리 상자'는 관념적 상징물 그 이상의 의미를 지닌다.

> 좁다
>
> 저마다 자기들 속에 갇혀 있는 사람들이 좁고
> 종일 붙잡혀 있는 작은 공간이 좁고
> 그게 그것인 일들이 좁고
>
> 내가 하루 종일 하는 일은
> 넘치는 나를 주워 담는 일
> 그것을 구석구석 쑤셔 박는 일
>
> 그 쑤셔 박은 것들이 확! 끌어당겨
> 나를 휴지통에 쑤셔 박을 때
> 아! 바다가 보고 싶다
>
> ─ 「바다가 보고 싶다」 전문

인간이 살아가는 일상적 시·공간의 동선을 되돌려 생각해보면 놀라울 정도로 반복적이다. 매일 동일한 공간에서 어제했던 고민과 갈망을 또 다시 반복한다. 일정한 반경을 벗어나지 못한다는 점에서 일상이 만들어내는 동선은 '유리 상자'와 동질적이다. 시인은 이를 '좁다'고 표현한다. 이

좁은 일상의 울타리 안에서 "내가 하루 종일 하는 일은/넘치는 나를 주워 담는 일/그것을 구석구석 쑤셔 박는 일"이라고 시 「바다가 보고 싶다」의 화자는 고백한다. 우리는 왜 '넘치는 나'를 넘치게 놓아둘 수 없는 것일까? 휴지통에 쑤셔 박아야 하는 '나'는 도대체 누구인가? '나' 스스로 '나'의 일부를 폐기처분하지 않으면 안 되는 상자 속의 보이지 않는 규율이 생존법칙 혹은 자기보존·본능의 일부를 포함하는 것이라면 우리 모두는 이곳을 빠져나갈 수 없을 것이다. 예를 들어 「벽」이라는 작품의 "흑간 자신을 박차보지만/미완성의 새들은/'인간'이라는 아픈 이름을 새기며/또 하나의 작은 원으로/묶여져갈 뿐이다"와 같은 구절도 이러한 인간의 존재 조건에 대한 사유를 드러낸 경우라 할 수 있다. 이것이 살아가는 대가일지도 모른다. 따라서 '바다'는 언제나 저편에 존재하는 무엇으로 남게 된다. 다른 시에 보이는 "달려가는 기차만 보면/나도 떠나고 싶다//내 안의 것들, 오래 있었다고/너무 오래 있었다고 일제히 일어선다"(「달려가는 기차만 보면」)와 같은 구절도 이와 동궤의 상상력으로 읽을 수 있다. 그런 의미에서 이 시집에 함께 실린 또 다른 시 「날마다 그의 꿈속을 걸으면서도」는 매우 중요한 의미를 상징하는 작품으로 읽힌다.

　　의사 시인 송년회 겸, 이승하 시인 초청 강연 '시의 역할—재소자들과 시를 이야기하다'에서 들은, 하루 30분씩만 사색하며 산책했으면 좋겠다는 한 재소자의 간절한 소원 이야기가 자꾸 생각난다

　　우리 집 뒤엔 능선 따라 만들어 놓은, 지금은 나만이 다니는 비밀 길이 있다 아침마다 개를 데리고 낙엽 떨어진 그 숲길을 걷는다

　　나는 매일 그 재소자의 꿈속을 걸으면서도
　　그가 되어 지금의 나를 바라보면 아득히 빛나는 별로 보일 것인데도

숲길을 걷다가 문득 하늘을 올려다본다
겨울나무들이 나보다 키가 몇 배씩 더 크다
— 「날마다 그의 꿈속을 걸으면서도」 전문

이 시의 화자는 기묘하게도, 아니 하필 "하루 30분씩만 사색하며 산책
했으면 좋겠다는 한 재소자의 간절한 소원 이야기"를 매일 자기의 소원으
로 바꾸어 산책을 한다. 그는 아침마다 개를 데리고 숲길이 아닌 '재소자
의 꿈속'을 산책하는 것이다. 재소자는 자유를 몰수당한 사람이고 이 시
에 등장하는 의사는 마음껏 숲길을 걸을 수 있는 자유인이다. 그러나 재
소자의 간절한 꿈을 자기의 꿈으로 환원시킬 때 화자는 재소자와 동일해
진다. 여기에는 재소자에 대한 무의식적 동의가 내포되어 있다. 불안의
유리 상자를 어찌하지 못하는, 때로 그것에 의해 조정당하는 '나'를 상기
해보면 재소자와 '나'는 각기 감옥과 유리 상자에 갇혀 있는 동일한 존재
라 할 수 있다. 그런 의미에서 화자의 산책은 불안 속에 갇힌 자의 목마른
갈구이지 해소가 아닌 것이다.

3. 개안(開眼)의 시간

바코드가 읽히지 않는 텅 빈 존재, 추운 것들의 소리로 가득한 외로움
의 정념, 그것이 꿈꾸는 허전하고도 외로운 온기, '꿈꾸기'의 불완전성이
가져다주는 목마름, 이것이 김승기가 '나는 누구인가?'라는 물음에 대해
스스로를 진단한 자신의 존재 상태라면, 그리고 이러한 존재성이 끊임없
이 세계로부터 미끄러지게 만드는 슬픔과 불안의 요인이라면, 이로부터
벗어날 길을 찾는 것이 당연할지도 모른다. 그러나 만약 이와 같은 존재

제3부 시의 다양한 여정들

상태가 인간의 본질로부터 파생된 것이라면 문제는 달라진다. 외로움이나 불안과 같은 균열로부터 벗어나 이상적 자아의 상태로 되돌아가고 싶은 욕구가 인간본성 가운데 하나라면, 이런 종류의 욕구는 존재와 분리될 수 없는 속성을 지니기 때문에 실현 불가능한 것일지라도 지워버릴 수 없는 것이다. 따라서 시달림은 불가피한 것, 필연적인 것이 된다. 그렇다면 영원히 해결 불가능한 이 같은 존재론적 사태에 대해 우리는 어떤 방식을 취해야 하는가?

　　어쩌자고 아이가 또 운다

　　무엇을 읽었는지 창밖엔 회초리 같은 바람이 불고 우-우 눈들이 몰려간다 아이는 어둠 너머로 메아리 하나를 만든다

　　친구 S가 달려오고 따라주는 술 한 잔의 통속함, 그 진저리

　　아이는 다시 새근새근 잠이 든다
　　　　　　　　　　　　　　　　　—「아이가 운다」 전문

　없애버릴 수 없는 비극적 욕구에 대응하는 최선의 방식은 그것을 없앨 수 없다는 사실 자체를 인정하고 받아들이는 것일지도 모른다. 이 시에 등장하는 '아이'는 어둠 너머로 울음의 메아리를 보낸다. 그 울음은 '회초리' 같은 맵고 추운 바람을 타고 친구 S에게로 전해진다. 친구 S는 달려와 아이 울음에 뜨거운 술을 붓는다. 울던 아이는 다시 잠든다. 이러한 맥락을 볼 때 '또' 울고 있는 '아이'는 허전한 꿈을 그리워하는 시인의 내적 외로움의 상징이라 할 수 있다. 그런데 김승기는 자신의 내부로부터 끊임없이 되살아나는 아이의 울음을 지우려 하지 않는다. 그는 이러한 슬픔의

존재성을 외면하거나 극복해야 할 무엇이 아니라 위로하고 달래며 가져가야 할 인간적 진실로 여긴다. 이러한 방식이 '통속함'을 몰고 올지라도, 그리고 '또 우는 아이'를 일시적으로 잠재우는 방식일지라도 어쩔 수 없이 반복할 수밖에 없다고 그는 생각한다. 아이는 다시 깨어나 울 것이고 그것을 달래야 하는 수고는 지속될 것이다. 그런 의미에서 이 일시적 위로는 영구적 치유와 달리 불안정성을 지닌 채 영원히 반복적일 수밖에 없다. 이것이 고통을 품어내야 하는 인간적 시간의 내용물이라 할 수 있다. 때문에 시인은 또 다른 시에서 "우리가 숭배해야 할 것은/사랑이 아니라/외로움이다"(「흘레」)라고 말한다. 사랑을 가능하게 하는 동력, 그것은 인간 보편이 지니고 있는 '우는 아이'로부터 생성되는 것이라고 말하고 있는 것이다. 그런 의미에서 본질적 외로움과 결핍은 자기애의 출발점이라 할 수 있다. 한편 자신의 불가항력적 존재 상황을 인정하고 그것을 스스로 위로하고 달랠 때 존재 인식은 점차 다른 지점을 만들어낼 가능성을 갖게 된다. 존재의 결핍에 대한 인정과 위로가 희미했던 자신의 실상을 또렷하게 볼 수 있게 하는 내적 힘이 되기 때문이다.

나름 빗는다고 빗어도
늘 부스스한 머리
곱슬머리라 그러려니 하며 살았는데
반대로 넘겼더니 가지런하다

어이가 없다
50년을 제 머리카락 성질도 모르면서
무슨 정신과 의사 노릇을 한다고
남의 머릿속만 부스스하게
헤집어놓은 건 아닌지

살며 부스스한 게 어디
머리카락뿐일까만
웃는 것, 말하는 것, 행동하는 것
모두 다시
가르마를 타봐야겠다

— 「가르마」 전문

이 시의 화자는 오십 평생 습관처럼 해왔던 가르마를 반대 방향으로 타봄으로써 오히려 가지런해진 자신을 발견한다. 습관은 한 사람의 행동양식을 결정짓는 가장 강력한 요인 가운데 하나이다. 습관은 되풀이된 시간의 '몸'이라는 점에서 친숙한 자기정체성이라 할 수 있다. 우리는 모든 것을 정확한 판단에 따라 행동하지 않는다. 오히려 습관에 따라 자연스럽게 무의식적으로 움직이고 살아간다. 습관이 좀처럼 교정되기 어려운 까닭이 여기에 있다. 그런 의미에서 이 시가 보여준 가르마를 반대로 타보는 일상적 사건은 의미심장한 의미를 내포한다. 여기에는 자신의 정수리 모양을 바꾸어보려 하는 존재전환의 움직임이 담겨 있다. 화자는 "웃는 것, 말하는 것, 행동하는 것/모두 다시/가르마를 타봐야겠다"고 다짐한다. 오랜 세월 동안 해왔던 것이라고 해서 반드시 그대로 해야만 되는 것은 아니라는 사실을 알게 되는 것은 일종의 깨달음이라 할 수 있다. 진리의 변동은 이로부터 시작된다. 고착된 인식은 이 지점에서 보다 유연한 형태로 변화될 가능성을 갖게 되는 것이다.

그 현란하던 속도감, 온 힘으로 버티어도
가파르던 시간 띠

겨우 벗어나서 그 노을빛 바라본다

ㅡ무서운 사내!

거울에 혼자 픽 웃어본다

창밖에서 지나가던 구름이
껄~껄~댄다

　　　　　　　　　　ㅡ「다시 한 번 또 휘감기고ㅡ진(震)」 전문

요새 부쩍,
기다려지는 것이 많다
너무 멀리
바라보고 있다는 얘기다
그런데 지금,
낙엽이 지고 있지 않은가
그 낙엽이 쌓인 길을
걷고 있지 않은가
더 추워지기 전에
달밭골 가야겠다
맑게 흐르는 물에
눈[目] 씻으러

　　　　　　　　　　　　　　ㅡ「욕심」 전문

　오랜 습관에서 벗어나는 일은 자기를 구속했던 것으로부터 벗어나는
일이기도 하다. 아울러 습관을 벗어나는 일이 공간과 시간에 대한 인식
론적 확장으로 나아갈 때 보다 근본적 변화를 가져올 수 있다. 위에 인
용한 두 편의 시를 보면 화자는 현란한 속도감(시간)과 근시적 세계(공간)

로부터 벗어나고 있다. 시 「다시 한 번 또 휘감기고─진(震)」의 화자는 자신을 휘몰아가던 "가파르던 시간 띠"를 풀어놓고 거울 앞에 서 있다. 거울에 비친 '무서운 사내'를 보고 그는 "픽 웃어본다". 이 얼굴에는 이미 '노을빛'으로 물들기 시작한 시간의 스러짐과 그 시간을 살아냈던 한 사내의 표정이 겹쳐 있다. 아울러 사내의 표정은 쓸쓸함에도 불구하고 여유로움을 물고 있다. 이 모습을 본 "창밖에서 지나가던 구름이/껄~껄~댄다". 화자와 구름의 마주침은 심심상인(心心相印)의 선(禪)적 풍경을 연상시킨다. 그것을 시인은 이 시의 부제를 통해 '진(震)'이라고 표현한다. 어떤 놀람의 순간, 깨달음이 스치는 순간을 표현한 것으로 읽을 수 있을 것이다. "가파르던 시간 띠"를 풀어놓고 그는 무엇을 깨달은 것일까? 그의 다른 시 「낡음」에 보이는 "한철 얼마나 징그럽게 나를 소비했던가?"나 시 「어금니를 뽑고」에 보이는 "그 시간 위에 우리들의 떠들썩함은, 참 난데 없고 어쩌면 기적이다."와 같은 구절이 답이 될 듯하다. '무서운 사내'의 얼굴은 떠들썩함 속에서 소비된 자아의 상(像)이 아닐까? 그것을 깨닫는 순간 존재의 시간은 '지금─여기'로부터 서서히 다른 곳으로 이동하게 된다. 한편 시 「욕심」의 화자는 요즘 "너무 멀리/바라보고 있다"고 고백한다. 그런데 그의 시간은 이미 "낙엽이 쌓이는 길"에 들어서 있다. 멀리 있는 것을 가만히 기다리고 있을 일이 아닌 것이다. 그는 자신에게 주어진 한정된 시간의 양을 가늠해 본다. 해서 깊은 "달밭골 가야겠다"고 다짐한다. 달밭골은 그가 "맑게 흐르는 물에/눈(目) 씻으러" 가고자 하는 곳이다. 이는 맑은 눈으로 존재와 시간을 다시 보겠다는 의미를 내포한다. 떠들썩하고 난데없는 시간을 벗어난 개안(開眼)의 순간이 마련한 시간은 어떤 것일까?

낮게
더 낮게
풀보다도 낮게
흙보다도 낮게
흙 속 벌레보다도 낮게
벌레 속 물보다도 낮게
낮게
낮게
더 낮게
이 세상, 아무것도 아닌 것보다도
더 낮게

—「휴식」 전문

    시 「휴식」을 읽으면서 앞서 소개한 「바다가 보고 싶다」의 "좁다//저마다 자기들 속에 갇혀 있는 사람들이 좁고/종일 붙잡혀 있는 작은 공간이 좁고/그게 그것인 일들이 좁고"와 같은 구절을 상기할 필요가 있을 듯하다. 시인은 '좁다'를 '낮게'로 바꾸면서 새로운 시간의 의미를 만드는 것이다. 이 시를 읽으면 풀보다, 흙보다, 벌레보다, 벌레 속 물보다, 아무것도 아닌 것보다 '더 낮게' 가다듬어지는 호흡을 느끼게 된다. 자꾸 낮추고 낮추어 조용해지는 숨결, 텅 빈 존재 속에 담기는 평화로운 숨결, 그것은 지나가고 달려오는 생각들이 가득했던 '유리 상자'와 대조를 이룬다. 그런데 이러한 숨결과 휴식은 '아무것도 아닌 것보다' 더 아무것도 아닌 것에 이르러야 가능하다. 겸손해져야 가능하다. 여기에는 자신이 '텅 빈 존재'라는 고통스러운 자의식마저도 내려놓으려 하는 내적 움직임이 숨겨져 있다. 이것이야말로 '텅 빈 존재'를 고스란히 인정하는 태도일지도 모른다. 그는 텅 빈 존재의 미끄러짐과, 내 안에서 또 우는 아이와, 허전하고도 외로운 온기와, 갇힌 자의 목마름과 불안을, 그것들을 안고 왔던 시간의 표정을 "이 세상, 아무것도 아닌 것보다도/더 낮게" 인정하고 위로하며 고요한 숨결로 시간을 몰아가려 하는 것이다. 시인은 시 「내려가고 있다」에 "나에게 이제 조금 관대해지자. 내가 나를 안아주기도 하자. 뭉클한 것이 슬쩍 지나간다."고 쓰고 있다. 그리고 시 「날아다니는 온도계」에 "육각형 속에 갇혔던 봄이/숲 속을 마음껏 날아다닌다"고 쓰고 있다. '유리 상자' 속에 갇혀 있던 재소자의 꿈이 이제는 넓은 봄의 대기 속으로 열리고 있는 것일까?

사라진 것과 사라지지 않는 기억이 담지된 '그림자'의 몸

— 이위발 시편에 대한 현상학적 읽기

인간의 의식은 언제나 대상에 대한 '지향성'을 기저로 활동한다. 모든 대상은 바로 이 지향성의 문지방을 넘어서면서 의미 부여되는 것이다. 의식의 대상은 존재가 마주치는 모든 것일 수 있다는 점에서 무제한적이다. 그럼에도 시인은 특히 자신의 내면과 정념을 문제적 대상으로 삼는 경향성을 지닌다. 그의 언어는 사물과 사회, 타자에 대해 말할 때조차 자신의 내적 의식에 출몰하는 정념과 기억과 자신의 존재성을 표식으로 남긴다. 이것이 시적 글쓰기의 독특한 숙명이라 할 수 있다. 내면으로 굴절되는 구심적 구조에 매혹된 자들이 시라는 장르로 귀속된다는 점에서 시의 언어는 집요하게 존재론적 속성을 내포한다. 이 근원적 속성이 놓지 않고 있는 것은 '너'가 아니라 '나'인 것이다. 시적 주체로서 '나'는 주변에서 벌어지는 다양한 사건과 사물을 예민하게 지각하고 그것을 '내면화'하는 '습성'을 떨쳐버릴 수 없기 때문에 오롯이 시인일 수밖에 없다. 시쓰기는 그러한 '나'를 더욱더 고통스럽게 강화해가는 과정이라 할 수 있다. 이러한 몰입 가운데 현존하는 '나'는 언제나 '나'의 정념과 지향

제3부 시의 다양한 여정들

을 문제적인 것으로 의식하기 때문에 평범한 일상 속에서 이방인처럼 부유하는 본래적 자아를 달래고 고무하고 적응시키며 살아가게 된다.

이위발 시인은 그러한 시적 자아를 '그림자'라는 상징을 통해 반복해서 언표화한다. 그의 두 번째 시집 『바람이 머물지 않는 집』(천년의시작, 2016)에 가장 빈번하게 등장하는 상징어가 바로 그림자라 할 수 있다. 「애월에서」 「숨어들다」 「상처, 그 가치에 대하여」 「꽃들의 생각」 「그림자놀이」 「인생」 「생각, 생각, 생각」 「바람이 머물지 않는 집」 「빈 집」 「함정·3」 등이 그림자라는 시어가 등장하는 예이다. 신작 「그 섬은 기억하고 있다」 「기다리며, 싸우며, 잡는 법」 「익지 않고 사는 법」에도 '그림자'는 반복 등장한다. 이러한 반복이 두드러질 때 그것은 개인적 상징으로 자리 잡는다. 따라서 이위발 시를 읽는 것은 우선적으로 그의 '그림자'가 내포하는 상징의 정체를 따라가는 것이라 할 수 있다. 그림자는 빛에 따라 뚜렷이 보이기도 하고 사라지기도 하는 실체의 흔적처럼 지각되는 존재이며, 동시에 비존재이기도 하다. 그것은 만질 수 없지만 분명 존재하며 불빛에 사물이 인화될 경우를 제외하면 언제나 검은색에 가까운 회색을 띠고 있다는 점에서 살아 있는 유령의 몸처럼 느껴지기도 한다. 이위발의 시편을 보면, 시인 스스로 의식했든 그렇지 않든 그는 사물과 사물의 그림자를 동시에 지각하는 독특한 시선을 맥락화한다.

> 전등이 밤을 몰아낸 줄 알았더니
> 밤은 사람의 가슴으로 숨어들어가
> 지우기 어려운 어둠이 되었다는 생각
> 세상의 어둠은 빛 앞에서 소멸이 아니라
> 보다 은밀한 곳으로 숨어든다는 생각

한권의 책으로 내 옆에 누워 있는 그림자

　　　　　　　　　　　　　　　　　—「숨어들다」 전문

물속의 그림자가 주인인 줄도 모른 채
꽃들이 그림자를 흉내 내고 있는지
그림자가 꽃들을 흉내 내고 있는지
세상은 한 벌이 아닌
두 벌이 있다는 생각,

　　　　　　　　　　　　　　　　　—「꽃들의 생각」 부분

필연만이 존재하는
그림자 없는
빛의 끔찍스러운 첫 키스는
꼬리 없는 도마뱀
우연이 변질된 연극 대본
서술로만 가능한
쉽게 휘발되는 빛의 숙명

　　　　　　　　　　　　　　　　　—「함정 · 3」 부분

　위에 인용한 '그림자' 시편은 시집 『바람이 머물지 않는 집』에 실린 작품들이다. 그림자는 물체가 빛을 가리어 생겨나는 형상이라는 점에서 언제나 빛과 연관된다. 물리적으로 빛이 없으면 그림자도 사라진다. 그러나 이위발의 그림자는 이러한 물리적 현상과는 전혀 다른 의미를 담고 있다. 시「숨어들다」에 드러난 빛과 어둠의 관계를 보면, 시인이 인식한 '어둠'은 빛으로 몰아낼 수 없는, 지우기 어려운, 즉 소멸 불가능한 것으로 의미화된다. 빛이 있는 곳에서 어둠은 사람의 '가슴'으로 숨어든다. 따라서 가슴은 어둠의 은신처라 할 수 있다. 어둠이 은신한 몸의 형상이 바로 그림

자인 것이다. 시 「꽃들의 생각」에 등장하는 '꽃'은 자신의 그림자가 '주인'
인 줄도 모른 채 수면에 드리워져 있다. 시인은 이를 통해 꽃이라는 사물
의 실체와 그림자의 위계를 역전시키는 상상력을 드러낸다. 눈으로 보이
는 실체가 주인이 아니라 그것을 어렴풋이 반영한 그림자가 그 사물의 본
질이라고 말하는 것이다. 이러한 꽃과 그림자의 관계에는 분열된 존재인
식이 암시되어 있다. 한 벌이 아니라 두 벌로 되어 있는 하나의 사물과 세
상, 그것이 이위발이 생각하는 존재의 본질이다. 환하게 핀 꽃일지라도
그것 또한 어둠의 은신처인 것이다. 꽃은 주인인 그림자를 흉내 내고 그
림자는 빛을 뿜어내는 꽃을 흉내 낸다. 그러나 결국 이 모두는 어둠의 감
춤과 드러남의 놀이에 불과하다. 그런데 시 「함정·3」은 이러한 놀이의
운동성이 필연이 아니라 '우연'의 결과임을 암시한다. 필연은 인과적 고
리를 지니기 때문에 그것에 대처할 일말의 가능성을 지니지만 우연은 비
껴갈 수 없는 불가항력적 상황이라는 점에서 필연을 능가하는 위력을 지
닌다. 따라서 필연은 "꼬리 없는 도마뱀"이며 "우연이 변질된 연극 대본"
에 불과한 것이다. 시의 맥락을 살펴보면 "쉽게 휘발되는 빛"이 필연이라
면 '그림자'는 우연으로서 사라지지 않은 채 감춤과 드러남을 반복할 뿐이
다. 결국 빛 혹은 가시적 실체는 가상이며 그 본질적 형상은 그림자라 할
수 있다. 여기에는 어둠의 은신처를 드러내는 그림자의 몸과 그 몸이 존
재해 있는 '우연'이라는 사태가 함께 놓여 있다. 즉 그림자의 몸은 우연이
라는 불가항력적 사태를 누적해온 시간성을 내포한다. 이것이 그림자 상
징의 정체라 할 수 있다. 이위발이 생각하는 자기에 대한 인식은 바로 이
런 것이다. 시 「달과 장미」는 그림자라는 시어가 등장하지 않지만 그림자
로서의 존재를 더욱 감각적으로 구체화한 예라 할 수 있다. 빛이 있는 곳
에서 어둠이 '가슴'으로 스며든다는 상상의 틀이 이 시에도 그대로 작용하

기 때문이다.

> 내 발밑에 눈을 생각하면서 달을 보았어
> 달이 껍질 벗은 복숭아로 보이는 거야 고스란히 발가벗겨진 느낌
> 유통기한 지난 양념 통처럼 기분 나쁘게 끈끈했어
> 내 몸이 달빛을 끌어 모아 밖으로 토하고 있었어
> 내 육감이 빗나간 적이 없었어
> 쓰레기봉투에서 풍기는 복잡한 음모의 냄새처럼
>
> 식탁에 앉아 맛도 없는 음식을 씹어 넘겼어
> 여백의 원고지를 씹는 기분이었어
> 하늘을 보았어, 달이 떠 있긴 했어
> 말리고 싶은 달을 보며 커튼으로 마음을 닫았어
> 밖으로 슬픔이 터져 나오는 거야
> 축축한 습기를 혀로 핥아주고 싶었어
> 파란장미가 떠올랐어 기억에서 사라진 상처 앞에
> 고개 숙이고 싶었어, 이유도 없이
> ―「달과 장미」 부분

이 시는 '달'과 '장미'로부터 떠올리게 되는 미적 통념을 와해시킨다. 부드럽고 우아한 빛을 뿜어내는 달과 고혹적 빛깔로 매료시키는 장미의 아름다운 조화를 시인은 처절하게 만들어버린다. 이 시에 등장하는 달은 '끈끈함'이라는 '복잡한 음모의 냄새'로 뒤덮여 있다. 달과 화자의 동일화가 그로테스크한 분위기를 생성시키고 있는 것이다. 고스란히 발가벗겨진 달과 그 빛을 끌어 모아 토해내는 화자의 몸의 형상에는 발가벗겨졌다는 수치감과 부패된 것의 축축함이 뒤범벅되어 있다. 그것은 '상처'의 되살아남 때문이다. '파란장미'의 멍든 빛깔이 이를 함축한다. "기억에서 사

제3부 시의 다양한 여정들

라진 상처"가 추운 빛깔로 살아난 것이다. 시인은 이 축축한 상처를 건조한 것으로 말리고 싶어 하며 고개를 숙인다. 상처의 축축함이 마르지 않는 한 화자는 '빛'을 토해 어둠으로 회귀할 수밖에 없다. 이것이 곧 그림자 상징이 지닌 내막이라 할 수 있다. 그런 의미에서 이위발의 그림자는 상처를 담아낸 기억의 '그릇'이며 남들에게는 희미하지만 자신에게는 뚜렷한 존재의 초상이다. 또 다른 시 「익지 않고 사는 법」은 이와 같은 자아의 내적 고통을 토로한 작품이다.

새벽 2시에서 3시, 이것도 할 수 없고, 저것도 할 수 없어, 누군가에게는 너무 이른 시간이고, 누군가에게는 너무 늦은 시간이라는 걸 알아, 방엔 선사시대 동굴 벽화 같은 벽지가 곰팡이로 가득 피어있고, 문살이 부러진 자리엔 숫자가 뒤죽박죽 된 달력이 붙어 있어, 천장에서 물방울 하나가 툭 떨어지자 담배가 사그라지듯 그림자가 힘없이 주저앉는 거야,

기울고 있는 반대쪽에 힘을 실어야 하는데도 몸과 마음이 기우는 쪽을 몰라. 그 끌림이 사랑일 때도 있었지만, 증오나 분노일 때도 있었어. 몸이 균형을 잃었을 때, 내 몸이 기울었어. 그림자가 두려워 그림자를 버리고 달아난 너의 어리석음을 비웃었어,

소낙비가 쏟아지려는 지 한두 방울 지붕을 때렸어, 누가 그랬어, 하늘에서 내리는 것을 물이라 하지 않고 비라고 하는 것은, 산 위의 빛깔이나 물속의 맛을 느끼는 여운 때문이라고, 차가워지는 것은 차가워지고, 따뜻한 것은 따뜻해져, 조금씩 나가는 것과 물러나는 것은, 너무 익으면 변화가 없기 때문이라고,

그림자에도 상이 있다고 했어, 밝은 것은 해에게로 돌려보내고, 어둠은 그림자가 없는 데로 돌려보내고, 흙비는 티끌로 돌려보내는 거

사라진 것과 사라지지 않는 기억이 담지된 '그림자'의 몸   311

야, 밝은 곳으로 돌아가 버리면 밝지 않을 때 어둠을 보지 못해, 밝음
과 어둠은 차별이 있어, 보는 것은 차별이 없어. 돌아갈 수 있는 것은
너의 마음이 되지 못하고, 너에게서 돌려보낼 수없는 것도 마음이 되
지 못해서야!

— 「익지 않고 사는 법」 전문

　이위발의 시편 가운데 상대적으로 긴 시에 해당하는 이 시의 화자는 왠
지 위태로워 보인다. 그의 공간과 시간이 교란되어 있기 때문이다. 곰팡
이가 가득 핀 동굴 같은 폐쇄적 공간과 뒤죽박죽된 달력. 공간과 시간은
존재와 분리될 수 없는 근원적 조건이다. 이 같은 공간과 시간이 교란되
었다는 것은 곧 존재 자체가 교란되었음을 뜻한다. 시인은 이를 "이것도
할 수 없고, 저것도 할 수 없어"라고 고백한다. 그 순간 하나의 물방울을
맞고 '그림자'가 주저앉는다. 그림자가 주저앉자 몸의 균형이 무너진다.
그는 안간힘을 쓰며 균형을 맞추려 하지만 사랑과 증오 혹은 분노 사이를
오가며 기울기 시작한다. 이 양극의 정념은 화자의 에너지가 탕진되고 있
음을 암시하는데 이는 이미 주저앉은 그림자의 불균형한 상태를 심정적
으로 재현한 것이라 할 수 있다. 이때 "그림자를 버리고 달아난 너"와 그
것을 비웃는 화자는 서로 다른 사람인가 아니면 동일자인가? 시인이 상징
화한 그림자가 상처의 기억으로부터 자유로울 수 없는 인간의 비극적 본
질을 함의한다면 '너'와 '나'는 하나일 가능성이 크다. 그림자가 주저앉았
다는 것은 우연으로 얼룩진 어두운 생의 진실을 더 이상 지탱하며 간직할
수 없음을 뜻한다. 그것은 지워지지 않는 어둠을 누적해왔던 존재의 무너
짐을 나타낸다. 따라서 화자는 도망치고 싶은 것이다. 그러면서 동시에
어둠으로부터, 그림자로부터 도망치고 싶은 자신을 비웃고 있는 것이 아
닐까? 이것은 모순이 아니라 내적 갈등이라 할 수 있다.

'그림자'에 담긴 지워지지 않는 고통의 진실들과 결별하고 싶어 하는 자아는 두 가지 방향성을 가질 수 있다. 그림자에 담지된 진실을 외면하는 것이 비겁함이라는 자의식으로 인식될 경우 그것은 자기부정으로 이어질 수밖에 없다. 만약 이러한 자기부정마저 내파(內破)할 수 있다면 그것은 갱생으로 이어질 가능성을 갖는다. 이 시의 3연과 4연에는 이 두 가지 방향성이 뒤엉켜 있는 듯 보인다. 여기서 1연의 한 방울의 물이 그림자를 주저앉혔다는 사실을 상기할 필요가 있다. 3연에서는 한 방울의 물이 '소낙비'로 바뀌려는 조짐을 드러낸다. 이 물의 증가는 그림자를 쓸어내려는 욕망을 함의한다. 화자는 누군가 "조금씩 나가는 것과 물러나는 것은, 너무 익으면 변화가 없기 때문이라고," 했던 말을 떠올린다. 너무 익어버린 그림자! 그것과 함께 나이를 먹은 존재. 이위발의 화자는 이제 변화를 원하는 것일까? 이 시의 마지막 연은 이에 대한 답을 주지 않는다. "이것도 할 수 없고, 저것도 할 수 없어"라고 고백한 화자의 심정만큼이나 이 시의 마지막 연은 그 맥락이 질서화되지 못한 채 어수선하게 전개되어 있다. 균형을 잃은 자의 심정답게 '돌려보내자'와 '돌려보내지 말자'가 엉켜 다급하고 모호하게 처리되고 있기 때문이다. 그런 면에서 이 부분은 내용과 형식이 일치하는 것일지도 모른다. 또한 이것이 시인이 처한 지금의 상태를 말해주는 것일지도 모른다.

이위발은 산문 「사라졌지만 사라지지 않는 것」에 자신이 살아왔던 기억의 조각을 짧게 기록하고 있다. 고등학교 2학년 때 겪었던 어린 동생의 죽음, 20대 초반 음악다방 DJ로 떠돌다 음악을 접었던 기억, 서른 즈음에 우연히 태국 방콕에서 가이드를 하며 고향이 그리워서 짐을 쌌던 기억, 눈만 오면 고립무원이던 정선으로 가서 일기장에 알 수 없는 문장들을 썼던 기억. 이러한 기억이 그의 시의 출발점이며 '그림자' 상징의 탄생 지점이라 할 수 있다. 사라진 것이 사라지지 않을 때, 존재는 그것에 애착하며 한편으론 그것과 싸워야 한다. 승리도 패배도 없는 이 이율배반적 과정이 인생이라고 시인은 말하고 있는 것이다. "바람직한 것은 태어나자마자 죽는 것"(「기다리며, 싸우며, 잡는 법」)이라고 서슴없이 고백하는 그의 '그림자'가 또 어떤 빛과 어떤 어둠을 번갈아가며 맞이할 것인가?

배회자의 껄끄러운 시선

— 정병근의 멜랑콜리적 속성

      화자를 시인과 분리해서 보아야 한다는 것이 화자에 관한 굳건한 이론이지만 사실 시의 화자와 시인은 잘 분리되지 않는다. 화자의 얼굴과 행색은 시인과 다를지 모르지만 그의 '표정'은 분명 시인의 것이라 할 수 있다. 시의 화자가 중요한 것은 바로 예외적인 한 예술가의 내면을 그가 적극적으로 실천하기 때문일 것이다. 정병근 시인의 화자도 그러하다. 정병근의 화자는 우리가 시 일반을 통해 발견하는 혹은 발견하고자 하는 시적 화자의 미덕을 별로 갖춘 바 없는 그런 존재이다. 그의 화자를 정감적이라고 말하긴 어렵다. 그렇다고 지적이라고 말하기도 어렵다. 휴머니즘적이라거나 반듯하다거나 하는 규정도 어울리지 않는다. 유쾌하지도 않고 낭만적이지도 않으며 더욱이 숭고함이나 존엄함과도 거리가 멀어 보인다. 그는 매사에 어색하고 불편하고 우울하며 때로 비틀려 있기도 하다. 그의 시선이 그렇고 그의 태도가 그러하다. 그가 끌어들이는 시적 상황 또한 그러하다. 그의 시가 지닌 호소력은 바로 이러한 화자에 의해 전달된다. 그는 사태를 과장하지 않은 채 그저 이 세상으로 떨떠

름하게 후비며 들어선다. 어색하고 불편하게. "어딘가 몰두하며 사는 많은 이들이 그렇듯이/그가 특별히 거룩할 이유는 없다/진영슈퍼, 대구식당, 보배곱창, 같은 간판이 또한 그러하듯이"(「구두수선공 혹은,」) 그도 그런 부류에 속해 있는 듯 보인다. 아니 그들보다 더 거룩할 것이 없는 '소문'과 같은 배회자로서 그는 존재해 있다. 그는 공원과 여관과 안마시술소와 슈퍼와 분식점과 술집을 기웃거린다. 거듭거듭 폐가를 둘러보고 늙은 여자와 노인들과 노숙자 사이를 오고 간다. 그들이 밥 먹는 걸 보고 일하는 걸 본다. 그런데 백화점이나 카페나 은행이나 베이커리 같은 곳은 안 간다. 내가 주목한 것은 바로 그러한 그의 위치라 할 수 있다. 이 외진 지점을 점유함으로써 그는 늘 불안정한 태도와 자유로운 시선을 동시에 녹여낸다. 구체적으로 말하면 이런 식이다.

> 당신은 여전히 무릎을 세우고 있다
> 무슨 말끝인가 자꾸만 기억이 흩어진다
> 다 큰 남자끼리 마주 본다는 건 껄끄러운 일이다
> 식은 밥상 위로 파리가 날아다닌다
> 누가 저 밥상을 좀 치워주었으면 좋겠는데
> 물 뜨러 간 어머니는 잠시 간 데 없고,
> 언제부터 켜놓았는지 텔레비전이 저 혼자서 왕왕거리고 있다
> 그때 텔레비전 화면에는 무슨 장면이 나왔던가
> 아, 텔레비전은 당신과 나 사이에 무엇이었던가
> 문설주 위에 씨족들의 사진이 쏟아질 듯 위태롭다
> 나는 시계를 본다 나는 어디론가 바쁘게 차를 타고 가야 한다
> 이만 일어나야겠다고 다음에 또 오겠다고
> 자주 찾아뵙지 못해서 죄송하다고 해야 한다
> 밤엔 무사히 잘 올라왔다고 당신께 전화를 해야 한다

그러나 당신은 여전히 무릎을 풀지 않는다
나는 본다 나는 안다 당신이 그랬던 것처럼
나도 언젠가는 저 텔레비전과 함께 왕왕거리며 늙어가는
쓸쓸한 노년을 맞이할 것이다
점점 납작하게 깎여서 벽 속의 길로 들어가며
오래된 유산 하나를 물려줄 것이다
　　　　　　　　　　　　　　　　—「텔레비전」전문

　고향은 온전한 곳이든 훼손된 곳이든 상관없이 우리를 다 품어주는 아우라를 가지고 있는 곳이 아니던가. 시인은 우리가 타성적으로 떠올리곤 하는 고향의 이미지를 제거하고 그 자리에 뭔가 불편한 '나'를 앉혀놓는다. 늙은 아버지와 마주한 화자는 "다 큰 남자끼리 마주 본다는 건 껄끄러운 일이다"라고 말한다. 이러한 발언이야말로 정병근 시의 독특함을 말해주는 대목이라 할 수 있다. 무릎을 세우고 앉아 있는 늙은 아버지와 외지에 살고 있는 아들의 만남에 대해 우리가 기대하는 것은 따뜻한 친밀감이나 뭉클한 반가움 따위일 것이다. 그러나 이 시의 화자는 어색하고 불편한 이방인처럼 껄끄럽게 침묵하며 아버지 옆에 앉아 있다. 그들의 만남이 이러한 이유는 "문설주 위에 씨족들의 사진이 쏟아질 듯 위태롭다"라는 표현에 암시되어 있다. 시인은 위태로운 가계(家系)를 이어가는 아버지와 아들의 만남에 내재해 있는 침울함과 억눌림을 예리하게 포착하고 있는 것이다.
　이 곤혹스러운 시간 속에서 화자의 시선은 밥상 위로 날아다니는 파리나 혼자서 왕왕거리는 텔레비전 쪽에 머물러 있다. 정병근 시에 등장하는 '텔레비전'은 일상의 기물 이상의 의미를 지닌 상징물이라 할 수 있다. 그의 화자는 뭔가 못마땅하거나 불편한 기분이 들 때, 혹은 민망할 때 텔레비전 쪽으로 시선을 돌린다. 이것은 다른 사람의 눈총을 애써 외면하는 습성과 관련한 것으로 침묵하기 혹은 '동문서답'으로 응대하기와 동일한 의미를 지닌다. 예를 들어, 좁은 백반집 식당 주인의 눈총을 외면한 채 천천히 소주와 라면을 먹으며 텔레비전을 보는 뻔뻔한 남자 손님(「낮 열두 시 반쯤의 행방」), 저 여자(아내)의 밥상을 후루룩 마시고 TV를 보는 남편(「쓸쓸한 밥상」) 등이 그러하다. 그들은 따가운 외부의 시선에 이골이 난 자들이다. 시 「텔레비전」에 등장하는 화자 또한 이러한 불편이 체화된 자라 할 수 있다. 그는 불편한 자리를 수습하기 위해 아버지에게 몇 가지 상투적인 인사말을 늘어놓아야 한다는 것을 안다. 이 시의 상황은 이러한 상투적 인사말을 오히려 긴장성 있게 만든다. 그런 인사말로 자리를 수습해야 한다는 화자의 불안정한 의식이 지극히 상투적인 인사말에 번져 있기 때문이다. 시인은 이와 같은 화자의 시선으로 '그'의 삶과 '그'와 다를 바 없는 '나'를 세심하게 들여다본다.

식욕이라는 것 똑바로 본다
쫓기는 자의 식욕은 저렇듯 치명적이다
후루룩거리며 머리를 박고
뭔가를 먹는다는 일

내장을 파먹다 들킨 짐승처럼
피 묻은 입가를 훔치면서
가끔 고개를 들고 주위를 경계하는 저
번들거리는 눈알

노란 귤들을 길가에 쌓아놓고
급하게 자장면을 먹는 그의 죄목은

아직 그가 살아 있다는 것
살아 있다는 사실을 아무도 모른다는 것
　　　　　　　　　　　　　　　—「백주(白晝)의 식사」부분

서너 평 가게보다 인사 소리 더 커서
들어서는 사람 부담스럽다
차려온 가정식 백반 밥 불룩하다
비린 고등어자반에는 젓가락 주지 않고
미역국에 밥을 말아 훌렁훌렁 먹는다
될 수 있으면 퉁명스럽게,
나는 왜 이따위로 밥을 먹는가
그때 어머니는 내게 왜 미안해했던가
남긴 밥과 반찬을 보고
여자가 손을 비비적거린다
　　　　　　　　　　　　　　　—「또또와 분식」부분

　　정병근의 시에는 "우둘두둘한 삶의 행로"(「덩굴 집」)를 지나온 수많은
'그'가 등장한다. 돼지국밥집 여주인, 노숙자, 탑골공원 노인, 노점상, 창
녀, 다방 레지, 방화범, 존속살인자, 구두수선공, 삼양슈퍼 아저씨, 넝마
주이, 3류 마술사와 예언자 등등. 그들은 "대체로 잘리고 데이고 지지면
서"(「내 친구 박원택」) 풍비박산과 산산조각을 견디고 연명하는 자들이다.
중요한 것은 이러한 그들의 삶을 서술하는 주체가 앞서 말했듯이 매우 불
안정하고 불편한 시선을 체화하고 있다는 점이다. 그는 가급적 엘리트주
의적 시선을 파기하고 3인칭의 세계에 진입한다. 예를 들면, 그는 인간주
의적 연민이나 지나치게 냉정한 객관주의적 시선 모두를 벗어나 있다. 연
민과 냉정 사이에 머물면서 화자는 되도록 '그'가 오랜 삶의 시간을 견디
며 구축해온 행동이나 습성에 주목하고 그것을 통해 '그'의 존재성을 의미

화하고자 한다. 그러한 면모는 정병근 시에 자주 '밥 먹는 일'로 묘사된다.

시 「백주(白晝)의 식사」는 노점에 노란 귤 바구니를 펼쳐놓고 급하게 자장면을 먹는 '그'를 묘사하고 있다. 시인은 이 노점상의 밥 먹는 모습에서 '쫓기는' 자의 행동거지를 눈여겨본다. 그는 그릇에 머리를 박고, 주위를 경계하며, 급하게 자장면을 해치운다. 이러한 불안한 행동 양태가 곧 그의 삶의 조건과 이력을 말해준다. 그는 늘 거리에서 손님을 놓치지 않기 위해 주위를 경계하며 후다닥 식사를 해결하지 않으면 안 된다. 그의 삶의 조건이 그의 눈알을 번들거리게, 불안하게 만들고 있는 것이다. 이와 같은 삶의 모습은 기실 이 세계에 널려 있다. 그러나 그가 "살아 있다는 사실을 아무도 모른다는 것"을 우리는 별로 중요치 않게 여긴다.

시인은 거리를 배회하며 이처럼 불편한 풍경에 유독 시선을 모은다. 시 「또또와 분식」을 보면 그러한 시인의 성향을 가늠해볼 수 있다. 이 시도 '밥 먹는 일'에 관한 것이다. 그런데 이 시의 주인공은 '그'가 아니라 '나'다. 허름한 백반집에서 밥을 먹는 '나'의 태도는 앞서 살펴본 노점상의 태도와 별 차이가 없어 보인다. "비린 고등어자반에는 젓가락 주지 않고/미역국에 밥을 말아 훌렁훌렁 먹는" '나'의 태도에는 식사를 대강대강 급하게 해버리곤 하는 습성이 묻어 있다. 그런 '나'는 품격이나 미식의 세계와는 거리가 멀어 보인다. '퉁명스럽게' 밥상 앞에 복무하는 이러한 태도에 대해 화자는 "나는 왜 이따위로 밥을 먹는가"라고 말한다. 이것이 '나'의 이력을 암시해주는 중요한 단서라 할 수 있다. 다른 상황과 달리 식탁과의 대면은 자신의 기분을 숨기기 어려운 국면을 지닌다. 자신의 기분이 기쁨으로 넘쳐나도 슬픈 노래를 슬프게 부를 수 있지만 심기가 불편한 사람이 유쾌하게 식사를 하기란 불가능한 일이다. 음식을 향한 우리의 원초성이 위선을 용인하지 않기 때문일 것이다. 따라서 못마땅함으로 가득한

　　　　　　　　　　　　　제3부 시의 다양한 여정들

자에게 식탁은 못마땅함 그 자체일 뿐이다. '나'는 어머니의 미안함에도 불구하고 "될 수 있으면 퉁명스럽게" 밥을 먹어왔던 것이다. 이것이 정병근이 삶에 응대하는 방식이라 할 수 있다.

그렇다면 이러한 삶의 디테일을 낱낱이 늘어놓는 일이 왜 중요한 것일까? 정병근의 시는 리얼리즘 계열의 작품이 지닌 사회비판이나 김기택류의 알레고리가 드러내는 인간주의와 차이를 지닌다. 물론 그러한 의미가 발견되지 않는 것은 아니다. 그러나 그가 어색하고 불편하고 불안정한 시선으로 지목하는 '그'는 엄밀히 말해 비판을 위한 것도 인간애를 위한 것도 아니다. 잘못 태어난 자, 몰락하고도 죽지 못해 삶을 살아야 하는 자, 희망이 없는 자, 우울한 자, 늙은 자, '그'는 아름답지 않은 몸과 태도와 습성을 통해 그의 존재성을 드러낸다. 시간을 거치며 낡고 지친 몸의 존재성을 시인이 호출하고 있는 것이다. 그 이유는 간명하게 말해 그들의 비틀어진 '표정'이 자신을 닮았기 때문이다. 그런 의미에서 정병근이 호출한 '그'는 '나'의 존재론으로 수렴될 가능성이 크다. 시인은 자신에 대해 "나의 技術은 혼신을 다할수록/닮은 것만 만들어 내고/구석구석 불공평의 전쟁을 일으킨다"(「차이」), "반신불수의 그가 기억을 더듬고 있다/자업자득의 뼈마디를 짚어보고 있다"(「폭포 아래 빈 의자」)고 고백한다.

혼신을 다할수록 일을 그르치고 자꾸 망하기를 거듭하다보면 '표정'은 비틀어진다. 이 비틀린 표정에는 소외가 각인되어 있다. 에리히 프롬(Erich Fromm, 1900~1980)은 "소외된 인간은 다른 사람들로부터 떨어져 있듯이 자기 자신으로부터도 떨어져 있다. 그는 다른 사람들과 마찬가지로 지각과 양식을 갖고 사물이 경험되는 바로 그대로 경험하지만, 자기 자신과 외부 세계를 생산적으로 연결시키지 못하고 있다."라고 말한다. 정병근의 화자와 '그'에게서 발견되는 껄끄러움, 불편함, 쫓기는 듯한 행동, 주위를 경계하는 눈, 퉁명스러움, 불안함 등은 소외된 하위주체가 외부세계에 응대하는 태도라 할 수 있다. 이들은 외부세계와 친화적으로 자연스럽게 관계하는 방식을 이미 잃어버린 자들이다. 소외된 자는 웅크리고 도사리며 껄끄럽게 밖과 교섭하거나 아니면 아예 스스로 밖을 차단한다.

> 그는 눈치 채지 않기 위해
> 사람들의 눈치를 살피지 않기로 했다
> 의자에 앉을 때는 의자 무늬로 몸을 바꾸었고
> 벽에 기댈 때는 벽이 되었다
> 흥건한 얼룩이 되어 바닥에 누웠다
> 아무도 그를 눈치 채지 못했다
> 그는 잊혀졌다 누에처럼
> 그의 몸은 점점 투명해졌다
> 얼마나 모르고 싶었던가
> 잊혀지고 싶었던가
> 아, 그는 얼마나 사람이 아니고 싶었던가
> 눈이 오고 꽃이 피고 다시 낙엽이 지는 동안
> 그는 골백번의 의자가 되었다가
> 벽이 되었다가 바닥이 되었다
> 맑은 날은 빨래를 널어놓고
> 놀이터 담벼락의 벽화 속에 들어가 햇빛을 쬐는 그는
> 조금씩 흔들리면서 아무도 눈치 채지 못하게
> 몸 거두는 연습을 했다
> 바람 속으로 흔적 없이 사라지는
> 먼지 인간의 주문을 외우고 또 외웠다
>
> ─「露宿 1」 전문

이 시의 '그'는 사람들의 눈치를 살피는 태도가 오히려 자기를 노출시키

는 일임을 아는 자이다. 그에게 노출은 발각이다. 최대한 사람들이 눈치 채지 못하게 행동하는 것이 그가 원하는 삶의 방식이다. 외부세계와의 마주침을 '위험'으로 체화한 몸을 시인은 이렇게 묘사하는 것이다. 그는 의자나 벽, 흥건한 얼룩과 닮으려고 노력한다. 사물 속에 스며들어 사물과 구분이 되지 않는, 그것이 너무나 자연스러운 이 투명인간에게 무슨 일이 있었던 걸까. 그는 놀이터를 집으로 삼으며 '사람'으로 살지 않기 위해 애쓴다. 아무도 모르게 잊혀지기 위해 오히려 눈치를 살피지 않으며 자신의 인간성을 스스로 박탈해버린다. 인간으로 대접받기 위한 모든 인정투쟁을 거둬들인 이 노숙자의 꿈은 오로지 자신을 "아무도 눈치 채지" 않는 것이 아닌가. 걸인이나 노숙자의 심리를 이처럼 잘 간파한 시편은 그리 흔치 않다. 인간은 모두 인간으로서 대접받기를 원한다는 만고의 진리가 무색해지는 이 지경이 바로 소외와 비인간화의 극단이라 할 수 있다. 그는 관계를 포기한 자이며 관계가 상처이며 위험일 뿐이라는 사실을 알고 있는 자이다. 그는 관계를 차단하기 위해 기꺼이 골백번 의자가 된다. 그가 세계 밖으로 나올 가능성은 전혀 보이지 않는다. 그는 먼지처럼 이 세상에서 사라질 것이다.

그간 인간소외를 말했던 수많은 시편들이 있었지만 그것은 대부분 엘리트적 시선에 의해 착색되곤 한 것이 사실이다. 이와 달리 정병근은 소외된 자의 시선으로 소외된 '그'를 호명하고 있는 것이다. 그런 의미에서 그가 지목한 '그'와 서술자의 거리는 밀착되어 있다. 이러한 설정이 정병근의 '소외론'의 독특함이라 할 수 있다. 시인은 "선명한 것들은 나의 적이었다/선명한 것들은 끊임없이 나를 지웠고/나는 줄기차게 선명한 것들을 지웠다"(「희미한 것에 대하여」)라고 말한다. 세계는 '나'를 지우려 하고 '지워지는 나'는 껄끄럽고 퉁명스러운 태도로 선명한 것들을 지워간다. 반대로 시인은 의자가 되고 벽이 되고 얼룩이 되고자 하는 자를 만천하에 드러낸다. 그는 '그'이면서 '나'이다. "그가 거기에 있든 여기에 없든 죽었든 살았든/그는, 끝까지 그여야 하겠지만/굳이 그가 아니어도 상관"(「그」) 없는 존재에 관해 거듭 기록하고 있는 것이다. 투명인간처럼 기억되지 않는 혹은 이물질처럼 잠시 기억되는 '그'는 사실 낯선 존재가 아니다. '그'는 우리의 뇌리를 점령한 화려한 TV 스타들보다 훨씬 우리와 가까운 곳에, 일상 곳곳에 함께 존재해 있다. 아이러니컬하게도, 우리는 우리와 닮아 있기 때문에 '그'를 잊고 있는 것이 아닐까.

정병근의 화자는 추상성으로부터 벗어나 소외된 자의 내성에서 우러나오는 품성, 태도, 행동 등을 실감 있게 재현함으로써 세상 밖에서 희미해진 '먼지 인간'의 존재성을 들추어낸다. 시인은 무수한 '그'를 통해 소외로서의 존재 상황을 보편의 축에 합류시킨다. 1인칭의 세계와 3인칭의 세계가 뒤섞이는 이 현장을 그는 '현실'이라고 말하고 있는 것이다. 그는 소외되어 있지만 주눅들지 않은 채 이렇게 고백한다. "내 머리 속은 놀고먹을 궁리로 가득하다/놀고먹는 生의 秘密을 터득하기 위해/꽃피고 잎 떨어지는 세월을 갈고 닦았다"(「오래된 희망」). 놀고먹는 일은 "일하지 않는 자, 먹지도 말아라"는 세상의 원칙과 강령을 어기는 일일 것이다. 그는 세상이 원하는 방식대로 자신을 길들이길 거부한다. 놀고먹으면서 세상의 미움을 사는 일을 작정한 자이다. 그런데 그러한 태도가 우리를 동요시킨다. '소외된 자'가 세상의 노예가 된 우리를, 길들여진 우리를, 우리들의 부역을, 인정투쟁을 떠올리게 한다는 생각이 든다. 우리는 왜 놀고먹는 꿈을 꿀 수 없었던 것일까. 왜 이렇게 일만 할까. 불가능을 꿈꾸는 일이 불가능해진 우리. 3인칭인 '그'가 껄끄럽게 우리의 방심한 틈을 찌른다.

제3부 시의 다양한 여정들

허공에 맺힌 새의 환(幻)

— 박완호의 『너무 많은 당신』

           시와 관련해서 끊임없이 거론되어왔던 것 가운데 하나가 '초월'의 문제라 할 수 있다. 초월의 욕망은 시인이 삶의 고통과 애환을 깊이 끌어안을 때 발생한다. 이때 중요한 것은 그가 내면적 고통을 초월했다는 결과가 아니라 어떤 고통을 어떤 방식으로 벗어나고자 했는가 하는 과정이다. 초월의 과정은 일종의 견딤의 방식이라 할 수 있다. 그러나 초월 지향적 견딤이 일반적 견딤과는 분명 다른 내용을 지니고 있음을 간과해서는 안 된다. 초월은 고통의 실체와 일일이 대응하는 것이 아니라 그것을 뛰어넘는 것이다. 여기에는 존재의 비약이 내포되어 있다. 넘어서고자 하는 자는 자신의 초월적 초상을 마음에 지닌다. 즉 초월하고자 하는 자는 초월적 상징을 심중에 새긴다. 초월적 상징은 세월의 흐름 속에서 그 윤곽이 또렷해지지만 그 의미는 완성되지 않는다. 사실 시인에게 초월은 완성되지 않은 채 지속적으로 지향되는 문제라 할 수 있다. 누구든 완전한 초월이 무엇인지 알지 못하기 때문이다. 초월은 다만 추구될 뿐이다. 그런 의미에서 초월은 개인의 내면에 만들어진 존재의 실재인 동시에 환(幻)이라 할 수 있다. 그 환이 삶의 나침반을 생성시킨다.

　그렇다면 초월을 추구하는 자는 누구인가? 그는 초월하고자 하는 대상을 내면화한 자라 할 수 있다. 초월을 욕망하는 자의 내면엔 고통과 아픔과 상실이 깊게 새겨져 있다. 상처의 내면을 현실에서 적당히 씻어낼 수 없을 때 초월의 비전이 꿈틀대기 시작한다. 박완호 시인의 시 세계가 보여주는 상상력의 움직임은 이 같은 초월의 추구와 연동되어 펼쳐진다. 그의 시에 가장 두드러지게 나타나는 고통은 '상실'과 관련되는 듯 보인다. 상실이란 누구나 겪게 되는 인간의 보편적 체험 가운데 하나이다. 우리의 시간은 채움과 잃어버림의 곡절 속에서 주름지고 익어간다. 인간은 누구나 어머니와 아버지를 잃고 형제들을 잃고 급기야는 자신의 소멸마저도 받아들여야 한다. 그런데 상실의 아픔과 고통은 한 개인에게 보편의 차원으로 인식될 수 없는 특수한 시간의 질을 만들며 특수한 기억으로 각인된다. 누구나 겪는 것이 아니라 '나'에게만 있었던 사건으로서 '나'의 삶에 끊임없이 관여하는 것, 그것이 곧 상실이다. 박완호에게 그 상실의 실체는 '어머니'라 할 수 있다.

　　나일론꽃나무줄기에 꽁꽁 묶인 마흔셋, 엄마의 나일론꽃무늬원피스
　　자락을 문 새벽버스가 안개 자욱한 아스팔트길을 질주하는 엔딩화면
　　속, 엄마 잃은 병아리들 종종걸음으로 제자리를 맴돈다

　　그날 이후, 나는 나이테가 없어졌다 정맥줄기까지 바짝 마른 나뭇가
　　지에 아슬아슬하게 매달린 이파리들, 문도 없는 다락방 쪽창 너머 사
　　춘기의 뒷골목을 빠져나오지 못하고 갈팡질팡하는 황사바람이 보인다

　　마흔넷의 아침, 발가벗은 몸을 거울에 비춰본다, 나이테 없이 한꺼

제3부 시의 다양한 여정들

번에 저물어버린

— 「나이테」 전문

시 「나이테」는 마흔넷에 돌아가신 엄마와의 마지막 이별 장면과 그 이후 화자의 삶을 암시하고 있다. 엄마를 잃은 후 화자의 나이는 정지된다. 시인은 그것을 "그날 이후, 나는 나이테가 없어졌다"라는 고백으로 드러낸다. "한꺼번에 저물어버린" 사춘기의 어느 지점은 이후 바짝 마른 건기의 시간으로 점철된다. 주목되는 것은 엄마와 마흔네 살의 화자가 모두 식물적 이미지에 둘러싸여 있다는 사실이다. 엄마는 '나일론꽃무늬원피스'로 이미지화되고 '나'는 나이테가 없는 마른 나뭇가지로 이미지화된다. 이 같은 식물적 이미지는 박완호 시에 보이는 상실과 채움이라는 상반된 의식 작용 모두에 관여하는 의미체라 할 수 있다. 다른 시 「꽃이 핀다는 것」을 보면, "비뇨기과를 나온 남자가 처방전을 구겨들고 거칠게 문을 열어젖히자 졸고 있던 약국 여자가 깜짝" 놀라는 순간을 시인은 "고스란히 꽃 피는 문장"이라고 말한다. 또 막차를 놓치고 찾아든 여인숙에서 "옆방 여자가 내는 소리가 달밤의 목련꽃처럼 피어나는 걸 숨죽여 듣다가 그만 붉게 달아오른 꽃잎 하나를 흘리고야 말았지"(「목련여인숙」)라는 고백 가운데 발견되는 '목련꽃'과 '꽃잎'의 비유라든지, 모란 장날 칠순은 되어 보이는 남자와 여자의 이별 장면을 묘사하면서 "나이 든 여자의/한쪽 볼에 피었던 꽃송이가/한참이 지나도록 시들지 않고 있다"(「모란 블루스」)라고 '꽃송이'의 비유를 쓴다든지, 누군가를 사랑하는 것을 "바짝 말라 있던 꼭지에 물기가 감돌게 하는, 숨어 있던 꽃봉오리를 허공으로 쑥쑥 밀어 올리는"(「너를 사랑한다는 것은」) 것으로 비유한다든지 하는 상상 작용에는 동일한 욕망이 내포되어 있다.

이들 시 구절들은 구체적으로 말해, 비눗기에 문제가 생겼거나, 막차를 놓치고 외롭게 여인숙에 들거나, 이별을 하거나, 꼭지가 바짝 말라 있거나 하는 결핍 상황을 공통적으로 드러내며 동시에 이러한 결핍을 '꽃 피우다'로 대체하고자 하는 욕망을 동일하게 드러낸다. 그리고 꽃 피우는 행위는 언제나 여성과 맞물려 있다. 이처럼 다양한 결핍들을 '꽃 피우다'라는 에로스적 욕망으로 대체해가는 일련의 시편들의 근원에는 '나일론 꽃무늬원피스'로 상징화된 어머니라는 존재가 놓여 있다. 어머니의 몸을 감싸고 있던 '꽃'의 상실과 더불어 박완호의 시적 화자는 나이테를 잃은 마른 나뭇가지로서 자신의 존재 상태를 의식해왔던 것이다. 그런 의미에서 그의 시의 '꽃 피우다'는 존재의 목마름을 드러내는 역설이라 할 수 있다. 시 「나무의 방식」은 이 같은 존재의 내면을 알레고리로 드러낸 대표적 예이다.

> 나뭇잎은 나무의 고통이다. 나무는 뿌리에서 길어 올린 눈물의 유전자를 가지마다 매달린 익명의 이파리들에게 은밀히 주사한다. 실핏줄 속을 흐르는 붉은피톨들, 하지만 쉽사리 들키지 않게, 고통의 무늬는 뒷면에 양각으로 맺힌다. 나뭇잎은, 저려오는 아픔을 참아가며 여름내내 써내려간 문장들. 가을이면 나무는, 더는 참지 못하고 나뭇잎을 붙잡았던 손을 놓아버리지만, 온 산이 핏빛으로 물드는 순간에도 신음소리 한번 내지 않는다.
>
> ─「나무의 방식」 전문

이 시에 등장하는 나무의 이미지는 푸른빛의 생명성과는 거리가 먼 느낌을 환기한다. '나무'는 저 깊은 뿌리로부터 '눈물의 유전자'를 끌어올려 말초신경인 이파리로 주사한다. 그리고 고통을 들키지 않게, 저려오는 아품을 참아가며 그것들을 여름 내내 '뒷면'에 기록한다. 문장들(나뭇잎)이 자신의 손을 놓아버리는 순간에도 신음 소리를 내지 않은 채 견딘다. 여기서 앞서 살펴본 나이테를 잃어버린, 정맥 줄기까지 바짝 마른 나무의 이미지를 상기할 필요가 있다. 고통의 무늬를 뒷면에 양각하는 이 나무와 나이테를 잃어버린 나무는 동일한 존재의 내면적 표상이라 할 수 있다. 이 시에 보이는 이와 같은 고통의 철저한 내면화와 문장 쓰기가 시인의 시 쓰기의 절박한 동인과 과정을 함축하는 것이 아닐까?

이때 중요한 것은 '눈물의 유전자'로 표현되는 자신의 숙명에 대한 언표라 할 수 있다. 그리고 그 숙명을 들키지 않게 참아가며 끊임없이 내면화하는 태도라 할 수 있다. 박완호의 시에 자주 보이는 '유폐' 혹은 '결박'과 관련된 구절들은 눈물을 노출하지 않으려 하는 '참음'과, 혹은 눈물의 숙명을 바꾸려 하지 않는 태도와 무관하지 않은 것으로 여겨진다. 예를 들면 "사막에서 태어났으나 거기에서 버림받은 낙타는,/날마다 저를 낳고 버린 모래언덕의 품에 안기는 꿈을 꾸었지만 여태 울타리 밖으로 다리 한 번 내밀어본 적 없었다"(「고비」), "그 방의 유리창은, 소리를 가득 채운 병의 투명한 마개마냥 단단하게 잠겨 있다."(「출렁거리는 시」), "그만 안개에 잡혀버리고 말았다. 흐릿해진 골목이 안개의 오랏줄로 날 묶더니 발소리를 질질 끌며 앞서가던 사람이 갑자기 사라졌다."(「몽정(夢精)」), "두 눈을 부릅뜨고 살아가지만/여태 다른 땅 한 번 밟아본 적 없다./관중들의 환호 한 번 들어보지 못한/내 꿈이 달려가는 곳도 언제나 불펜이다."(「불펜」)와 같은 구절이 그것이다. 울타리 밖으로 나가보지 못한 낙타, 굳게 닫혀 있는 유리창, 안개에 묶여 있는 화자, 불펜 이외에 다른 땅을 밟아보지 못한 '나' 등에서 알 수 있듯이 박완호의 시적 자아는 이곳을 박차고 저곳으로 가지 않는다. 그의 공간은 늘 '이곳'이라 할 수 있다. 그는 이곳에서 생활하고 꿈꾸고 사랑하고 사유한다. 나이테 없이 살아왔던 시간을 부정할 수 없게 하는 한 존재가 기억 속에 생생하게 살아 있기 때문이다. 다시 말하자면 "뒷골목에서 함부로 피어난/양아치꽃"(「음지식물」)같은 자신의 일생 안에 그립고 애틋한 엄마가 여전히 존재하기 때문이다.

> 수십 년을 버텨온 생가 기둥 무너지고 집 앞 살구나무도 뽑힌 지 오래, 엄마는, 눈비 오는 새벽이면 어디쯤 서서 얼굴도 못 알아볼 나를 지켜보고 있을까, 시방도 엄마, 하고 부르면 어디서든 막 달려올 것만 같은
>
> 저 앞, 누군가 다녀간 조그만 발자국들, 혹시 엄마는 아닐까, 설마, 설마, 하는
>
> ─ 「설마, 설마」 부분

기둥도 무너지고 살구나무도 뽑힌 생가는 이미 폐가가 되었지만 시인에게 생가는 엄마에 대한 손상되지 않은 기억을 고스란히 간직한 근원처라 할 수 있다. "얼굴도 못 알아볼 나"라는 표현에서 알 수 있듯이 이 시의 화자는 엄마 없이 오랜 세월을 살아왔던 사람이라 할 수 있다. 그럼에도 그는 엄마의 부름을 생생하게 듣고 싶어 한다. 이러한 그리움이 그의 눈물의 숙명을 부정할 수 없게 하는 요인이라 할 수 있다. 해서 그는 '이곳'을 떠나지 않는다. 박완호 시에 보이는 슬픔과 외로움만이 아니라 애틋한 정감을 드러내는 다소 밝은 시적 분위기 또한 이와 연동된다. 그에게 상실은 그리움을 낳고 그 그리움은 다시 외로움과 슬픔을 낳는다. 그러나 한편으로 그 그리움은 극단의 부정이나 절망을 막아서는 힘으로 작용하는 것으로 판단된다. 누군가 그립다는 것은 때로 고통스러운 일이지

만, 그리고 그것은 부재라는 결핍을 만들어내지만, 한편으로 그리움을 낳는 결핍은 인생을 풍요롭게 하는 역설을 내포하기도 한다. 그럼에도 상실과 결핍에 함몰되지 않기 위해서는 "귓구멍을 꽁꽁 틀어막은 벽들이 사방을 에워싼"(「출렁거리는 시」) 곳을 뛰어넘지 않으면 안 된다. 그리움을 손상하지 않은 채 그것의 원인으로서 상실을 넘어서는 상상적 비전은 이로부터 촉발된다. 박완호의 시에 등장하는 '새'의 상징은 바로 이러한 초월적 추구와 비전을 함축한다.

> 새가 텀블링하는 걸 본 적 있나요 출렁거리는 나뭇가지를 박차고 하늘로 솟구치는 새는 한창 텀블링을 즐기는 중이지요 그걸 보고 누구는 나뭇가지가 새를 집어던진다고도 했지만, 숲에 가보면 알지요 이 가지 저 가지를 신나게 왔다 갔다 하며 텀블링하는 새들을 보면, 공중으로 까마득하게 솟구쳤다가는 새파랗게 물들어가는 소리를 지르며 내려앉는 새들을 보면, 나무들은 새가 뛰어오르기 편한 박자로 자꾸 들썩이고 바람까지도 리듬을 맞춰가며 달려오지요 댕그랗게 부푸는 오색의 숨결들, 축구처럼 야구처럼 땅땅, 새들은 아까부터 텀블링을 즐기는 중이라니까요
>
> —「텀블링」 전문

이 시는 박완호의 시편 가운데 몇몇 안 되는 밝은 분위기를 드러내는 작품이라 할 수 있다. 이 시에 등장하는 나뭇가지는 매우 탄력적인 생기로 가득해 있다. 시인은 나무의 생명감을 "나무들은 새가 뛰어오르기 편한 박자로 자꾸 들썩이고 바람까지도 리듬을 맞춰가며 달려오지요"라고 묘사한다. 들썩이는 나무의 운동성은 하늘로 솟구치려 하는 새의 가볍고 경쾌한 동작에 맞춰진 생명의 리듬을 의미한다. 까마득하게 솟구치는 새와 그것을 공중으로 밀어 올리는 힘의 교합이 '오색의 숨결'로 빚어진 공기적

이미지를 만들어내는 것이다. 그런 점에서 탄력적인 나무의 몸과 그 탄성을 이용해 솟구치는 새의 몸은 하나이다. 이 즐거운 공중쇼를 묘사한 「텀블링」을 이 시집의 전체 맥락으로부터 분리해서 보면 일종의 '자연시'라 해도 무방할 것이다. 그러나 박완호의 의식지향적 맥락을 고려해 보면 이는 순수 자연시로 분류할 수 없는 상징적 의미를 갖는다. 여기서 앞서 살핀 나이테를 잃어버리고 정맥 줄기까지 바짝 마른 나무의 이미지나 눈물의 유전자로 얼룩진 고통스러운 나뭇잎을 상기할 필요가 있다. 생명을 상실한 메마른 나뭇가지의 고통이 근원적 '상실'과 연관된 존재의 표상을 함의한다면 탄력으로 가득한 몸을 들썩이며 새를 공중으로 솟구치게 하는 나무의 영상은 상실의 무거움을 가벼움으로 휘발시키는 초월적 의미를 내포한다.

　이러한 논리의 비약을 채워주는 것이 새를 제재로 한 일련의 시편들이다. 박완호 시에 등장하는 '새'는 조류에서 '말(言)'이나 문장으로 전이되곤 한다. 예를 들면 "어눌한 표정에 숨어 있던/뜨거운 말 한 마디/쏙 빼닮은 새가/순식간에 떠올랐다 지워지는//새의,/창백한 수사(修辭)."(「새의 조문」), "캄캄한 숲의 육체에 깃들어 있던 새의 문장을 끄집어내는, 더 이상 사랑한다는 말이 필요 없게 만드는//그런 일이다, 누군가를 사랑한다는 것은"(「너를 사랑한다는 것은」)과 같은 구절이 그것이다. 인용한 시를 보면, 새는 어눌한 표정 뒤에 감추어져 있던 "뜨거운 말 한 마디"와 그리고 캄캄한 숲의 육체에 깃들어 있던 문장과 동일한 의미를 지닌다. 둘의 공통점은 새가 감추진 말이나 문장을 뜻한다는 데 있다. 그런 점에서 새의 노출은 비밀스러운 것의 '고백'과 관련한다. 그것은 뜨거운 말의 고백이면서 동시에 누군가를 사랑한다는 문장의 고백이다. 이와 같은 고백이 가능하기 위해서는 새를 끄집어내어 공중으로 솟구치게 할 수 있는 내적 힘이 필요하다. 어눌한 표정과 캄캄한 육체를 벗어나는 힘! 박완호에게 '새'는 이와 같은 내적 에너지에 대한 추구라 할 수 있다.

한편 새를 제재로 한 다른 시편을 보면, 새는 다른 존재와의 교감을 상징하기도 한다. 예를 들어, "12월 저녁을 지나는 새들은/제 이름을 모르는 이에게도/쓸쓸하게 빛나는 음악을 남긴다"(「황홀한 저녁」), "언젠가 나도 한 점 그림으로 거기 새겨진 적 있다 화폭에 채워지던 순간 나를 쳐다보던 눈길을 기억한다 누군가 나를 바라볼 때 남 몰래 떠올리던, 그림 속에 날아와 앉던 새 하나"(「벽화」)와 같은 구절이 그러하다. 이들 시를 보면, 새는 모르는 이를 위로하는 음악이며 '나'를 바라보는 눈길이다. 이 시구절들에서 공통적으로 환기되는 것은 교감의 욕망과 외로움이라 할 수 있다. 쓸쓸함을 위로하는 음악에 귀를 기울이고 화폭을 다정하게 바라보는 눈길에 눈길을 주는 자는 외로운 자이다. 그런 의미에서 박완호의 '새'는 외로운 심중에 감추어둔 교감의 상징물이라 할 수 있다. 상실의 깊이와 외로움의 깊이가 비례하는 것처럼 그 외로움을 뛰어넘고자 하는 동력 또한 이와 비례한다. 그것이 바로 공중으로 솟구쳤다 "새파랗게 물들어가는 소리를 지르며 내려앉는 새"이다. 이 새들은 울타리 밖으로 나가보지 못한 낙타의 가슴에서, 굳게 닫혀 있는 유리창 안에서, 안개에 묶여 있는 꿈속에서, 다른 땅을 밟아보지 못한 '나'의 불펜 위에서 솟구쳐 오른다. 엄마의 나일론꽃무늬원피스자락에서(「나이테」), 칠순 남자와 여자의 눈부신 풍경 속에서(「모란 블루스」), 판자대기꽃무늬벽지 가득한 목련여인숙에서(「목련여인숙」), 그녀가 서 있는 강남과 강북 어디쯤에서(「제3한강교」) 순식간에 떠올랐다가 지워진다. 이 아스라한 새의 떠오름과 지워짐 사이에 박완호의 상실과 외로움이 있다. 그리고 초월의 추구가 있다. '당신들'도 그 사이에서 태어난다.

주름진 초록의 길, 엉성하게 포개진 배춧잎이 잔바람에 푸르르 떨린
다

배추벌레 하나 울퉁불퉁한 길바닥을 삼켜가며 공중을 걸어간다 한
발 한 발 배추벌레가 지나간 보폭만큼 허공의 부피가 자란다

초록이 꺼진 자리에 숭숭 생겨나는 구멍들, 길 하나가 지워지고 다
른 길 하나가 문득 떠오른다

하나를 버리는 건 결국 또 다른 하나를 낳는 일, 나의 전부라고 여겼
던 이가 지워진 자리에 시나브로 피어나던 사람처럼, 혹은 나처럼

배추벌레가 사라진 자리에 날아드는 배추흰나비들, 그리고 나의 허
공인 당신, 당신들

—「배추벌레의 허공답보」 전문

주름지고 엉성한 길을 따라 배추벌레가 지나간다. 배추벌레는 길바닥
을 삼켜가며 허공에 길을 만든다. 아무 것도 없는 허공에서 배추벌레는
배추흰나비가 되어 날아온다. 벌레에서 나비로 전환되는 우화등선(羽化登
仙)의 시나리오는 '사라진 자리'에서 만들어진다. '없음'이 '있음'으로 전
환되는 공간이 허공인 것이다. 이러한 기적적 사건을 가능케 하는 것이
초월의 힘이다. 논리적 단계를 뛰어넘어 한꺼번에 마술적 세계로 진입하
는 비약의 힘을 통해 존재의 서사를 다시 만들어가는 것, 그것이 초월의
욕망이라 할 수 있다. 시인은 "하나를 버리는 건 결국 또 다른 하나를 낳
는 일, '나'의 전부라고 여겼던 이가 지워진 자리에 시나브로 피어나던 사
람처럼, 혹은 나처럼"이라고 말한다. '나'의 전부였던 것의 상실과 그것을
대체할 수 있는 존재의 탄생을 가능케 하는 상상구도 속에 박완호의 새와

배추흰나비들이 있다. 그리고 허공인 '당신들'이 있다. 허공은 그리움을 되살려 놓는 길이라는 점에서 사라짐을 확인케 하는 역설적 공간이라 할 수 있다. 사라짐이 확인되는 자리, 즉 당신의 자리가 허공인 것이다. 그것은 이미 사라진 "너무 많은 당신을 겪는 시간"(「신나는 이별」)의 고통을 내포한다. 바로 그 지점에서 초월의 서사는 생성된다. 사라짐의 확인과 배추흰나비의 탄생이 동시에 이루어지는 것이다.

이 시집에 실린 시편 가운데 상당 부분은 '당신' 혹은 '그녀'에 대한 사랑의 목마름이라는 주제를 드러낸다. 이러한 시편들의 화자는 대부분 망설임 속에서 서성인다. 그는 "뜨거운 말 한 마디"(「새의 조문」)를 시원하게 고백하지 못한다. 망설임의 자세를 지닌 채 그의 표정은 다 웃지도, 다 울지도 않는다. 극단과 극단 사이를 억누르며 아슬하게 균형을 취해보는 어눌한 자세로 서성인다. 박완호의 시에 등장하는 남자들 혹은 사내들의 억눌린 듯한 삶의 태도는 이와 무관하지 않다. 그들은 모두 나이테를 잃고 울타리 밖으로 나가보지 못한 불펜 위의 낙타일지 모른다. 이 같은 망설임과 억눌림과 참음의 고통으로부터 시인은 푸른 허공의 새를 끄집어낸다. 새는 솟구쳤다가 지워진다. 마른 나뭇가지에 탄력을 불어넣는 새의 환(幻). 새의 환의 솟구침은 망설인 자의 순간 초월의 자세이다. 이 초월의 자세가 영원히 지속되지 않은 채 사라짐과 나타남을 반복한다는 사실, 이 것이 박완호의 상상력이 지닌 인간적 매력이라 할 수 있다.

미결정 상태로 남은 난제들

— 하상만의 『오늘은 두 번의 내일보다 좋다』

1. 잠언(箴言)의 가시에 찔리다

우리가 잠언에 매혹되는 것은 그 짧은 한두 마디의 언어가 담고 있는 진리 혹은 진실의 깊이 때문이다. 잠언은 그것과 마주선 자의 함량을 넘어선 세계를 응축한 언표라는 점에서 우리의 내적 힘으로 해결하지 못하는 것들을 향해 던져진 열쇠와도 같다. 때문에 우리는 잠언에 이끌리며 그것을 거듭 마음에 새겨 무언가의 가능성을 열어보려 노력한다. 그런 의미에서 잠언은 짧지만 강렬한 에너지를 응축한 진리의 씨앗이다. 그러나 그것은 도달하기 어려운 세계이며 하나의 큰 나무로 풍성하게 만개하기까지 험난한 과정을 요구한다. 하상만 시인의 시집 『오늘은 두 번의 내일보다 좋다』는 그 표제부터 잠언으로 이루어진 것이며 그 외에도 잠언풍의 언술들이 자주 발견된다는 특징을 지닌다. 이는 그가 무언가의 가능성을 열어보려 한다는 사실을 암시한다. 역으로 뭔가 불가능하다는 의식 또한 내포한다. 불가능성 앞에서 가능성의 열쇠를 주조하려는 그의 내면에는 삶에 대한 조용한 인내심이 내재해 있다. 표제작의 일부를 보면 다음과 같다.

왓 프라싱에는 잠언의 숲이 있다

―네가 좋아하는 것이 없다면 가지고 있는 것을 좋아해라

이 잠언이 나를 울린다

승려와 이야기를 나누는 사람과 가족끼리 모여 잡담을 하는 사람과
배낭을 내려놓고 바닥에 앉은 사람과 의자에 앉아 무언가를 쓰는 사람
들이 있다 나는 나무마다 적힌 잠언을 수첩에 옮기며 되뇐다

…(중략)…

언제나 그렇지만 돌아가야 할 때가 되면 심심해진다 수첩에 적어가
던 잠언 하나를 왼다

―오늘은 두 번의 내일보다 좋다
                                                                    ―「잠언의 숲」 부분

태국 북부 치앙마이에 있는 사원 왓 프라싱에서 이 시의 화자는 다른 여
행자들이 승려와 얘기를 나누거나 잠시 동안 휴식을 취하거나 뭔가를 쓰
고 있을 때 나무마다 적힌 잠언을 수첩에 옮기며 되뇌거나 그것을 외운
다. 이러한 행위는 특히 "의자에 앉아 무언가를 쓰는 사람들"과 변별된다.
그는 '쓰기'를 넘어서 옮겨 적고 되뇌고 외운다. 이 화자는 승려 대신에 나
무를, 정확히 말해 나무에 적힌 잠언을 채집하고 그것을 자기화하려고 애
쓰는 중이다. 아마도 연혁을 알 수 없는 나무의 말(言)들은 승려보다 오래

된 나이를 가진지도 모른다. 오래되었어도 살아남은 말에 이끌리며 그는 두 개의 잠언을 심중으로 끌어들인다. "-네가 좋아하는 것이 없다면 가지고 있는 것을 좋아해라", "-오늘은 두 번의 내일보다 좋다"가 그것이다. 화자가 선택하여 자신의 시에 인유한 이 잠언의 뜻보다 중요한 것은 그가 왜 이 두 개의 잠언에 이끌렸는가 하는 의문에 있다. 우리는 여기서 잠언의 발견과 그것의 목마름을 읽어야 할 것이다. 이역(異域)의 사원에서 잠언을 찾고 그것을 외우는 화자의 행위에는 미결정으로 남아 있는 난제가 잠재해 있다. 그런 의미에서 잠언에 이끌리는 행위는 그가 난제에 부딪쳐 있음을 뜻하는 것이기도 하다. 화자는 "-네가 좋아하는 것이 없다면 가지고 있는 것을 좋아해라" 앞에서 "이 잠언이 나를 울린다"라고 고백한다. 한 마디의 잠언이 '나'를 울렸다면 그것은 감동 이상의 의미를 내포하는 것이다. 다시 말해 이 잠언이 자신의 난제(결여)를 상기시켰음을 암시한다. 화자는 자신이 좋아하는 것이 없다는 사실 확인과 가지고 있는 것을 좋아해야 하는 어려움 앞에 놓여 있음을 깨닫고 있는 것이 아닐까.

좋아하는 것이 없는 자는 가진 것이 없다고 스스로 느끼는 자이다. 하상만 시에 집요하게 토로되는 '외로움'이라는 정념은 이와 무관하지 않다. 문제는, 좋아하는 것이 없다는 것이 아니라 가지고 있는 것을 좋아할 수 없다는 데 있다. 가지고 있는 것, '나'를 둘러싼 세계, '나'와 너무 가까운 것들이 '나'를 아프게 찔렀기 때문에 화자가 운 것이다. 예를 들어 다른 시 「혼자 부르는 노래」의 "누가 있으면 외롭지 않을 거라는 생각은 버릴 거야"라는 구절에는 '가지고 있는 것'이 자신에게 위로가 되지 않음을 드러낸다. 그런데 그것을 나무에 새겨진 잠언은 가지고 있는 것을 좋아하라고 말하지 않는가. 자신의 내부에 숨겨진 난제를 오히려 이 잠언이 읽어내고 있는 것이다. 잠언에게 들켰음으로, 그 한 마디의 말이 '나'를 알아보았음으로, '나'는 복받친다.

두 번째 잠언인 "—오늘은 두 번의 내일보다 좋다" 또한 마찬가지 의미 맥락으로 읽힌다. 이 잠언도 시인이 봉착한 난제와 관련한다. "—오늘은 두 번의 내일보다 좋다"는 잠언에는 '오늘'에 대한 강한 긍정이 함축되어 있다. 화자는 이 잠언을 외워 새긴다. 이때 화자는 "언제나 그렇지만 돌아가야 할 때가 되면 심심해진다"라고 말한다. 시적 상황을 염두에 두면 이 발언은 '심심함'이 아니라 '수행정진'과 관련한다. 잠언을 잊지 않으려는 여행지에서의 마지막 노력이기 때문이다. 이것을 외우기까지 하는 행위는 어떻게 하면 '오늘'이라는 현재성에 애착할 수 있는가 하는 시인의 고민 때문에 촉발된 것으로 해석할 수 있다. 그는 '오늘'이라는 현재, 좀더 깊게 말하면 '오늘'과 맞물린 자신의 현존에 애착할 수 없는 것이다. '오늘'은 "두 번의 내일"을 암울하게 만드는 내일의 출발 지점이다. 두 번, 아니 세 번, 네 번의 내일의 씨앗이 될 '오늘'. 그것이 바로 그가 "가지고 있는 것"이기도 할 것이다. '오늘'이라는 미래의 씨앗을 긍정할 수 없는 자에게 나무에 새겨진 이 불립문자(不立文字)는 쓰라림이 될 수밖에 없다. 그런 의미에서 왓 프라싱의 숲에 새겨진 잠언은 화자의 결여된 내면에 공명하는 거울이라 할 수 있다. 이 거울은 좋아할 수 없는 것과 가진 것과 오늘과 내일을 모두 비추는 양면의 거울이며 아울러 화자의 현존성을 공격하는 상징물이다. '가진 것'을 좋아하고 '오늘'에 만족스러웠다면 굳이 이 잠언들을 옮겨 적으며 울거나 외울 필요가 있겠는가.

2. 평범한 잔인성의 세계

하상만의 내면이 가진 것을 좋아할 수 없고 오늘이라는 현존성에 만족할 수 없다면 그가 '가진 것'과 그가 살고 있는 '오늘'은 분명 멀리 있는 것들이 아니다. 멀리 있는 것이 아니라면 그가 좋아할 수 없는 것들은 다른 무엇도 아닌 지극히 평범한 일상과 관련된다. 그렇다면 우리들의 일상에는 어떤 일들이 놓여 있는가? 일상은 반복적이고 기계적인 속성을 지니기 때문에 '둔감함'이라는 무딘 감각으로 우리를 길들인다. 이 둔감한 감각을 우리는 휴식이나 안정감이라고 생각할지도 모른다. 아주 충격적이고 끔찍한 사건에 대해서조차 사람들의 관심은 쉽게 식어버린다. 비극과 도덕적 자아에 둔감해진 우리의 보편적 일상의 세계는 희극과 흥미와 새로움에 경도되어 있다. 무거움을 유발하는 사건이나 진지함을 요구하는 사안은 사람들의 피로를 가중시키는 것이 되었다. 때문에 우리는 심각할 정도로 둔감해져 있다. 일상의 평범성 안에서 우리는 실시간으로 전송되는 살인과 학살과 전쟁에 대해 겨우 몇 분 정도의 시간을 할애할 뿐이다. 끔찍한 것이 진지하게 인식되고 각인되기도 전에 그 모든 사건은 남의 일로 폐기처분되기 일쑤다. 일상의 시간은 생각할 겨를 없이 빠르게 지나가며 채워진다. 시인은 이러한 일상성에 묻혀버린 쓰레기더미 속에서 몇몇의 상징적 사건을 끄집어낸다.

> 수의사가 마취제를 놓으면
> 소가 쓰러졌다
> 우리는 낫을 들고 있었다
> 위에 구멍을 내는 것이 우리의 일이었다

소는 위가 네 개나 있었다
그냥 묻으면 땅속에서 빵빵 터졌다
그게 어디에 있는지 몰라서
우리 손은 무자비해졌다

그 모습을 보고
달아나는 소들이 있었다
수의사는 블로건을 불었다
여러 대의 마취제가 몸을 찔렀지만
쉽게 쓰러지지 않는 소가 있었다
더 이상 달아나지는 못했다
옆구리 대신 발아래
못이 박힌 것 같았다
새끼를 밴 소였다

수의사는 쓰러뜨리려고
마취제를 아끼지 않았다
잠이 찾아올수록
다리엔 더 힘이 들어갔다
어느 순간부터
눈도 깜박이지 않았다
깜박이는 순간 쓰러진다
그렇게 생각하는 모양이었다
소의 눈에서 눈물이 주르르 흘렀다
하지만 소는
눈물을 자르지 않았다
그런 소는 모두 그런 소였다

—「살처분」 전문

미결정 상태로 남은 난제들

'살처분' 소동은 조류독감이나 구제역이 발생하면 빈번하게 실시되는 방역작업 가운데 하나이다. 사람들은 이런 일이 벌어지면 닭을 먹어도 되나 혹은 소나 돼지를 먹어도 되나 하는 위생학적 염려를 가동하기 시작한다. 매해 일어나는 평범한 사건일 뿐인 것이다. 하상만은 시 「살처분」을 통해서 일상화된 그저 그런 사건 가운데 하나를 우리 앞에 생생하게 재현한다. 이는 단 1분도 할애되지 않는 뉴스 거리에 불과한 사건이다. 그러나 시인이 재현해낸 살처분의 현장은 인간의 무자비함이 무엇인가를 강렬하게 인식케 하는 데 손색이 없다. 낫을 들고 쓰러진 소의 위에 구멍을 내는 우리들은 "그게 어디에 있는지 몰라서" 무자비하게 소의 배를 낫으로 찍고 수의사는 마취총인 블로우건으로 소를 쓰러뜨리기 위해 애쓴다. 거기 "새끼를 밴 소"의 저항이 대비된다. 도망치려 했으나 도망가지 못했던 어미 소를 처분하기 위해 "수의사는 쓰러뜨리려고/마취제를 아끼지 않았다"고 화자는 증언한다. 이때 마지막까지 정신을 놓지 않으려 하는 어미소의 저항을 "눈도 깜박이지 않았다/깜박이는 순간 쓰러진다/그렇게 생각하는 모양이었다"라고 시인은 쓴다. 그리고 이 시의 마지막 행을 "그런 소는 모두 그런 소였다"라는 말로 마무리한다. 이 마지막 행은 대단히 중요한 메시지의 울림을 가져온다. 시인이 전경화했던 한 마리의 어미 소가 살처분된 '모든 소'로 확대되는 순간이다. 말하자면 이건 대량학살인 것이다. 이 무자비한 대량학살의 현장은 바로 우리가 둔감하게 지나쳤던 일상의 한 부분이다. 다른 시 「피존벨리」나 「장미계곡」 또한 이러한 주제의식을 변주한 시편이라 할 수 있다. 그것은 '오늘'의 일이며 또 내일의 일이 될 것이다. 이런 생각들을 계속 밀고 가면 '오늘'은 재앙이며 지옥이 된다.

온통 파란 독이 오른
시바신의 그림 한 장이
침대 머리 위에 걸려 있었다.

시바신은 이마 가운데 눈이 하나 더 있고
그 눈을 뜨면 세상은
지옥으로 변해버린다는 말을 들었다.
내 방 액자 속의 시바신은
가운데 눈을 뜨고 있었다.
이상했다.

여기가 지옥인가?

내 방을 청소하러 온 남자에게 말했다.

시바신이 눈을 뜨고 있는 것 같아요.

그러자 남자가 대답했다.

시바신은 언제나 눈을 뜨고 있었죠.
— 「시바 시바」 부분

   시바(Shiva)는 '파괴'와 '창조'라는 양면성을 가진 힌두교의 신 가운데 하나이다. 시바신의 형상을 보면 몸은 푸른빛을 띠고 있으며 이마 중앙엔 세로로 된 눈이 하나 더 있다. 그 눈은 감겨 있어야 한다. 이마 중앙에 있는 눈을 뜨면 세상이 지옥으로 변하기 때문이다. 그런데 이 시의 화자는 액자 속에서 눈을 뜬 시바를 발견한다. 당연히 감겨 있어야 할 눈이, 다시 말해 있어서는 안 되는 '지옥'이, 그것도 자신의 침대 머리 위에 있었던 것이다. 이 불길함을 그는 의심하지만 청소부는 "시바신은 언제나 눈을 뜨고 있었죠."라고 단호하게 말한다. 그 말은 "여기는 언제나 지옥이죠."와 동일한 의미를 나타낸다. 시바신과 '나' 그리고 청소부가 연출해내는 이 상징적 상황이 바로 하상만이 인식한 현실이라 할 수 있다. 시인은 이를 극적인 상황을 통해 드러낸 것이다. 그것은 여행지라는 낯선 곳에서만 있을 수 있는 색다른 체험이 아니라 바로 "침대 머리 위에"서 경험할 수 있는 일이기도 하다. 앞서 본 시 「살처분」에 보이는 상황이 지옥이 아니라면 무엇이겠는가. 중요한 것은 현실의 지옥을 우리는 일상에 길들여진 둔감함의 감각으로 무마하며 적당히 살아가고 있다는 것이다. 그런 무관심을 일상, 혹은 평범한 삶이라 명칭하며 그 속에서 벌어지는 부도덕과 죄의식을 교체해버리는 것이다. 한편 이와 같은 평범한 잔인성의 세계는 이미 오래된 습속과도 같은 것이다.

> 동네 사람들은 복날이 되면
> 기르던 개를 잡아먹었다
>
> 우리 집에는
> 아롱이라는 개가 있었는데
>
> …(중략)…
>
> 동네 아저씨들은 내통해서
> 서로 바꿔 잡기로 했다
>
> 그렇게 우리 집도
> 마음이 한결 가벼워졌던 여름

생각해보니
마음을 더는 방식이
그러할 때가 많았다

— 「복날」 부분

앞서 보았던 시 「살처분」과 비슷한 제재를 다룬 듯하지만 이 시는 한 가
지 고민을 더 안겨주는 작품이라 할 수 있다. 기르던 개를 잡아먹는 일은
아무래도 꺼림칙한 일이 아닐 수 없다. 그 꺼림칙한 기분을 씻어내기 위
해 "동네 아저씨들은 내통해서/서로 바꿔 잡기로 했다"고 화자는 말한다.
꺼림칙함의 무거움을 한결 가볍게 만들기 위해 동네 아저씨들은 방법을
고안해낸다. 그것은 아주 간단한 방식이다. 이 집 개와 저 집 개를 서로
교환하면 무거운 "마음을 더는 방식"이 되는 것이다. 이러한 교환의 '내
통'을 생각해낸 것을 가지고 인간이 지혜롭기 때문이라고 말할 수 있겠는
가? 여기에는 기르던 개의 죽음에 대한 연민보다는 철저히 자신들의 편안
함을 돌보는 인간의 교활함이 내재해 있다. 이러한 교활함이 인류의 생존
을 가능하게 했던 힘이었는지도 모른다. 그러나 그것은 영장류인 인류의
진화와 '악의 진화'가 병존했음을 시사한다. 이때 화자는 "생각해보니/마
음을 더는 방식이/그러할 때가 많았다"라고 말한다. 하상만 시의 깊이는
이런 부분에서 빛을 낸다. 우리는 누구나 무거움보다는 가벼운 쪽을, 어
려움보다는 쉬운 쪽을 선택하고자 한다. '마음을 더는 방식'도 그러할 때
가 많다는 시인의 성찰 이면에는 인간이 얼마나 교활하고 이기적인 동물
인가에 대한 '인간관'이 내포되어 있다. 이러한 방식은 인간과 기르던 개
와의 관계로 끝나지 않는다. 꺼림칙하고 무거운 '마음을 더는 방식'은 분
명 인간관계로까지 확대될 가능성을 갖는다. 궁극적으로 우리들의 마음
에 치명적 고통을 주는 것이 다른 사람과의 관계이기 때문이다. 다른 시

「여행자」에 나오는 "따뜻한 물이 나온다고 해서/더 따뜻해지는 건 아니에요"와 같은 구절은 삶과 인간관계가 빚어내는 '냉기'를 근본적으로 제거할 수 없다는 시인의 인식을 드러낸다. 그저 '마음을 더는 방식'을 찾을 뿐. 교환과 대체, 증여와 같은 어휘는 이처럼 '마음을 더는 방식'과 관련된다. 이것은 아주 오래 전부터 인류가 행해 왔던 관계 맺기 방식 가운데 하나라 할 수 있다.

3. 순응과 뒤틀림 사이

지나쳤던 진실들과 그 진실들에 대한 성찰은 우리를 고통스럽게 한다. 진실은 두려운 것이고 받아들이기 어려운 것이며 때로 덮어두어야 편한 것이다. 대부분의 강자(强者)들은 진실을 덮는 데 능하다. 진실을 은폐하기 위해서는 진실을 대체할 수 있는 그 무엇, 즉 진실보다 더 진실해 보이는 거짓 진실이 필요하다. 그것이 강자들이 유포하는 생활 이데올로기이다. 거창한 정치적 혹은 사상적 이념보다 더 강력한 힘을 발휘하는 것이 바로 일상의 곳곳에서 작동하는 생활 이데올로기라 할 수 있다. 그것은 일상의 둔감함 속에 뿌리내림으로써 믿음과 확신으로 번성한다. 사람들은 생활 이데올로기의 덕목들을 몸소 실천함으로써 자신이 올바른 삶을 살았다고 생각한다. 생활 이데올로기의 강력한 힘은 바로 여기에 있다. '의심'을 제기하지 못하게 하는 거짓 나침반은 모든 일상인을 그쪽을 향해 가도록 이끈다. 그렇기 때문에 의심의 여지가 없는 생활 이데올로기는 사람들을 순응하게 하고 거기에 성취감과 자부심까지도 불어넣어준다. 얼마나 완벽한 진실 프로젝트인가. 이러한 거짓 이데올로기와 객관적 거리를 갖는 것은 결코 쉬운 일이 아니다. 일상에 뿌리내린 거짓 준칙들은 외부가 아니라 내부를 가동시키는 힘이기 때문이다. 내부 준칙은 이미 가지고 있는 익숙한 것들이다. 객관적 거리가 소거된 이것은 늘 '올바름'의 가면을 쓰고 있다. 하상만의 「상추」가 이를 잘 말해주는 예이다.

상추가 자라고 있었다.
밑을 따주면 더 잘 자란다기에 그렇게 했다.

상추가 잘 자라면 결국 내가 먹는다.
상추는 무엇을 위해서 자라는 걸까?
열심히 자랄수록 열심히 내가 딴다.

상추들도 이런 대화를 나눌까?
열심히 살아야 해.
부지런한 게 좋아.

서로를 비교할까?
쟤 잎사귀가 더 크구나.

그렇게 비교할수록
결국엔 내가 좋겠지?

상추의 입장에서는
내가 보이지 않는다.
나의 입장에서
하늘이 보이지 않는 것처럼.

칭찬 받는 게 좋아서

나는 참 열심히 일했다.

— 「상추」 전문

　이 시는 화려한 수식도 놀라운 사건도 없이 기술되어 있기 때문에 곰곰이 들여다보지 않으면 그 진가를 놓치기 쉬운 작품이다. 그러나 그야말로 곰곰이 들여다보면 열심히 살아왔던 평범한 사람들의 내면을 동요시킬 힘을 간직하고 있다. 화자인 '나'는 상추를 잘 자라게 하려면 밑을 따주어야 한다는 자명한 농사법을 그대로 실천한다. 그러면서 묻는다. 결국 그 상추는 '내가' 먹는데 "상추는 무엇을 위해서 자라는 걸까?"라고. 이 물음은 우리들의 일상에 대한 알레고리라 할 수 있다. "열심히 살아야 해./부지런한 게 좋아."라는 말은 예전이나 지금이나 변함없이 사람들이 확신에 차서 실천하는 생활 이데올로기이다. 열심히 자라서, 부지런히 일을 하면 그것이 올바른 삶이고 칭찬받는 일이 된다. 많은 사람들은 여전히 그렇게 하고 있다.

　그런데 그것은 비유적으로 상추 잎을 넓고 풍성하게 만드는 일이지만 결국 그러한 생장 활동은 상추를 따 먹는 '나'를 위한 것이 될 뿐이다. 그런 '나'를 '상추'는 보지 못한다. "나의 입장에서/하늘이 보이지 않는 것처럼." 이 또한 난제라 할 수 있다. "칭찬 받는 게 좋아서/나는 참 열심히 일했다."는 화자의 고백은 '나'와 '상추'를 동일성의 존재로 이동시킨다. 그렇다면 여기에는 이런 물음이 생략된 것이다. "나는 무엇을 위해서 열심히 일하는 것일까?" 열심히 일하고 부지런히 잎을 키워왔던 우리들의 일상의 방향은 과연 온전한 것인가 하는 의문과 회의가 여기에 담겨 있다. 자명하다고 믿었던 생활 지침들이 흔들리고 있는 것이다. 이런 의문과 회의감은 믿음에 대한 순응을 뚫고 일어난 방향전환의 전초가 된다. 시인이 잠언의 숲을 목말라하는 까닭도 여기에 있다. 하상만은 현재 이러한 지점에서 존재의 뒤틀림을 겪는 것으로 여겨진다. 믿음에 균열이 가면 존재는 세계와 불화의 상태가 되고 그의 언어는 뒤틀린 채로 발화된다. 이것이 역설이나 반어가 생성되는 근원적 바탕이다. 하상만의 시는 전반적으로 잔잔하지만 한편 거기에는 공격의 언어라 할 수 있는 역설들이 도처에 놓여 있다.

> 우리 할아버지의 할아버지는 종이었는데 어느 날 주인이 이제 종은 없어졌다고 했을 때 서럽게 울면서 매달렸다는 이야기가 떠오른다 자유가 무서웠던 거지 여기 털 빠진 개꼴이 되지 않을까 하고 쓰레기통이나 뒤지고 사는 건 아닐까 하고 그럴 바엔 주인에게 매달려 삼시세끼 밥이나 얻어먹는 게 낫다고 생각했을 거야 …(중략)… 딩고 호주에 사는 개에 대한 이야기 사람과 함께 살다가 야생으로 돌아간 들개 그 개가 참 멋진 것 같다고 너에게 이야기해주었는데 점점 나는 자유와 낭만이 내 몸에서 따뜻한 털을 뽑아내는 게 아닐까 두려워진다
>
> —「딩고」 부분

> 살아서 그녀는
> 착하다는 말을 들었다
> 그녀가 죽자 사람들은
> 불쌍하다고 말했다
>
> …(중략)…
>
> 살아서는 효부였고
> 현모였으며
> 그 정도면 열녀였다

그녀가 죽자 사람들은
고생만 하다 갔다고 말했다
자식들은 엄마가 불쌍했다고 여겼다

그녀는 평생 길들여진 사람이었다

— 「삶」 부분

　시 「딩고」와 「삶」은 동일한 의미망을 형성하는 작품으로 볼 수 있다. 「딩고」의 화자는 할아버지의 할아버지에 대한 과거사를 통해 역설적 상황을 제시한 작품이다. "우리 할아버지의 할아버지는 종이었는데 어느 날 주인이 이제 종은 없어졌다고 했을 때 서럽게 울면서 매달렸다는 이야기"는 1894년 갑오개혁 때 이루어진 노비제도 철폐와 관련된다. 일평생 노비로 길들여진 자에게 갑작스러운 자유는 이제 너의 삶을 네가 알아서 책임지라는 것과 같은 뜻이다. 일반적으로 사람들 모두가 '자유'를 갈망한다고 믿지만 오랜 세월 노비로 살았던 자에게 자유는 청천벽력과 같은 삶의 속박이 될 수 있다. 그의 처지가 자유를 감당할 능력을 갖지 못하기 때문이다. 한편 야생으로 돌아간 호주의 개에 대해 '너'에게 참 멋지다고 말했던 '나'는 "자유와 낭만이 내 몸에서 따뜻한 털을 뽑아내는 게 아닐까 두려워진다"고 고백한다. 따뜻함에 길들여진 '나'는 야생의 자유가 할아버지의 할아버지처럼 두려운 것이다. 즉 자유가 속박이 되려 하는 두려움의 역설을 통해 시인은 '길들여진' 자신을, 자유와 낭만을 말로 치장한 자신의 허세를 드러냄으로써 '할아버지의 할아버지'와 자신이 다를 바 없다는 사실을 고백하는 것이다. 시인의 다른 시에 보이는 "진지한 저의 감정이/가짜가 되는 순간들이/자주 찾아옵니다"(「빈센트」)와 같은 구절 또한 이러한 성찰과 맥락을 같이한다.

함께 인용한 「삶」에는 살아서는 효부였고 현모였으며 열녀였던 한 여인의 죽음과 그 죽음에 대한 사람들의 애도의 말을 대비시킨 작품이다. 효부, 현모, 열녀는 모두 칭송의 단어라 할 수 있다. 그런데 그녀가 죽자 사람들은 그때서야 칭송을 "고생만 하다 갔다", "엄마가 불쌍했다"로 바꾼다. 효부, 현모, 열녀라는 칭송의 이면에는 그녀가 일평생 동안 감당해야 했던 고생과 불쌍함이 있었던 것이다. 칭송이 곧 고생과 불쌍함으로 역전되는 이 역설적 상황에는 남들의 칭송에 "평생 길들여진" 그녀의 삶이 과연 훌륭한 삶이었나 하는 의문이 담겨 있다. 칭송이 그녀를 묶어놓은 속박이었다면 그녀는 그 속박에 속은 희생자나 마찬가지가 아니겠는가. 그런 의미에서 이 시는 앞서 살펴본 「상추」와 동일한 주제의식을 드러낸 시편으로 볼 수 있다. "칭찬 받는 게 좋아서" 참 열심히 일한 '나'와 평생 칭송 때문에 불쌍하게 고생하다 죽은 '그녀'의 삶은 닮아 있다. 노비였던 할아버지의 할아버지가 자유를 무서워했듯이, 그녀가 칭송에 묶여 고생을 마다할 수 없었듯이, 하상만의 화자 또한 그러한 내면이 자기에게도 있음을 통찰하고 있는 것이다. 이 뼈아픈 통찰이 그가 해결해야 할 '난제'라 할 수 있다.

4. 그래서 '나'는 외롭다

하상만 시에 무수히 많이 나오는 '외로움'의 정념은 "-네가 좋아하는 것이 없다면 가지고 있는 것을 좋아해라"와 "-오늘은 두 번의 내일보다 좋다"라는 잠언이 비추어내는 자신의 실재와 깊은 연관을 갖는다. 나는 이 두 개의 잠언을 통해 시인의 내면에 간직된 결여를 읽는다. 그가 가지고 있는 평범한 일상의 세계는 결코 평범치 않은 잔인함과 교활함으로 이루어져 있다. 그 세계는 인간은, 더 나아가 인간들의 관계는 어떠한가를 묻게 한다. 한편 그러한 일상 안에 '오늘'이 있고 '오늘'은 거짓 진실로 '나'를 이끈다. '나'는 그 거짓 진실에 속아 길들여진 자이며 그 '길들여짐'은 또한 '나'에게만 해당되는 것이 아님을 '나'는 안다. 이 앎은 '난제'이며 '고통'이다. 시인은 잔인하고 교활한 인간을 사랑할 수 없으며 이미 몸에 배인 순응적 삶을 버리기 어려운 상황에 봉착해 있는 것이다. 그 고통을 시인은 '녹'의 상징으로 풀어내기도 한다.

> 내 몸속을 떠돌아다니는 피는
> 붉게 녹슬었다
> 핏속의 철이 산소와 만난 결과다
> 핏속에서 녹을 벗겨내겠다는 것은
> 죽음을 의미한다
> 녹슬지 않으면 살 수가 없다
>
> —「녹」 부분

'녹'은 부식을 의미한다는 점에서 일종의 손상이며 훼손이라 할 수 있다. 몸속을 순환하는 피가 녹슬었다는 것은 몸의 내부가 손상되고 있음을 함축한다. 그러나 녹슮이 "핏속의 철이 산소와 만난 결과"라면 살기 위해서는 녹슮도 불가피한 것이 된다. 이 모순어법은 생명은 산소를 필요로 하고 그 산소는 또한 녹슮을 가져온다는 파르마콘(pharmakon) 즉 약이며 독인 삶, 축복이며 저주인 삶의 총체성을 함의한다. 그런 의미에서 철과 산소의 화학반응은 불가피한 것이라 할 수 있다. 이 불가피성 속에서 시인은 '산소' 즉 고통스러움을 낳는 '잠언'을 되뇌는 것이다. 시인의 화자가 되뇌고 외웠던 잠언들은 가지고 있는 것을 좋아하라고, 오늘을 좋아하라고 말하지 않는가. 이 긍정적 잠언과 부정적 현실 사이에 그의 난제가 놓여 있다. 그 갈등의 무게를 수렴하는 것이 바로 하상만의 '외로움'의 정체라 할 수 있다.

> 닌빈 가는 길
> 매연과 소음 속에서 개가
> 자신을 핥고 있다
> 가끔 짐승들에게서 스스로 위로하는 법을 배운다
> 등에 앉은 파리를 쫓는 소의 꼬리에서
> 나는 외로운 짐승
> 내가 아니고서 나를 위로할 수 없는
>
> ——「위로」 부분

사람이 배가 고픈 거랑, 외로운 거랑은 같은 게 아닐까 하는 생각이 떠올랐고 손님이 없었으므로 호텔에 딸린 식구들은 모두 내게 붙어사는 것 같았어

외로우면 배고프다고 말하는 버릇인 그때 생긴 거야

…(중략)…

외로워 보일 때 나는 부끄러워, 비가 오는 날

…(중략)…

쓸모없던 나의 언어, 혼자라는 건 가진 것을 쓸모없게 만드는 힘이 있었어

근데, 근데 말이야

　　　　　　　　　　　　　　　　　　　　　　—「이 밤을」 부분

　　시 「위로」를 단독으로 읽으면 이 시는 지독한 나르시시즘처럼 오인될
수도 있다. 예를 들어 다른 시 「편지」에 보이는 "때때로 외로움이 느껴지
면 생각해요/이 외로움은 밖에서 찾아온 것이 아니라/제 속의 다정함이
빠져나간 결과라고"와 같은 구절도 그러하다. 자신을 핥으며 스스로를 돌
보는 짐승들과 화자인 '나'를 동일화하며 "내가 아니고서 나를 위로할 수
없는"이라고 말할 때 이는 처량하고 소박한 정념의 고백 이상의 의미를
갖기 어려울 것이다. 그러나 하상만의 화자가 지금 난제에 부딪힌 자기를
구하기 위해 잠언의 숲을 헤매고 있음을 상기한다면 그의 외로움이 단순
한 정념이 아님을 이해할 수 있다. 시 「이 밤을」은 그의 외로움의 시편 가
운데 가장 중요한 작품으로 여겨진다. 이 시에서 유일하게 그가 외로움과
배고픔 그리고 특히 '부끄러움'의 정념을 등치관계로 고백했기 때문이다.
아울러 이 시의 말미에 "쓸모없던 나의 언어, 혼자라는 건 가진 것을 쓸모
없게 만드는 힘이 있었어"라는 고백이 담겨 있기 때문이다. 이 고백들은
다시 "−네가 좋아하는 것이 없다면 가지고 있는 것을 좋아해라"와 맞물
린다. "가진 것을 쓸모없게 만드는 힘"의 정체가 외로움이라면 그 외로움
은 저 부조리함으로 얼룩진 세계를 돌파하지 못했기 때문에 생겨난 정념
으로 볼 수 있다. 그렇다면 그의 외로움은 부끄러움의 정념이 되는 것이
다. 이러한 정념은 시 「브라쇼브행 기차」에 "풀리지 않는 문제를 오래 고
민하면 사람이 우스워진다"라는 자기 냉소의 감정으로 치닫기도 한다. 결
국 가지고 있는 것을 좋아하기 위해서는 가지고 있는 것을 '좋은 것'으로
바꿔야 하는 것이다. 이 지점에서부터 관념이 아니라 실천의 문제가 개입

하게 된다. 중요한 것은 '가지고 있는 것' 가운데 첫 번째에 해당하는 것이 자기 자신이라는 사실이다. 이것이야말로 그의 근원적 난제이다. 그 에 너지를 얻기 위해 그는 잠언의 숲에서 옮겨 적고 외우고 우는 것이다. 이 글을 마무리하며 시집 『오늘은 두 번의 내일보다 좋다』에 실린 아름다운 작품 하나를 여기에 적어본다.

창밖에 눈이 내린다
맘껏 나눠가져도
모자람이 없는 풍경

누군가 물을 따라놓았다
컵에 물이 가득차면
마음이 가볍지 않다
갈증이 나도 부담스럽다

어제 누군가
자신의 컵에서 따라준 커피는
가득 차지 않아도
한 잔이었다

—「한 잔」 전문

담담한 어조로 차분하게 전개된 이 작품은 시인의 의식 세계를 지배하 는 '균형'의 철학을 은근하게 내비친다는 점에서 '난제'를 풀어갈 사유의 방식을 예고하는 것으로 보이기도 한다. 그 균형은 모자람과 가득함에 대 한 역설을 통해 드러난다. 이 시의 화자는 "맘껏 나눠가져도/모자람이 없 는 풍경"을 창밖으로 내다보며 넘침과 모자람에 대해 생각한다. 컵에 물 이 가득 차면 "마음이 가볍지 않다/갈증이 나도 부담스럽다"는 발언에는 가득 찬 것이 결국 마음을 무겁게 하는 '모자람'이 된다는 의미가 내포되어 있다. 반면 "가득 차지 않아도/한 잔이었다"는 말은 그것이 모자라도 부족하지 않음을 뜻한다. 이러한 역설에는 "누군가 물을 따라놓았다"와 "자신의 컵에서 따라준 커피"라는 상대의 태도가 미묘하게 작용한다. 그냥 물을 따라놓는 방식이 '냉기'라면 자신의 컵에서 커피를 따라준 방식은 '온기'라 할 수 있다. 누군가의 것이 나누어질 때, 그것이 비록 물리적으로 부족한 것일지라도 "모자람이 없는 풍경"이 되는 것이다. 하상만이 안고 있는 난제들이 이러한 균형의 세계와 조우할 수 있을지는 아직 미지수이다. 그것은 쉽지 않은 일일 것이다. 나는 시인이 안고 있는 난제를 돌파하기 위해 그의 조용한 어조가 보다 과감해져도 좋다는 생각을 해본다.

제3부 시의 다양한 여정들

제4부

'자연선택'을 위한 성찰적 시학

2000년대 이후 시문학의 주도적 방향성을 나는 전례 없던 '죽의 미학'으로 판단한다. 외 그로테스크한 이미지가 파생시킨 섬뜩하고 끔찍한 환상성, 역겹고 잔인한 세계상: 기원을 상실한 채 ㅎ 든 인간 존재의 초상, 그러한 세계를 끌고 갈 기괴한 '소녀'과 '소녀': 더불어 '유령'과 '귀신'의 출몰 등이 그ㄱ

희미해지는 근원들

1. 흔들리는 버팀목

2000년대 이후 시편들을 보면서 나는 가끔 희미해져가는 근원들에 대해 떠올리게 된다. 시의 이미지는 현란하고 요란해졌으나 신화적인 것과 신성한 것들이 들려주는 웅대함, 대지의 강건함과 고향의 포근함, 감정의 중심을 파고드는 서정의 언어들과 낭만의 미학은 위축되었다는 것이 나의 생각이다. 시라는 장르를 넘어서서 우리 정신의 버팀목이 되어왔던 것들이 있다. 그것은 삶을 운영하고 방향을 잡게 하는 근간이라 할 수 있다. 요즘 정체성이라는 말을 부담스러워하는 것처럼 이제 신성한 것, 고향, 정감 등과 관련된 일련의 상상 활동이 시의 영역에서조차 밀려나는 듯하다. 그러나 이러한 것들이 근원에 해당하는 것이라면 근원의 상실은 왜소증을 불러오게 마련이다. 인간은 어딘가에 뿌리내릴 곳을 필요로 한다. 방랑자는 방랑 자체가 그의 뿌리일 수 있다. 그것이 그의 정체성이기 때문이다. 그런 의미에서 이 글에서 말하는 '뿌리내리기'는 고착을 의미하지 않는다. 새로운 것이 넘쳐나는 세계 속에서 우리는 오히려 빈곤함을 겪고 있는 중이라 할 수 있다. 아울러 불안과 초조함이 가득한 심리를 달래려는 아우성 속에서 시의 언어들은 그것을 따라잡기 바쁜 듯 보이기도 한다. 한 예로 시집 출간도 예전에 비해 서둘러 이루어지는 풍토를 볼 수 있는데 이는 시인들이 상상과 사유의 경로를 바삐 지나가고 있음을 증명해준다. 가속화된 시대가 문학인들의 의식을 압박하고 있다는 것, 혹은 그러한 추세를 시인 스스로 대범하게 넘어서지 못함을 말해주는 것이 아닐까? 이런 나의 진단은 싸잡아 말하는 인상을 남길 수 있기 때문에 일견 조심스럽기도 하다. 숙고를 통해 조리가 정연한 글로 뒷받침되어야 하겠지만 그보다 중요한 것은 근원의 상실에 대한 폭넓은 공유가 선결되어야 한다는 생각에 우선 단상의 형태로 지금의 경향성, 혹은 시의 추세를 말해보고자 한다.

2. 쇄락(灑落)과 쇠락(衰落)

어떤 단어들의 마주침은 특정 사태의 핵심을 간결하고 극명하게 드러낸다. 그런 조우는 마치 '계획된 우발'처럼 보인다. 쇠락을 생각하다 동일한 음으로 발음되는 쇄락을 생각하게 되는 경우가 그러하다. 집요한 논거와 설명의 글보다 단어 그 자체의 대조(contrast)가 더 설득적일 때가 있다. 한 시대의 정신이 왜소증과 무력에 짓눌려 활기를 잃게 되면 역으로 강렬한 것에 이끌리게 된다. 일순간 강렬한 것들은 자극적이지만 지속적인 효과가 없다. 특히 피곤해진 정신들이 갈구하는 강렬함이란 갈증에 못 이겨 소금물을 벌컥벌컥 들이키는 것과 매한가지일 것이다. 시 비평을 업으로 삼은 지 근 20년이 되어가는 즈음에 나는 비평가의 한 사람으로서 우리 시단의 왜소증과 무력에 대해 냉정히 생각해보지 않을 수 없다.

고결한 정신을 버팀목으로 삼아 세계의 허약을 돌파해나가야 할 시의 선도적 운명이 어느 날부터 왜소의 뒷골목을 쓸쓸히 배회하는 것 같아 적이 안타까움을 느낀다. 이 사태를 나는 '쇄락'과 '쇠락'의 대조를 통해 말해보려 한다. 상쾌하고 깨끗한 '쇄락'의 세계에서 쇠약하여 말라 떨어진 '쇠락'의 세계로 넘어가는 이 치명적 순간은 전혀 자각되지 않는 듯하다. '쇄락'과 '쇠락'의 발음이 유사하여 마치 그 경계가 불분명해지는 것처럼 두 단어의 의미까지 덩달아 모호해지는 것은 아닐까라는 생각의 비약도 해본다. 그러나 결코 비약만은 아닐 것이다. 두 단어의 조우는 나의 어떤 우려가 선택한 '계획된' 대조다. 나는 '쇄락'과 '쇠락'의 맞댐을 통해 모호하고 왜소해진 것들의 외피(外皮)를 벗겨내서 그 안의 사정을 시의 행로와 엮어 함께 고민해보려 한다. 그러기 위해서는 먼저 작고한 소설가 박상륭의 일설(一說)에 세심히 귀 기울여볼 필요가 있을 듯하다.

> 본 패관꾼이, 평생을 걸려 해온 얘기가 지금도 되풀이되고 있지만…(중략)… 같은 얘기를 팔아, 아랫목 얻고, 목침도 얻고, 이튿날 조반까지 얻는 자가 아니던가. 누가 뭔가 좀 색다르다 싶은 얘기를 얻어듣기 원하고 있다면, 색다른 혹성으로 이민을 하든 어쨌든 권고해두는 바이다. …(중략)… 귀곯이(餓)하는 선인들이 얘기의 씨나락까지 다 까먹어버린 통에, 얘기의 보릿고개가 오기도 오래 전부터, 남은 귀들은 메말라 오그라져가고 있잖느냐.
> ― 박상륭, 「混紡된 상상력의 한 형태 4」,
> 『잠의 열매를 매단 나무는 뿌리로 꿈을 꾼다』(문학동네, 2002, 229쪽)

시를 짓거나 소설을 쓰는 사람이라면 한 번쯤은 고민해봤을, 아니 늘 애쓰고 있는 필사의 사안이 바로 말의 '되풀이'에 대한 압박과 경계일 것이다. 했던 말을 변주해 다시 하거나, 내가 한 말이 누군가 이미 했던 말이 아닐까라는 자기검열의 초조함은 현대의 문필가들에게 해결할 수 없는 난제(難題)로 밀려와 불청객처럼 곁을 지키고 앉아 있다. 어느 시인이 우스갯소리로 자신이 인류 최초의 시인이었다면 내뱉은 말이 곧 시가 되는 행복과 호사의 기회를 만끽했을 것이라 했던 말이 떠오른다. 그의 객쩍은 탄식은 '색다른 얘기'를 바란다면 '색다른 혹성으로 이민'을 가라는 박상륭의 시니컬한 권고와 맥락이 닿는다. 말이 곧 시가 되는 즉발의 행운은 이제 없다. 그렇지만 그의 권고에는 그래도 수단을 내서 되풀이되는 난제를 뚫고 또 다른 갱신을 향해 나가야 하지 않겠냐는 격려도 담겨 있어 보인다.

요즘 유행하는 말로, 이른바 '넘사벽'으로 회자되는 일군의 선배 문인들께서 '얘기의 씨나락'까지 다 까먹어 '얘기의 보릿고개'가 오기도 전에 뒷날의 '남은 귀'들이 메말라 오그라져 있다는 박상륭의 흥미로운 진단은 '새로움'을 찾아 고군분투하는 시인들의 답답한 마음에 일견 솔깃한 응원처럼 들리기도 하지만 찬찬히 생각해보면 '얘기의 보릿고개'에서 뭐라도 하나 새로운 걸 건져보려는 이들에게는 더없이 매정해 보이는 얘기이기도 하다. 그렇다면 현대의 시인들은 무엇으로 얘기의 혼과 명줄을 이어가야 한다는 것인가? 이 질문은 요즘의 시들에서 느껴지는 쇠락의 쓸쓸한 징후를 이해하는 단초가 된다.

'얘기의 씨나락'이란 비유는 문학의 텃밭에 뿌려질 상상력의 근원을 의미한다. 씨나락은 어떤 상황이 오더라도 보호하고 간직해야 할 정신의 원초적 자산이다. 씨나락이 없다면 어떤 풍요의 증식도 없다. 급기야 생명

제4부 '자연선택'을 위한 성찰적 시학

도 사라진다. 그런데 그걸 '귀긇이(餓)'하는 '선인'들이 다 까먹어버렸다 하니 작금의 시인들로서는 이 상황이 그저 망막할 뿐이다. '귀긇이(餓)'란 글쓰기의 배고픔이고 욕망이다. 따라서 글을 쓰는 이라면 '귀긇이'를 앓을 수밖에 없다. 문제는 시인들 각자가 앓는 '귀긇이'에 있는 것이 아니라 시인들이 만들어내고 보호해야 할 근원으로서의 '씨나락'에 있다. 우리가 먹어치운 첫 번째 씨나락이란 인류가 진화라는 맹목의 과학적 사유로 폐기했거나 혹은 그 의미가 망각된 채 빛을 잃고 어디선가 고사해가고 있는 '신화들'일 것이다.

신화란 인류 근원의 정신이기에 인간이 이 세계에 거주하는 한 사라질 수 없다. 그것은 단순히 흥미로운 옛날의 이야기를 뜻하는 것이 아니다. 삶의 장소에 끊임없이 뿌려져야 할 생명과 정신과 문화의 씨앗이다. 신화를 구전된 인류의 과거 이야기, 즉 그리스 신화나 북유럽 신화 등에 나오는 신들의 이야기로 좁게 이해한다면 그것들은 박상륭의 말처럼 이제는 다 까먹어서 껍질조차 남지 않았다 할 수 있다. 신화란 우리를 현재의 땅에 살게 하는 '총체의 씨앗'이다. 씨앗은 뿌리와 꽃과 열매로 발아될 생명의 잠재태다. 또한 심겨질 비옥한 밭이 필요하기에 늘 '장소성'을 전제한다. 따라서 신화란 여기(장소)에 뿌려질 총체적 정신(씨앗)이며, 그 결과로 증식된 생명의 풍요(뿌리, 꽃, 열매)가 바로 삶이고 문화다.

'여기'만 있고 '정신'이 없는 빈곤의 시, '정신'만 있고 '여기'가 없는 허무의 시, '여기'와 '저기'도 없이 호객할 소재만 좇는 맹랑하고 공허한 시. 이것이 내가 목도한 우리 시의 왜소한 현상이고, 도래할 쇠락의 묵시적(黙示的) 풍경이다. 그러한 징후로부터 벗어나기 위해서는 '쇄락'의 상상력이 개진되어야 한다. 정신이나 몸을 상쾌하고 깨끗하게 만드는 것이 쇄락의 상상력이라면 그에 대척하는 것이 쇠락의 상상력이다. 신화의 표정이 쇄락이라면 현대의 표정은 쇠락이다. 시인이란 쇄락의 주재자이며 척박한 대지에 정신의 씨앗을 뿌리는 억센 농부들이다. 시인에 대한 나의 이러한 정의(定義)는 왜소해지고 섬약해지고 뿌리를 상실해 몽환적으로 자기 감정만 소비하는 우리 시의 일면에 대한 염려와 애정의 양극에서 나온 것이다.

3. 장소들의 죽음

대지는 모든 생명의 거주지이자 본래의 고향이다. 위대한 신성이고 거룩한 모성이다. 대지 위에 집을 짓고, 땅을 일궈 곡식을 얻고, 그 곡식으로 먹고 번성한 것이 인간의 삶이다. 신화란 그러한 연쇄와 반복의 바퀴가 멈추지 않고 잘 작동하기를 바라는 집단의 염원이 담긴 신성의 사유라 할 수 있다. 금기와 위반의 원칙을 통해 대지의 삶을 조화롭게 경영하려는 신성의 사유가 '탈신성화'를 내세운 근대의 합리적 사유에 의해 미신 또는 미숙한 사유로 취급되면서 근대 이후의 문학은 신화의 풍요로운 대지에서 쫓겨나 이성(理性)의 메마른 땅에서 실존의 불안과 맞서게 되었다. 실존의 불안은 '장소의 상실', 즉 거주지를 잃고 떠도는 실향민의 고통으로 드러나게 된다.

잘 알려진 바, 하이데거(Martin Heidegger, 1889~1976)는 시를 존재의 '거주지'로 정의한다. 언어는 존재의 집이라는 그의 말을 상기해 시에 대한 정의를 다시 음미해보자면, 시란 '장소화된 언어'라는 것으로 압축할 수 있을 것이다. 이는 장소의 회복을 통해 존재의 근원을 회복하는 것이 시의 역할이라는 의미로도 이해된다. 시란 실존의 '고향'을 되찾는 과정이며,

제4부 '자연선택'을 위한 성찰적 시학

신화의 신성성을 복원하려는 정신의 노력이다. 박상륭이 말한 정신(이야기)의 '보릿고개'는 장소의 결핍, 즉 고향 상실에서 비롯된 허기증이라 할 수 있다. 고향이 주는 깊고 아늑하고 평화로운 서정의 세계는 산업화의 과정과 함께 도시의 부족한 노동력을 수급하기 위해 입안된 농촌분리 정책으로 인해 파괴됨으로써 생명성을 잃고 불모의 장소가 되었다.

> '고향'에 대한 애착은 거기에 살았던 시간의 길이에 따라 증가하며, 보통 태어난 곳에서 계속 살았을 때 가장 강하다. …(중략)… 새로운 도시는 똑같은 장소이지만 동시에 이전의 장소와 다르다. 몇몇 장소들은 죽었다. 그러므로 세계는 죽은 장소들의 유골로 가득하다.
> — 에드워드 렐프, 『장소와 장소상실』(논형, 2005, 82쪽)

"세계는 죽은 장소들의 유골로 가득하다."는 에드워드 렐프(Edward Relph, 1944~)의 전언은 사뭇 섬뜩하다. 그의 말이 장소에만 국한된 것처럼 보이지 않기 때문이다. '죽은 장소들' 위에 살고 있는 사람들의 삶은 어떠한가? 장소의 죽음은 시간의 죽음이다. 과거에 대한 애틋한 향수도 없고 미래에 대한 들뜬 희망도 없는 현재만의 차가운 질식, 그것이 '죽은 장소들'의 시간이다. '죽은 장소들의 유골'로 비유된 현대 도시의 장소성은 비유의 차원에 그치는 것만이 아니라 냉혹한 현실로 드러난다는 점에서 심각성을 지닌다. 2018년 12월 3일 37세의 젊은 나이로 한강에 투신자살한 철거민 박준경 씨가 광고 전단지 뒷면에 "추운 겨울에 씻지도 먹지도 자지도 못하며 갈 곳도 없습니다. 3일간 추운 겨울을 길에서 보냈고 내일이 오는 것이 두려워 자살을 선택합니다."라는 암울한 유서를 남겼다고 한다. '몇몇의 장소들'이 죽었다는 것은 몇몇의 사람들, 아니 그 이상의 사람들이 죽었다는 것과 다를 바 없을 것이다. 그것이 '여기'의 삶이다. 고향과

집을 잃고 생명의 시간도 함께 잃게 되는 것이 '탈신성화'된 현대를 살아가는 우리의 모습이라 할 수 있다.

현대인에게는 고향에 대한 애착의 시간이 없다. 고향을 이미 상실했기 때문이다. 존재의 풍요는 없고 물신의 추구만 있을 뿐이다. '장소'는 있지만 '장소성'은 없다. 그래서 도시에서 태어난 사람은 고향이라는 말 자체를 낯설어 한다. 태어난 곳이지만 아늑함의 정취가 전혀 없는 곳이 도시의 본질이기 때문이다. 이러한 상황에서 서정의 상실은 일견 당연한 것처럼 보인다. '죽은 장소들' 위에서 고향의 서정을 노래하는 시의 경향에 대해 낡고 도피적이라고 보는 일군의 견해에 일견 수긍이 간다. 극단적인 부의 불평등이 삶의 근원을 위협하는데 막연하게 고향에 대한 그리움만 토로한다는 것이 그렇게 환영받을 일만은 아닐 것이다. 그럼에도 불구하고 우리는 고향의 서정을 더 힘껏 표현해야 한다. 고향이란 인간의 근원이고 시의 발원지이기 때문이다.

근원이 없다면 현재도 없다. 샘의 발원이 거대한 강을 흐르게 하는 것처럼 근원은 현재를 흐르게 하는 동력이다. 실존의 근원은 고향이다. 고향은 존재의 거주지이자 시의 모태(母胎)이고 정신의 동력이다. 고향을 과거의 회한과 연관 짓거나 또는 비정한 도시의 세태와 대비되는 특정 장소로 등치하는 것은 표피적인 생각이다. 고향은 '여기'의 문제이고 삶이 뿌리내리는 '지금'의 문제다. '여기'와 '지금'을 떠난 고향의 서정은 앞서 말한 것처럼 낡고 도피적으로 비쳐진다. 지금 우리에게 요구되는 고향의 시학(詩學)은 초가집 위를 떠도는 구름의 서정을 읊는 것에만 있지 않다. 혹그럴 수도 있겠지만, 보다 더 근본적인 것은 '죽은 장소들'에서 삶의 힘과 생명의 희망을 발견해내는 예리한 미적 시선을 견지하는 것이라 할 수 있다. 따라서 고향은 '회고'되기보다 '발견'되어야 하는 '여기'의 장소여야만

제4부 '자연선택'을 위한 성찰적 시학

한다.

우리는 너무 쉽게 고향을 폐기처분한 것은 아닐까? 고향의 상실은 장소의 상실이라는 지리적 개념을 넘어 정신의 실종이라는 것에까지 그 영향을 미친다. 장소의 상실은 뿌리의 상실을 의미한다. 장소는 삶의 윤곽을 담고 있는 공간, 즉 인간의 의도로 만들어진 특별한 공간의 배치다. 장소가 없다면 인간은 대지라는 광대한 공간 위를 지표도 없이 어슬렁거리는 일개 동물과 크게 다를 바 없을 것이다. 대지의 중심은 고향이다. 삶의 지도란 고향을 중심으로 펼쳐진 서사(敍事)의 확장일 것이다. 게오르그 루카치(Georg Lukacs, 1885~1971)는 "별이 빛나는 창공을 보고, 갈 수가 있고 또 가야만 하는 길의 지도를 읽을 수 있었던 시대는 얼마나 행복했던가? 그리고 별빛이 그 길을 훤히 밝혀주던 시대는 얼마나 행복했던가?"라는 아름다운 문장으로 시대가 잃어버린 어떤 것을 절박하게 회상한다. 그가 말한 '별'과 '별빛'은 고향과 고향의 풍경이 빚어내는 시적 서사가 아닐까? 고향은 존재의 근원이고 존재가 가야할 '길의 지도'을 밝혀주는 정신의 등불이다. 등불이 꺼진 밤의 길을 가는 것은 불안하고 위험하다. 고향을 상실한 시의 처지도 그럴 것이다.

4. 위축된 서정

시인들을 만나면 자주 듣게 되는 한탄(?)이 있다. 사람들이 시를 안 읽는다는 것과 시집이 안 팔린다는 것이 그것이다. 이런 자탄들이 모이고 쌓여 '시의 위기'라는 담론이 내부적인 지지를 받고 있는 듯하다. 어떤 시인은 1980년대는 시집이 백만 부씩 팔렸다고 회고한다. 누군가는 설상가상

시인들조차 시를 안 읽는다며 위기의 위기를 강조한다. 다들 어느 정도의 자기 신념을 갖고 하는 말이라 쉽사리 논박하기가 어렵지만 이런 기회를 빌려 나의 생각을 말하자면, 시란 존재 그 자체로 늘 '위기'에 직면하는 장르라는 것이다. 이는 위기가 곧 기회라는 진부한 논변을 들이대기 위한 것이 아니다. 사람들은 '곧'이라는 말로 위기와 기회를 즉각적으로 등치시킨다. 그래서 위기가 기회로 전화되지 않을 때 불만과 불평을 쏟아낸다. 위기와 기회는 별개의 문제다. 시는 처세의 문제가 아니라 실존의 문제이기에 '늘' 위기에 처한다는 것이 내 생각의 요지다.

실존은 유한하고 불완전하다. 그래서 실존의 삶은 늘 위기로 영위되며, 위기의 삶은 죽음으로 충족되고 완결된다. 시란 실존의 위기를 토대로 유한의 세계를 뛰어넘으려는 언어의 몸부림이라 할 수 있다. '몸부림'이란 격한 감정의 분출일진대, 이는 고통의 분출만을 의미하는 것이 아니라 감정의 황홀까지도 포함하는 것이다. 시와 산문의 언어가 분기되는 지점이 바로 '감정의 황홀'이다. 기원 후 1세기 또는 2세기 초에 롱기누스는 『숭고에 관하여』에 "적소(適所)에서의 진정한 감정만큼 장대한 문체에 기여하는 것은 아무것도 없기 때문이오. 그럴 때면 감정은 말에 열광과 황홀을 불어넣으며 그것을 아폴론의 힘으로 가득 채우는 것이오."라고 말한다. 이미 우리 시대와는 너무나 멀리 떨어진 고전 비평문이지만 다시 경청할 필요가 있는 대목으로 여겨진다. 미의 감정이든 추의 감정이든 대상과 사물의 의미를 밖으로 끌어내 감정의 격한 일렁임을 만들어내는 것이 시어의 본령이다. 감정의 일렁임이 없거나 또는 감정이 제대로 전달이 되지 않을 때 시는 읽히지 않게 된다. 시의 위기란 독자의 외면과 같은 외부적인 요인에 의해 초래되는 것이라기보다는 '감정의 황홀'을 격발하지 못하는 시의 내부적 요인에 기인하는 것이 아닐까라는 것이 나의 생각이다.

제4부 '자연선택'을 위한 성찰적 시학

시간은 부단한 황홀을 정의한다. 그리스어 ex-stasis는 자신의 밖으로 나오기를 의미한다. 황홀이라는 말이 태생동물의 단어인 까닭은 두 가지 상태를 전제로 하기 때문이다. 황홀이라는 말 내부에서 공간이라는 말은 시간에 비해 부차적인 것임이 분명해진다. 황홀이란, 분출이 불을 내뿜고, 분화구를 파이게 하고, 용암을 토해서 화산을 만들고, 마침내 그것을 대기권 표면에 우뚝 세우는 것처럼, 자신의 밖으로 나오는 것에 불과하기 때문이다.
— 파스칼 키냐르, 『옛날에 대하여』(문학과지성사, 2010, 288쪽)

황홀은 수사적 표현이 만들어내는 현혹의 감정이라기보다 내적 분출에 의해 형성된 심리적 밀도가 만든 감정의 계곡이다. 프랑스의 소설가이자 사상가이기도 한 파스칼 키냐르(Pascal Quignard, 1948~)가 그의 철학적 단상에 말한 '불을 뿜는 분출'처럼 내면의 저 깊은 곳에서 토해지는 뜨거움이 감각의 통로로 전달되는 것이 바로 황홀일 것이다. 자신을 '자신의 밖'으로 나오게 하는 분출의 힘은 나올 수밖에 없게 만드는 어떤 요소를 전제로 한다. 그 요소란 앞서 말한 실존의 한계를 넘어 자기 갱신을 추구하려는 의식의 '몸부림'과 관련된 것이다. 밀어낼 수밖에 없는 몸부림의 감정들, 그것은 인간의 근원적 욕망으로부터 싹튼 것들이다. 에로스적이고 타나토스적인 충동들이 밖으로 분출되는 과정에서 느껴지는 황홀의 감정은 실존의 유한성을 확인시켜주는 궁극의 감정이다. 절대적이고 완벽한 존재들로 표상된 신들에게는 황홀의 감정이란 없다. 그들에게는 조화의 따분한 시간과 인간을 향한 긍휼만 있을 뿐이다.

삶의 시간으로 죽음의 시간을 앞지르려는 분출의 의지가 없다면 시는 평범성의 테두리를 벗어날 수 없을 것이다. 시의 서정이란 조화의 수사로 빚어낸 아름다움의 효과를 뜻한다기보다 내적 분출이 빚어내는 황홀의 파급이자 공감의 확산이라 할 수 있다. "시간은 부단한 황홀을 정의한다."는 파스칼 키냐르의 말은 시인이 경험하는 시간의 밀도에 의해, 즉 유한하고 불완전한 것들로부터 영원하고 아름다운 것들을 발견해내려는 의지의 강도에 의해 감정의 파급력과 깊이가 결정된다는 것을 의미한다. 이런 관점에 의거한다면 '서정시'라는 형식과 분류에 얽매이는 것은 큰 의미가 없어 보인다. 중요한 것은 시의 '서정성'이 어떻게 어떤 내용으로 각 작품에 분출되고 있는가의 문제일 것이다. 이러한 문제제기는 최근 서정시라고 일컬어지는 수많은 시들 중에 밀도 있게 황홀의 감정을 전달하는 예를 찾아보기가 힘들었다는 나의 주관적 경험과 관련된 것이라는 점을 밝혀야 할 것 같다.

그렇다면 왜 황홀의 감정을 전달하는 시가 드문 것일까? 나는 그러한 현상의 원인이 근원의 부재와 깊이의 상실에 있다고 판단한다. 신화적인 것, 신성한 것, 본래적인 장소들에 대한 진지한 성찰이 결여될 때 세계는 허약해진다. 또한 그 세계에 살고 있는 사람들의 공동체적 연대감도 느슨해진다. 정신과 장소에 깃든 고유의 결을 포착해내지 못할 때 시는 자기만족의 우물 안에 빠지게 된다. 이러한 연쇄적 작용이 반복될 때 시는 물론 시인의 정신까지 왜소해진다. 왜소함은 인간의 모든 고귀함을 끌어내리는 자학의 덫이다. 움직이고, 나가고, 분출하고, 솟구치는 정신의 활력만이 왜소해진 시의 상상력을 회복시킬 수 있을 것이다. 우리 시가 발견해내야 할 새로운 서정의 세계는 표현이 아닌 근원과 정신의 발견에 있을 것이다.

제4부 '자연선택'을 위한 성찰적 시학

5. 비판과 거부의 차이

나는 '시의 위기'보다 '상상력의 위축'이라는 표현이 지금의 우리 시가 안고 있는 제반의 문제들을 더 적절하게 설명한다고 본다. 여담이지만 내가 가르치는 학생들에게 왜 시를 읽지 않느냐고 묻자 어느 남학생이 "왜 읽어야 해요?"라고 되물었을 때 적잖이 놀랐다. 그의 말은 어려워서 읽지 않는다는 것과는 질이 다른 것이다. 이는 시의 필요성 자체를 거부하는 것이다. 비판받는 예술보다 더 심각한 것은 거부당하는 예술이다. 그 학생의 물음이 대다수 학생의 물음을 대변하는 것은 물론 아니다. 그러나 지극히 소수의 의견일지라도 그것은 어떤 '징후'를 담고 있다는 점에서 심각하게 받아들일 필요가 있다. 사람들이 시를 읽지 않은 이유는 복합적이고 중층적이다. 실용성만을 강조하는 사회가 시의 가치를 손상하고 있어 시의 위기가 초래되었다는 단선적 주장이 결코 틀린 것만은 아니다. 그러나 그것이 전부는 아니다. 속악한 시대의 정신을 뚫고 나가 인간의 고귀함과 정신의 위대함을 다채롭게 드러내는 것이 시인의 사명이 아니던가? 우리가 자주 운운하는 '시의 위기'라는 주장의 뒤편에는 '남의 탓'이라는 푸념이 강하게 담겨 있어 보인다. 외부의 문제도 있겠지만 보다 중요한 것은 내부를 들여다보는 성찰의 시선일 것이다. 내부의 '위축'을 들여다봄으로써 위기는 기회가 될 수 있다. 존재를 지탱케 하는 근원을 상실하지 않기 위해서는 정신의 근기(根氣)가 강화되어야 할 것이다. 왜소해지는 모든 것들은 결국 거부당할 수밖에 없다. 헤겔의 문장을 빌려 부족한 글의 공백을 메운다. "미네르바의 부엉이는 황혼녘에 날아오른다."

2000년대 시학의 천칭(天秤)

1. 다시 물어야 할 인문정신

2000년대를 염두에 두고 과거를 떠올려보면 그 변화의 속도가 달라지고 있음을 체감하게 된다. 우리의 시공간은 상품의 유통망과 정보 매체의 변화에 따라 급격하게 압축되었으며 이에 따라 모든 것이 순간이동을 하듯 신속하게 새로움을 양산하고 전달하는 방식을 통해 일상성을 구축하고 있다. 이러한 일상 속에서 우리는 성찰의 기회를 탈각하고 압축된 시공간의 유동성을 따잡기 급급한 상황에 직면해 있는 것이다. 끊임없이 사회구성원을 강제적으로 재교육시키며 긴장의 도와 혼잡도를 강화시키는 추세는 이와 무관하지 않다. 그러나 변화와 발전은 다른 사안이다. 변화가 곧 우리의 삶을 보다 풍요로움으로 이월시킬 것이라는 기대는 매우 추상적이고 도식적인 생각에 불과하다. 새로움의 과잉은 새로운 인간형을 요구하고 이것이 우리의 삶을 피로감으로 물들인다. 결국 인간이 감당할 수 있는 속도를 벗어날 때 그 변화의 추세는 당연히 비인간화를 낳을 수

　　　　　　　　제4부 '자연선택'을 위한 성찰적 시학

밖에 없다.

이러한 세태 속에서 우리가 진정 원하는 변화는 무엇이며, 그 변화 속에서 우리가 끝끝내 간직해야 할 것이 무엇인지 깊게 생각할 필요성이 제기된다. 그러기 위해서는 탈각된 성찰의 기회를 되찾아야 할 것이며 이를 위해서는 우선 큰 틀에서 인문학에 관한 문제부터 다시 고민해야 할 듯하다. 이제 '인문학의 위기'라는 말은 진부해질 정도로 거듭 호출되고 논의되었던 문제라 할 수 있다. 더욱이 2016년 1월 20일 스위스 다보스에서 열린 '세계경제포럼(WEF)'이 주요 안건으로 4차 산업혁명을 내세우면서 전통적 인문학의 기반이 흔들리는 것처럼 인식되기도 했다. 4차 산업혁명은 쉽게 말해 디지털적 공간과 생물학적 공간의 경계가 뒤섞이는 기술융합을 의미한다. 우리들의 일상에 놓여 있는 많은 사물들, 예를 들어 인공지능이 결합된 기계(로봇)들이나 사물인터넷이 이를 대변한다. 인간을 닮은 기기들이 인간 자신의 생활을 움직이고 변화시킨다는 점에서 이는 전혀 다른 작동 방식의 기계혁명이라 할 수 있을 것이다. 이와 같은 패러다임이 전면화되기 시작하면서 사람들은 우려와 함께 인공지능을 겸비한 상품들에 환호하기도 하는 현상을 보이고 있다.

대중들에게 인기 있는 과학자 정재승이 어느 TV 프로그램에서 미래 사회는 어느 방향으로 갈지 예측하기 어려울 뿐만 아니라 과거로부터 누적되었던 지식이 별로 도움이 되지 않을 수도 있다고 말하는 것을 본 적이 있다. 한편 어느 로봇 과학자는 이제부터 인간은 로봇이 할 수 없는 일을 선택해야 한다고 충고한다. 사람들은 우왕좌왕하면서 제일 먼저 로봇이 모든 것을 할 수 있는 미래에 인간은 무엇을 해야 먹고살 수 있는가를 걱정한다. 로봇이 많은 인력을 대체하게 될 것이라 말하는 사람들은 인구가 줄어드는 게 마땅하다고 하고 반대로 어떤 이는 로봇이 많은 걸 생산해도 그걸 소비하는 것은 결국 사람인데 소비자 없는 로봇이 무슨 소용이냐고도 한다. 이것이 지금 우리가 당면한 생활의 변화이며 동시에 현실과 밀착되어 있는 인문학의 자리이기도 하다.

나는 이러한 문제 앞에서 오히려 인간이 자신에 대해 더 많은 고민을 할 수밖에 없는 시기에 접어들었다고 생각한다. 이미 이러한 우왕좌왕이 고민의 징후이기도 하다. 먹고사는 문제로부터 '인간이란 무엇인가?'에 이르는 존재론적 물음까지 다시 물어야 하는 시대가 온 것이다. 인간을 대체하고 인간의 능력을 능가하는 것들이 편리함과 역으로 불안함을 함께 몰고 온다면 그것을 만든 주체에 대해 고민하는 것은 당연한 수순이다. 인문학을 한마디로 정리하긴 어렵지만 그것은 인간에 대한 탐구며 나아가 인간관계에 대한 탐구이다. 그것의 최종 목적지는 '인간성'을 좋게 만들어 삶의 질을 끌어올리는 데 있다. 그런 의미에서 4차 산업혁명의 시대야말로 '인간이란 무엇인가?'라는 문제를 더욱 치열하게 고민해야 할 때라 할 수 있다. 비인간화의 만연은 인간이 만들어낸 부산물이며 부작용이다. 4차 산업혁명으로 이행하는 역사의 흐름을 되돌릴 수는 없지만 그것은 경탄스러운 편리함만이 아니라 다른 형태의 부작용을 수반할 것이다.

인간은 다른 생명체와 달리 자신이 누구인가를 끊임없이 탐구하는 '자의식'을 지닌 동물이다. 자의식이 사라지지 않는 한 인간 존재에 대한 물음 또한 사라지지 않을 것이다. 근·현대문학 또한 이와 같은 자의식이 추동해온 예술적 산물이라 할 수 있다. 인간에 대한 진지한 고뇌가 바탕이 되지 않는 문학은 이미 문학의 본질과 멀어진 수사(修辭)적 장식이나 허언(虛言)에 불과하다. 따라서 이 시대야말로 자신이 서 있는 자리에서 어떤 변화가 일어나고 있는지, 자신이 행하는 문학적 활동이 무엇을 의도하는 것인지를 인문정신이라는 큰 틀에서 사유하는 자의식의 발동이 더욱 요청되는 시대라 할 수 있다.

2. 신중하게 융합하기

'융합'이란 2000년대 문화 전반을 강타했던 키워드 중 하나이다. 일종의 뒤섞기이다. 이 또한 4차 산업혁명과 밀착된 거대한 프로젝트의 일종이다. 디지털적 공간과 생물학적 공간을 하나로 묶는 기술융합이 공학의 차원에만 한정되는 것은 아니다. 그것은 생물학적 공간이라는 인류 전체의 생활에 관여된 프로젝트이다. 우리는 융합이라는 문제를 너무 가볍게 받아들이고 있는지도 모른다. 융합이 촉구되는 것은 어떤 의미에서 지난 세기를 이끌어왔던 패러다임이 한계에 도달했음을 뜻하는 것이며 동시에 서로 다른 것을 뒤섞어 새로운 것을 만들어내지 않으면 안 된다는 창의성의 고갈을 적시하는 것이라 할 수 있다. 융합을 강조하면서 동시에 창의성의 중요성을 강조하는 밑바탕에는 아이디어의 '고갈'이라는 문제가 놓여 있는 것이다. 그런 의미에서 융합은 '쥐어짜기'를 강력하게 요구하는 고통을 수반한다. 이런 일은 불가피한 것이기도 하다.

그러나 융합은 인류사에 처음 일어난 사건이라 할 수 없다. 예를 들면 하루도 빠짐없이 일어나는 전쟁은 이쪽과 저쪽의 배타적 감정을 야기하는 것임에도 불구하고 그것은 서로 다른 문화를 뒤섞어버리는 역설을 남긴다. 식민지의 역사도 마찬가지이다. 힘의 강압에 의해 일어난 침략이 피식민지인의 분노를 살지라도 그 또한 문화의 혼혈을 만들어낸다. 이것은 우리가 역사를 통해 이미 경험한 것들이다. 일제 식민의 역사를 겪을 때 수많은 지식인들이 일본으로 유학을 갔으며 그들은 새로운 지식을 우리의 문화와 결합시켰다. 당시 상당수의 문인이 일본 유학파라는 사실을 우리는 익히 알고 있다. 1930년대 모더니즘의 생성은 이와 긴밀한 관련을 갖는다. 아울러 한국전쟁을 겪으며 우리가 미국문화의 영향을 지속적으로 받았음에 대해서는 재론할 필요가 없을 듯하다. 융합이라는 문제를 놓고 이와 같이 전쟁이나 식민지 역사를 끌어들이는 이유는 융합의 문제가 결코 만만한 사안이 아님을 강조하기 위해서이다.

융합은 해체를 전제로 한다. 우리가 문학의 영토 안에서 수없이 거론해왔던 '해체문학'이라는 용어에는 이미 융합이라는 씨앗이 담겨 있는 것이기도 하다. 경계를 넘어서, 혹은 경계 해체라는 말을 즐겨 사용했던 지난 1980년대 중반 이후부터를 뒤돌아볼 필요가 있을 듯하다. 무언가를 해체했다면 그것은 기존의 것과는 다른 것을 만들겠다는 욕망의 표현이라 할 수 있다. 인유, 패러디(parody), 벌레스크(burlesque), 트라베스티(travesty), 혼성모방, 몽타주(montage), 콜라주(collage) 등의 방식이 풍성하게 창안되었던 1990년대 이후 2000년대에 이르기까지 시문학이 그러하다. 나는 「'~되기' 혹은 뒤섞기 현상」이라는 글에 다음과 같이 말한 바 있다.

아무 것이나 뒤섞는다고 해서 경계 해체의 자유가 얻어지는 것은 아니다. 예를 들어 문화 혹은 장르의 혼합 양상을 긍정하고 담론화 했던 수많은 지식인들이 사용했던, 아니 남용했던 용어가 '~되기'와 '탈주'이다. 들뢰즈(Gilles Deleuze)가 사용했던 '~되기'라는 용어는 지배질서의 자리 배치구도를 '~되기'를 통해 벗어나는 것을 의미한다. 이때의 '~되기'는 A와 B의 자리바꿈이나 역할 바꾸기를 의미하는 것이 아니라 창조적 실천을 통해 차이를 생성하는 것을 뜻한다. 그 차이가 고착된 위계의 배치를 동요하게 만들고 해체시키는 것이다. 이것이 곧 탈주의 동력이다. 이 글에서 강조하고 싶은 것은 무수히 많은 '~되기'와 '탈주'가 지식인들 사이에서 너무 쉽게 반복적으로 말해지고 있다는 것이다.

　뒤섞음은 분명 이것과 저것의 차등을 무화(無化)시키고 차이를 생성
시키는 방법일 수 있다. 그러나 섞어야 할 것, 절대 섞일 수 없는 것,
섞어서는 안 되는 것, 그냥 놔두는 것이 더 큰 미덕인 것, 낡았지만 보
존해야 하는 것 등에 대한 진지한 사유가 동반되어야 하지 않을까?

　이 글에서 내가 강조한 것은 "섞어야 할 것, 절대 섞일 수 없는 것, 섞어
서는 안 되는 것, 그냥 놔두는 것이 더 큰 미덕인 것, 낡았지만 보존해야
하는 것 등에 대한 진지한 사유"이다. 이러한 우려는 이 시대에 상당히 보
수적인 발언처럼 느껴질 수 있을지 모른다. 그러나 앞서 이야기했듯이 융
합은 '쥐어짜기'를 강력하게 요구하는 고통을 수반하지 않으면 안 된다.
예를 들어 김경주나 김현 등의 시편에 무수히 많은 각주를 볼 수 있는데
나는 아직도 그것의 필요성에 대한 판단을 유보하고 있다. 김현의 각주는
어디까지가 허구이고 어디까지가 사실인지의 여부도 불확실하다. 각주의
본령은 본문의 내용을 보충하는 데 있다. 그것들이 과연 보충의 역할만이
아니라 더욱 풍부한 상상력의 전개와 어떻게 관련되는가 하는 생각을 여
전히 하고 있는 것이다. 아울러 범접할 수 없을 정도의 풍부한 상상력과
지식을 융합했던 남미 아르헨티나의 소설가 호르헤 루이스 보르헤스(Jorge
Luis Borges, 1899~1986)의 영향인가? 이런 질문도 해보게 된다. 기원 초기 롱
기누스(Longinus)는 호메로스(Homeros)와 같은 위대한 작가에 대해 다음과
같이 말한 바 있다.

　이들 작가들이 한 것은 말하자면 가장 탁월한 것만을 갈고 닦아 함
께 이어 붙이되 과장되고 품위 없고 현학적인 것은 끼어들지 못하게
하는 것이었소. 이런 것들은 전체를 망쳐놓게 마련인데, 그것은 이런

것들이 상호 관계에 의하여 결합되어 있는 조화롭고 인상작인 건축물
들에 말하자면 구멍과 틈을 만들기 때문이오.

『숭고에 관하여』의 일부인 이 인용문은 현대예술의 추이와는 잘 맞지
않는 고전미학의 지향성을 드러낸다. 우리는 어느새 "과장되고 품위 없고
현학적인 것"에 매료되는 근대미학의 흐름을 따라가고 있다. 시대의 변화
와 감수성이 상대적으로 이와 같은 현대미학의 성향을 낳게 했음을 불식
하긴 어렵다. 그럼에도 롱기누스가 말한 이 대목은 여러 번 진지하게 경
청할 필요가 있다고 여겨진다. 왜냐하면 우리가 결여한 부분을 다시금 성
찰케 하기 때문이다. 품격 없는 사회에서 품격 없는 것이 창안되는 것은
자연스러운 현상이라 할 수 있다. 위대한 정신이 멸종되고 그것을 현학성
으로 대체하고자 하는 욕구도 같은 맥락일 수 있다. 이와 같은 변화 속에
서 현대시의 무게 중심을 어떻게 잡아야 하는가에 대한 성찰은 필수적이
라 할 수 있다.

최근에 들어 또 하나의 융합 시도가 시 창작의 영역에서 일어나는 현상
을 볼 수 있는데 '디카시'가 그것이다. 디카시는 국립국어원 표준국어대
사전에는 아직 등재되지 않은 새로운 용어이다. 인터넷 어학사전에는 "디
지털카메라로 자연이나 사물에서 시적 형상을 포착하여 찍은 영상과 함
께 문자로 표현한 시"로 정의되어 있다. 사실 디카시는 완전히 새로운 발
상이라 할 수 없다. 멀리 보면 우리는 시화(詩畵)의 전통을 가지고 있다.
그림과 시의 결합, 그리고 서체의 아름다움까지를 포함한 것이 옛 시화의
전통이다. 오늘날 이를 '사진'으로 대체한 것이 디카시라 할 수 있다. 그러
나 붓으로 그린 그림과 육필의 서체가 결합된 고전적 시화와 디지털카메
라로 찍은 사진과 인쇄된 글씨가 결합된 디카시를 동일한 가치로 견줄 수

있을까? 그 차이는 아날로그와 디지털이 만들어내는 '느낌'으로부터 발생한다. 어느 것이 더 멋스러운가? 사진 촬영의 일상화가 난무하는 시대에 시의 곁에 함께 진열된 사진의 효력은 어느 정도의 영향력을 갖는 것일까? 물론 사진의 수준과 시의 수준이 절묘한 융합의 미감을 창출할 수 있다면 이러한 의문이나 비난은 부당한 것일 수 있다. 그러나 만일 사진이 시의 미흡함을 보완하기 위한 또 다른 수사적 장치에 불과하다면 그 디카시는 실패작이라 할 수 있다. 역으로 진부한 사진 때문에 오히려 좋은 시의 내밀성이 격하된다면 그 또한 시인의 의도와 달리 실패작이라 할 수 있다. 한 가지 강조하고 싶은 것은 모든 감각을 시각 중심으로 몰아넣는 '볼거리'의 강력한 경향성이 우리의 오감을 축소하고 이와 연동해서 상상력을 가둔다는 점이다. 시각 중심의 경향성을 다른 감각으로 치환 · 확장하는 노력이 오히려 이 시대의 '권태'를 가로지는 방법이 될 수 있다고 판단된다. 따라서 넘쳐나는 자극적 구경거리 속에서 디카시의 전망을 나는 낙관하지 않는다.

　나는 진정한 문학은 무엇보다 우선적으로 '문(文)'과 말(言)에 철저하게 헌신해야 한다고 생각한다. 다른 것은 그 다음의 문제이다. 대중들이 무수한 이모티콘을 상용한다 할지라도 입을 열어 소리 내어 말하고자 하는 인간의 근원적 욕망을 다른 것으로 완전하게 대체할 수 없다. 이모티콘은 자신이 의도하는 바를 상형의 형태로 전송하는 방식을 따른다. 그것은 편리하고 재미있기도 하다. 그러나 무한대로 이모티콘이 개발된다 해도 자신의 입으로 소리 내어 말하고자 하는 인간의 욕구를 막을 수 없을 것이다. 구술문학에서 지금의 인쇄매체에 의한 문학에 이르기까지 문학은 '입말'의 근원적 욕망을 실현하는 일련의 과정이었다는 사실을 거듭 상기할 필요가 있을 것이다.

3. 전통과 전위(前衛)의 변증법

모든 예술적 행위들은 크게는 전통과 전위의 변증적 투쟁 가운데 그 방향을 설정함으로써 기존의 것과 변별되는 것을 창조하고자 노력한다. 이러한 변증적 투쟁은 예술사 전체를 관통하는 보편의 운동성이라 할 수 있다. 생명진화론에 입각한 미학자 엘렌 디사나야케는 이를 '특별하게 만들기'라고 명명한다. 인류는 자연선택의 가치를 높이기 위해 뭔가 특별한 것을 고안하고 사람들이 그것에 주목하도록 했다는 것이다. 그렇다면 특별한 것을 고안하는 자는 역으로 특별하지 않은 것, 일상화된 것을 초과하는 무언가를 생각해내지 않으면 안 된다. 이러한 그녀의 생각이 우리가 소위 전위예술이라 칭하는 것의 기원과 맞물려 있다. 특별하지 않은 것, 일상화된 것들 가운데 상당 부분을 차지하는 것이 바로 '전통'이라 할 수 있다. 대부분의 전위예술은 전통의 부정으로부터 그 동기를 얻는다. 전통에 대한 부정은 대단히 중요한 사안이라 할 수 있다. 그것은 부정하는 행위 때문에 중요한 것이 아니라 부정의 전제 요건이 전통에 대한 깊은 통찰에서 비롯된다는 것 때문에 중요하다.

2000년대 이후 시문학의 주도적 방향성을 나는 전례 없던 '추의 미학'으로 판단한다. 악몽의 서사와 그로테스크한 이미지가 파생시킨 섬뜩하고 끔찍한 환상성, 역겹고 잔인한 세계상, 기원을 상실한 채 방황하는 인간 존재의 초상, 그러한 세계를 끌고 갈 기괴한 '소년'과 '소녀', 더불어 '유령'과 '귀신'의 출몰 등이 그것이다. 2010년대 즈음까지 폭발적으로 지속되어왔고 이후에도 그것의 변이된 형태가 유전되는 이와 같은 시의 풍경은 비인간화된 세계 속에 사는 우리의 현존 상태를 반영한다는 점에서 그 의의와 가치를 지닌다. 그러나 큰 성과에도 불구하고 이러한 편향성이 모두

제4부 '자연선택'을 위한 성찰적 시학

전통에 대한 깊은 통찰을 바탕으로 생겨난 것이라 생각하지 않는다. 왜 냐하면 그 면면을 살펴보면 새로운 생성을 의미하는 '특별하게 만들기'에 해당되는 것만 있는 것이 아니라는 생각을 갖게 하기 때문이다. 가장 중 요하게 확인되는 현상은 '획일화'이다. 획일화를 다른 말로 하면 상상력 의 빈곤을 뜻한다. 이 획일화를 하나의 주도적 흐름이라고 볼 수 있을까? 획일화는 특별한 것을 특별하지 않게 만드는 아류들의 득세와 관련한다. 2000년대 이후 전개된 상상력의 획일성은 예술 세계의 한쪽에서 늘 사라 지지 않는 클리셰(cliche)의 차원과는 다른 현상으로 판단되는데 그것이 일 종의 신드롬(syndrome)으로 느껴졌기 때문이다. 예술적 상상력이 유행의 복 제와 등치관계를 갖는 것은 곤란한 일이다. 우리는 진정으로 특별한 것과 유행을 타고 생성된 아류를 시대의 감수성으로 오인하지 않기 위해 매우 예리한 안목을 가져야 할지도 모른다. 진정한 전위예술가는 전통과의 고 된 싸움을 하는 자이다. 전통에 대한 깊은 성찰이 그것과는 다른 세계를 만들어내는 가장 중요한 동력이기 때문이다.

예전에 문학 강연에 초대된 황인찬 시인이 자신의 습작기 시절에 관해 매우 의미심장한 이야기를 한 적이 있었다. 모두가 그로테스크한 이미지 발명에 열을 올릴 때 자신은 그와는 좀 다른 것을 시로 형상화하고자 노 력했고 그때마다 동료나 선배들로부터 지금의 감수성과는 맞지 않는다는 질타를 받곤 했다고 그는 털어놓았다. 그럼에도 그는 되도록 대세를 피해 자신의 문법을 만들려 했다고 토로했는데 그의 시가 이후 얼마만큼의 수 준으로 독자들에게 이해되었는지는 차치하고 이와 같은 태도는 아류에 합류하지 않으려는 고독한 싸움처럼 느껴졌다. 이는 전통이 무엇인지 아 류가 무엇인지를 의식해야 가능한 행위이다. 다시 강조하지만 전위적 작 품을 선도적으로 창안하는 일은 전통에 대한 신중한 이해 없이 불가능한 일이다. 전통에 대한 무지는 풍부한 자산을 폐기하는 일이며 거기에는 진정한 의미에서의 '부정성' 또한 있을 수 없다. 아울러 시대의 조류나 감수성의 변화를 예리하게 간파하는 것도 중요하지만 위대한 예술가가 되기 위해서는 성귀수 시인이 『숭고한 노이로제−성귀수 내면일기』에 "최소한, 大勢는 탈피할 것."이라 강조했던 것을 깊게 생각할 필요가 있을 듯하다. 미국의 소설가이자 철학자인 수전 손택은 『해석에 반대한다』에 "예술은 유혹이지 강간이 아니다. 예술작품은 도저히 회피할 수 없는 유형의 경험을 제시한다."고 강변한다. 하나의 예술작품이 한 시대의 유행의 산물이 되지 않기 위해서는 "도저히 회피할 수 없는 유형의 경험"을 선취할 수 있어야 할 것이다. 그것은 전통에 대한 이해에서 비롯된 풍부한 상상력의 전개로부터 시작된다.

4. 정체(停滯)된 상상의 울타리

현대시, 더 정확히 말해 자유시가 우리 문학의 한 장르로 정착되면서 지속적으로 시의 제재로 등장했던 것이 바로 '가난'의 생활상이었다. 식민지와 한국전쟁 이후 1960~70년대의 경제개발이 정책적으로 이슈화되면서 구호물자에 의존했던 절대빈곤의 문제는 하나의 해결과제인 것으로 인식되었으며 당시 정권은 이를 정권 유지의 수단으로 선전화하기도 했다. 이러한 정치적 문제를 접어놓고라도 사람들은 절대빈곤과의 싸움에서 벗어나기 위해 총력을 기울였으며 그러기 위해서 도시로의 이향과 탈향을 시도하였다. 이러한 과정 속에서 '가난'을 둘러싼 시적 재현은 매우 중요한 비중을 갖게 되었다. 거기에는 가난의 실상을 그대로 드러내는 것만이 아니라 가난을 정신적으로 넘어서고자 하는 태도, 즉 세속주의와의 정신적 투쟁, 자본주의가 자행한 노동착취를 고발하는 목소리, 그리고 어려운 생활을 함께 이겨가려 하는 따뜻한 온정의 미덕이 담겨 있었다. 재현을 바탕으로 한 시가 비단 가난의 생활상에만 한정되었던 것은 아니지만 이 제재를 여기서 강조하는 이유는 1990년대 문화주의의 부상과 더불어 가난은 점차 우리 시의 제재로부터 탈각한 대표적 예이기 때문이다. 따라서 '가난'은 현실의 재현성과 가장 밀착된 제재라는 점에서 1990년대 이후 시의 변화를 가늠하는 중요한 척도일 가능성을 갖는다.

1990년대 이후 우리는 정치·경제·문화를 포함해 여러 번의 매체의 변화를 압축적으로 경험했으며 이에 따라 사람들의 감성에도 큰 변화가 동반되었다. 도시적 생활구조에 익숙해진 사람들의 생활상은 절대빈곤을 공동으로 경험했던 시대와는 완전히 다른 방식으로 재편되었으며 도시생활의 기계적이고 반복적인 일상의 시간표는 더 이상 재현할 것이 없는 따분함 그 자체가 된 것이다. 더 이상 목말라할 것도 흥미를 자극할 것도 없는 세계를 재현한다는 것에 누가 관심을 갖겠는가. 1997년 아이엠에프(IMF) 사태를 겪으면서도 도시 전체를 뒤덮은 '권태'의 심리는 더욱 증폭되었으며 그럴수록 재현예술의 자리는 더욱더 좁아질 수밖에 없었던 것이 당연한 귀결이라 할 수 있다. 막장드라마의 열풍만큼이나 환상시가 큰 터전을 마련할 수 있었던 것은 비단 남미의 환상문학이나 J.R.R. 톨킨(J.R.R. Tolkien, 1892~1973)의 『반지의 제왕』과 같은 판타지 소설의 영향 때문만은 아니다. 우리의 권태가 그러한 것들을 이미 요청하고 있었던 것으로 볼 수 있다.

문제는 재현성의 위축에 있는 것이 아니라 상상력의 방향이 어느 쪽으로 쏠렸는가에 있다. 스펙터클한 구경거리를 즐기는 시대를 가로지르기 위해 우리 시의 시적 상상력의 방향은 보다 자극적인 이미지들을 창안해 내는 데 주력한 것으로 보인다. 역겹고 기괴하고 섬뜩하며 잔인한 환상 이미지의 범람이 2000년대의 시의 중요한 위치에 서게 된 것이다. 이때 중요한 것은 우리 시가 노정해왔던 정념의 변화이다. 낭만의 추구와 온정이 깃든 인간의 목소리, 소박하지만 인간애가 깃든 한 컷의 풍경, 부당한 현실에 맞서는 결기 등이 촉발시켰던 정념의 세계는 점차 쇠퇴하고 으스스한 것들이 비춰내는 악몽의 서사가 우리의 내면으로부터 불안과 공포의 감정을 불러냈으며 그것마저도 이제 점차 식상한 것이 되어가는 것으로 여겨진다. 일상화된 불안과 초조함, 세계에 대한 공포감, 그리고 권태의 늪은 여전하지만 그런 가운데 시인들은 또 다시 어떻게 창의적 문법을 만들 수 있는가 깊이 고민할 수밖에 없는 것이다. 여기서 한 가지 부연하고자 하는 것은 기괴한 시각적 이미지가 범람하면서 한편으로는 은유적 표현 방식이 함께 쇠퇴하는 현상을 보였다는 점이다. 이에 대해 졸저 『은유』(모악, 2016)의 서문에 다음과 같이 쓴 바 있다.

> 그것은 은유 혹은 은유적 사고의 축소라 할 수 있다. 섣부른 진단일지 모르지만, 최근 이십 년 간 마치 풍선효과처럼 추의 미학의 핵심을 이루는 기괴하고 환상적인 이미지가 점차 은유를 대체해 온 것으로 판단된다. 이러한 판단이 옳다면 그로테스크한 이미지에 의한 은유의 대체 현상은 매우 중요한 시사점을 암시한다. 은유가 이질적인 것의 충돌과 겹침을 통해 사유의 우회로를 만들어간다면 이미지는 즉각적으로 감각되는 직선로와도 같은 것이다. 은유적 사유의 긴 여정과 그것에 동반되는 상상 활동이 지닌 미덕을 해체시키는 근본 동인은 무엇일까? 매우 진지하게 생각해볼 일이다. 분명한 것은 지금의 시의 풍토에도 불구하고 은유적 사유와 놀이가 지닌 풍부한 가치를 저버리는 것은 큰 손실이라 할 수 있다. 정교하게 조직된 독창적 은유가 얼마나 오랜

시간을 견디며 그 생명력을 지속하는지 우리는 이미 시 읽기의 경험을 통해 알고 있지 않은가.

말한 그대로 우린 즉각적으로 소비되는 이미지의 창안보다 상상의 우회로라 할 수 있는 사유의 여정이 더 필요할지도 모른다. 은유 방식이 드러내는 A에서 B로 이행해가는 사유의 고단한 여정과 그 여정 가운데 만들어지는 풍부하고도 깊이 있는 상상력의 복원이 결코 시대의 역행만은 아닐 것이다. 이는 은유만이 돌파구라는 뜻은 결코 아니다. 문제는 사유를 지연해가며 생각의 깊이를 확보하는 데 있다. 인문학이 그러하듯 이러한 과정은 물리적 시간의 연장을 필요로 한다.

5. 시가 행해야 하는 자연선택의 가치

앞서 엘렌 디사나야케의 '특별하게 만들기'를 언급하였는데 굳이 '전통과 전위'의 문제에 관해 얘기하면서 그녀의 용어를 빌려온 까닭은 엘렌 디사나야케의 미학이 근본적으로 '자연선택'이라는 생명진화론과 연관되기 때문이다. '자연선택'은 생명을 지닌 개체가 자신의 생존에 유리한 것을 선택함으로써 살아남고자 함을 뜻하는 진화론의 개념이다. 엘렌 디사나야케는 자연선택의 가치를『예술은 무엇을 위해 존재하는가』『미학적 인간−호모 에스테티쿠스』등의 저서를 통해 미학의 존재 근거로서 제시한다. 그녀의 예술에 대한 관점은 근대 이전의 인류 진화라는 거시적 시간의 흐름을 좇으며 전개된다. 아주 간단하게 압축하면, 예술은 인간의 부수적 활동이 아니라 자연선택에 따른 필연적 행위였다는 것이 그녀의 주장이다. 말하자면 예술은 인간 삶 가운데 단지 하나의 여분으로 행해진 미적 행위가 아니라 그것이 자신의 생명을 유리하게 이끄는 데 기여했기 때문에 생겨나고 존속할 수 있었다는 것이다. 그녀의 이러한 주장에 매료되는 이유는 자연선택의 가치와 예술의 가치를 등치시킴으로써 예술이 인류의 건강한 생존을 위한 것임을 호소하고 있기 때문이다. 이러한 관점에서 그녀는 서구중심적 근대미학을 공격함과 동시에 그들이 드러낸 엘리트주의를 비판한다. 아울러 극단적으로 "포스트모더니즘을 옹호하는 예술은 "맛이 고약하고 영양분도 없는 싸구려 음식을 내놓는다."라고까지 말한다. 이러한 그녀의 관점은 현대예술이 결여하고 있는 중요한 가치 가운데 하나를 다시 생각하게 만든다. 현대예술과 관련한 제반 활동이 근본적으로 인간을 위해 어떤 기여를 하는가에 대한 성찰이 그것이다.

1980년대 중반에 시작된 기존 문학의 해체 작업으로부터 2000년대 이르는 과정 속에서 우리 시는 다양한 '새로움'을 모색해왔다고 할 수 있다. 그 가운데 가장 두드러졌던 것이 '그로테스크'와 맞물린 추의 미학의 창출과 그것이 노정하는 불안과 공포의 정념, 기원을 상실한 존재의 우울, 불가능성에 대한 각인 등이었다고 여겨진다. 이는 냉혹한 현대사회의 병적 징후들과 무관하지 않은 세계관의 반영을 시사한다. 우리의 일상이 비인간적인 것을 넘어서 급기야는 기괴하고 우울한 질병에 시달리고 있음을 나는 부정하지 않는다. 그런 의미에서 유행처럼 번졌던 그로테스크 미학을 긍정적 시각으로 보면 기만성으로 포장된 현실의 외피를 벗겨내고 그 추악함을 폭로한 것으로 여겨진다. 재현성으로는 다 드러낼 수 없었던 저 음험한 심연의 병적 징후들을 기괴한 이미지들이 감당하고 있었던 것이다. 그럼에도 이와 같은 시적 전개가 독자의 감성에 어떤 영향을 미쳤는가를 진지하게 생각하지 않을 수 없다.

제4부 '자연선택'을 위한 성찰적 시학

우리는 신성함과 멀어졌으며 아늑한 근원처라 할 수 있는 마음의 '고향'을 상실했다. 아울러 지극한 감동으로 이끄는 인간적 유대도 기대하기 어려운 세상을 맞이하고 있다. 성공 신화는 사람들을 더욱 왜소하게 만들었으며 무한경쟁의 소용돌이가 도덕성의 둔감함을 조장하는 데 일조했음을 부인할 수 없다. 일상은 그로테스크의 미학이 보여준 것처럼 신경질환적 기괴함으로 물든 것이 사실이다. 뉴스에 빠지지 않고 등장하는 조현병 환자가 저지른 끔찍한 사건, 돈을 둘러싸고 일어난 존속살해, 이유를 알 수 없는 분노의 표출, 무자비한 데이트 폭력, 자해를 즐기는 청소년들, 자살을 선택한 노인들, 고독사. 이 모든 뉴스거리는 현재 우리가 살아가는 일상의 어두운 단면이다. 2000년대 이전까지만 해도 이러한 사건은 흔한 것이 아니었다. 도대체 우리의 일상이 왜 이렇게 병들었을까? 이런 삶 속에서 시는 이제 '폭로' 이상의 가치를 창출해야 하지 않을까? 어떤 방식으로 우리의 시가 '자연선택'의 가치를 발휘할 수 있을지 아직은 미지수이다. 분명한 것은 치유를 위한 처방이 시급하다는 것이다. 시가 인간의 내면을 촉진(觸診)해왔던 장르였다면 심각하게 병든 우리의 내면을 어떻게 심폐소생시킬 수 있는가에 대한 고민 또한 시의 임무이기도 하다. 그러한 임무 수행이 과연 가능할까?

좀더 큰 집이 필요하다 그 안에 우주를 가둘 수 있는,

그러나 우주도 결국 하나의 집이다
집 우(宇) 집 주(宙), 넓을 홍(洪), 거칠 황(荒)…… 평수가 좀더 될 뿐

우리가 또 여기서 어디로 갈 수 있겠어? 가도 가도 여기 이곳뿐인데

그래도 지금보다는 훨씬 큰 집이 필요하다
그건 크기만의 문제는 아니어서 한순간의 진동일 수도 있고 물에서
빠져나와 들이쉬는 단 한 번의 숨일 수도 있지만

여하튼 그 안에 모든 발광과 기쁨과 통곡과 신경쇠약을 가둘 수 있
는
눈물과 눈물 없인 못 들어줄 그 모든 노래를 넘나들 수 있고 여기서
저-기로
저-기서 여기로 마음껏 건너뛰며 놀 수 있는, 장대높이뛰기 선수가
필요하다
장대높이뛰기 선수의 흉곽 안에서 마음껏 뛰놀 수 있는
풍선처럼 터지지 않는 심장이 필요하고
그 안에 모든 핏물과 파도치는 피바다를 견뎌낼 수 있을 장대하고
긴 핏줄과
충만한 힘이 마음놓고 뻗어갈 수 있을 드넓은 아량과 이해와 그 모
든 넘쳐나는 것들의 온갖 표면장력을 잡아 가둘 수 있을 단
한 채의 집이

손에 집히는 걸 모두 집어던지는 대신
눈에 보이는 걸 모두 자판으로 두들겨 화면 속에 때려박아버렸는데
세상에, 글자들이 담긴 여백이, 그 글자들보다
더 그럴듯해 보이는 거 있지!

아무래도 좀더 큰 집이 필요하다
네 모든 무지와 나태와 방종을 가둘 수 있는, 그것들 모두를 가둬 굶
겨 죽일 수 있는

아무래도 하나의 극단적인 선택이 필요하다

초자연적인 밤―
나는 늘 뭘 잘 모르고
뭘 잘 모르는 내가 그것에 대해 품는 생각은 늘
실제의 그것을 초과한다

초자연의 밤―초자연적 밤바다
누구도 온전히 수용할 순 없어
인간 주제에
그래봤자 겨우 쾌와 불쾌 사이를 요리조리 왔다갔다할 뿐인 주제에!
― 황유원 「초자연적 3D 프린팅」 부분

이 글을 마무리하며 황유원 시 「초자연적 3D 프린팅」의 일부분을 소개
하고자 한다. 이 시는 열 페이지 이상으로 이루어진 긴 시이다. 여기에 인
용한 것은 시의 초반부에 해당한다. 전문을 다 인용하지 않았지만 이 시
는 한없이 왜소해지고 속물화된 우리들의 상태를 가장 예리하게, 총체적
으로 통찰한 작품으로 여겨진다. 화자는 보잘 것 없는 인간에 대한 가차
없는 냉소와 비탄, 그리고 이를 돌파하려 하는 인간적 고뇌를 '군더더기
없이' 고백하고 있다. 그런 의미에서 이 시는 철학적 단상처럼 읽히기도
한다. 이 시의 화자는 우리가 돌파해야 할 것들을 '큰 집'이라는 상징으로
대변한다. 그 '큰 집'은 "한순간의 진동"과 "물에서 빠져나와 들이쉬는 단
한 번의 숨"의 트임이라는 절체절명의 순간을 구원하는 집이다. 그것은
가둘 것은 가두고, 넘나들 것은 넘나들고, 견뎌낼 것은 견뎌내고, 잡아두
어야 하는 것들은 잡아두는 한 채의 집, 아니 한 채의 터지지 않는 심장이
다.

화자는 "아무래도 하나의 극단적인 선택이 필요하다"라고 단호히 말한다. 그는 "쾌와 불쾌 사이를 요리조리 왔다갔다할 뿐인" 인간이면서 "초자연적인 밤"을 꿈꾼다. 이 양극 사이에 황유원의 상상력과 철학이 담겨 있다. 이때 중요한 것은 초월이 아니다. 보다 중요한 것은 그의 상상력의 기반이라 할 수 있는 크기와 깊이 그리고 활기이다. 시인은 산문에 이렇게 쓰고 있다. "존재는 소음으로 가득하다. 따라서 내 앞에는 두 가지 시의 길이 주어져 있다. 존재의 소음을 최대한 증폭시켜보는 길과 존재의 소음을 최대한 잠재워보는 길. 나는 이 두 길 모두를 가보기로 한다." 나는 이러한 그의 시관으로부터 '자연선택'의 길을 암시받는다. 한 채의 터지지 않는 심장을 최대화할 수 있는 시적 가능성!

제4부 '자연선택'을 위한 성찰적 시학

시, 황홀의 방아쇠들

'황홀의 방아쇠들'은 황홀경험의 환경과 조건들을 은유적으로 표현한 말로 영국의 저널리스트이며 작가인 마르가리타 래스키(Marghanita Laski, 1915~1988)가 그녀의 저서 『세속적이고 종교적인 몇 가지 경험에 관한 연구』(1961)에 사용한 용어이다. 나는 비평가로서의 입장을 고백해야 하는 이 글에서 '황홀의 방아쇠들'이라는 표현이 무척 매력적이라는 생각을 하며 제목으로 차용하였다. 래스키는 황홀경에 빠진 사람들은 "통일성 즉 '모든 것', 무시간성, 천국과 같은 이상적인 장소, 이완, 새로운 삶이나 다른 세계, 만족, 즐거움, 해방과 완성, 영광, 접촉, 신비한 지식, 새로운 지식, 동일시에 의한 지식, 그리고 설명할 수 없음을 얻었다고 느낀다."고 설명한다. 우리의 삶은 언제나 뭔가 색다른 경험을 원하며, 뭔가 불만족스러운 '여기'로부터 해방되어 보다 자유로운 상태로 변화되고 싶어 한다. 그런 의미에서 황홀에 대한 욕구는 결여와 맞물려 있다. 사람들은 이러한 삶의 결여를 황홀로 바꾸기 위해 상상할 수 없을 정도로 많은 종류의 조건과 행위를 선택하고 만들어낸다. 술을 마시거나, 낯선 곳으로 여행을 떠나거나, 조용히 기도를 올리거나, 사랑하는 사람과 성적 관계를 갖거나 혹은 그것이 불가능할 때 자위를 하거나, 마약을 하거나, 춤을 추거나, 특별한 음식을 먹거나, 목숨을 걸고 탐험을 하거나, 무문선방(無門禪房)에 스스로를 가두고 고행을 하거나, 폭력을 자행하거나, 음악에 도취하거나, 가상의 게임에 몰입하거나, 책 속의 진실과 만난다. 이 모든 행위 가운데 어떤 것은 비윤리적이거나 쓸모없는 낭비이거나 나아가서는 악행으로 여겨질 수도 있지만 그것을 행하는 개별자에게는 황홀에 닿기 위한 절박한 행위들이다. 일상의 반복적이고 지루한 시간만이 아니라 자신의 씻을 수 없는 내적 상처를 넘어서는 무시간적 감동의 극치, 그것이 바로 말로 표현하기 어려운 황홀이다. 그런 의미에서 황홀은 유혹적이고 중독성이 강한 절정으로서 시간의 질을 압축한다. 가스통 바슐라르(Gaston Bachelard, 1884~1962)가 말한 '직립의 순간'이나 앙리 베르그송(Henri Bergson, 1859~1941)이 생의 약동이라 말한 '엘랑비탈(élan vital)'도 이와 무관하지 않다. 이 절정의 순간을 위해 우리는 얼마나 많은 '방아쇠'를 당기곤 하는가!

문학비평이 마치 편견을 버리고 되도록 엄밀하고 냉철한 이지적 사유의 과정 가운데 이루어지는 글쓰기의 일종인 것처럼 여겨지기도 하지만, 만약 그것이 문학비평가가 견지해야 할 '가장' 바람직한 태도라고 한다면 적어도 나는 문학비평가가 될 생각을 애초부터 하지 않았을 것이다. 시 비평을 주로 해왔던 나에게 시를 포함해 문학은 중요한 황홀의 방아쇠 가운데 하나라 할 수 있다. "감동할 수 있는 대상이 존재한다는 것은 얼마나 다행스러운 일인가"를 수 없이 생각하며 문학 작품들을 읽고 그것을 문장화했던 것이 나의 비평 작업의 출발이다. 천재 시인으로 각인된 이상이 "나는24歲나도어머니가나를 낳으시드키무엇인가를낳아야겠다고생각하는것이었다."고 너무나 소박한 고백을 했을 때, 백석이 "나는 이 세상에서 가난하고 외롭고 높고 쓸쓸하니 살아가도록 태어났다"며 '높고'를 버리지 않았을 때, 서정주가 "살(肉體)의 일로써 살의 일로써 미친 사내에게는/살 닿는 것 중 그중 빛나는 黃金 팔찌를 그 가슴 위에,"라며 선덕여왕을 짝사 랑하여 미쳐버린 지귀를 위로했을 때, 박목월이 "屈辱과 굶주림과 추운 길을 걸어/내가 왔다./아버지가 왔다./아니 十九文半의 신발이 왔다."며 자식들을 바라볼 때, 박용래가 "발목을 벗고 물을 건너는 먼 마을./고향집 마당귀 바람은 잠을 자리."라며 적막하게 고향을 떠올릴 때, 김종삼이 "얄 은 지형지물들을 굽어보면서 천천히 날아갔다./착하게 살다가 죽은 이의 죽음도 빌려 보자는/생각도 하면서 천천히/더욱 천천히"라며 착한 영혼 을 갈구할 때, 김수영이 "모래야 나는 얼마큼 적으냐/바람아 먼지야 풀아 나는 얼마큼 적으냐/정말 얼마큼 적으냐……"라며 처연하게 자조할 때, 그리고 박상륭의 소설 『죽음의 한 연구』에 등장하는 주인공 유리와 촛불 승을 만났을 때, 보르헤스의 단편 소설 「죽지 않는 사람들」을 읽으며 영생 의 고통을 생각했을 때 황홀의 방아쇠가 당겨졌다.

나의 문학비평에 해당하는 행위는 다른 무엇도 아닌 감동을 얻기 위한 것이다. 지극히 아마추어적인 고백 같지만 사실이다. 감동이나 진정성 따 위의 말들이 이미 진부한 인상을 주는 세태 속에 살아가고 있지만 그것 이 여전히 인간과 예술의 만남을 주선하는 가장 중요한 끈이라는 생각에 는 변함이 없다. 감동보다는 흥미로움이, 진정성보다는 자극적 재미가 넘 쳐나는, 한마디로 탈신성이 대세인 시대에 '감동'을 강조한다는 건 얼마나 볼품없는 얘기인가! 또한 비평가는 감동 이상의 것을 말해야 한다는 '임 무' 혹은 '속박'의 조건을 버릴 수 없는 사람들이 아니던가. 그리고 감동이 란 얼마나 상대적인가. '감동'에 이르는 과정에는 자신의 취향과 가치관이 작용할 수밖에 없기 때문에 비평가는 이를 되도록 유보한 채 작품을 객관 적으로 평가하는 것이 마땅하다는 것을 완전히 부정하긴 어렵다. 작품에 대한 '미적 거리'를 취하지 못하면 결국 비평은 개인적 취향론에 불과한 것이 될 위험이 있기 때문이다. 그럼에도 나는 서둘러 감동부터 챙긴다. 분석과 유형화와 평가는 그 다음 문제다.

내가 시를 읽으며 얻게 되는 지극한 기쁨에는 한 존재가 써내려간 문장이 아니라 '목소리'가 있다. 그것은 나와 전혀 다른, 혹은 나의 내면과 닮은 목소리이다. 인간의 입말에 가까운 이 목소리에는 언제나 절실한 심정이 가로놓여 있다. 한 존재를 다른 누구도 아닌 그 자신의 고유함으로 되돌려놓는 것이 바로 시라는 장르라 생각한다. 시인들은 고백하고 고뇌하며 자신의 정서와 사유를 과감하게 드러내고 때로, 숨긴다. 절제하고 펼치고 비틀고 자리바꿈하며 탈속(脫俗)하려고 애를 쓴다. 자신의 고유함에 가까워질수록, 세속의 문법을 벗어날수록 그 고유함은 이해하기 어려운 것이 된다. 시의 대중화가 실패하기 일쑤인 까닭이 여기에 있다. 결과적으로 시인은 시로써 밥벌이를 할 수 없다는 얘기다. 그래서 참으로 다행이라 생각한다. 극단적으로 말해 돈으로 보상될 수 있는 것들에는 아우라(Aura)가 없다. 아우라의 어원은 '산들바람'이다. 그 바람은 타락할 수 없는 곳에서 생겨난다. 세상에 이런 것이 하나쯤 견디며 존재한다는 게 얼마나 고마운 일인가를 거듭 되새기며 그러한 목소리의 산들바람과 교감하는 순간이 곧 내게는 비평의 순간이다.

그렇다면 감동한다는 것이 의미하는 바는 구체적으로 무엇을 뜻하는가? 감동한다는 것은 삶이 즐거워지는 것이며 풍요로워지는 것이다. 기쁨이 생겨나는 것이며 지극한 슬픔이 고이는 것이다. 그래서 감동은 또한 고뇌하며 깊어지는 것을 의미한다. 이 모두는 '지금—여기'에 놓여 있는 악취와 혐오와 추문과 권태로움을 쇄신하는 동력으로 기능한다. 그런 의미에서 감동은 '새로운 자기형성'의 문지방이라 할 수 있다. 감동의 문지방을

제4부 '자연선택'을 위한 성찰적 시학

넘는 순간 삶에 대한 새로운 의미부여가 시작되며 새로운 영토가 마련된다. 앤드레 지드(Andre Paul Guillaume Gide, 1869~1951)의 소설 『지상의 양식』에 울려 퍼지는 나타나엘을 향한 메날끄의 목소리가 바로 이런 것이 아닐까? 메날끄는 나타나엘에게 안온한 등불이 있는 방에서 벗어나 거친 바람의 들판으로 나가라고 말한다. 데이비드 소로(Henry David Thoreau, 1817~1862)는 자전 에세이 『월든』을 통해서 용감하게, 의도적으로 자신의 인생을 실험해 보라고, 여기가 전부가 아니라고 보여준다. 후지와라 신야(藤原新也, 1944~)는 『동양기행』을 통해 신성의 공간과 질퍽한 세속의 공간을 차별 없이 누비며 어디에도 속하지 않는 방랑자의 고독과 자유를 시적으로, 철학적으로 풀어낸다. 이들의 이야기는 모두 '여기'에 머물기를 거부하라고 말한다.

그렇다면 '여기'는 왜 거부의 대상이 되고 말았는가? 이 부정성의 의식에는 삶의 조건과 인간의 현존 간에 벌어지는 매우 복잡한 갈등이 그물망처럼 펼쳐져 있다. 현실은 냉혹하고 지루하며 부조리하다. 그것은 마치 세상의 전부인 것처럼 거대한 몸짓으로 '나'를 에워싸고 조정하려 한다. 희망과 불안을 한 꾸러미에 담아 맛있게 먹으라고 권유한다. 그리고 '긍정'이 가장 큰 힘이라고 공익광고는 우리를 타이른다. 작은 것으로부터 소중한 가치를 발견하라고, 아프니까 청춘이라고 번들거리는 말로 우리를 교화한다. 시간표를 짜주고 일탈을 감시하며 용기를 꺾어놓는다. 만들어진 시간과 공간으로 인도해주는 저 거대한 몸짓의 정체는 무엇일까? 갑갑증과 불안을 껴안고 우리는 공중에 걸린 흔들다리를 건너듯 누군가에 의해 만들어진 시간표를 한 걸음씩 내딛으며 그것을 자신이 선택한 인생이라고 생각한다. 때로는 이러한 현실의 메커니즘에 휘둘려 왜소해지고 병들면서, 안간힘을 다해 적응하면서, 이렇게 자책하기도 한다. "나는 왜 매사에 불만이고 부정적이지?"라고. 교화와 반성은 한 묶음으로 이루어진 훈육 체계이다. 때문에 이러한 반성조차 나태이거나 착각이거나 자기기만이다. 위장된 편리함과 편안함에 자신을 내어준 자가 치러야 할 대가는 자유의 박탈이다.

나는 네 번째 평론집 『숨은 꿈』에 저자 서문을 생략하고 다음과 같은 짧은 후기(後記)를 남긴 적이 있었다.

> 세계는 불쾌하고 존재는 불쾌한 방식으로 낭비된다.
> 불가항력적으로!
> 감정과 물질과 시간의 낭비를 체계화하는 세계 속에 나는 존재해 있다.
> 존재의 표면은 체계 속에 빨려 들어가고 이면은 실종된다.
> 이면을 잃어버린 우리의 헐어진 형상을 존재라 할 수 있을까?
> 시는 이 불쾌한 생존을 가로지르는 존재의 고독한 뒤틀림이다.
> 나는 시혼(詩魂)의 뒤틀림 속에 담긴 숨은 꿈을 읽고자 한다.
> 되도록 순정하게,
> 천천히,

2008년 여름에 썼던 후기니 10년 정도 시간이 흐른 것 같다. 여기에는 내가 이해했던 현실과 시에 대한 존중감이 함께 담겨 있다. 그 동안 세상이 많이 바뀐 듯하지만 그 본질적 속성은 여전하다는 생각을 나는 그대로 가지고 있다. 비평은 언제나 비평의 대상을 매개로 한 글쓰기이다. 문학비평은 당연히 문학작품을 매개로 이루어진다. 읽고 쓰는 것이 전부인 이 작업은 펜 하나로 삶을 불쾌하게 조장하는 것들과 싸움하는 것인지도 모른다. 이는 감동 없는 세계에서 숨겨진 감동을 발견하고 그것의 가치를 느끼며 내면화하는 작업이다. 감동을 일으키는 사람의 '목소리'가 내면 깊이 울려올 때 삶은 '여기'가 전부가 아님을 실감하게 된다. 그 감동이 내가 미처 알지 못했던 인간의 내적 고통으로부터 온 것일지라도 그것은 황홀의 순간이 된다. 인간적인 너무나 인간적인 목소리인 문학, 그것은 세상의 수많은 황홀의 방아쇠들 가운데 가장 훌륭한 것 중 하나이다. 소박해 보일지 모르지만 나의 비평은 이 같은 문학적 황홀의 방아쇠를 당기는 일이라 할 수 있다.

발표지 목록

「1980년대산(産) 시인들의 상상 좌표」, 『서정과 현실』, 2014.9~2016.9 연재.

「'추'의 유효성을 묻다」, 『경남문학』, 2015.12.

「나는 왜 '추'와 '추의 미학'을 고민하는가?」, 『현대시학』, 2018. 9월 · 10월 합병호.

「무엇이 '추의 미학'인가?」, 『현대시학』, 2018. 11월 · 12월 합병호.

「감수성과 취향의 변화」, 『현대시학』, 2019. 1월 · 2월 합병호.

「추의 미학의 양극—우스꽝스러운 것과 악마적인 것」, 『현대시학』, 2019. 3월 · 4월 합병호.

「인간 본성과 추—폭력과 성의 문제」, 『현대시학』, 2019. 5월 · 6월 합병호.

「1980년대 이후 추의 미학의 추이」, 『현대시학』, 2019. 7월 · 8월 합병호.

「신경증을 앓는 일상의 내부」, 『신생』, 2016.12.

「'낯섦'에 대한 우려와 기대—병맛만화 「소년들은 무엇을 하고 있을까」에 대한 무거운 단상」, 웹진 『CriticM』, 2015.6.

「세속의 비대함을 걸러낸 '가벼움'의 철학—이수익의 '표정'과 '목소리'」, 웹진 『공정한 시인의 사회』, 2018.9.

「만 리 여정을 가는 맨발의 숨은 신(神)」, 이명수의 시집 『카뮈에게』 해설, 2019.1.

「'돌'의 산실(産室)—장옥관의 '묵묵한' 상상의 거처」, 『시인동네』, 2018.11.

「뜨겁고 황홀한 외로움의 향기—김상미의 시집 『우린 아무 관계도 아니에요』」, 『시인동네』, 2017.7.

「서울, 아케이드 프로젝트, 혹은 사유의 유격전—박찬일의 시집 『중앙SUNDAY—서울 1』」, 『예술가』, 2014.3.

「나는 미끄러진다, 고로 존재한다」, 김승기의 시집 『여자는 존재하지 않는다』 해설,
　　　『현대시학』, 2015.2.

「사라진 것과 사라지지 않는 기억이 담지된 '그림자'의 몸－이위발의 시편에 대한
　　　현상학적 읽기」, 『시작』, 2018.9.

「배회자의 껄끄러운 시선－정병근의 시세계」, 『예술가』, 2016.6.

「허공에 맺힌 새의 환(幻)」, 박완호의 시집 『너무 많은 당신』 해설, 『시인동네』,
　　　2014.5.

「미결정 상태로 남은 난제들－하상만의 시세계」, 『리토피아』, 2019.3.

「희미해지는 근원들－2000년대 이후 시에 대한 단상」, 『시로여는세상』, 2019. 3.

「2000년대 시학의 천칭(天秤)」, 『신생』, 2019. 여름호.

「시, 황홀의 방아쇠들」, 『시인동네』, 2018.9.

*이 저서에 실린 글들은 출처에 실린 내용을 다소 수정하거나 재배치한 것임.

찾아보기

인명

2000년대 시학의 천칭(天秤)

용어

기타

도서 및 작품

ㄱ

2000년대 시학의 천칭(天秤)